MW00965509

COLLECTION FOLIO

Philippe Djian

Lent dehors

Gallimard

© *Éditions Bernard Barrault, 1991.*

Pour Clara

And also dedicated to :
Alain Vaes
Marie-Christine Mouys
The Cook family
and Ann Mc Ghee

Malgré la douloureuse épreuve que je traverse aujourd'hui et qui, bien entendu, n'est que la juste récompense de ma conduite, je ne peux m'empêcher de sourire, considérant quel imbécile je fais. Mais ce sourire vaut bien toutes les grimaces du monde.

J'ai expliqué à Eléonore ce qu'il en était. Je ne voulais pas qu'elle s'imagine qu'à la moindre occasion je m'installais dans l'ombre et me laissais aller et me sentais d'humeur légère. Je lui ai dit à quel point je me sentais stupide. Et que j'avais le cœur serré.

— Mais tu sais, ça dépend des gens... Il s'en trouverait sûrement quelques-uns pour pleurer, ou s'arracher les cheveux à ma place... enfin je le suppose...

Evelyne est d'avis que je l'ai bien cherché. Ce n'est pas elle qui viendrait me consoler ou tout au moins me gratifier de sa présence après la tombée de la nuit. Elle pense que nous avons tous nos problèmes. Et elle a raison.

Une semaine entière s'est écoulée depuis que cette histoire a jailli en pleine lumière. Mais je ne vois toujours pas le moindre rivage. J'ai rêvé durant des années que je voguais sur un solide vaisseau, qu'aucune tempête ne pourrait inquiéter et que le temps affermissait, et j'ai cru un instant que je pouvais filer sur les récifs et que rien ne saurait m'arriver. Voilà pourquoi je souris. Les seuls remparts qu'un homme puisse édifier autour de lui sont à la dimension de son cercueil.

*

J'apparais, sur la liste des professeurs de Saint-Vincent, au début du troisième trimestre : « *Henri-John Benjamin, Histoire de la musique.* » J'arrive avec le printemps et mon cours n'intéresse pas grand monde. Mais je m'y suis habitué.

J'aime cette bâtisse, la risible sévérité des bois encaustiqués et des dorures, l'air mauvais de Marie Joseph Saint-Vincent (1823-1901) et le doux regard de son épouse qui vous accueillent à l'entrée, au-dessus du distributeur de boissons. Je m'y ennuie la plupart du temps, mais d'une manière agréable. Un peu comme dans un bain moussant.

Le directeur de l'école est un fervent admirateur de ma femme. Lorsque je me suis présenté dans son bureau cinq ans plus tôt, je n'ai pas eu besoin de m'étendre sur mes capacités : l'affaire avait été réglée dans mon dos et ce brave homme ne me lâchait plus la main.

— Bienvenue à Saint-Vincent ! m'a-t-il dit. Votre femme est une créature merveilleuse... ! !

Depuis, nos rapports se sont un peu tendus. Je n'ai jamais refusé de prendre la tête de certains mouvements internes. Il n'y a pas de petit combat dans cette vie. Ainsi, le distributeur de boissons, c'est moi.

Ce qui m'a amené devant sa porte, ce matin-là, concernait l'équipement dans les douches.

— Allez-y, Henri-John..., a-t-il soupiré. Videz donc votre sac...

Je me suis assis devant lui. Parfois, cela me semblait trop facile. Je n'avais pas encore ouvert la bouche. Et je n'éprouvais aucune admiration particulière pour sa femme.

— Allons, je vous écoute... Qu'avez-vous encore inventé ?

Ce n'était pas uniquement une affaire de personne. Je ne prétends pas nier le malin plaisir que j'avais à lui compliquer la vie (s'il estimait que la gratitude ou le simple sourire d'Edith Benjamin valait qu'on supportât son emmerdeur de mari, eh bien, ma foi, il était seul juge...). Selon la manière dont je lui présentais les choses il s'empourprait ou blêmissait ou tournait en rond autour de moi, répétant que j'avais perdu la raison. Ou bien il se plantait devant sa fenêtre et ne disait plus un mot et il ne bougeait plus. Pour ça, Edmond Heissenbüttel était parfait. Mais j'aurais agi de la même façon avec n'importe qui d'autre.

Ma position, en tant que professeur, n'était pas très enviable. Mon cours n'était pas très important (coefficient 0,5). Je pensais que cela m'était égal mais mon bureau était celui de tous les complots, ma porte était toujours ouverte. Je ne passais pas mon temps à me demander si toute cette agitation avait un sens. Tout le monde savait où me trouver. Et je n'en demandais pas davantage.

— Comment ça, des séchoirs à cheveux... ? ! s'est-il écrié.

*

Je ne me souciais pas d'examiner la pertinence des requêtes que je lui soumettais. Ce n'était pas mon rôle et, le plus souvent, cela ne m'intéressait pas. J'étais une espèce de soldat sans idéal, simplement enrôlé pour

15

mener une bataille dont les buts m'importaient peu et parfaitement insensible. Je ne réagissais pas à ses supplications, je ne comprenais pas ce qu'il voulait dire quand il me pressait amicalement l'épaule : « Henri-John... ! Ne sentez-vous pas ce grand corps que nous formons tous ensemble ? Ne voyez-vous pas qu'en me poignardant, vous vous blessez vous-même... ? ! »

Lorsqu'il m'accusait de vouloir mettre Saint-Vincent sur les genoux, j'étais loin d'éprouver le moindre sentiment de culpabilité et je ne revenais jamais sur mes positions. Ces cinq années — cinq trimestres devrais-je dire — n'avaient guère attendri mon cœur. Saint-Vincent ne représentait rien pour moi. Je voulais bien être l'épine dans son talon si c'était cela ou rester gentiment dans mon coin.

Je ne savais pas s'il s'en plaignait à Edith, mais lorsqu'elle feignait de s'intéresser à mes activités professorales et que je lui racontais nos dernières empoignades, elle riait avec moi puis me glissait que, tout de même, je n'étais pas très gentil avec ce pauvre Heissenbüttel. Je ricanais. « Mais c'est un bon moyen de savoir si son admiration pour toi est aussi grande qu'il le prétend... » Je n'avais pas besoin d'ajouter autre chose. Je crois qu'ils sont tous de la même étoffe, j'entends Edith et consorts.

*

Elle était au Japon pour une quinzaine de jours. Lorsque ma femme s'absentait, ma mère se réveillait. Elle nous mettait la main dessus, au moins pour les repas du soir. Cette manie m'agaçait mais nous formions une pâle équipe, mes filles et moi, lorsque nous tentions quelque chose à la cuisine. Eléonore semblait paralysée et prenait un air idiot dès qu'on lui demandait un peu d'aide. Quant à Evelyne, elle courait et bondissait en tous sens, organisant la plus invraisemblable pagaille qu'on ait jamais vue. Et je ne valais pas mieux. Tout d'un coup, une terrible langueur nous prenait et nous nous regardions en silence, comme une armée décimée. Et ensuite il fallait tout ranger, tout nettoyer, tout gratter, et l'on regrettait amèrement de telles entreprises. Nous dînions donc chez ma mère quand Edith nous abandonnait.

Ma mère n'est pas un cordon-bleu, loin de là, et Ramona ne s'y entend guère non plus. Mais oublions cela. Nous sautions dans la voiture sans demander notre reste, moi le premier, et qu'importait ce qui nous attendait quand le pire était derrière nous. Et puis la table de ma mère était couverte de fleurs et, quoi que l'on vous servait, c'était toujours joliment arrangé.

Ce soir-là, je suis rentré chez moi d'un pas léger. De fait, nous traversions une période assez calme, au point que depuis un bon mois l'on rencontrait E. Heissenbüttel vaguant dans les couloirs, souriant et parfaitement détendu. Mais le vent avait tourné. Quatre ou cinq filles entrant dans mon bureau et me déclarant que ça ne pouvait plus durer. Pourquoi avaient-elles besoin de séchoirs *tout d'un coup*, ça personne ne le saurait jamais. Je ne leur ai même pas posé la question.

Il y avait une voiture garée devant l'entrée, une Porsche flambant neuve. Je ne me souvenais plus comment il s'appelait, Evelyne nous l'avait amené quelques jours plus tôt mais je l'avais chassé de mon esprit, je m'étais empressé de l'oublier. Je ne voulais plus me disputer avec elle à cause d'individus de ce genre. Croissez et multipliez, et vos soucis ne prendront jamais fin.

Je me suis installé dans le salon pour lire mon courrier. Oli (Olivier, le frère d'Edith) se terrait dans une chambre du Château Marmont, à Los Angeles. « *Tous ces gens sont tellement chiants,* m'écrivait-il. *Nom de Dieu, pourquoi n'es-tu pas avec moi... ? !* »

— Vous voulez boire quelque chose ?

J'ai levé les yeux. Je l'ai regardé. Voilà le genre de m'as-tu-vu qui baisait ma fille et je n'y pouvais rien.

— Non, je ne crois pas, ai-je répondu.

J'ai repris ma lecture. « *La piscine n'est pas bien grande,* poursuivait-il. *Et au milieu de l'après-midi, le soleil disparaît derrière une rangée d'eucalyptus. Je crois que John Belushi a eu un problème dans le bungalow d'à côté...* » Il n'espérait pas rentrer avant une dizaine de jours. « *Tu sais, papa est bien fatigué. Ce voyage l'aura mis sur les genoux. Hier matin, toute la Compagnie est partie sans nous à Disneyland...* »

J'ai replié sa lettre et l'ai glissée dans ma poche. Malgré le ton qu'il employait, je ne m'inquiétais pas pour Oli. Je crois que le simple fait de tenir un stylo le rendait triste.

— Ecoutez, je sais ce que vous pensez...

J'ai posé à nouveau les yeux sur lui. Son visage était lisse : nulle trace de combats ni d'échecs. Aucune profondeur, aucun mystère à mon avis. Rien que la satisfaction.

— Pourquoi pas... ? ai-je répondu.

Et sur ce, j'allais me lever car la présence de ce garçon m'épuisait et je le sentais prêt à me donner quelques explications sur la vie, mais Evelyne est apparue juste à ce moment-là. Mon compagnon s'est aussitôt éjecté de son siège.

— On y va ? a-t-il aboyé — du moins sa voix a-t-elle désagréablement sonné à mes oreilles, comme un instrument trop neuf.

Elle s'est alors pendue à son bras et j'ai trouvé qu'il avait bien de la chance.

18

— J'essaierai de ne pas rentrer trop tard..., a-t-elle dit.

Je me suis contenté de hocher la tête. Nous avions du mal à nous comprendre, Evelyne et moi.

Avec Eléonore, je filais le parfait amour, si l'on peut dire. Mon ombre ternissait le monde entier à ses yeux. Et j'imaginais parfois le bonheur absolu : un peu plus d'un côté, un peu moins de l'autre. Deux filles comme un père n'en avait jamais eu. Bien des années plus tôt, lorsqu'elles étaient petites et que je les regardais s'endormir, j'avais bien cru que j'allais être choisi entre tous.

Rudolf, Vatslav et Isadora, les pékinois de ma mère, se sont précipités dans nos jambes. Nous les avons ramassés et transportés jusqu'à la maison, ce qui leur plaisait beaucoup et nous évitait de trébucher dans l'obscurité, tandis que nous traversions le jardin.

Je me suis agenouillé pour l'embrasser.

— Je suis morte... ! a-t-elle soupiré.

Elle était allongée sur le tapis, les fesses contre le mur et les jambes à l'équerre. Ses pieds étaient rouges.

— Evelyne nous a faussé compagnie, ai-je dit, tandis que nous nous relevions.

— Ramona ne se sent pas très bien, a-t-elle répondu.

Eléonore a pris sa grand-mère par la taille et les pékinois ont sauté autour d'elles comme des poux. J'en ai profité pour monter à l'étage.

La chambre de Ramona était tiède et sucrée mais il y avait autre chose dans l'air, que je ne reconnaissais pas. Lorsqu'elle a ouvert les yeux, je me suis avancé vers elle et me suis assis sur le bord du lit.

— Ma chérie, qu'est-ce qu'il t'arrive... ?

Elle s'est redressée puis a haussé les épaules en souriant :

— Eh bien, j'aurai soixante-sept ans le mois prochain. Ça doit être une explication suffisante...

— Ecoute, je ne plaisante pas.

Elle a saisi ma main et l'a posée contre sa joue en prenant un air malicieux.

— Oh ! Henri-John, j'adore que tu te fasses du souci pour moi... ! C'est tellement agréable...

Le plus amusant, c'est que son regard me chavirait encore. Son visage était bouffi mais l'éclat de ses yeux répandait un charme si puissant qu'elle s'en trouvait illuminée. Jusqu'à son corps qui tout entier échappait à la débâcle. Je ne veux pas dire qu'elle était mince, que sa peau était ferme, ni que sa poitrine tenait bon. Ce n'était plus une jeune fille, ni même une femme dans la force de l'âge. Mais il y avait un tel pouvoir en elle qu'on oubliait facilement tous ces menus détails. Au point que parfois j'étais assailli de pensées bien précises.

— Vas-tu enfin me dire ce qui se passe ? ai-je murmuré.

— Oh !... Ai-je donc l'air si mal en point... ?

Parfois, je suis l'homme le plus patient du monde et donc, au bout d'un moment, elle a fini par admettre qu'elle se sentait un peu fatiguée.

— Non... tu en es sûre... ? ! ai-je ricané.

Puis Eléonore est arrivée. Je suis resté un instant au milieu de la pièce, à l'écart de leur conciliabule et les mains enfoncées dans les poches. Mais ça ne m'a pas avancé.

Ma mère était allongée sur le divan du salon, occupée à couper des rubans. J'ai empoigné ses doigts de pied et j'ai soulevé l'une de ses jambes.

— Je n'aime pas ça..., lui ai-je annoncé. Je crois qu'elle est malade.

Elle m'a décoché un rapide coup d'œil. Depuis le jour

de ma naissance, Elisabeth Benjamin se répétait qu'elle avait un fils mais elle n'arrivait pas à y croire. La pauvre — car Dieu sait qu'elle en avait souffert — n'avait pourtant pas ménagé ses efforts. Autant qu'une autre, ma mère m'avait serré dans ses bras et couvert de ses baisers glacés. Parfois, au beau milieu d'une soirée, on la voyait soudain pâlir et il se pouvait que son verre lui glissât des mains : « *Où est Henri-John... ? !* » s'écriait-elle tout à coup alors que je venais de m'endormir dans un coin. Et lorsque l'on m'avait découvert, elle me secouait et me forçait à me tenir debout, m'expliquant qu'elle ne pouvait passer son temps à me courir après. J'avais beau être à moitié conscient de ce qui me tombait sur la tête, j'essayais de me blottir contre elle pour éviter la suite. Mais elle me tenait à distance et me dévisageait avec un air incrédule.

Jusqu'à sa mort, ma mère posera sur moi un regard étonné. Serions-nous de ce monde encore cent ans de plus tous les deux, l'un près de l'autre, que ça n'y changerait rien. Jamais elle ne pourra s'en empêcher. Je suis la grande énigme de sa vie, la chose la plus déconcertante qui lui soit advenue.

— J'appellerai Spaak demain matin, si tu juges que c'est préférable...

— Maman... mais je ne voudrais même pas le consulter pour un simple rhume... !

— Eh bien, heureusement qu'il n'est pas là pour t'entendre...

Je me suis assis à l'autre bout du divan, mû par un soupir silencieux. Tandis qu'elle taillait à nouveau ses rubans et que, penché sur moi, Georges Spaak me sauvait d'une péritonite aiguë — c'était durant ce terrible hiver de 56 —, j'ai repris machinalement ses pieds entre mes mains. J'étais le seul, au sein de cette famille, à insinuer qu'il y avait d'autres médecins au monde.

Mais dans ce domaine, il semblait admis que l'ignorance et l'ingratitude fussent les deux mamelles d'Henri-John.

— Que proposes-tu... ?

Sa question avait une intonation presque gourmande. Elle fixait son ouvrage d'un air satisfait, une pincée de satin rose qui pendait à ses doigts.

— Crois-tu qu'elle se laissera examiner par un autre... ? a-t-elle ajouté de sa voix la plus innocente.

*

Je n'étais pas un très bon professeur. Je choisissais pourtant mes sujets avec soin mais je n'obtenais guère de résultats. Mon dernier cours sur Liszt avait été un fiasco complet, la plupart de mes élèves de sexe masculin se fichant pas mal d'un type qui avait « jeté son javelot dans les espaces infinis de l'avenir » et de la musique classique d'une manière générale, surtout lorsqu'elle était flanquée d'un coefficient aussi minable. Quant aux filles, elles faisaient semblant de m'écouter. Ma classe ressemblait à une cité engloutie, peuplée de fantômes et de carcasses piquant du nez dans un courant d'eau tiède.

Certains de mes collègues traversaient les couloirs ordinairement escortés d'une poignée d'étudiants qui en voulaient davantage. Dès que la sonnerie retentissait, les miens s'éclipsaient brusquement en se cognant dans les tables. Leurs visages m'étaient à peine familiers. S'ils savaient me trouver lorsqu'il s'agissait de parlementer avec Heissenbüttel, ils s'empressaient de m'oublier après avoir obtenu ce qu'ils voulaient. Au mieux, je ne recueillais qu'un petit sourire gêné quand nos regards se croisaient. Le plus qu'ils pouvaient m'accorder, en retour de mes loyaux services, semblait être d'assister vaillamment à mes cours au risque de périr d'ennui. « Mais toi, au moins, ils ne t'emmerdent pas... ! » soupirait Hélène Folley, *Histoire de l'art moderne*.

Régulièrement, Hélène venait fumer une ou deux cigarettes dans mon bureau tandis que je lisais mon journal, et je l'entendais respirer, croiser puis décroiser ses jambes en mitraillant la pièce de longs jets de fumée bleue qu'on devinait assassins. Il y avait toujours de « petites garces » à l'origine de son irritation, de « petites saintes nitouches » qu'elle chargeait de tous les péchés. Lorsque son cours dégénérait, ce n'était jamais les garçons que sa rancœur visait : « Seigneur ! Ils sont si bêtes qu'on ne peut pas leur en vouloir... ! » A différentes reprises, elle avait tenté de m'expliquer ce qu'était le sourire d'une de ces petites pestes ou cette façon particulière qu'elles avaient de vous dévisager — tout en répétant que je ne pouvais pas comprendre, que seule une femme pouvait saisir ce genre de choses. Je ne la contrariais pas. Je regardais les plaques roses que le ressentiment faisait naître autour de sa gorge.

Je devais accomplir un sérieux effort d'imagination pour me représenter l'ambiance qui régnait à ses cours. J'y pensais quelquefois, m'avançant entre les tables comme un vacher au milieu d'un troupeau endormi au clair de lune. C'était à peine si l'un d'entre eux étendait ses jambes à la recherche d'une position plus confortable, tout juste si l'on toussotait en cet instant paisible où la majorité s'abandonnait au sommeil avec les yeux grands ouverts. Mais vous donniez la même classe à Hélène Folley et un nuage de poussière s'élevait au-dessus de la prairie et la lumière du ciel virait au rouge. Je ne savais pas comment diable elle s'y prenait. Et je ne voulais pas le savoir.

Je ne cherchais pas sa compagnie mais ne pouvais

échapper à la sienne. Nous étions affublés du même coefficient tous les deux, et le fait de partager cette infamie, quant à elle, nous donnait certains droits l'un vis-à-vis de l'autre. Je sentais bien jusqu'où pourrait aller la complicité qu'elle affectait lorsque nous étions ensemble. Forte qu'elle était nouvelle à Saint-Vincent, elle avait toujours quelque chose à me demander, un conseil, un avis, une précision sur Untel ou Untel ou Dieu sait quoi, ou bien elle venait enfumer mon bureau et s'agitait sur sa chaise jusqu'à ce que je finisse par reposer mon journal. Elle n'était pas belle mais parfois sa présence me troublait au point que je préférais sortir. Je n'avais pas l'intention de me laisser embarquer dans cette histoire. Et si elle me demandait quelle mouche m'avait piqué, je lui répondais qu'elle était bien curieuse.

Jusque-là, j'avais soigneusement évité certains gestes de camaraderie qui à mon sens étaient la porte ouverte à d'inutiles malentendus. Je me souvenais de lui avoir peut-être serré la main une fois, au tout début, mais depuis je m'étais tenu à distance. De son côté, elle agissait avec moi comme si nous étions amis de toujours. Elle était justement en train de rattacher son bas, penchée et à demi tournée vers le mur, m'offrant ainsi un fessier gainé de jersey abricot qu'elle tardait à escamoter. Je me suis donc rabattu sur mon téléphone.

Ramona ne se sentait pas mieux. Bien qu'elle soit quasiment insensible à la misère du monde, ma mère m'a concédé que son état la préoccupait et il n'en fallait pas plus pour m'alarmer : quand ma mère s'inquiétait, le feu était déjà dans l'escalier. « Je n'arrive pas à joindre Spaak, m'a-t-elle annoncé, mais je ne perds pas espoir... » J'ai souri malgré moi car, bien qu'ahurissante, la foi en impose, désarme et brille aux yeux de l'incrédule comme un soleil d'automne, lointain et doux. Puis j'ai insisté. Je pensais que ce n'était pas raisonnable. Elle m'a répondu que Ramona lui avait fait jurer d'attendre jusqu'au soir pour appeler « un de ces jeunes types sans expériences et qui n'y connaissaient rien ». J'ai dit à ma mère qu'elles étaient folles toutes les deux et moi aussi par la même occasion.

— Qui est Ramona... ? m'a demandé Hélène, à l'instant même où la sonnerie annonçait la reprise des cours.

J'ai ramassé mes affaires et suis sorti sans dire un mot. J'admets que certains jours elle me distrayait, que sa conversation m'amusait quelquefois, mais je ne lui parlais jamais de ma vie privée. Dès que je franchissais le portail de Saint-Vincent, elle n'existait plus pour moi, au reste l'école entière s'évanouissait dans mon dos, en dehors d'Heissenbüttel et de sa femme qui comptaient au nombre des relations d'Edith.

J'avais l'impression qu'elle en avait pris son parti. Elle affichait encore d'être vexée quand je refusais de l'éclairer sur des sujets qui me touchaient d'un peu trop près, mais elle n'insistait pas. Elle prétendait que je n'étais pas « marrant ». Ou pire, avant qu'elle n'ait compris que je ne *voulais pas* la voir en dehors de ces murs, ni pour prendre un verre, ni même pour faire quelques pas ensemble sur le chemin du retour. Maintenant, elle ne disait plus rien. Ma compagnie sans doute lui suffisait. Ce qui ne l'empêchait pas — je me demande s'il leur arrive de perdre espoir pour ce genre de choses —, et en prenant un air innocent, de me montrer ses fesses ou, j'exagère à peine, de me donner à croire que j'étais installé dans un *peep-show*.

Je ne cherche pas à me trouver d'excuses. Je me fiche de savoir ce que d'autres auraient fait à ma place. Je sais que j'aurais pu tenir bon si je l'avais voulu.

25

*

Comme tous les vendredis, mes cours se terminaient à une heure. Je n'avais pas le temps de manger car je donnais une leçon de piano dans le quart d'heure qui suivait. J'avais à peine le temps de rentrer chez moi et je prenais mon vélo pour aller plus vite.

Ce n'est pas à cause de mon vélo que c'est arrivé, mais durant quelques jours, j'ai conservé le petit bout de métal qui avait crevé ma chambre à air. Je l'ai tourné et retourné entre mes doigts sans parvenir à l'identifier, je l'ai observé durant de longs moments, puis je l'ai jeté le jour où Edith est rentrée du Japon.

Enfin bref, j'étais toujours pressé le vendredi, lorsque je quittais Saint-Vincent. Pressé et d'assez mauvaise humeur. Non pas du fait que je sautais un repas, mais simplement à l'idée qu'un certain Marc-Cédric m'attendait — je ne pouvais d'ailleurs prononcer ce nom qu'au prix d'un véritable effort et ne l'employais qu'en présence de sa mère.

J'étais également perturbé par la conversation que j'avais eue avec la mienne dans la matinée, agacé qu'elle n'ait pu avoir Spaak et soucieux du temps que l'on perdait. C'était malgré tout une merveilleuse journée, bleue et chaude, surgissant sous les premiers soleils de juin.

Je n'avais parcouru qu'une centaine de mètres quand je me suis rendu compte que ma roue arrière était à plat. Je n'ai rien dit, je suis simplement resté à regarder cette roue qui me lâchait au mauvais moment. Puis, relevant la tête, j'ai aperçu Hélène Folley qui patientait au feu rouge, son carreau grand ouvert. J'ai pensé qu'elle pouvait démarrer d'une seconde à l'autre. Alors je l'ai appelée, sans réfléchir.

Ensuite, tandis qu'elle me conduisait chez moi, mon

cerveau s'est remis en marche, mais il était trop tard pour les regrets.

Marc-Cédric et sa mère étaient déjà devant ma porte. J'ai remercié Hélène pour son aide et suis sorti aussitôt. J'ai souri à la mère par-dessus la haie du jardin. J'ai voulu récupérer mon vélo mais le hayon était fermé.

— Je m'en occupe, a dit Hélène.

— Je peux le prendre moi-même...

Elle ne m'a pas répondu, elle a posé un pied sur le trottoir. J'ai glissé un œil en direction de la femme qui se tenait immobile sur le seuil.

— Très bien. Désolé de t'avoir ennuyée...

Sans plus attendre, j'ai rejoint le garçon et sa mère et les ai fait entrer sans jeter un seul regard en arrière.

M.-C. s'est installé devant le piano comme s'il prenait place au volant d'une moissonneuse-batteuse.

— Mmm... Sois un peu plus délicat...! lui ai-je conseillé tandis que sa mère me remplissait un chèque. Si tu n'as pas de respect pour lui, il n'en aura pas pour toi...

Il était âgé d'une dizaine d'années. Je ne l'avais que depuis quelques mois mais lui et moi savions qu'il n'en sortirait rien. Je n'avais pas caché à sa mère les déceptions qu'elle encourait si elle plaçait en lui de trop brûlants espoirs. Elle m'avait néanmoins pressé de poursuivre mes leçons, s'étant persuadée qu'un miracle pouvait intervenir et que son vrai fils allait tout d'un coup jaillir de ce morveux. Jusque-là, il ne s'était encore rien passé et, à mon avis, les choses empiraient.

— Montre-moi tes rapprochements, lui ai-je demandé.

Comme il s'exécutait avec le talent qu'on lui connaissait, j'ai vu Hélène Folley entrer dans le jardin et ranger mon vélo contre la haie. Je lui ai adressé un petit signe. Puis la mère de M.-C. m'a tendu son chèque en prenant un air désolé car même un sourd aurait porté les mains à ses oreilles. Je l'ai raccompagnée jusqu'à la porte.

Ensuite, je suis revenu auprès de mon jeune ami.

— Redresse-toi, ai-je soupiré. Et ne secoue pas la tête comme un âne...

Je me suis assis à côté de lui. J'ai regardé ses mains tandis qu'il montait et descendait ses gammes. Je crois que je n'avais encore jamais vu quoi que ce soit d'aussi désolant.

Je ne savais pas ce qu'il fallait faire avec lui. J'ai voulu écouter un morceau de Satie qu'il était censé avoir travaillé, quelque chose de simple, qui ne demandait qu'un peu de sentiment. Je me suis levé dès la première mesure. Je l'ai remis d'aplomb, j'ai tiré ses coudes en arrière et je me suis éloigné de lui en grimaçant. C'est alors que j'ai aperçu Hélène Folley. Elle était assise sur ma pelouse et bricolait ma roue. J'ai cru que c'était une hallucination.

— Bon sang ! Mais que fabriques-tu... ? ai-je soufflé par la fenêtre entrouverte.

— Qu'en dis-tu ? J'ai pratiquement fini...! Tu veux voir ce que c'était... ?

J'étais estomaqué. Dans mon dos, M.-C. s'en donnait à cœur joie. Profitant que je restais immobile et sans voix, elle s'est approchée et m'a tendu ce qu'elle avait extrait de ma chambre à air.

— Je sais que tu ne m'as rien demandé... Mais ça m'a amusée.

Son sourire m'a désarmé.

— Excuse-moi. J'ai du travail..., ai-je marmonné.

J'ai repoussé la fenêtre. M.-C. venait de s'arrêter, il avait coincé ses mains entre ses jambes et regardait droit devant lui, la bouche arrondie.

— Et alors... ? Es-tu fier de toi... ? T'es-tu écouté, au moins... ? !

Je me suis assis à ses côtés et je lui ai joué le morceau. J'ai tenté de lui expliquer ce qui était important. J'ai posé mes mains sur les siennes et nous l'avons rejoué ensemble.

— A toi, maintenant. Mais pour l'amour du Ciel, écoute un peu ce que tu fais... !

Au même instant, j'ai vu Hélène Folley traverser le jardin, juchée sur mon vélo. J'ai fermé les yeux. Je me suis pincé la racine du nez.

— Vas-y... Qu'est-ce que tu attends... ? ! ai-je murmuré.

J'ai rouvert les yeux à la cinquième mesure. Elle est passée à nouveau, en m'envoyant un signe de la main. M.-C. continuait sur sa lancée avec des embardées de bûcheron ivre.

Je me suis penché en avant, j'ai attrapé la partition et l'ai jetée à travers la pièce.

— Petit misérable... ! ai-je grogné. Allez ! ouste, fiche le camp d'ici, je ne veux plus te voir... !

Il a aussitôt ramassé ses affaires. Je lui ai indiqué la sortie. Puis je suis allé à la fenêtre.

— Comment, mais tu es encore là... ? ! ai-je crié à l'adresse d'Hélène qui virait au bout de l'allée et semblait prendre goût à ces aller et retour.

Elle a stoppé à ma hauteur, le visage éclairé.

— Je ne voulais pas te déranger...

— Eh bien, ce n'est pas réussi. Ecoute, je ne veux pas être désagréable, mais je ne suis pas en train de m'amuser...

— Je voulais juste me laver les mains, a-t-elle ajouté en tournant ses paumes devant moi. Mais si c'est impossible...

Finalement, je suis allé lui ouvrir. Mais je n'ai pas satisfait à sa curiosité en la laissant traîner à droite et à gauche, je l'ai menée tout droit à la salle de bains. Elle avait tout de même eu le temps de remarquer une toile au mur du salon.

— Sais-tu que Bram Van Velde a inspiré Beckett pour *En attendant Godot*... ?

Je lui ai répondu oui mais ça ne l'a pas empêchée de me raconter l'histoire pendant qu'elle se frottait les doigts un par un. Et je restais sur le pas de la porte à la surveiller, de peur de la voir s'échapper à travers la maison. Je ne l'écoutais pas. Je me sentais nerveux. Elle était parfaitement à l'aise, prenait son temps et plaisantait en promenant les yeux autour d'elle. Je ne comprenais pas ce qu'elle faisait là et j'étais agacé que ce soit moi l'étranger, dans ma propre salle de bains — du moins l'éprouvais-je.

Elle portait une de ses jupes en jersey que son récent exercice avait troussée de quelques bons centimètres et qu'elle n'avait pas songé à remettre en place. Et un haut court de coton léger, taillé en V, dont elle avait remonté les manches et qu'elle avait à demi boutonné, de sorte qu'on apercevait une petite fantaisie de tissu coloré — une rose ? une églantine ? — piquée dans la blancheur de son soutien-gorge.

Je n'avais rien d'autre qu'elle à regarder, je connaissais les lieux par cœur. Je ne disais pas un mot — et c'était sans doute une erreur, je me serais peut-être arraché à cette situation en l'entretenant de lithographie ou de « l'impossibilité de peindre ». Je me tenais un langage incompréhensible, particulièrement confus. Puis au bout d'un moment, je crois que ses mains sont devenues aussi propres qu'on pouvait l'espérer. Elle les a séchées avec précaution, en me fixant d'un air satisfait. C'est à ce moment-là que j'aurais dû bouger et reprendre le chemin en sens inverse, mais je n'ai pas cillé, je me tenais accoté au chambranle de la porte et mes deux pieds étaient enracinés dans le sol.

Elle s'est alors inclinée vers le miroir et s'est examinée en me disant que le jardin lui rappelait la maison de son père, avec qui, malheureusement, elle n'entretenait plus aucune relation depuis bientôt dix ans, le cher homme... Et elle a continué son bavardage d'une voix tranquille tandis qu'elle faisait glisser sa jupe sans autre formalité et l'enjambait et la considérait à la lumière et en passait un coin sous l'eau — « Oh ce n'est qu'un peu de terre, ça va partir... » —, ne se souciant pas plus de moi que d'une camarade de chambrée.

Je lui ai fait remarquer que ses sandales étaient couvertes de poussière.

— Bien sûr... ! a-t-elle répondu.

Elle a saisi un mouchoir de papier et s'est penchée en avant.

J'ai soigneusement enregistré la scène. Puis je me suis approché. J'ai glissé un doigt dans l'élastique de sa culotte et elle a écarté les jambes, prenant appui sur le bidet.

— Ah ! J'en ai rêvé... ! a-t-elle murmuré.

Moi aussi, mais ce devait être un cauchemar.

*

Ou plutôt le cauchemar viendrait après.

Lorsque mon élève suivant a frappé à la porte, je l'attendais. Hélène était partie. Je m'étais douché. J'avais remis la salle de bains en état, nettoyé le sol où nous avions œuvré, ouvert les fenêtres.

C'était un garçon que je suivais depuis quatre ans, très doué. Dès qu'il a posé ses mains sur le clavier, un sourire m'est venu aux lèvres car j'ai eu l'impression que tout rentrait dans l'ordre. Mais réflexion faite, ce sourire m'a déplu et je me le suis rentré dans la gorge. Il ne s'agissait pas de se frapper la poitrine. Un peu de tenue suffisait.

J'ai travaillé jusqu'au soir. La chaleur de l'après-midi persistait et je suis allé m'allonger dans le jardin, à la venue du crépuscule. J'essayais de ne pas avoir de regrets. Je ne voulais ni me condamner ni m'absoudre. Je voulais simplement garder les yeux ouverts.

Un coup de fil de ma mère m'a tiré de ce délicat exercice. Il valait mieux que je vienne, me disait-elle.

Aucune de mes filles n'était encore rentrée. Je leur ai laissé un mot. Et comme j'allais sortir, il m'a semblé que j'entendais du bruit dans la salle de bains. C'était Evelyne. Sa tête et ses genoux sortaient de la mousse. J'ai jeté un coup d'œil circulaire.

— Tout va bien... ? lui ai-je demandé.

— Evidemment... Bien sûr que tout va bien... !

Je suis arrivé à la nuit tombée. En remontant l'allée, j'ai mis le pied sur Rudolf qui a poussé un gémissement épouvantable. Je l'ai tenu contre moi et l'ai caressé, mais je ne lui ai pas dit un mot.

— Et ça t'étonne... ? ! ai-je demandé à ma mère en lui mettant Rudolf dans les bras. Mais ce n'est pas lui qu'il faut blâmer, *c'est vous...* ! Bon Dieu, il a *soixante et onze ans*..., pourquoi ne prend-il pas sa retraite... ? !

Je l'ai embrassée rapidement et je suis allé me servir un verre de porto que j'ai avalé d'un coup. Nous nous sommes regardés un instant, puis je suis monté voir Ramona.

Avant même que d'atteindre sa porte, je savais déjà ce qui m'attendait. Nous nous *sentions*, Ramona et moi.

Ses draps étaient trempés, son front brûlant. Elle s'agitait dans un demi-sommeil que je n'osais pas déranger. J'avais la gorge serrée.

Je suis descendu boire un autre verre.

— Pourquoi vous ai-je écoutées... ? ! Je suis responsable de ce qui arrive... !

32

Sur ce, le téléphone a sonné.

— Oui !

— Henri-John... ? Spaak à l'appareil...

— Comment... *mais où êtes-vous, nom de Dieu... ? !*

— J'arrive à l'instant. Que se passe-t-il... ?

— Ramona est malade. Elle a besoin de vous. *Tout de suite...* !

— Diable !

— Oui, je ne sais pas ce qu'elle a... Elle ne veut voir personne d'autre que vous... ! Elle a une fièvre épouvantable... ! !

— Bon... Je vais tâcher de passer dans la nuit. Je ne peux pas me libérer plus tôt.

— ...

— Allô... ? Mon garçon, je n'ai que deux bras et deux jambes...

— D'accord... *Très bien...* Y a-t-il quelque chose que je puisse faire en attendant... ?

— Pas grand-chose. Il faut que je l'examine... Arrange-toi pour que la fièvre ne monte pas trop... Mais ne lui donne pas d'aspirine, tu sais bien, avec son ulcère...

— Alors quoi... ?

— Rien pour le moment. Nous verrons cela tout à l'heure...

— Parfait ! Est-ce que je dois me contenter de lui tenir la main... ?

— Ma foi... mais ce n'est pas indispensable. Dis-moi... te souviens-tu du *Message au monde* avec Martha Graham, en 54... ?

Je lui ai répondu que je ne bougeais pas et que nous comptions sur lui. Puis j'ai raccroché et j'ai levé les yeux sur ma mère.

— Eh bien... Que t'a-t-il dit... ?

— Emily Dickinson : « *Ame, palpiteras-tu de nouveau ?* »

Elle s'est troublée une seconde, pas davantage.

— Je vais préparer des serviettes, m'a-t-elle annoncé.

— Tu n'as rien d'un peu plus grand ?

— Non... Ou bien des draps... ?

Nous nous sommes rejoints dans la chambre de Ramona. Il n'était pas très tard mais j'avais l'impression que la nuit était tombée depuis fort longtemps et ne bougeait plus. La chaleur moite qui régnait dans la pièce semblait se dégager du corps de Ramona comme d'une brique. Il s'y mêlait une odeur de transpiration acide et de parfum musqué plus forte qu'aucune étreinte m'avait jamais révélée mais que je reconnaissais très bien. Ma mère a remonté ses cheveux en chignon. J'ai retiré ma veste. Nous nous sommes tenus un instant côte à côte, à son chevet, tandis qu'elle prononçait quelques mots incompréhensibles et tremblait comme si l'hiver avait soufflé à sa fenêtre.

— Tu n'en étais pas là..., a murmuré ma mère.

— Pas loin..., ai-je répondu.

J'imagine qu'au fond nos souvenirs étaient pareillement éloignés de la réalité et que nous exagérions l'un et l'autre : elle, ne m'accordant rien de plus qu'une fièvre légère, et moi, me revoyant au seuil des convulsions.

Nous avons réfléchi sur le meilleur moyen de nous y prendre. Malgré tous ses efforts, Ramona était incapable de se lever et nous n'étions même pas sûrs qu'elle comprenait ce que nous voulions. A peine se dressait-elle sur son lit qu'aussitôt elle se laissait retomber, geignant et marmonnant, et je ne voulais pas essayer de la descendre. Donc, pas de baignoire.

Nous sommes allés chercher des bassines. Nous avons pris tous les glaçons du freezer, y avons placé toutes sortes de récipients emplis d'eau et l'avons monté au maximum. J'ai fumé une cigarette tandis que ma mère se nouait un tablier autour du cou et me répétait que personne n'aurait pu prévoir que mon état allait s'aggraver en quelques heures.

— Mais Ramona, elle, est restée...

— Mon chéri, Ramona n'est pas une danseuse...! Et puis tu sais très bien que j'avais loupé Martha en 51... Tu ne peux pas comprendre ce que cela signifiait pour moi... Comment t'expliquer ce que je ressentais, ce soir-là... Oh! j'étais tout simplement folle de joie, je crois que j'en pleurais presque...

— Et pendant ce temps-là, je marchais vers ma tombe...!

— Voyons...! Comment peux-tu dire des bêtises pareilles...?!

De retour auprès de Ramona, nous nous sommes tus de nouveau. Nous l'avons roulée doucement d'un bord sur l'autre afin de glisser sous elle une alaise imperméable. Elle s'est accrochée subitement à mon cou, faillant m'écraser le nez contre son front mouillé, puis elle a marmonné mon nom d'une voix ivre et s'est renfoncée dans son coussin. Je me suis assis à côté d'elle pendant que ma mère sortait avec les deux bassines.

J'ai pris sa main. Son visage était empourpré, luisant, ses yeux brillaient, larmoyaient. Sa main était molle et chaude comme de la pomme cuite. J'avais le sentiment que lui parler ne servait à rien, augmenterait cette impression d'éloignement, de mondes hermétiques. Sa chemise de nuit était à tordre mais je ne voulais pas y toucher, j'avais eu mon saoul de nudité pour la journée. J'entendais l'eau couler, les glaçons que ma mère devait agiter et qui s'entrechoquaient, frottaient et cognaient contre la matière plastique. Par moments, Ramona frissonnait et claquait des dents, se serrait contre moi. Elle ne savait pas ce qui l'attendait.

35

Ma mère a posé une bassine au pied du lit. J'ai pris un drap et l'y ai trempé après avoir retroussé mes manches. Il y avait peu d'eau mais elle était glacée à souhait. Nous nous en serions volontiers aspergés, ma mère et moi, tant l'atmosphère était étouffante.

— Elle m'a dit que tu étais devenu tout bleu...

— Bon sang... et comment était cette soirée... ? !

Ma mère lui a ôté sa chemise. Je me suis relevé avec le drap ruisselant d'eau, les doigts durcis par le froid et elle grelottait. Je trouvais que je n'avais pas le beau rôle.

Lorsque je lui ai enveloppé les épaules, j'ai cru que je l'assassinais. Un râle épouvantable, sombre, caverneux lui est sorti de la poitrine avec la force d'un retour de flamme et tout son corps s'est raidi. Je l'ai rapidement emmaillotée pour l'empêcher de se débattre. Nous avons mis un autre drap à tremper. Ma mère est allée voir en bas si l'eau gelait.

Dès que j'ai senti qu'elle se réchauffait un peu, j'ai recommencé. Celui-ci semblait sorti tout droit d'un torrent du Grand Nord.

Je la berçai un peu, ce qui moralement me rendait la tâche plus facile. Mais sans vraiment la tenir dans mes bras car mon ardeur aurait été malvenue. De temps en temps, je posais mes lèvres sur son front. Ma mère faisait de même et nous comparions nos impressions. A présent, le lit ressemblait à une capote de camion traversant la Norvège sous une petite pluie d'hiver.

Le temps passait. Ma mère montait et descendait les escaliers. Les draps s'égouttaient sur le plancher. Ramona gémissait doucement. Et je ne me sentais pas très bien.

*

Edith est rentrée quelques jours après. L'avion avait du retard. J'ai passé mon temps à errer dans l'aéroport et j'allais régulièrement aux nouvelles ou bien je lisais des journaux abandonnés ou des prospectus. Et le temps m'a paru long. J'ai davantage souffert de son absence durant plus d'une heure et demie qu'au cours des deux semaines qui s'étaient écoulées. Lorsqu'elle me voyait arriver, la fille de la Japan Air Lines soupirait poliment.

Edith était accompagnée de Robert Laffitte, son agent. Par sa faute, nous ne nous sommes pas embrassés aussi longtemps que je l'aurais désiré. Il regardait en l'air en attendant que nous ayons fini. Nous ne débordions pas d'amitié l'un pour l'autre. Nous nous sommes serré la main. Je lui ai demandé si je pouvais le déposer quelque part ou s'il préférait prendre un taxi. Comme toutes les autres fois.

Dès qu'il a tourné les talons, nous sommes allés nous enfermer dans les toilettes, Edith et moi.

— Bienvenue... ! lui ai-je dit en la soulevant par la taille et en la déposant sur la lunette des W.-C.

J'ai baissé mon pantalon pendant qu'elle soulevait sa jupe — l'expérience nous avait appris qu'on se facilitait les choses si elle retirait sa culotte dans l'avion. Nous nous sommes embrassés plus tendrement. Puis, se tenant au mur, elle a posé une jambe sur le distributeur de papier. Je préférais Tokyo à Madrid ou Berlin. Ces vingt heures de vol lui donnaient un goût particulier.

Je me suis demandé pendant plusieurs jours si je devais lui parler ou non. C'était mon sujet de réflexion favori sur le chemin de Saint-Vincent. Depuis que je la connaissais, Edith cultivait la franchise avec une sorte de passion aveugle. Et cela ne nous avait pas toujours réussi.

Je me contentais pour le moment d'avoir été clair avec Hélène Folley. Il ne fallait plus y songer, l'avais-je prévenue. Une épreuve assez peu pénible, au demeurant, car je crois bien qu'elle s'en fichait. La seule chose qui l'inquiétait, semblait-il, était de savoir si elle m'avait déçu, si c'était la raison. Je l'avais rassurée sur ce point. Il ne m'avait pas semblé utile de lui demander si j'avais moi-même cassé des briques.

Lorsque le week-end est arrivé, je me suis installé dans le jardin et j'ai commencé à lire le début de son prochain roman. Elle en avait écrit un chapitre entier au Japon et ne m'avait pas caché qu'elle en était satisfaite. Elle était pressée d'avoir mon avis, même passablement excitée. Tant que je n'en avais pas fini, elle veillait à ce que les filles ne viennent pas me déranger et sautait sur le téléphone.

C'était toujours un grand plaisir pour moi de me plonger dans la littérature d'Edith. Elle était un bon écrivain, courageux et sensible. Elle avait également du souffle. Son écriture était souple, évidente, fluide. Ses deux premiers romans étaient restés de nombreux mois en tête des meilleures ventes et elle avait été traduite dans le monde entier. Je crois qu'elle le méritait. Et pour une fois, les critiques n'avaient pas boudé son succès. Aussi bien, pourquoi l'auraient-ils fait... ? Ses livres étaient vraiment bons.

Robert Laffitte lui dit qu'elle est géniale. Cet imbécile ignore qu'il n'y a pas de génie en littérature.

Ce que je venais de lire représentait deux mois d'efforts. Une cinquantaine de feuillets dactylographiés avec un simple interligne. C'était une splendide journée et j'ai voulu en profiter quelques instants en essayant de ne penser qu'à la douceur de l'air. J'ai fermé les yeux. Si jamais j'avais eu l'intention de parler à Edith ce matin-là, de prendre mon courage à deux

38

mains, il n'en était plus question à présent. Je ne pouvais pas lui annoncer à la fois que j'avais couché avec Hélène Folley et que son travail ne valait rien.

Je ne savais pas ce qui lui était arrivé. J'ai relu rapidement certains passages qui m'avaient consterné, en ai survolé d'autres détestables ou carrément ennuyeux. Il n'y avait aucune chair, aucune substance, ce n'était qu'une triste enfilade de mots qui jouaient la comédie et grimaçaient dans leur costume, mais il n'y avait pas la moindre trace de vie. C'était de la veine de ce que l'on publiait aujourd'hui, des livres qui se souciaient plus de leur apparence que de leur âme et qui semblaient inscrits à un concours de beauté — de beaux nichons mais frigides. J'ai posé les feuilles sur ma poitrine. Pour moi, Edith faisait partie de cette poignée d'écrivains qui me donnaient envie d'acheter un livre et me procuraient une vive émotion quand je l'ouvrais, simplement en regardant leur nom. J'espérais qu'ils allaient vivre encore longtemps et que d'autres allaient apparaître. Et que Dieu les préserve de vouloir être reconnus et de sacrifier leur talent à la norme. La file est longue, de ceux qui portent leur petit présent aux pieds de la Littérature. Edith jugeait-elle qu'il fallait s'y mêler à son tour... ?

J'étais furieux contre elle. J'avais l'impression d'avoir dévalé au bas d'une colline, le souffle coupé. Elle me guettait, sans doute. Je me suis aperçu qu'elle était dans mon dos tandis que je réfléchissais.

Elle souriait. D'après elle, j'étais son lecteur préféré. J'allais bientôt savoir si j'allais le rester.

— Edith, il faut que je te parle... ! ai-je murmuré d'un air sombre.

Je n'ai pas été tendre avec elle, peut-être même ai-je été injuste et méchant, mais je me sentais blessé et, par moments, la colère m'étouffait, elle m'enlevait les feuilles des mains et je les lui reprenais, lui relisais certains passages et ricanais. Son visage était blême, ses lèvres étaient pincées et, au bout d'un moment, elle a cessé de me regarder et chacun de mes coups s'est enfoncé. Je lui en voulais presque de ne plus se défendre.

— Qu'espérais-tu prouver... ? ! Est-ce que tu cherches à décrocher un prix pour ta belle écriture... ? ! Bon sang, Edith, je n'ai jamais rien lu d'aussi *chiant*... ! Tu vas bientôt avoir ta place dans les dîners littéraires, si tu continues dans cette voie... Ce vieux Robert se fera une joie de t'y accompagner... !

Elle a tendu la main pour que je lui rende son ouvrage et m'a planté là sans ajouter un mot. La journée s'en est trouvée assombrie. Elle s'est enfermée dans son bureau une bonne partie de l'après-midi et, au soir, elle n'a adressé la parole qu'à ses filles. J'ai regretté d'avoir été aussi brutal mais je pensais que j'avais raison. Cela dit, je ne savais pas si elle tiendrait compte de mon opinion. Elle s'est couchée la première. Et lorsque je me suis approché du lit, elle m'a froidement dévisagé, tirant le drap sur sa poitrine.

— Au fond, qu'est-ce que tu y connais... ? ! a-t-elle grincé.

*

J'ai tout raconté à Ramona. Nous avons profité que ma mère était bouche bée devant la télévision — elle s'était procuré une cassette du *Sacre*, la version de Nijinski par le Joffrey Ballet et resterait pâmée durant un bon moment — pour nous installer dehors, dans la fraîcheur du soir.

Elle se sentait encore un peu faible mais elle était guérie et, pour un temps, Spaak était remonté dans mon estime. « Mon garçon, elle a tout simplement été griffée par un chat...! m'avait-il déclaré après l'avoir examinée. Tu peux ranger tes bassines, à présent... »

Je lui ai pris la main. Elle a trouvé mon aventure avec Hélène Folley plutôt amusante et a convenu qu'Edith ne l'apprécierait sans doute pas.

— Mais tu t'y attendais, je suppose... Tu n'espérais pas qu'elle allait t'applaudir... J'imagine qu'elle aimerait mieux savoir la vérité, mais tu sais, on veut toujours savoir la vérité, même si au fond on ne sait pas quoi en faire...

Nous mangions des petites sucreries noires qu'Edith lui avait ramenées du Japon et qui traînaient sur la table. Les chiens étaient allongés à nos pieds et s'étiraient sur l'herbe. Elle attendait que la tisane soit suffisamment infusée pour emplir nos tasses.

— Mon pauvre chéri, je ne suis pas très calée en littérature... C'est sans doute un énorme travail et, quoi qu'il en soit, elle s'était certainement donné du mal... Mets-toi à sa place...

— Ecoute, je manque peut-être de courage pour certaines choses... mais pas à ce point-là. Elle n'attendait pas de moi que je lui raconte des histoires. Je lui ai dit ce que je pensais parce que je ne pouvais pas agir autrement. Peut-être que sa vie en dépend, je n'en sais rien...

— Bah ! vous ne changerez pas tous les deux... Vous vous bagarrez depuis que vous êtes enfants...! Quand j'en avais consolé un, il fallait ensuite que je m'occupe de l'autre...

*

Edith m'en voulait à mort, ce qui signifiait plus précisément on ne se parle pas et on ne baise pas. Ce

41

n'était pas la première fois que j'affrontais ce genre de situation. Je m'efforçais, en général, d'adopter un comportement stoïque et, après deux ou trois jours, les choses rentraient dans l'ordre. Je trouvais que cette fois, c'était la moindre des choses et que nous nous en tirions à bon compte. Je comprenais qu'elle ait besoin de silence et de calme — et qui sait, d'abstinence ? — pour y voir clair et admettre que j'avais raison. « Tout ira tellement mieux ensuite, me disais-je, rien ne vaut un écrivain qui repart du bon pied. »

Puis un matin, elle a fait ses valises. Il y avait trois jours que je prenais mon mal en patience mais je pensais qu'il en serait bientôt fini de ma disgrâce. Je n'avais pas cours, ce matin-là. Evelyne n'avait pas dormi à la maison et j'avais accompagné Eléonore à son école — cela m'arrivait parfois, lorsque j'étais spécialement de bonne humeur ou lorsque Edith et moi étions en froid et cherchions à nous tenir à l'écart l'un de l'autre.

A mon retour, je l'ai trouvée penchée sur les tiroirs ouverts. Elle a vaguement posé les yeux sur moi, mais n'en a pas suspendu sa besogne pour autant. Elle ne semblait pas énervée, ses gestes étaient calmes et son visage sans expression. Nous étions mariés depuis vingt ans. Nous nous étions déjà menacés de nous quitter à l'occasion de mémorables disputes, mais au pire nous n'avions pas dépassé la moitié du jardin. Ce qu'il y avait de nouveau, cette fois, et n'a pas manqué de me chiffonner, c'était qu'elle agissait à froid, sans la moindre colère, sans que nous nous soyons jeté le moindre objet à la figure.

— Ainsi, ai-je démarré, il suffit donc que je critique tes œuvres...

— Il n'est pas réellement question de littérature..., m'a-t-elle coupé tout en continuant à ranger ses affaires et ne m'accordant pas un seul regard.

Elle a jeté une enveloppe sur le lit.

— Une lettre d'adieu ? ai-je ricané.

— Ouvre-la. Tu verras bien...

Je la saisissais à peine quand elle a ajouté :

— Je n'aime pas ce mot : chlamydia... Même si ce n'est pas tout à fait ça, je trouve que chaude-pisse est plus amusant, tu n'es pas de mon avis... ?

Je n'ai rien répondu. J'ai fixé la lettre du laboratoire.

— Eh bien, je vous remercie tous les deux, toi et ta *bonne femme*...

*

Pour mon dixième anniversaire, je bus du champagne pour la première fois. Comme nous étions du même âge, Edith eut droit au même demi-verre et Oli, qui avait à peine huit ans, dut se contenter de tremper ses lèvres dans celui de son père et bouda pendant un bon moment.

C'était la veille de la générale. Ils avaient répété durant tout l'après-midi et une forte odeur de sueur flottait encore au-dessus de mon gâteau. On l'avait installé sur la scène. J'étais très fier que mon anniversaire se déroulât sous les projecteurs, sur un fond de palais italien, et j'aimais aussi regarder ces femmes qui suaient sous leur collant et me serraient contre elles pour m'embrasser. Ils étaient tous exténués et souriants, ravis de boire ce verre à ma santé et de reprendre quelques forces en avalant mon gâteau. J'avais supplié ma mère pour qu'on n'attendît pas : s'ils devaient se démaquiller, passer sous la douche et se changer — elle-même étant toujours la dernière —, j'allais en pisser dans ma culotte. Je n'avais pas eu besoin de lui répéter deux fois.

C'était l'hiver. Nous étions en Lombardie, près de

Milan, pour une dizaine de jours et, ensuite, je crois que nous devions aller à Berne, mais à l'époque, Edith, Oli et moi nous fichions pas mal de savoir où nous étions.

Nous donnions *Roméo et Juliette* pour quelques soirs et certains danseurs étaient en costume Renaissance, fil d'or et tout le tralala, et me saluaient de leur chapeau à plume. J'étais passablement excité, d'autant que, profitant de la confusion, j'avais réussi à boire davantage que le ridicule dé à coudre qu'on m'avait attribué. Ramona s'installa au piano et certains se mirent à chanter. Georges, le père d'Edith et d'Oli, nous ressortit son éternel numéro de claquettes et devint tout rouge, et Madeleine, leur mère, tomba de sa chaise et renonça à se relever, restant appuyée à la fontaine auprès de laquelle Mercutio viendrait mourir.

Plus tard, Georges la prit dans ses bras et la transporta à l'hôtel qui se trouvait au bout de la rue. C'était souvent ainsi que ça se terminait. Quand Madeleine ne tenait plus sur ses jambes, il allait la coucher et nous, les enfants, étions également du voyage. « Je crois que Madeleine est fatiguée..., nous disait-il. Il est temps d'aller au lit ! »

J'exprimais tout haut — je veux dire entre mes dents — ce que les deux autres pensaient tout bas : « Ah ! elle fait vraiment chier... ! » leur soufflais-je tandis que leur père se hâtait devant nous et pestait de son côté. Nous allions dans ma chambre, qui était également celle de ma mère et de Ramona, et il nous faisait monter à dîner après s'être occupé de sa femme. Il nous demandait de nous tenir tranquilles puis repartait.

Quand par miracle Madeleine tenait bon et qu'on nous oubliait, nous partions à l'aventure. Tous ces théâtres se ressemblaient la nuit. Ils nous étaient à la fois familiers et inconnus et si pleins de mystères que nous n'en venions jamais à bout. Nous nous y amusions dans la journée, mais le soir, c'était différent, le soir, ce n'était pas la même ambiance. Dès que la nuit tombait, nos yeux commençaient à briller. Ils travaillaient très tard, lorsque nous étions en déplacement. Ils étaient fatigués, énervés. Riaient et pleuraient, s'engueulaient pour un oui ou un non. Il se passait toujours quelque chose.

Nous nous glissions partout. Nous les regardions danser, s'échauffer, se maquiller. Nous partagions leurs fruits, mordions dans leurs sandwiches. Nous les écoutions parler de leurs histoires de cœur. Nous assistions à leurs disputes et nous cachions pour observer leurs étreintes avec le fol espoir qu'ils allaient *enfin* baiser, mais nous n'avions pas encore eu ce plaisir.

Nous faisions des tas de choses avec eux quand ils se reposaient entre deux exercices. Ils n'avaient pas souvent le temps dans la journée, ou bien ils nous traînaient dans les musées ou nous cavalions d'un monument à l'autre, mais à la nuit, quand le théâtre était fermé de l'intérieur et qu'il était à nous, quand Ramona se mettait seule au piano et qu'ils dansaient à tour de rôle, il s'en trouvait toujours quelques-uns pour nous accorder un moment et, par exemple, nous montrer comment on cousait des chaussons, comment il fallait masser le dos ou la jambe, comment on respirait avec le ventre ou aussi bien comment tricher aux cartes ou comment exécuter un nœud coulant.

Ces moments-là étaient ce que nous aimions le plus au monde. Et c'était le soir de mon anniversaire. Et aucun de nous trois n'avait sommeil. Et puis cette chambre était moche et triste.

Je repoussai mon assiette sans même y avoir touché. Je me levai et regardai par la fenêtre.

— Nous devrions y retourner..., dis-je.

Edith s'essuya les lèvres.

— Où ça... ? demanda Oli.

Edith se posta à côté de moi. Au bout de la rue, on apercevait la masse sombre du théâtre.

— Je sais par où on peut entrer..., me souffla-t-elle.

Nous enfilâmes nos vestes. J'aidai Oli à boutonner son duffle-coat et nous sortîmes sur la pointe des pieds.

En passant devant la chambre de leur mère, nous entendîmes du bruit. Elle ne dormait pas encore. A mon avis, elle devait être à la recherche d'un dernier verre ou bien elle n'avait pas trouvé son lit. Personnellement, je ne l'aimais pas beaucoup, mais sans raison particulière. Elle ne me parlait pas souvent. Mais il n'empêche qu'on nous mettait souvent au lit par sa faute, enfin je voyais ça de cette manière. Sinon elle nous fichait la paix.

Le type de la réception dormait à moitié. Edith s'engagea la première, pliée en deux comme un Sioux et silencieuse comme le serpent. Ensuite, Oli et moi. Je le cramponnais pour être sûr que tout irait bien.

La rue était couverte de neige. Un vent glacé soufflait, agitant les réverbères et nous faisant plisser des yeux. Il n'y avait pas un chat dehors. Nous filâmes en longeant les murs. Je pensais pouvoir arguer de mon anniversaire si les choses tournaient mal. Ou bien qu'un type rôdait dans les couloirs de l'hôtel et nous avait fichu la trouille.

Edith nous pilota jusqu'à une porte renfoncée, derrière le théâtre. Cela donnait sur un réduit où l'on entreposait les poubelles et quelques outils déglingués, jetés sur un vieil établi. En grimpant dessus, on atteignait un vasistas dont le carreau manquait.

— On tombe derrière les loges, nous expliqua-t-elle. Et on sort par la fosse d'orchestre...

C'était le chemin idéal. On pourrait jeter un œil à droite et à gauche, et décider si l'on pouvait se montrer ou non, selon qu'on le sentirait. Je me hissai sur l'établi, passai ma tête à travers l'ouverture. On y voyait à peine, mais suffisamment pour que je me rende compte que les deux pièces n'étaient pas du même niveau, je voyais le sol à moins d'un mètre plus bas.

Je sautai. L'endroit était encombré de chaises à demi dépaillées, empilées les unes sur les autres, et empestait comme un caveau humide. Il y avait deux rectangles lumineux sur l'un des murs, deux grilles d'aération qui nous sauvaient de l'obscurité complète. On entendait des voix de l'autre côté. Je me tournai vers les deux autres en posant un doigt sur ma bouche.

— C'est mon père qui est là..., murmura Edith en essuyant ses mains sur sa jupe. Et à côté, je crois, c'est un couloir.

Je m'approchai prudemment de la première grille et vis son père, couché en travers d'un fauteuil bas et s'amusant avec un œuf. Il semblait parler tout seul, mais d'où j'étais, je ne distinguais pas la loge tout entière. Je ne comprenais pas non plus ce qu'il disait car, à présent, sa voix n'était plus qu'un filet inaudible.

— Ben qu'est-ce qu'il fabrique... ? demandai-je.

Edith haussa les épaules. On décida que ce n'était pas très intéressant. Nous descendîmes quelques marches, traversâmes un autre débarras dont un mur était également flanqué de ces aérations qui nous éclairaient juste assez pour que nous puissions nous diriger à travers le fouillis qui s'y étalait, puis nous débouchâmes dans la fosse d'orchestre.

Nous nous regardâmes Edith et moi.

— Où ils sont... ? demanda Oli.

On n'entendait pas de bruit, si ce n'était une rumeur lointaine du côté des loges. Je montai aussitôt sur le devant de la scène.

— Henri-John, mais tu es encore là... ? !

Trois Montaigus rêvassaient encore sur le lit de Juliette.

— Ma mère m'a dit que je pouvais revenir...

— Non, c'est fini pour ce soir... Tu ferais bien de ne pas trop traîner dans le coin si tu ne veux pas te retrouver enfermé.

— Ouais, je suis pas idiot.

Je rejoignis les deux autres.

— On est venus pour rien...! Ils rentrent à l'hôtel. Barrons-nous en vitesse!

— Ben c'est réussi..., marmonna Edith en tirant Oli par la manche. Nous empruntâmes le même chemin en sens inverse, dépités et silencieux. Je n'avais plus envie que nous nous fassions pincer, à présent. Le jeu n'en valait plus la chandelle.

Je m'accrochai déjà dans l'encadrement du vasistas, prêt à me glisser de l'autre côté, quand j'entendis Oli :

— Oh! la la...! Oh! dis donc...! lâcha-t-il à voix basse.

Je me retournai et le vis planté devant l'aération où j'avais observé son père quelques minutes plus tôt.

— Quoi...? Qu'est-ce qu'il y a...? m'impatientai-je, tandis qu'avec Edith nous arrivions dans son dos. Ce n'est pas le moment de...

Il y avait une femme, cette fois. Elle nous apparaissait de dos. Elle portait une sorte de peignoir chinois orné d'un dragon aux yeux exorbités, mais ce n'était pas la vue de cet animal qui m'avait coupé le souffle.

Je saisis le bras d'Oli pour qu'il cesse de glousser.

La femme continuait de remonter son vêtement en roulant des hanches et avec une lenteur abominable. Entre ses jambes légèrement écartées, on apercevait Georges dans son fauteuil, les mains croisées derrière la tête.

— Tu crois qu'il peut nous voir? s'inquiéta Edith.

— Non. Mais faut pas trop s'approcher...

— Ça y est ! Je vois ses poils... ! chuchota Oli en piétinant sur place.

C'était la vérité. Et les battements de mon cœur s'accéléraient à mesure que je découvrais ses fesses.

— Je la reconnais... C'est Rebecca ! déclara Edith.

— Ah ! bon... ? fis-je d'une voix sans force.

J'eus l'impression que je commençais à tomber amoureux de Rebecca.

— C'est la danse de l'œuf... ! ricana Oli avec un sourire grimaçant, les deux poings enfoncés dans les poches de son duffle-coat.

Bien entendu, cet œuf nous intriguait. Il était posé sur le sol, entre les pieds de Rebecca — qui portait de petites socquettes blanches pour l'occasion —, et l'on ne comprenait pas très bien à quoi ils s'amusaient. Pour le moment, elle se contentait d'une légère rotation du bassin, le pan de son peignoir retroussé sur ses hanches. Ses fesses étaient blanches comme du lait et tout mon corps était enserré dans des liens invisibles.

— Alors... elle se grouille ? soupira Edith.

S'il n'avait tenu qu'à moi, elle pouvait bien prendre tout le temps qu'elle voulait, mais j'imaginais ce qu'il allait nous en coûter si ma mère ne nous trouvait pas en rentrant. Ce qui n'eut pour résultat que d'augmenter mon trouble.

Tout à coup, leur père changea de position. Il glissa de son fauteuil et s'étendit à même le sol, sur le flanc, un bras replié et la paume en guise d'appui-tête. Il ne dansait plus depuis longtemps mais son corps était toujours long et musclé — simplement il n'avait plus de souffle, fumant du matin au soir —, et j'avais remarqué que les femmes se pressaient autour de lui. Pour l'heure, et tandis que Rebecca dénudait ses épaules — ah ! que n'étions-nous de face... ! —, il avait un air lointain et doux, vaguement amusé.

49

On entendait le vent mugir au-dehors et de l'air glacé tombait du vasistas, mais mon front et mes mains étaient moites. La présence d'Edith m'obligeait — je la sentais qui m'observait par moments — à surveiller mon expression si je voulais m'épargner ses sarcasmes quand nous évoquerions cette histoire. Il me semblait que j'y parvenais tant bien que mal et qu'à côté d'Oli qui roulait des yeux de merlan frit, l'on pouvait me concéder un certain détachement. Je tentai même un de ces bâillements qui devait me blanchir une fois pour toutes quand Rebecca pulvérisa tous mes efforts.

Je vis ses jambes se raidir. Je restai bouche ouverte. Edith me coula un sourire satisfait mais je n'eus pas le temps de me ressaisir et conservai encore un instant cet air idiot cependant que Rebecca entamait son grand écart — le délicieux frottement de ses socquettes sur le parquet me tua.

— Oh ! bon Dieu de merde... ! souffla Oli en serrant ma main dans la sienne.

Je n'avais, moi non plus, jamais vu une chose pareille. Ni même imaginé qu'on puisse faire de tels trucs. Sur le coup, je me sentis inondé, submergé par une joie extatique : je découvris que j'appartenais au monde ou quelque chose dans ce goût-là, et cela me parut merveilleux. C'était surtout sensible dans la région de mon bas-ventre où la chaleur s'accumulait.

A mesure qu'elle glissait sur le sol, son berlingot s'entrouvrait et s'approchait de l'œuf. Des filaments brillaient, s'étiraient entre ses poils, mais peut-être n'était-ce que mon imagination qui grondait comme un torrent et charriait ce que pour mes dix ans j'estimais être le fin du fin en matière de sexe : Oli et moi mettions par-dessus tout le « Berlingot Poisseux ».

Et lorsque le BP en question entra en contact avec la coquille de l'œuf, le coiffa d'un doux bonnet dont les ourlets s'écartaient patiemment, mon érection prit alors une tournure inconnue et plutôt gênante : il me sembla que j'avais envie de pisser tout d'un coup, comme si ma vessie allait éclater d'un instant à l'autre.

Je me tortillai discrètement. J'étais très embêté mais n'aurais bougé pour rien au monde. Et quand l'œuf disparut, que Rebecca poussa un soupir à décrocher les rideaux qui pendaient aux murs de la loge, je n'y tins plus et me soulageai dans mes pantalons. Je ne compris pas ce qui m'arrivait sur le moment — ni même un peu plus tard lorsque je découvris que ma culotte n'était pas humide, peut-être un peu collée par endroits, rien de plus —, mais durant quelques secondes je suffoquai presque, pissant ou quoi que ce fût d'autre avec une joie brutale, un plaisir dont mes incontinences passées ne m'avaient pas laissé le goût, loin s'en fallait.

— Eh bien, qu'est-ce qu'il t'arrive... ? marmonna Edith en me décochant son coude entre les côtes.

Je ravalai ma salive, tâchai de maîtriser mes palpitations en même temps que je lui glissais un regard mauvais — tout à fait machinal car, au fond, j'étais en paix avec la terre entière.

Georges roula sur le sol et ils s'embrassèrent copieusement. Comme Rebecca se penchait en avant, nous pûmes admirer la perfection de son grand écart facial et, cette fois plus en détail, la pastille de son trou du cul. Oli et moi étions aux anges, nos mains se contractaient l'une dans l'autre, aussi fiévreuses qu'à un match de football. Et malgré qu'elle ne fût pas aussi excitée que nous, Edith souriait avec un air étrange.

A présent, je me sentais prêt à affronter les colères de ma mère, je me sentais prêt à passer la nuit tout entière dans ce trou à rats s'il le fallait. Georges glissa la main sous le BP de Rebecca qui venait de se mettre à croupetons. Ma mère aurait pu sortir dans la rue en hurlant mon nom que je n'aurais pas cillé. L'œuf réapparut comme par miracle, luisant et intact. Oli pouffa de rire. Je le bâillonnai aussitôt d'une main ferme, mais c'était parti, cet animal ne pouvait plus s'arrêter. Je jetai un dernier coup d'œil au tableau, Georges promenant l'œuf le long de la fente de Rebecca jusqu'entre sa raie des fesses, mes joues et mes oreilles étaient en feu mais je me reculai, entraînant Oli dans le fond de la pièce où je le secouai.

— Bon Dieu, mais t'es dingue... ?! sifflai-je entre mes dents.

Sur ces mots, Edith arriva en disant qu'on ne les voyait plus. Je lâchai Oli brusquement et allai me coller à la grille.

Je les entendais. A mon avis, ils s'étaient appuyés au mur. Et ils étaient en train de le faire sous notre nez, à moins de quelques centimètres, mais nous étions bien avancés maintenant. Le spectacle était terminé.

La mort dans l'âme, je rejoignis les deux autres qui étaient déjà passés de l'autre côté. Dès que je mis le nez dehors, Oli, qui s'était embusqué dans un coin, me sauta sur le dos en poussant des cris de joie à vous réveiller tous les faubourgs de Milan. Et mon cœur explosa à son tour. Je me mis à courir en rond dans la neige, ne sentant ni le froid ni le vent qui descendait en ronflant du Piémont comme une avalanche d'air glacé et nous coupait la respiration. Au passage, j'attrapai la main d'Edith et entamai avec elle une de ces sauvages galopades ainsi qu'il nous en prenait parfois quand nous nous sentions heureux et que nous ne pouvions plus tenir en place. Oli beuglait à mes oreilles, accroché tel un crabe dans mon dos, et nous dansions et virions en rigolant aux larmes, énervés et bouleversés de ce que nous avions vu.

Nous nous effondrâmes dans une congère qui se

dressait à l'angle de la rue, taillée en étrave de bateau, nous étions à bout de souffle. Nous nous tûmes un instant, surpris par le silence qui nous entourait et à demi étouffés par tout ce que nous avions à dire et qui restait bloqué dans nos poitrines car nous n'avions pas encore assez de mots pour ça.

— Ah! tu parles d'un truc, nom de nom...! soupirai-je.

— *T'as vu ça....?!* éructa Oli dont les oreilles étaient d'un rouge violacé et translucide.

Edith haussa les épaules en souriant :

— On ferait mieux de rentrer avant que les autres s'amènent! nous conseilla-t-elle.

Nous nous relevâmes et fîmes voler la neige qui s'était collée à nous. J'en profitai pour coincer Oli et lui savonner le visage d'un placard qui pendait à mes fesses et semblait l'amuser particulièrement. Je lui dis qu'un peu de fraîcheur était bon pour ce qu'il avait. Nous bataillâmes encore un moment avant de reprendre le chemin de l'hôtel. En dehors de quelques pâles réverbères, c'était le seul bâtiment éclairé de toute la rue.

Le champagne aidant, la tête me tournait encore un peu. Je continuai d'échanger mes impressions avec Oli, lesquelles se limitaient à la répétition de mots orduriers dont je sentais confusément les limites. Nous n'y connaissions pas grand-chose, bien entendu, et nous heurtions à un mystère qui chaque fois reculait devant nous. Il me semblait qu'Edith en savait davantage que nous sur la question. Elle prenait toujours un air supérieur lorsque nous abordions ces problèmes, ce qui m'exaspérait, et si je la mettais au défi de vider son sac pour voir de quoi il retournait — « Alors ça, ma vieille, ça me ferait mal que tu puisses m'apprendre quelque chose là-dessus...! » —, elle se défilait en me disant que je pouvais penser ce que je voulais, que ça lui était bien égal. Je la traitais de petite pisseuse mais au fond j'enrageais car j'étais persuadé qu'elle disait la vérité — n'était-ce pas aux filles de nous faire découvrir ce que nous ignorions désespérément.... ? Qui d'autre pouvait détenir ces secrets... ? ! Durant de longues années je m'imaginerais que la Femme était le mystère absolu. Aujourd'hui c'est moi, qu'en tant qu'homme, j'ai du mal à comprendre.

Enfin bref, nous nous dirigeâmes vers l'hôtel sans trop nous hâter, jetant quelques coups d'œil sur nos talons et prêts à détaler si les autres arrivaient.

Nous n'étions qu'à une vingtaine de mètres de l'entrée quand des chemises et des pantalons volèrent au milieu de la rue, emportés par le vent. Nous nous trouvions sur le trottoir d'en face et la façade de l'hôtel, qui dépassait d'un bon étage les toits des autres maisons, attira immédiatement nos regards. Des chaussures dégringolaient à présent, éjectées d'une fenêtre du quatrième dont les rideaux flottaient à l'extérieur et claquaient comme de longs pavillons blancs. Puis une mallette d'osier s'écrasa sur les pavés couverts de neige avec un bruit de verre brisé.

— Les affaires de papa... ! s'écria Edith sur un ton épouvanté, portant aussitôt sa main à sa bouche tandis qu'au-dessus de nous tournoyait un manteau qui s'en vint choir à nos pieds.

Nous étions pétrifiés, rassemblés dans un mouchoir de poche. Lorsque Madeleine apparut au balcon, les cheveux défaits et simplement vêtue d'une combinaison que le vent mauvais gonflait ou chassait entre ses jambes, nous nous serrâmes un peu plus encore. Puis elle se mit à crier, mais nous ne distinguions pas ses paroles, sa bouche était un trou noir au milieu de son visage. Elle lança des écharpes et des foulards, les cravates pour lesquelles Georges avait une vraie passion et qui filèrent comme des éclairs bariolés. Elle se tordait et gémissait tout là-haut, en proie, aurait-on dit, aux tourments d'une créature invisible l'assaillant de tous les côtés. Je ne savais pas si elle s'adressait à nous quand elle brandissait le poing dans notre direction. Ni si elle était encore saoule, si elle pleurait ou si c'était une effroyable colère qui l'avait saisie. Je ne savais pas ce qu'elle avait, mais ses hurlements nous terrorisaient. Puis, brusquement, elle passa par-dessus bord.

Ses cris cessèrent au moment même où elle basculait et je crois que j'en fus presque soulagé sur le coup. Elle tomba comme un sac de chiffons, sans battre l'air des bras et des jambes.

Son corps s'abattit silencieusement sur le trottoir, envoyant gicler de la neige alentour.

Alors Edith s'élança. Mais d'un bond, je la ceinturai et nous roulâmes sur le sol. Elle se débattit violemment, pire qu'un chat sauvage, couinant et sifflant, me criant de la lâcher et m'arrachant une poignée de cheveux au passage, mais je la serrais de toutes mes forces, la tête enfoncée dans les épaules et les paupières rivées comme des poings devant mes yeux, et pour finir, je parvins à l'immobiliser ou plutôt c'est elle qui renonça à m'échapper. Oli, qui était resté à côté de nous, commença à pleurer en se tournant dans tous les sens. Edith se mordit les lèvres et son visage se plissa, blêmit au point que sa bouche en bleuit et que ses dents me parurent aussi jaunes que de vieilles touches de piano. Oli s'effondra contre moi en tremblant et ses vagissements résonnèrent à travers ma poitrine comme si je m'étais adossé à une cloche. A la vue de ses larmes, je couvris Edith de baisers désordonnés et les miennes tombèrent dans ses cheveux maintenant que je réalisais un peu mieux ce qui venait d'arriver. Je tendis un bras pour saisir Oli et nous enfouîmes nos visages dans un recoin de gémissements, de reniflements, d'embrassades et de pleurs. D'ordinaire, ce n'était pas la tendresse qui nous étouffait, nous embrasser était une de ces corvées qu'on nous infligeait pour les grandes occasions, mais cette fois — et je n'y compris rien — nous nous barbouillâmes de morves et de larmes et nous cajolâmes pour le restant de notre vie.

Tout cela ne dura pas plus d'une ou deux minutes. Les autres se dressèrent autour de nous et j'aperçus des gens qui sortaient de l'hôtel et s'attroupaient. Quand on nous releva, soudés comme des harengs, nous refusâmes de nous lâcher et c'est là que je leur dis qu'on ne se quitterait jamais.

*

Je suis resté tout l'après-midi assis dans le jardin, puis le soir, j'ai annoncé à mes deux filles qu'Edith nous avait quittés, ou plus exactement qu'elle m'avait quitté, moi. Je leur ai dit pourquoi, sans préciser de quelle manière elle l'avait appris.

Evelyne m'a gentiment rappelé que l'on récoltait ce que l'on semait. Quant à Eléonore, elle s'est effondrée sur un siège et m'a regardé fixement. J'aurais pu remettre l'une à sa place et tenter de ranimer l'autre, mais je n'en avais pas envie. J'avais d'autres soucis en tête.

Oli m'a appelé deux jours plus tard, après son retour des Etats-Unis. Il est venu à la maison, c'était un samedi, par une de ces lentes matinées de printemps, et les filles étaient enfermées dans la salle de bains.

— Elle refuse d'en parler, m'a-t-il dit. Elle s'est installée dans sa chambre et j'ai l'impression qu'elle travaille... Mais papa est furieux contre toi.

— Oui, ce qu'il pense ne m'intéresse pas.

— Mmm, je te dis ça au cas où tu voudrais la voir... Tu sais, je ne crois pas qu'elle se confiera à moi... à moins que ce ne soit pour que je vienne te le répéter. Quand il s'agit de toi, elle ne me fait pas plus confiance aujourd'hui qu'autrefois...

— Oli, je me traînerais à ses pieds si cela servait à quelque chose... Mais ce serait une sinistre plaisanterie, n'est-ce pas... aussi je n'ai guère de solution... Ce n'est pas à moi de décider si j'en vaux encore la peine, ce serait une erreur de renverser les rôles... Mmm, ce serait plus qu'une erreur, ce serait me foutre d'elle si tu veux mon avis.

Il a posé sa canne sur mon piano et s'est assis — en fait, il se laissait plutôt tomber sur les fesses, le dos bien droit — sur mon tabouret pendant que je nous servais des verres. Ce voyage, m'avait-il appris, l'avait littéralement assommé, mais je lui trouvais une assez bonne mine.

— J'en ai profité pour lire Harrison et De Lillo, tu vois, j'ai suivi tes conseils... La piscine était crasseuse et peu fréquentée, que demander de plus... ?

— Justement, à ce propos, je crois qu'Edith file un mauvais coton... Je crois qu'elle cherche à devenir un écrivain *sérieux*... et je ne vois pas ce qui aurait pu lui arriver de pire. Tu auras peut-être l'occasion de jeter un coup d'œil sur son travail... Tu verras, on a l'impression qu'elle s'est penchée sur ses feuilles en tremblant. L'élégance, voilà ce qui les obsède. L'habileté plutôt que la puissance d'un véritable talent. L'écriture considérée comme un exercice de style et rien d'autre. Les éditeurs, dans ce pays, tiennent des comptoirs d'épicerie fine. Et la plupart des critiques ont la goutte. Te souviens-tu de ce qu'ils disaient à la sortie de ses livres ? « Très bien... *encore un effort !* » Encore un effort pour quoi... ? Pour aller où... ? ! Merde alors ! De tels encouragements devraient inciter n'importe quel écrivain à faire machine arrière. Mieux vaut la pire errance que le chemin qu'ils t'ont tracé, car celui-là, au moins, tu sais que ce n'est pas le bon. Et en cela, je veux bien leur reconnaître une utilité... Bon sang ! Oli, ce n'était pas le moment que je me conduise comme un imbécile. Elle a d'autres chats à fouetter... !

— Mmm, laisse-la se débrouiller. C'est une vraie tête de mule et elle n'est pas en état d'écouter quoi que ce soit. Qu'elle écrive un mauvais livre n'est pas si grave, d'ailleurs ils l'ont tous fait. L'important, c'est qu'elle s'en rende compte.

Nous avons changé de conversation quand les filles sont arrivées. Oli leur a déclaré qu'elles étaient ravissantes et elles ont tourné autour de lui, l'ont accaparé jusqu'à ce que nous allions déjeuner. Je me suis senti un peu à l'écart. Mais leur froideur, depuis le départ d'Edith — les efforts d'Eléonore pour m'assurer de sa tendresse étaient encore plus pénibles que l'indifférence de son aînée —, me semblait être la moindre des choses et je comprenais.

Evelyne nous a traînés dans un restaurant tex-mex dont elle nous a rebattu les oreilles durant tout le trajet, sans s'inquiéter un seul instant qu'Oli en revenait, mais ce salopard, alors que j'émettais certaines réserves sur ce choix judicieux, a prétendu qu'il la suivrait les yeux fermés.

Oli les avait toujours eues dans sa poche. Toutes petites, elles éprouvaient déjà pour leur oncle une espèce d'adoration, qui n'avait pas failli au cours des années et qu'Oli entretenait dévotement. Outre ses qualités et le charme de sa personne qui auraient amplement suffi à captiver mes filles, il leur écrivait des quatre coins du monde et je les regardais soupirer, prêtes à sauter dans le premier avion, à la lecture — et elles en avaient chacune plusieurs pages — de ses impressions sur Leningrad, Rio ou Sydney. Quand il n'était pas dans un avion ou quelque part au diable, c'est qu'il était en train de préparer ses valises, du moins voyaient-elles ainsi les choses et Oli s'en trouvait auréolé de mystère et elles lui sautaient au cou à chacune de ses apparitions.

Il y avait aussi les cadeaux. Cette fois, et uniquement à leur intention, il avait quitté sa retraite du Château Marmont et avait fait un saut jusqu'en Arizona pour leur acheter des poupées katchinas. J'avalais silencieusement mes côtelettes d'agneau, couvertes d'un coulis de framboises épicé et cernées d'une sauce verte, elle-même contenue par une levée de haricots noirs, quand il a produit ses emplettes et, reprenant son souffle après être passé entre leurs bras, nous a tenu un long discours sur l'histoire des Hopis. J'aimais profondément Oli. Il y avait peu d'épisodes importants de ma vie auxquels il n'était mêlé. Nous avions pratiquement tout découvert et tout appris ensemble. Aujourd'hui encore, lorsque Edith s'absentait, il me proposait de venir avec lui comme pour cette tournée à Los Angeles qui venait de se terminer — et que soit dit en passant j'aurais été bien avisé d'accepter. Nous aimions être ensemble. Et malgré ses absences répétées, nous n'étions jamais très loin l'un de l'autre.

*

Il les a enlevées pour le restant de l'après-midi, et sans doute aussi pour une partie de la soirée. Je n'étais pas du voyage car ils se rendaient en un lieu où j'étais désormais déclaré persona non grata. Après réflexion, j'ai renoncé à les charger d'un message pour Edith. Je n'avais rien de très intelligent à lui dire.

Mes cours de piano m'ont distrait jusqu'aux environs de six heures du soir. Puis j'ai reçu un coup de téléphone de Robert Laffitte, son agent. J'étais dans mon fauteuil, occupé à regarder le ciel qui passait au-dessus des arbres. Il m'a dit :

— Edith m'a chargé de réunir ses affaires. Est-ce que je peux venir ?

Je lui ai répondu non, que j'allais m'en occuper moi-même. Il a dit :

— J'insiste... !

Je lui ai répondu qu'il allait au-devant de sévères complications.

J'ai ouvert la porte de son bureau. Je me suis assis à sa table et j'ai observé pendant un moment les objets qui s'y trouvaient. Puis je les ai mis dans un carton. Ensuite, j'ai vidé les étagères. J'ai rangé ses Robert, sa bible, son Grevisse, plus quelques livres auxquels elle tenait. Cela m'a pris jusqu'à la tombée de la nuit car j'ai passé en revue un bon millier d'ouvrages, non par peur d'en oublier certains qui auraient pu lui faire défaut (? !) mais simplement parce que j'avais commencé à les regarder et que j'en attrapais un de temps à autre, l'ouvrais et en parcourais un morceau, retrouvant ainsi des souvenirs qui y étaient attachés, des époques, des lieux, certaine conversation que nous avions eue à son sujet, des nuits entières qui avaient échappé au sommeil, etc. Je me suis assis par terre. Les rayonnages du bas étaient encombrés de papiers, de dossiers, de boîtes où s'entassaient des feuilles manuscrites, photos, coupures de journaux, notes, tout un fatras recouvert de poussière que j'ai soulevé du bout des doigts. Je me suis demandé si j'allais tout emballer en vrac ou tenter l'impasse. J'hésitais, inspectais vaguement le contenu d'un casier que j'avais tiré du lot quand je suis tombé sur son journal.

Je me souviens très exactement de ses mots : « Si l'un de vous deux essaye de mettre le nez là-dedans, il est mort... ! » Nous devions avoir treize ou quatorze ans, et une semaine plus tôt, Oli et moi avions décidé d'écrire nos mémoires. Elle s'était tout d'abord fichue de nous et puis voilà qu'elle surgissait dans la chambre en brandissant ce que je tenais à présent entre mes mains. Il n'avait plus aussi fière allure, la toile était sale et jaunie, la tranche usée et la serrure oxydée, mais sur le coup, cela nous avait coupé la chique à Oli et à moi, comme si nous étions à vélo et qu'elle nous doublait en Mobylette. Nous étions allongés sur le tapis, feuilletant le dernier numéro de *Paris-Hollywood*, et elle nous regardait de haut. Puis elle avait fini par accepter que nous jetions un coup d'œil sur la chose. Bien entendu, cela n'avait rien à voir avec les simples cahiers, grossièrement ordinaires, que nous nous étions achetés. « Ouais... c'est bien pour une fille », lui avais-je déclaré.

J'ai inspecté la serrure un instant. La briser n'était pas une très bonne idée. Je l'ai porté dans ma chambre et suis revenu terminer mon déménagement.

Il y avait trois gros cartons que j'ai traînés jusqu'à la porte d'entrée. Je les ai empilés dehors. Puis j'ai appelé Laffitte.

— Ce qui s'est passé entre vous ne me regarde pas, m'a-t-il annoncé.

— Je n'imaginais pas qu'il puisse en être autrement, *amigo*...

— C'est une situation pénible, Henri-John... Mais Edith m'a demandé...

— Tout est prêt, l'ai-je coupé. Tu peux venir à l'heure qui te conviendra, ses affaires sont devant la porte...

— Mais...

— Tu verras, c'est un peu lourd. Désolé de ne pouvoir t'aider. Bonsoir, Robert.

Georges passa une matinée entière à démonter les sièges à l'arrière de l'autocar, pour y glisser le cercueil de Madeleine. Je le voyais transpirer, s'acharnant sur les boulons rouillés, alors que je frissonnais et dansais sur place. Je venais de lui apporter une tasse de thé brûlant et j'attendais qu'il se décide à la boire car le patron de l'hôtel était de mauvaise humeur et m'avait ordonné de la ramener sur-le-champ. Et cela, je l'avais parfaitement compris car je baragouinais un peu d'italien, grâce à Ramona, et surtout parce que ce type m'avait attrapé par l'oreille et m'avait lancé un regard féroce, *capisci... porca miseria !*

La mort de Madeleine, outre qu'elle avait bouleversé chacun d'entre nous, balaya le fragile édifice que constituait, côté finances, une tournée du Georges Sinn Fein Ballet. Le soir même, Georges annula toutes les représentations. Au cours de la nuit, il se glissa dans notre chambre et pleura un moment dans les bras de ma mère. Je les entendis discuter longuement de mon lit et compris que nous n'avions pas l'argent nécessaire pour payer les chambres d'hôtel. Ce n'était certes pas l'objet de son désarroi, mais il se dressa tout à coup et grogna : « Dieu nous a abandonnés ! » Ma mère le rassura. Le lendemain, durant toute la journée, Georges et les autres hommes de la troupe fendirent du bois pour le propriétaire de l'hôtel. Quant aux femmes, elles astiquèrent toutes les chambres une par une, lavèrent et reprisèrent des draps dans une buanderie sinistre — nous les entendions pester, à travers les soupiraux de la cour, penchées sur une montagne de linge.

Mais cela ne devait pas suffire, à mon avis, car le type

nous supprima la moitié des chambres. Georges, Edith et Oli passèrent la nuit avec nous. On dédoubla les matelas. Georges partit avec Ramona et Luiz, le maître de ballet argentin, pour trouver de quoi manger. Le jeu consistait à ne pas se faire pincer lorsqu'ils seraient de retour avec les provisions.

Ma mère nous improvisa un lit de couvertures, à même le sol. Puis, visiblement satisfaite, elle s'alluma une cigarette.

— Eh bien, vous en faites une mine... ! s'exclama-t-elle en nous voyant grimacer devant son installation.

Le fait est que nous n'étions pas habitués à ce genre d'inconfort, non que d'ordinaire nous descendions dans de très grands hôtels, mais c'était la première fois que l'on nous couchait par terre, et quant à couper du bois et jouer les lingères pour un négrier milanais, nous avions plutôt à l'esprit les réceptions et les dîners qu'un quelconque amoureux des arts — doublé d'un amateur de jolies femmes ou de beaux garçons comme je le compris plus tard — donnait en notre honneur.

— N'est-ce pas amusant... ? déclara-t-elle en s'asseyant sur un *vrai* lit.

Personnellement, je ne voyais pas ce qu'il y avait de drôle à dormir sur un tas de chiffons et les deux autres ne semblaient guère plus emballés que moi. Elle nous tendit les mains. On traîna des pieds.

— Un jour riches, un jour pauvres... Quelle importance... ? ! Et comme cette vie serait ennuyeuse si le soleil brillait à chaque instant, vous ne trouvez pas... ?

On ne savait pas trop.

— La richesse, on la porte en soi. Les objets qui nous entourent n'ont aucune valeur...

Là, on ne comprenait plus rien du tout. Le moment était mal choisi pour notre éducation spirituelle. Si elle poursuivait dans cette voie, j'allais sûrement finir par m'endormir debout.

Le lendemain fut donc le jour du départ. Quand Georges, armé d'une scie à métaux — il dut supplier l'hôtelier de lui en prêter une —, vint à bout de son dernier boulon, il m'envoya prévenir les autres tandis qu'il manœuvrait la banquette arrière. Il semblait fatigué et à bout de force. Je détalai en emportant la tasse, l'ayant vu jucher la banquette en travers de ses épaules et tourner pâle comme le Christ de Mantegna.

Nous attendîmes un long moment devant l'hôpital. Ramona nous fit descendre de l'autocar et nous installa sur un banc pour nous préparer des casse-croûte. Il faisait un froid de canard, mais le ciel était d'un bleu intense, on sentait presque le soleil sur nos joues. A nos pieds, la neige était craquante, comme nappée d'un sucre translucide, et il y avait une espèce de jardin public pour nous amuser. N'empêche que nous restâmes assis les mains dans les poches, raides et renfrognés. Nous en avions marre de cette expédition, nous voulions rentrer.

A la vue du cercueil qui descendait rapidement les marches de l'hôpital, porté par Georges, Luiz et deux autres danseurs, Edith se remit à pleurer. Sa bouche se tordit à nouveau, pareille à l'autre soir, mais elle garda les yeux grands ouverts et les observa sans ciller, dans un silence dégoulinant.

Nous refusâmes d'avaler nos sandwichs. Le cercueil fut embarqué prestement, placé à l'arrière et masqué par un tas de couvertures. De leurs conversations de la nuit passée, nous avions plus ou moins compris que nous n'avions pas le droit de transporter le corps de Madeleine sans autorisation et que nous devions nous en passer, étant donné ce que cela coûtait. Avant de démarrer, Georges s'assura, en l'entourant de quelques valises, que la chose n'attirerait pas trop l'attention. Puis il posa les yeux sur moi et déclara en s'adressant à lui-même :

— Il faudra trouver mieux pour traverser la frontière...

Puis le car s'ébranla et nous filâmes vers Turin sous un soleil éblouissant.

A l'avant, les sièges se faisaient face. Nous les occupâmes avec Ramona, en compagnie de Luiz et Rebecca qui prirent place de l'autre côté de la travée. Ramona nous distribua des plaids dans lesquels nous nous enroulâmes aussitôt car, même à l'intérieur, nos respirations fumaient comme des cheminées et nous avions les pieds serrés par des tenailles.

Oli ne tarda pas à s'endormir contre mon épaule, le pouce à la bouche. Il me gênait, mais chaque fois que je le repoussais, il retombait vers moi, si bien qu'à la fin j'abandonnai, peu disposé à lutter, ce qui de toute façon n'aurait servi à rien. J'étais engourdi et mes pensées glissaient mollement sous mon crâne, m'effleuraient distraitement. Georges était au volant et discutait avec Luiz qui, debout à ses côtés, lui décortiquait des noix. La blancheur étourdissante de la campagne me faisait cligner des yeux. Ramona lisait *Mort à crédit*, d'un type qui vivait près de chez nous à Meudon et qui nous effrayait un peu. Rebecca s'apprêtait à manger. Edith regardait dehors, le front appuyé sur la vitre. Je n'avais pas connu mon père, qui était mort durant la bataille du *monte Cassino*, trois mois après avoir épousé ma mère et qui ne m'avait laissé qu'un prénom bizarre. J'aurais voulu dire à Edith qu'à présent nous étions à égalité. C'étaient les mots qui me venaient à l'esprit mais ils n'exprimaient pas mon sentiment. Je me demandais comment lui expliquer que moi sans mon père et elle sans sa mère, eh bien, je ne savais pas au juste mais c'était comme si nous avions partagé tout ce que nous avions — et à la réflexion, cette idée-là aussi me parut bizarre, quoique assez proche de ce que j'éprouvais.

L'ambiance n'était pas très gaie, naturellement. La mort de Madeleine et le manque à gagner que supposait notre retour précipité crevaient dans l'œuf le moindre signe de bonne humeur ou lui donnaient un air forcé. Il suffisait d'observer Georges dans le rétroviseur, les traits tirés et le regard halluciné, serrant les dents comme s'il avait le diable à ses trousses, pour se sentir écrabouillé sur place. A l'aller, malgré l'excitation que nous procurait ce genre de déplacement et les efforts de chacun pour nous changer les idées, le voyage m'avait paru long. Cette fois, j'appréhendais le pire.

Je m'éteignais doucement, rêvant que j'allais m'endormir et plonger dans un sommeil si profond que rien ne pourrait m'en tirer avant que nous soyons arrivés. Juste à demi ouverts, mes yeux se posèrent sur Rebecca, cependant que mon cerveau tournait au ralenti et finissait de se vider. Elle venait d'avaler un petit pain et rassemblait les miettes au fond de sa serviette. Puis elle fouilla dans son sac et en, sortit un œuf.

Je sursautai presque. Le sang m'afflua au visage. Profitant de la faveur du plaid qui me couvrait jusqu'aux épaules, je dégrafai discrètement mon pantalon et me saisis la bite. Oh ! je serais mort sur place pour que ce fût la main de Rebecca et non la mienne qui me pétrît en cet instant ! Je réduisis l'ouverture de mes paupières à d'infimes meurtrières et fixai sa bouche et ses mains pour lesquelles je découvrais subitement un intérêt particulier.

— Mais mon chéri, tu es tout rouge... ! remarqua Ramona qui faillit me tuer sur le coup. Tu n'as pas trop chaud... ?

Nous traversâmes Turin et sortîmes des faubourgs au crépuscule. Puis je m'endormis pour de bon.

Nous étions à Meudon, dans ma chambre. Rebecca m'avait pris dans ses bras et je la tétais amoureusement quand soudain tout s'écroula autour de moi. J'ouvris les yeux en pleurnichant, le temps de réaliser que c'était Georges qui venait de me réveiller.

— Alors, mon garçon, comment te sens-tu... ? fit-il en m'ébouriffant les cheveux.

Il était con ou quoi ?

Je m'aperçus que l'autocar était arrêté.

— J'ai besoin de toi, reprit-il. Je voudrais que tu changes de place.

J'étais prêt à repiquer du nez mais je me levai tout de même, pressé d'en finir avec cette histoire.

— Très bien. Profitons-en pour aller pisser, me dit-il tout en arrangeant mon plaid autour de mes épaules. Je veux te montrer quelque chose...

Je n'étais pas très chaud pour sortir, mais j'étais simplement capable de bâiller et de maintenir mes yeux ouverts, pas d'offrir la moindre résistance.

Il passa devant moi, descendit, puis me souleva dans ses bras et me déposa dans la neige. Ramona me serra contre elle et me frotta le dos. Le vent était tombé mais l'air glacé me fondit sur la tête et me vrilla le crâne. Je m'étirai, soupirai et avisai les autres un peu plus loin, un bloc compact et fumant, bleu par un rayon de lune.

Georges me tendit un abricot sec que je mâchai mollement. Le froid était si violent qu'il m'angoissait, j'avais mal de la pointe des doigts de pied jusqu'aux genoux. Georges était vêtu d'une simple veste et d'un polo ouvert sur sa gorge, à croire que plus rien ne pouvait l'incommoder. D'un clin d'œil il m'invita joyeusement à nous poster à l'écart, me gratifiant d'un sourire et s'éloignant de quelques pas, les mains à la braguette.

— Nous allons passer la frontière, m'expliqua-t-il alors que je comparais la puissance de nos jets respectifs. Tu sais, nous avons assez d'ennuis comme ça... Il vaudrait mieux qu'ils ne découvrent pas le cercueil de Madeleine, tu comprends...

Puis il me grimpa sur ses épaules et nous rejoignîmes les autres.

— Regarde ça, Henri-John... ! me souffla-t-il.

Nous nous tenions sur un piton qui surplombait la vallée. Les montagnes enneigées resplendissaient tout autour, scintillaient sous la lune comme un gigantesque trésor ouvert en plein ciel, au point que je me tortillais comme un crétin sur mon perchoir, les yeux écarquillés. Mais tout le monde était impressionné, aussi bien ils discutaient à voix basse ou avaient un sourire de bienheureux.

Lorsque Georges donna le signal du départ, Elisabeth Benjamin, ma mère, vint me demander si tout allait bien — elle avait de la chance que je ne sois pas un sac ou un parapluie, sans quoi elle m'aurait si souvent oublié que nous serions devenus fameux à travers l'Europe.

Georges me descendit de son dos avant de grimper dans l'autocar. Il posa ses mains sur mes épaules et me dit.

— Ecoute... je ne peux pas avec Edith et Oli, mais j'ai besoin de l'un de vous... C'est leur mère, tu comprends... Pour toi c'est différent, et tu es presque un homme à présent... Tu pourras reprendre ta place aussitôt que nous serons passés...

Je ne comprenais pas ce qu'il me voulait mais je sentais bien qu'il essayait de m'entortiller et ça ne me disait rien qui vaille. Les autres étaient déjà remontés et j'étais pressé de les suivre.

— Nous t'avons installé un lit, a-t-il repris en augmentant la pression de ses mains. Henri-John... c'est le seul moyen de nous en sortir sans problèmes. Tu n'as pas envie de me voir aller en prison, n'est-ce pas... ?

J'ai secoué la tête parce qu'il attendait visiblement une réponse.

— Très bien. Parfait, mon garçon... Tu as sans doute réalisé que je traversais un sale moment et tu as raison, je suis épuisé... Mais je n'ai jamais douté que je pourrais m'appuyer sur toi si l'occasion se présentait.

Je ne savais toujours pas ce qu'il manigançait. La fatigue, les soucis, les émotions lui donnaient un air égaré qui m'inquiétait un peu, vu les circonstances. Malgré la proximité de l'autocar, les ténèbres silencieuses qui nous entouraient n'étaient pas faites pour me rassurer en sa compagnie.

Il finit par me lâcher, néanmoins. Seulement une fois à l'intérieur, il me conduisit tout au fond, là où ma mère m'attendait, un bras tendu vers moi et me souriant comme si je venais de remporter un prix.

— Et moi qui croyais que tu aurais peur... ! murmura-t-elle tandis qu'elle se baissait à mon niveau, ce qui au même instant me permit de découvrir la charmante surprise qu'ils m'avaient préparée.

Je me raidis aussitôt. Les mains de Georges tombèrent à nouveau sur mes épaules, m'empêchant de reculer.

— Enlève tout de même tes chaussures..., me dit-il.

A l'idée que je devais me coucher sur le cercueil — et bien qu'après leurs efforts il ressemblât effectivement plus à un lit qu'à la tombe d'un cimetière — je me sentis fondre sur place et une panique paralysante me saisit. Mes yeux s'embuèrent pendant qu'Elisabeth s'occupait de dénouer mes chaussures et m'expliquait qu'au fond, tout cela n'avait rien d'extraordinaire. Je haïssais la nuque blanche et fragile qu'elle m'offrait, je

69

l'aurais brisée sur-le-champ si j'en avais eu les moyens. En attendant, j'avisai l'accoudoir d'un siège et le cramponnai solidement d'une main — il faudrait qu'ils m'arrachent le bras ! —, tandis que Georges me recommandait de feindre le sommeil et de ne plus bouger tant qu'on ne m'y aurait pas invité. Quand ma mère m'eut ôté mes chaussures, je sentis que j'allais me mettre à hurler. Ma bouche tremblait déjà et j'étais prêt à me laisser glisser sur le sol, et mon estomac se tordait lorsque j'entendis la voix d'Edith se dresser dans mon dos :

— Je vais avec lui ! fit-elle d'une voix si résolue que ni Georges ni ma mère ne répliquèrent le moindre mot.

J'en étais personnellement abasourdi et ravalai mes larmes et l'incroyable cirque — je pouvais me pâmer et devenir tout bleu — que j'étais sur le point de déclencher.

Elle passa devant moi, me décocha un rapide coup d'œil, puis grimpa sur le cercueil et s'y étendit en tirant une couverture sur elle. Je baissai les yeux vers ma mère et la foudroyai sur place. Ensuite je rejoignis Edith.

Lorsque Georges mit le moteur en route et éteignit les plafonniers, elle me serra si fort la main que j'entendis mes os craquer.

*

L'année passée, quand Evelyne nous a annoncé qu'elle arrêtait ses études pour « travailler dans la mode », je n'ai rien dit et ne lui ai plus adressé la parole pendant plusieurs jours. En fait, et c'était bien ainsi que je l'avais entendu, son « travail » consistait à enfiler des robes et se laisser mitrailler par un imbécile du matin au soir, sans oublier qu'elle se trouverait en petite culotte la plupart du temps.

Nous en avions longuement discuté, Edith et moi, et bien entendu il paraissait que j'avais l'esprit mal placé et que toutes ces filles ne finissaient pas dans un claque ou parfaitement abruties comme j'avais l'air de l'insinuer. J'admettais parfois que je me laissais emporter, mais j'étais le seul homme dans cette maison et à mon avis le seul à voir le monde tel qu'il était et non pas tel que je voudrais qu'il soit — or, voilà le fondement de tous leurs problèmes.

La suite m'a donné tort, au moins sur un point. Je voulais que, dans la vie, elle utilise sa cervelle plutôt que ses fesses, et elle s'est servie des deux. Aujourd'hui, les séances de photos ne sont plus qu'occasionnelles car l'on s'est aperçu qu'elle ne manquait pas d'idées et je crois même qu'on lui a donné un bureau et quelques crayons de couleurs — je suis méchant, on lui doit la conception de certains modèles dont une robe de soirée qu'Edith s'est empressée d'adopter. Là où j'avais raison, par contre — en tant que père, et faute de me livrer à des recherches qui remueraient inutilement le couteau dans la plaie, je retiendrai l'idée du milieu qui l'a corrompue plutôt que celle du penchant naturel, difficilement supportable —, bref, là donc où j'avais raison, disais-je, bien que les mots s'étranglent dans ma gorge, c'était de craindre le dérapage d'Evelyne, côté sexuel.

L'interminable défilé de ses petits amis m'ennuyait profondément. Il y avait certaines choses que je pouvais comprendre, et à la rigueur accepter — par le miracle d'une réflexion abstraite —, à condition qu'on ne me les mît pas sous le nez. Et la plupart avaient des têtes d'imbéciles et semblaient satisfaits d'eux-mêmes. Comment expliquer ce que je ressentais lorsque je les trouvais devant moi, sinon qu'ils me dansaient sur le ventre... ? !

Celui qui venait de filer dans un crissement de pneus,

après que je l'eus giflé à la volée et réinstallé derrière son volant, n'était sans doute pas le pire mais il payait pour les autres et pâtissait de la sombre humeur dans laquelle je me trouvais.

Evelyne ne disait rien mais elle me fixait d'un œil torve.

— Personne ne lève la main sur toi en ma présence... ! ai-je grincé. Ou alors, ne te gare pas devant la maison.

C'était sa fierté qui était blessée, le fait que son père fût intervenu dans sa vie de grande personne. Mais je m'en fichais pas mal. Devais-je la prendre comme elle était, ainsi qu'elle tenait à me l'enfoncer dans la tête ? Très bien, j'en avais autant pour elle. Je n'y pouvais rien si elle ne m'aimait pas beaucoup.

Je m'attendais à ce que nous ayons un agréable échange sur le trottoir, au lieu de quoi elle s'est éclipsée sans un mot, décochant un solide coup de pied au portillon du jardin, puis claquant brutalement la porte d'entrée. Chez nous, les gonds ne grinçaient pas ni ne mollissaient dans leur graisse, ils étaient luisants et lubrifiés par la force des choses. Les objets de la maison ne me connaissent pas, mais savez-vous qu'ils tremblent lorsque l'une d'elles est en colère ?

J'ai ramassé les lunettes de soleil — les Porsche sont les plus laides, prétentieuses, ridicules et grotesques paires qu'on puisse imaginer — de l'autre animal et les ai lancées un peu plus loin, au milieu de la chaussée.

Je les avais aperçus tous les deux de la fenêtre de la cuisine, au moment où ils s'étaient garés. Il était tard. Eléonore était couchée. De la même manière, quelques heures plus tôt, c'est-à-dire dans l'ombre et les mâchoires serrées, j'avais observé le transfert des cartons d'Edith dans la camionnette qu'avait louée Robert Laffitte et ses grimaces ne m'avaient pas consolé de ce que ces clowneries représentaient pour moi. Durant un long moment, j'étais passé de la tristesse à la rage, et vice versa, vaguant entre les deux au milieu d'un désert hébété où je ne ressentais rien si ce n'était le vide lui-même, que j'appréhendais comme un mal récurrent.

J'étais dans une phase où j'aurais voulu casser du bois pour tout l'hiver lorsque j'avais commencé à les espionner. Je m'étais demandé ce qui pouvait pousser quelqu'un à garder ses lunettes de soleil après la tombée du jour : était-ce la marque d'une profonde simplicité d'esprit ou de la connerie à l'état pur ? Quoi qu'il en soit, Evelyne ne m'avait pas semblé y attacher beaucoup d'importance. J'avais cru qu'ils n'en finiraient jamais de s'embrasser, et pour le cas où j'en aurais douté, Evelyne m'avait démontré qu'elle savait comment s'y prendre : on n'aurait pas dit qu'elle se préparait à recevoir une hostie ou qu'elle pensait à autre chose. J'en avais été gêné et presque malheureux. Aussi bien, je m'étais averti que je pourrais le regretter si je continuais à les épier, car si je gémissais pour un baiser — si salé qu'il fût — comment pourrais-je supporter la suite ? De quelle curiosité morbide étais-je frappé pour m'imposer un spectacle dont je savais d'avance qu'il m'anéantirait ? Peut-être voulais-je savoir si elle aimait vraiment ça, ou comment réagissait cette partie de moi qu'il y avait en elle tandis qu'elle baisait, peut-être aussi pouvais-je en apprendre un peu plus sur mon compte. J'avais compris très tôt que la puberté de mes filles serait un délicat moment à passer pour tout le monde dans cette maison.

Ces aigres pensées m'avaient traversé tandis que les choses empiraient à l'avant du véhicule. Une main se glissant sous les jupes de mon aînée, les premiers chavirements d'un trouble remue-ménage, tout s'était précipité sous mes yeux dégoûtés au point que j'en avais saisi les rebords de l'évier afin de m'ôter du poids dans les jambes. Puis, alors que mes forces m'avaient pratiquement quitté, le gars avait empoigné Evelyne par les cheveux et l'avait brusquement attirée entre ses cuisses.

J'avais ouvert le robinet, désirant me passer un peu d'eau fraîche sur le visage et perdant le peu d'amour que j'avais pour cette vie et haïssant la terre entière, lorsque j'avais pris conscience qu'Evelyne se débattait. Après quoi, sa portière s'était ouverte et le type l'avait rejointe et l'avait giflée sur le trottoir. Une joie sombre s'était répandue à travers tout mon corps. Un reflet de la vitre m'avait informé du hideux sourire qui contractait mes lèvres à la seconde où je m'étais précipité dehors, les joues en feu.

Je suis resté un moment dans la rue pour fumer une cigarette et lui laisser le temps de réfléchir si jamais elle n'avait pas regagné sa chambre en maudissant son père une fois de plus et m'attendait pour me tomber sur le dos. Le silence et la douceur de la nuit inclinaient à l'indolence, d'autant que je venais d'amplement satisfaire à mon agitation et n'étais plus d'humeur à chercher querelle.

— Nom d'un chien ! J'ai cru rêver... ! m'a-t-elle lancé en s'immobilisant au milieu du salon.

— Moi aussi..., ai-je murmuré tandis que je m'avançais à terrain découvert.

Je ne lui ai pas demandé si elle voulait boire quelque chose, je nous ai servi deux grands verres d'un vin californien qu'Oli avait déniché dans la vallée de Sonoma et dont je devais lui donner des nouvelles.

— Oublions tout ça..., lui ai-je dit.

Je lui ai tendu son verre et, bien qu'elle me dévisageât assez durement, j'ai levé le mien sans ostentation mais avec beaucoup d'espoir.

74

— Bon Dieu, tu ne changeras donc jamais... ! a-t-elle sifflé entre ses dents.

Puis elle a secoué la tête avec un long soupir qui l'a casée dans un fauteuil. Je m'en suis offert un autre, bien aise de constater que nous ne nous étions pas encore écharpés, ce qui nous arrivait parfois, à l'occasion de l'un de ces assauts si fulgurants que je ne savais plus très bien ce qui s'était passé quand j'en frémissais encore.

— Ecoute... Mettons que je sois un père idéal, enfin le genre de père que tu aurais désiré avoir et qui t'aurait donné sa bénédiction, quoi que tu dises ou fasses de plus cinglé à mes yeux, mais là n'est pas la question... je veux dire que si j'étais ce brave homme, si je cultivais le respect de tes désirs et de ta vie privée comme un saint s'occuperait d'un jardin enchanté... sincèrement, crois-tu que ce gars-là serait resté sans broncher pendant qu'on te corrigeait... ?

— Mais tu me surveillais, *n'est-ce pas... ?!*

— Mon Dieu non, je ne te surveillais pas ! Figure-toi que j'ai d'autres soucis, en ce moment... Est-ce que tu imagines que je passerais encore mon temps à veiller jusqu'à ton retour... ? Ecoute, je ne suis pas stupide à ce point-là... Je l'ai été, mais je suis le premier à en rire aujourd'hui... Crois-moi, j'étais là par hasard. Et je voudrais te dire quelque chose : si tu avais fait à ce garçon ce qu'il te demandait, ce ne sont ni la colère ni la rage qui m'auraient étouffé... et tu trouves que je n'ai pas changé... ?

Elle considérait son verre et ruminait en silence, nullement troublée par mon allusion aux exercices buccaux que le ciel m'avait épargnés.

— Bah, au fond tu as raison..., ai-je ajouté, me levant pour saisir la bouteille. Personne ne peut réellement changer... Mais accorde-moi que je ne t'étrangle pas au bout d'une corde. Tu fréquentes qui tu veux, il me semble... et je ne tiens pas le compte des nuits où tu ne rentres pas à la maison. Si tu estimes que je représente encore une entrave à ta liberté, eh bien, tu sais... je dirais que tu charries. Sincèrement. Ma dernière opposition à l'une de tes sorties remonte à la nuit des temps, si je ne m'abuse..., et je ne te demande pas de me raconter ce que tu fais...

— Je ne crois pas que ça t'amuserait, de toute façon.... m'a-t-elle répliqué froidement.

— Pourquoi non ? Tes amis seraient-ils aussi maladroits... ? ! Y vont-ils avec la mort dans l'âme et après avoir tiré les rideaux... ? Ma pauvre chérie, c'est simplement de te voir baiser avec des imbéciles qui m'ennuie...

— Car aucun ne trouve grâce à tes yeux, n'est-ce pas... ? ! C'est à peine si tu leur adresses la parole mais ça ne te gêne pas beaucoup pour décider qu'ils ne valent rien... Tu es tellement sympathique avec eux, sais-tu ce qu'ils me disent... ? « *Oh ! je t'en prie...* ne me laisse pas seul avec ton père...! ! »

— Mmm, vraiment... ?

J'ai rempli son verre, les sourcils froncés, feignant une contrariété soudaine, les pauvres petits agneaux !

— Très bien, écoute-moi, je vais te dire la vérité..., ai-je soupiré en me resservant à mon tour. Tout homme qui pose la main sur toi est mon ennemi, ou quelque chose comme ça. De toute façon, je ne peux pas le porter dans mon cœur, c'est impossible. Je sais que c'est un peu brutal et que ça ne résiste pas à la réflexion, mais c'est ainsi, je n'y peux rien...

— J'espère que tu plaisantes... ?

— Non, je ne plaisante pas, mais je ne désespère pas d'y remédier. Notre seule raison d'être ici-bas semblerait consister à franchir des épreuves. Celle-ci en est

76

une de taille, si tu veux mon avis. Ce n'est pas toujours si facile de se comprendre soi-même. Sais-tu, indépendamment de ce problème, que cette part de féminin qu'il y a en moi, je veux dire dans n'importe quel homme, me paraît plus accessible, plus intelligible que mon côté masculin, un peu comme le ventre invisible d'un iceberg, est-ce que tu me suis... ? Enonçons les choses autrement : je crois que je peux comprendre à quoi sert une femme, mais un homme, à quoi sert-il au juste ? Que signifie : je suis un *homme*... ?

— Bon, je vais aller me coucher. Tu es insupportable quand tu es saoul...

— J'ai bu au départ de ta mère. Robert est venu chercher ses affaires dans la soirée...

— Naturellement, qu'espérais-tu... ?

— Certaines images sont plus pénibles que d'autres, voilà tout. M'embrasserais-tu avant d'aller te coucher, oh ! je voudrais que tu me pardonnes cette sensiblerie et il ne s'agit pas de tomber dans les bras l'un de l'autre, tu penses bien, loin de moi...

Je n'ai pas terminé ma phrase qu'elle s'est levée et m'a planté là, pataugeant dans ma bouillie sentimentale.

— Hey... ! l'ai-je interpellée tandis qu'elle montait l'escalier. Je n'avais pas l'impression de te demander la lune... !

A Saint-Vincent, il ne me restait plus que trois semaines avant la fin des cours. L'approche des examens plongeait l'établissement dans une sorte d'apathie préoccupée qui convenait à mon état d'esprit, j'entends par là qu'on me fichait la paix. Je n'avais pas d'ami parmi les professeurs. Je fumais parfois une cigarette avec certains d'entre eux, mais cela n'allait guère plus loin — si j'ose dire, après l'épisode Hélène

Folley — que les banalités d'usage ou l'évocation des petits événements qui survenaient entre nos murs. Ils ne me considéraient pas comme l'un d'entre eux, d'une part en raison de mon absence au cours des deux premiers trimestres, de l'autre parce qu'ils me croyaient riche, ou du moins que ma femme l'était, aussi bien ils me tenaient à l'écart lorsqu'ils intriguaient en vue d'obtenir certaine augmentation, peut-être même se méfiaient-ils de moi à cause des rapports qu'Edith entretenait avec Heissenbüttel. Je m'accommodais néanmoins de cette situation, n'étant pas très liant par nature. Si à maintes reprises j'avais songé à tout laisser tomber, ce n'était pas par amertume ou dans le but de rechercher un milieu plus accueillant. Tout était bien comme cela.

J'avais décidé d'interdire mon bureau à Hélène Folley mais je n'avais pas eu besoin de le lui demander, elle n'avait plus frappé à ma porte. Lorsque je lui avais annoncé que nous n'avions plus qu'à nous soigner tous les deux, j'avais été suffisamment glacial et caustique pour qu'à l'avenir elle choisisse de m'éviter, et j'avais obtenu ce que je voulais. Je la croisais de temps en temps et nous échangions encore quelques mots en compagnie des autres, mais jamais seuls et je m'efforçais de ne plus jeter un œil au-dessous de ses épaules.

Dans ces conditions, mes journées s'enrobaient d'une fadeur délicieuse. En dehors de moi, tout le monde semblait occupé et chacun savait où il allait, ce qui ne laissait pas de m'étonner en regard de la confusion dans laquelle je piétinais. J'étais plongé au cœur d'une armée qui marchait au combat, tournoyant sur moi-même au gré de la bousculade et n'ayant ni but, ni repères, ni quoi, ni qui que ce soit qui puisse m'aider pour reprendre ma route. Dès que mes cours finissaient, je ne m'éternisais pas dans les couloirs empuantis d'une atmosphère studieuse qui me renvoyait à mon chaos, et je regagnais mon bureau au plus vite et m'installais confortablement dans la solitude et le silence et fermais les yeux sous les zébrures lumineuses qui filtraient de mes jalousies.

Je réfléchissais, je divaguais, je décidais d'agir et, dans la seconde qui suivait, je n'aurais pas pu lever le petit doigt. J'étais coincé sur une coquille de noix, sans voile, sans rames, sans gouvernail, et tourmenté par la fâcheuse impression que je tournais en rond. Personne ne pouvait rien pour moi.

Cela dit, si j'étais quelquefois torpillé par un cafard épouvantable — mais là, au moins, la douleur me réveillait —, je passais le plus clair de mon temps bizarrement anesthésié. Le jour se levait, puis la nuit tombait, et c'était comme un ruisseau silencieux au bord duquel je serais resté allongé, n'ayant envie de rien.

J'étais seul assez souvent car les filles allaient la voir et restaient à dormir et ne rentraient qu'au matin pour se changer en vitesse et foncer sans perdre une minute, ne pouvant se permettre de prendre leur petit déjeuner avec moi. Il me suffisait d'échanger un coup d'œil avec Eléonore pour savoir qu'on ne l'avait chargée d'aucun message. Je lui souriais en réponse à l'air navré qu'elle me décochait, après quoi je disparaissais derrière les nouvelles du jour.

J'ai longuement hésité avant d'ouvrir le journal d'Edith. Un soir, je me suis armé d'un tournevis, d'un grand verre de vin et d'un Monte Cristo numéro 3, et je suis monté dans la chambre. Je me suis assis sur le lit, j'ai vidé mon verre et allumé mon cigare. Quand elle n'était pas là, je pouvais boire et fumer dans la chambre, et toute la nuit si le cœur m'en disait, mais ce n'était pas une vraie consolation. J'ai pris le journal sur mes genoux. Il n'était ni chaud, ni luisant, ni animé de pouvoirs particuliers, mais c'était tout de même son journal. J'ai attendu un moment, examinant et roulant mon cigare entre mes doigts car je disposais de tout le temps nécessaire. Les secrets qu'il contenait m'intimidaient un peu. Je suis descendu chercher la bouteille de vin. Je n'avais jamais tenté d'y jeter un œil. Nous nous étions fait les pires crasses, Edith et moi, mais jamais je n'aurais touché à son journal. Il était très gros, rempli de sa petite écriture serrée, et savait sans doute des tas de choses que j'ignorais, mais ce n'était pas tant la curiosité qui m'attirait que le désir de la sentir à mes côtés. Je me suis installé sur le lit en gardant mes chaussures aux pieds — cela lui aurait coupé le souffle —, après m'être décidé pour les sonates de Scriabine — un vieil enregistrement, mais les descentes de quartes de Sofronitzki, surtout dans la huitième, pouvaient tout supporter. Il y avait une épaisseur de fumée, étalée au plafond, d'au moins quarante centimètres et j'y voyais des choses étranges et incompréhensibles. Ce qui ne me plaisait guère, à l'idée de fracturer son journal, était la sensation que je la *forçais* à apparaître, que j'usais d'un sinistre pouvoir pour la rappeler à mes côtés. C'était pourtant un Mouton-Rothschild de 85 que j'aurais bien aimé terminer avec elle — aussi bien, nous l'avions oublié, mais je l'avais acheté pour son retour, ce qui ne manquait pas de piment. J'ai empoigné le téléphone. Ce pouvait être Georges, Oli ou l'une de mes filles, auquel cas j'aurais raccroché. Mais je savais que ce serait elle, forcément.

— J'ai ton journal sur les genoux..., lui ai-je dit.
— Ne fais pas ça..., m'a-t-elle répondu.
— Très bien..., ai-je soupiré.

Le lendemain était un dimanche. Oli est venu me

chercher de bon matin et nous sommes allés aider ma mère à la préparation de sa fête de fin d'année. Il s'agissait en gros de disposer une cinquantaine de chaises et de pousser le piano dans un coin, tandis qu'elle et Ramona se mettaient en beauté.

Pendant que nous transportions les sièges de la remise jusqu'au studio qui se trouvait au fond du jardin, Oli m'a demandé si c'était moi qui avais téléphoné hier soir. Je lui ai dit oui, pourquoi ? et il s'est mis à sourire en m'expliquant qu'il l'aurait juré car Edith en avait été troublée pour le restant de la soirée et qui donc, en dehors de moi, pouvait avoir un tel effet sur elle... ?

— Ce n'est pas ce que tu crois, Oli... C'est son sacré journal. Je l'ai appelée parce que j'avais mis la main dessus et que j'étais prêt à l'ouvrir.

Il s'est arrêté net. Il faisait bon, la lumière était tendre et spirituelle, s'amusait autour de nous comme si nous avions eu vingt ans et quelque délicieuse affaire en vue. Ce n'était pas le cas, malheureusement : nous en avions plus du double, Oli était veuf et je ne valais guère mieux.

— Nom de Dieu ! *Et tu l'as fait... ? !* s'est-il étranglé.

Au fond, nous étions restés les mêmes après toutes ces années. L'ahurissement avec lequel il me considérait semblait avoir été gravé sur son visage trente ans plus tôt. Le journal d'Edith nous avait toujours inspiré de noirs sentiments : le désir de s'en emparer et la crainte de commettre un acte qui nous aurait valu les foudres du Ciel. Nous étions des hommes, à présent, et ce n'était que l'élucubration d'une adolescente, mais l'expression d'Oli en disait long quant à ce genre de réflexion. Pour l'un et l'autre, cette maudite relique continuait à empester le soufre.

— Non, elle m'en a dissuadé, lui ai-je déclaré en souriant.

Il m'a paru déçu et rassuré à la fois. J'imagine que j'aurais éprouvé la même chose à sa place. Nous avons plaisanté sur toutes les horreurs qu'il devait receler tandis que nous installions les chaises et finissions d'arranger le studio. C'est à ce moment-là que je me suis rendu compte qu'à la curiosité brutale et grossière, qui jadis était l'unique raison de l'intérêt que nous vouions à son journal, se mêlait aujourd'hui une véritable tendresse pour ce qu'il représentait. Cela m'est apparu à la manière dont nous avons ri tous les deux, comme cela nous a rendus joyeux.

Au point qu'en me voyant, ma mère a cru qu'il y avait du nouveau, mais je l'ai embrassée en lui disant qu'elle était superbe. Ramona m'a chuchoté à l'oreille que mon aura virait au gris perle et qu'en conséquence je ne devais pas me laisser aller. Je lui ai déclaré qu'il me restait encore quelques réserves.

C'est sans doute ce que j'ai voulu me prouver dans le courant de l'après-midi, lorsque j'ai annoncé à Oli que j'allais le raccompagner et qu'il pourrait raconter que sa voiture était en panne.

— Henri-John... je ne suis pas certain que ce soit une bonne idée.

— Peut-être... Mais figure-toi que je n'en ai pas d'autre.

Nous avions déjeuné sur les bords de la Seine, puis nous avions marché un peu et acheté quelques livres quand j'avais commencé à y penser, me répétant tout d'abord qu'il n'y avait rien d'aussi stupide, puis mollissant à mesure, pour céder finalement au vague espoir que je la verrais.

Nous sommes sortis par le sud-ouest. Georges avait acheté cette propriété une vingtaine d'années plus tôt, en bordure de la forêt de Meudon, peu de temps après que la Sainte Vierge lui fut apparue et lui eut indiqué ses erreurs. Il avait espéré, à l'époque, qu'Edith et moi occuperions une partie de la maison — en fait, nous y avions habité dix-huit mois — et vivrions à ses côtés jusqu'à sa mort. Mais dans ces conditions, c'est moi qui serais mort avant lui.

Lorsque je me suis garé devant le perron, j'ai brusquement senti qu'Oli avait raison, que mon idée n'était pas fameuse. Je suis tout de même sorti de la voiture. Nous nous sommes regardés, Oli et moi. Puis j'ai inspecté les fenêtres de la façade mais les rideaux restaient immobiles.

— Eh bien, ne restons pas plantés là..., m'a-t-il proposé sur le ton de la plaisanterie, quoique légèrement inquiet.

J'ai posé de nouveau les yeux sur lui. Nous nous étions si souvent fourvoyés, l'un et l'autre...

— Mmm... Je crois que j'aurais dû t'écouter... Je ne sais pas ce que je m'étais figuré, mais je réalise que je n'ai rien à faire ici... Ce n'était pas très malin de ma part, n'est-ce pas ?

Comme il ne se décidait pas à me traiter d'imbécile, je lui ai demandé d'aller prévenir les filles que je les attendais. Il m'a touché le bras du bout de sa canne et m'a tourné le dos en s'éloignant de cette démarche raide que lui infligeait la quasi-infirmité de sa jambe gauche.

A présent, Georges avait soixante et onze ans. Il s'était voûté mais il avait encore de l'allure. En dehors de sa maigreur — il était devenu végétarien — et de ses cheveux argentés, il n'avait pas beaucoup changé. Son regard m'avait toujours semblé peu ordinaire. Etait-il plus illuminé, aujourd'hui, ou était-ce la pâleur de son visage émacié qui lui donnait un tel éclat ?

Il était tout de blanc vêtu et, malgré la chaleur, son col était boutonné, de même que les manches de sa chemise. Il a jeté sa cigarette à nos pieds.

— Sacré nom, Henri-John... ! Tu ne manques pas de culot !

— Je t'en prie... Ne commençons pas.

— Mais ma parole... es-tu si fier de toi pour te présenter en plein jour après ce que tu as commis... ? ! Tu n'es pas le bienvenu dans cette maison, mon petit vieux, tiens-le-toi pour dit !

— Ne crains rien. Je n'ai pas l'intention de forcer ta porte.

— Eh bien, encore heureux, dis-moi... ! Alors qu'attends-tu pour décamper, je serais curieux de le savoir...

— J'attends mes filles.

— Tes filles... ? Mais pauvre malheureux, tes filles... Tu as brisé ta famille, le sais-tu... ? Les Russes sont à nos portes, les Juifs et les francs-maçons ont bradé tout le pays, et toi, qu'est-ce que tu trouves de mieux à faire, tu bafoues le serment que tu as prononcé devant Dieu... ? ! Eh bien, bravo, je te félicite... ! En ces temps où nous devrions rester farouchement unis, où la famille est la seule pierre avec laquelle nous pourrions rebâtir quelque chose, tu te mets à frayer avec la première catin du coin... ? ! « Quiconque démolit un mur peut être mordu par un serpent. » Tu peux relire l'Ecclésiaste... !

— Très bien, je n'y manquerai pas. J'adore le passage où il dit : « La femme est chose plus amère que la mort... J'ai trouvé un homme entre mille, mais pas une femme entre elles toutes. » J'aime le type qui dit ça tout en entretenant un harem... Salomon devrait tourner dans un film de Woody Allen.

— Enfin, sache que j'ai écrit une longue lettre à ta mère pour lui expliquer la situation. Il faut que tout soit bien clair... Va-t'en, à présent, nous n'avons plus rien à nous dire.

A ces mots, il a tourné les talons. Puis il s'est arrêté au bas des marches et, se tournant vers moi, m'a annoncé qu'il priait pour le salut de mon âme et qu'une sincère contrition de ma part serait agréable aux yeux du Seigneur, et il a ajouté :

— Tu sais, Henri-John, que je n'aurais pas plus d'indulgence pour mon propre fils s'il s'était conduit comme toi...

— Georges, ne te laisse pas aller à tes émotions... ! lui ai-je lancé.

Mais je doutais qu'il y ait encore le moindre danger de ce côté-là. Il ne s'encombrait plus de sentiments humains.

Le soir, nous avons dîné chez ma mère. Nous sommes restés un peu après le repas, car Ramona et elle étaient encore sous l'excitation de la journée et se sentaient d'humeur volubile. Elles étaient également ravissantes. La moindre fête ou réception les rajeunissait. Nous en avions si souvent connu, autrefois, qu'elles y retrouvaient leur élément naturel et se transfiguraient. Elles n'étaient pas pressées de regagner leur chambre, pas plus que d'abandonner leur toilette.

J'ai profité d'un moment où nous étions sortis dans le jardin, ma mère et moi, et nous étions installés sur la balancelle en attendant notre infusion, pour lui parler de la lettre de Georges.

— Tu veux la voir... ? m'a-t-elle demandé.

— Non, pas nécessairement... Je craignais qu'il t'ait ennuyée avec ça.

— Mais non, voyons... ! m'a-t-elle rassuré en posant sa main sur la mienne. Je n'ai même pas songé à t'en parler... Il est tellement bizarre... Tu sais, j'ai dû renoncer à comprendre tout ce qu'il me racontait, ses idées sont parfois si embrouillées... Sais-tu qu'il a l'intention de louer une grande maison en Bretagne et qu'il voudrait que nous l'y rejoignions dès que les choses tourneront mal à Paris. Il paraît que certaines prophéties vont bientôt s'accomplir...

— Pourquoi ? Les Russes n'aiment pas la Bretagne... ?

Du bout du pied, elle s'est déchaussée en grimaçant et a replié ses jambes à côté d'elle.

— Que veux-tu... il est comme ça à présent et nous n'y changerons rien... Nous avons vécu tellement de choses avec lui... Nous avons passé de si merveilleux moments et surmonté les pires épreuves ensemble... Te souviens-tu au moins de l'homme qu'il était, oh ! il n'était pas parfait, bien entendu, mais quel formidable compagnon il a été pour moi, pour nous tous... Tu sais, si le Ballet est ce qu'il est aujourd'hui, c'est grâce à lui, parce qu'il s'est battu et parce qu'il y croyait et parce que nous étions tout ce qui comptait pour lui... Imagine-toi que ce n'était pas toujours très facile de nous trouver du travail... Je l'ai vu passer des nuits entières penché sur son bureau quand les choses allaient mal, au milieu des factures et des lettres qu'il écrivait à nos créanciers, et cherchant par quel moyen nous pourrions nous en sortir... Et chaque fois il a trouvé une solution, chaque fois il nous a épargné les soucis et les ennuis qu'il rencontrait, persuadé que c'était ses problèmes et que c'était à lui seul de les résoudre... Henri-John, il nous a littéralement portés sur ses épaules à cette époque, je ne sais pas ce que nous serions devenus sans lui... Je lui dois d'avoir pu danser toute ma vie et d'arriver à un âge où les regrets sont terribles, mais sans en éprouver aucun. Que pourrait-il donc bien faire, à présent, pour que j'oublie tout ça... ? Il est peut-être un peu fou, bien sûr, mais il a été magnifique... Ne demande pas à une vieille femme de remettre toutes ses idées à jour... Parce que, au fond, je n'en ai ni l'envie ni les moyens.

— Amen, ai-je fait en portant sa main à mes lèvres.

*

En 56, deux ans après la mort de Madeleine, on nous retira définitivement de l'école. On nous présenta Mlle Alice Parker, ancienne institutrice d'origine anglaise et poétesse à ses heures, que Georges venait d'engager comme préceptrice, moyennant quoi il mettait à sa disposition un petit studio attenant à la maison et dont nous n'avions pas l'utilité.

C'était une femme presque laide, avec un long cou et une solide paire de fesses. Elle nous serra la main et nous donna rendez-vous pour le jour suivant. Nous découvrîmes alors qu'elle avait une très jolie voix, ce qui était mieux que rien.

Jusque-là, Georges et ma mère ne s'étaient guère souciés de notre scolarité. Ou plutôt, ils avaient tout essayé pour que nous n'en subissions pas les « effets pervers », ainsi qu'ils nommaient les conséquences de l'enseignement habituel. Georges était la bête noire de tous les directeurs d'établissements où nous avions été inscrits. Le convoquaient-ils pour connaître la raison de nos absences répétées ? Il se présentait bardé de certificats que Spaak lui délivrait complaisamment et dans lesquels nous souffrions de maladies étranges, de fièvres que nous aurions attrapées à Berlin ou d'un mal contracté à Budapest en respirant les vapeurs viciées du Danube et qui n'aurait pas manqué de décimer l'école tout entière si l'on ne nous avait pas gardés en quarantaine. Ensuite de quoi, et tandis que l'autre nous considérait d'un œil inquiet, Georges s'interrogeait tout haut, se demandant si l'école visait à épanouir ou à casser tous ces gosses, ou lançait une réflexion de cet acabit afin de pouvoir déballer ce qu'il avait sur le cœur.

Ainsi, le lendemain, lorsque Mlle Alice Parker finit de faire le point sur le niveau de nos connaissances, elle empoigna une chaise et se laissa choir dessus en soupirant. Puis elle déclara qu'elle n'avait encore jamais vu ça.

Sur les conseils de Georges, nous l'aidâmes cependant à emménager, afin de lui prouver que pour ignorants que nous fussions, nous n'en avions pas moins bon cœur. Les caisses de livres qu'elle nous donna à déballer nous firent une forte impression.

— Ah ! la vache, elle va nous tuer... ! s'inquiéta Oli, et c'était exactement ce qu'Edith et moi pensions.

Ce fut une rude journée pour nous. L'idée que nous aurions un professeur à domicile nous semblait abominable. Et à mesure qu'elle arrangeait ses affaires, nous sentions le piège se refermer sur nous.

Il était entendu que nos résultats n'étaient pas brillants, mais Georges et ma mère ne nous en avaient jamais tenu rigueur. Ils nous rassuraient même, quelquefois, lorsqu'un professeur inscrivait sur nos bulletins certaine remarque désobligeante à propos de nos capacités. Nous étions riches de bien d'autres choses, nous expliquait-on. Nous voyagions, nous rencontrions des gens, avions découvert des villes, visité des musées dont l'autre animal ne soupçonnait sans doute pas l'existence — ça, nous voulions bien le croire, car les musées, nous n'y coupions jamais —, et surtout nous vivions au milieu d'artistes et nous devions comprendre que c'était une chance formidable que nous avions, car ils nous donnaient l'exemple. Rien d'autre que la danse ne valait qu'on lui consacrât son existence, la danse étant l'accomplissement de la vie, nous répétaient-ils. A la rigueur, la musique, la peinture ou la littérature... Tous ces types en tabliers gris, que savaient-ils de la beauté, que connaissaient-ils en dehors de la liste des départements et les poésies de Maurice Carême... ?! Ce que disant, Georges s'emballait et menaçait d'aller lui casser la gueule. Mais nous préférions qu'il n'en fît rien, nous étions déjà assez mal vus comme ça.

Enfin, n'empêche qu'ils nous collèrent cette bonne femme sur les bras.

Le soir venu, nous rejoignîmes Edith dans sa chambre. Tous les autres étaient en bas pour les répétitions de *Giselle*, mais le cœur n'y était pas car ce n'était pas le genre de ballet qui les excitait. De notre côté, ça n'allait pas très fort non plus. Georges venait de signer pour une tournée en province et l'on nous avait appris que Mlle Alice serait du voyage. « Cette fois, et toutes les autres fois... », avait précisé Georges. Et naturellement, c'était ce que nous avions craint. Nous ouvrîmes la fenêtre, puis nous nous allongeâmes sur le lit pour fumer. On tomba d'accord pour trouver que l'avenir était sombre.

Quoi qu'il en soit, nous commençâmes par lui mener la vie dure. Nous la perdîmes dans Bordeaux, et à Toulouse nous nous arrangeâmes pour qu'on oubliât sa valise à l'hôtel. La tournée était ennuyeuse. Les tours que nous jouions à Mlle Alice nous tiraient un peu de la morosité ambiante. A Marseille, ce fut carrément un coup de cafard qui s'empara de la troupe : nous assistâmes à une représentation sur le toit d'un immeuble, *Le Teck* de Maurice Béjart, et ma mère en eut les larmes qui lui tombèrent des yeux. Il y eut de longues conversations durant toute la nuit. Nous-mêmes, nous avions été emballés. Cette espèce de pas de trois, avec l'énorme mâchoire qui se refermait sur la danseuse, nous avait subjugués. Il semblait que danser *Giselle*, après avoir vu ça, était au-dessus de leurs forces.

Georges piqua une colère épouvantable au bar de l'hôtel. Il s'étrangla en tirant de son sac une poignée de papiers qu'il se mit à brandir au plafond et leur demanda s'ils avaient jamais vu des factures de leur vie, que quant à lui c'était son pain quotidien et qu'il pouvait leur en montrer d'autres s'ils y tenaient vraiment.

— L'avant-garde, c'est le champagne... ! grinça-t-il entre ses dents. *Giselle*, c'est pour vous donner à manger, pour vous habiller et vous éviter de coucher dehors... ! Nom d'un chien, ces conneries ne m'amusent pas plus que vous... ! Pourquoi croyez-vous que nous ressortons *Casse-Noisette* pour les fêtes... ? Pour épater Martha Graham... ? !

Personne ne mettait en doute la nature du camp que Georges avait choisi. La passion qu'il éprouvait pour le travail de Balanchine ou Robbins, entre autres, le rendait si véhément qu'il vous abrutissait si vous aviez le malheur d'en discuter avec lui. Néanmoins, ce soir-là, et malgré qu'il convînt que Georges avait raison, le Sinn Fein Ballet trempa ses lèvres à la coupe de l'amertume, et ma mère et quelques autres sortirent dans la nuit pour, me dit-elle, « renouer avec l'esprit qui avait soufflé sur la ville ». Texto.

L'hiver fut rude. Une nuit, je tombai de mon lit et me roulai par terre en vomissant, avec d'épouvantables douleurs au ventre, et je hurlai comme un damné. Tout le monde se réveilla avec les cheveux dressés sur la tête. On avertit Spaak pendant que je me tordais dans tous les sens et continuais à souiller mes draps de gerbes brûlantes. Une demi-heure plus tard — mais j'étais tellement absorbé par ma souffrance que le temps ne représentait plus rien pour moi —, j'étais dans sa voiture et nous filions vers l'hôpital à travers les rues verglacées de la banlieue — je sus également qu'il faisait moins vingt-deux cette nuit-là et qu'il emboutit une aile de sa Delahaye en dérapant sur les boulevards extérieurs. C'était une péritonite aiguë et il m'opéra sur-le-champ.

Edith me raconta par la suite que j'avais cramponné sa main — je ne m'en étais même pas aperçu — tandis que l'on m'avait transporté à la voiture, si bien qu'elle avait été du voyage, avec ma mère et Ramona. C'est par elle que j'ai appris que lorsque Spaak était sorti du bloc et avait déclaré à ma mère que tout allait bien, elle avait défailli dans ses bras. Et qu'ils étaient restés enfermés un long moment dans son bureau.

— Qu'en penses-tu... ? me demanda-t-elle.
— Tu as besoin d'un dessin... ? marmonnai-je.

Pour mon retour, Georges organisa une fête à tout casser. Il célébrait également une manière de miracle pour lequel il avait pratiquement perdu tout espoir : la Ville venait d'accorder une subvention — presque confortable, me dit-il — au Georges Sinn Fein Ballet.

— Et sais-tu ce que cela signifie... ? ajouta-t-il pendant qu'il me transbahutait de l'ambulance jusqu'à la maison et me tenait sous son haleine empuantie d'alcool, cela veut dire que ta mère va enfin pouvoir danser avec les genoux *en dedans*, mon petit vieux, tu t'imagines... ? !

Et à ces mots, il partit d'un grand rire de loufoque et, me serrant contre lui, il bondit par-dessus les marches qui menaient à l'entrée.

J'étais heureux de rentrer et d'exhiber ma cicatrice, quoique la plupart l'avaient déjà vue deux ou trois fois. Il y avait beaucoup de monde. Tout le rez-de-chaussée de la maison, qu'on avait converti en studio du temps de notre installation, abritait une armée de ce que nos parents appelaient « des artistes », ce qui signifiait qu'il était inutile de chercher une cravate ou une robe de soirée au milieu de tous ces gens. Pour notre part, nous préférions les réceptions plus habillées, les parquets vernis et les grands lustres qui scintillaient au plafond, les buffets où s'alignaient des tonnes de nourriture et de douceurs que nous dévorions jusqu'à écœurement, en nous fichant pas mal du cours de morale auquel nous avions droit en rentrant, quand Georges s'embarquait en rotant dans des palabres où il nourrissait tous les miséreux de la ville avec la moitié de ce qu'on avait présenté. Mais ce n'était pas la honte qui nous empêchait de dormir, et malgré qu'on nous eût servi à chacun un grand verre de bicarbonate.

Toute la rue était encombrée de voitures et ça continuait d'arriver. C'était un bordel comme nous n'en avions pas vu depuis longtemps. Je me sentais en forme après mon opération. J'avais eu droit à l'ambulance et Georges m'avait porté ainsi qu'un malheureux éclopé, mais je tenais bon sur mes jambes à présent et j'avais repris toutes mes forces. Edith et Oli m'entraînèrent jusqu'à ma chambre. J'étais profondément heureux de les retrouver et d'être rentré chez moi après toutes ces journées passées à l'hôpital. La maison tremblait de la cave au grenier sur un air de be-bop — il y en avait encore pour nous faire chier avec ça mais nous allions bientôt redescendre avec *nos* disques — et semblait sur le point de craquer et de répandre toutes ses lumières dans la rue glacée et sombre.

— Bon Dieu, ça promet... ! fis-je en gesticulant sur le palier, comme si j'étais Elvis en personne.

Ils étaient tous là lorsque je poussai ma porte. Sur le coup, je sentis mes yeux s'embuer. Je me jetai alors dans les bras de Ramona. Puis dans ceux de ma mère, et tous les autres m'embrassèrent à tour de rôle pour me souhaiter la bienvenue. Là-dessus, Georges arriva, tout électrisé d'une joie dont mon retour n'était qu'une bénédiction supplémentaire. « Ah ! mes enfants, rugit-il en me prenant sous son bras, *MES ENFANTS...* ! Le vent a tourné, sacré nom de Dieu ! Je vous en prie, ne perdons pas de temps... Tout le monde vous attend en bas... ! »

S'éclipsant aussitôt, il embarqua toute la chambrée à sa suite et la pièce se vida en un clin d'œil. Edith referma la porte pendant qu'Oli sortait les cigarettes. J'étais encore un peu gêné de l'attendrissement stupide qui m'avait saisi.

— Mince, vous avez vu ça... ? ! fis-je en m'essuyant la bouche. J'ai cru qu'ils allaient me sucer jusqu'à l'os !

Mais je n'eus pas à me défendre davantage. Il semblait que, de temps en temps, l'on pût concéder de telles effusions à un homme sans le tenir pour une mauviette, a fortiori après qu'il eut tâté de l'hôpital.

Dans leur précipitation, les autres n'avaient pas attendu qu'Henri-John ouvrît ses cadeaux. Mais les connaissant et sachant que ce genre de partie les rendait à moitié cinglés, je considérais à sa juste valeur le fait qu'ils se fussent enfermés dans ma chambre jusqu'à mon arrivée, bien que la fête eût déjà commencé : c'était cela mon véritable cadeau et j'en étais conscient. La cigarette aux lèvres, j'ouvris cependant les autres, me tordant le cou pour échapper à la fumée qui se rabattait sur mon visage et menaçait de me boucaner comme un jambon. Il y avait une bonne poignée de 45-tours — je souris à Edith car, à coup sûr, elle avait guidé leur choix : Cochran, Haley, Berry... j'aurais fait la même chose pour elle — et un livre de poèmes, les *Feuilles d'herbe*, de Walt Whitman, dans une édition légèrement usagée. Inutile de se demander d'où ça venait. Alice ne terminait jamais ses cours sans nous lire quelques poésies, un poing serré sur la poitrine et de sa si jolie voix.

Oli me couvait du regard avec un radieux sourire. Je crois bien que c'était la première fois que nous avions été séparés aussi longtemps et l'on aurait dit que nous avions compté les jours des deux côtés. Des événements qui s'étaient déroulés en mon absence, il n'y avait pas grand-chose à retenir, sinon que Luiz nous avait quittés pour échapper à son incorporation, car d'argentin il n'avait qu'un oncle par alliance et un plan de Buenos Aires qu'il avait étudié en détail. Georges avait déclaré aux gendarmes qu'aux dernières nouvelles il était sans doute mort, ou ne valait guère mieux autant qu'il en savait, le pauvre étant atteint du plus terrible et abominable cancer qu'on puisse imaginer — Edith précisa que son père en avait tellement rajouté que les flics en avaient pâli.

Avant de retourner en bas d'où nous parvenait une rumeur grandissante, je profitai que les étages fussent encore déserts pour jeter un coup d'œil aux chambres, afin de m'immerger à nouveau — et avec une sorte de béatitude — dans cette maison, d'y replonger comme un poisson qu'on aurait tiré hors de l'eau. J'éprouvais le besoin de m'assurer que rien n'avait bougé, tout en faisant le malin devant les deux autres, reprenant possession des lieux à coups de plaisanteries peu fines quand j'ouvrais une porte et qu'une odeur familière — les yeux fermés, j'aurais reconnu chacune d'entre elles — se glissait en moi et m'étourdissait.

Derrière moi, Edith et Oli s'impatientaient. Il faut dire que de la douzaine de chambres que desservaient les deux étages, je ne leur en épargnai aucune.

— Ah ! mais qu'est-ce que tu fous... ? ! s'exaspérait Oli qui ne tenait plus en place et dont les oreilles étaient à point.

Edith ne disait rien. Elle était fichue de comprendre ce que je fabriquais, alors que je n'en étais qu'à demi conscient.

Sept membres de la troupe vivaient en permanence avec nous, depuis que Georges avait fondé le Sinn Fein Ballet au début des années cinquante. Les autres habitaient en ville et essayaient de se débrouiller de leur côté lorsqu'il n'y avait pas de travail, mais ces sept-là étaient le noyau dur et rien ne se passait sans eux, ils étaient là pour le meilleur et pour le pire, comme ils le répétaient. Enfin bref tout ça pour dire que j'avais de quoi alimenter mon pèlerinage et qu'une petite minute passée sur chacun des seuils nous fit perdre un temps fou.

Au bas de l'escalier, je tombai sur Spaak qui me souleva dans ses bras et m'exposa comme une relique, tandis qu'Edith et Oli filaient vers le buffet. Alors que j'essayais de lui échapper, il me retint encore un instant pour me féliciter de ma vigueur.

— Regardez-moi ça... ! lança-t-il à la cantonade. La vie ne nous récompense-t-elle pas de tous nos efforts... ? !

Il me souriait mais j'étais vert de rage. Au cas où il ne l'aurait pas remarqué, j'allais avoir treize ans et je n'avais rien à faire dans ses bras si ce n'était me couvrir de ridicule. Malheureusement, il m'intimidait. Je me serais arraché des griffes de n'importe qui d'autre en pareilles circonstances, mais lui, je le trouvais plutôt inquiétant et peut-être bien bardé de pouvoirs que j'étais loin de soupçonner. J'hésitais à lui décocher mon coude dans l'estomac : je voulais éviter les histoires. Mais quand il me lâcha, je me pliai brusquement en deux pour esquiver sa main — cette manie qu'il avait de nous frictionner la tête ! — et filai rejoindre les autres.

Ce dont nous convenions aisément, Oli et moi, c'était qu'à défaut de nous proposer un buffet grandiose, ce genre de soirée n'était pas avare de jolies filles. Et il y avait tant de monde qu'il n'était pas difficile de les approcher et de les observer tranquillement du coin de l'œil tout en déglutissant nos sandwichs — plus tard, je découvrirais avec Alice le fameux vers de Whitman : « *All the men ever born are also my brothers... and the women my sisters and lovers* », et j'y reconnaîtrais les sentiments que j'éprouvais à cette époque, quand je trouvais tous ces gens merveilleux et qu'il me semblait que tout était simple...

Ces filles, bien entendu, nous ne pouvions pas les avoir. Mais elles étaient, la plupart du temps, si gentilles avec nous, qu'elles nous laissaient y croire et parfois même estimaient que nous étions si mignons qu'elles nous accordaient quelques privautés dont les délices nous tenaient près de rendre l'âme. Ah ! lorsque étourdies par le vin et quasiment éreintées d'avoir dansé toute la nuit, elles nous permettaient de nous glisser contre elles et jouaient distraitement avec nos cheveux et nous câlinaient tandis que nous les reniflions et glissions comme des anguilles entre leurs seins, ou qu'au prix d'un insensible revirement nous nous retrouvions le nez planté à leurs fourches... !

Nous étions les enfants de Georges et d'Elisabeth, les petits chéris du Sinn Fein Ballet, et cela expliquait les attentions dont nous profitions. Mais nous n'en étions pas conscients et le monde des adultes — uniquement en de telles occasions — nous paraissait tout à fait agréable, pour ne pas dire au poil d'un point de vue sexuel.

C'est ce soir-là que je m'aperçus qu'Edith ne laissait pas les types indifférents. J'en fus tellement surpris que pendant un moment je cessai de m'intéresser à ce qui se passait autour de moi pour la surveiller mine de rien et m'assurer que je n'avais pas la berlue. Il faut dire que, jusque-là, Edith jouait plutôt les casse-pieds lorsque nous commencions à nous réjouir. Elle prétendait qu'elle s'ennuyait et venait vous tirer par la manche quand vous étiez occupés à vous faire materner par une starlette dont les faux cils vous rendaient gâteux et qu'approchait l'instant — mais toujours la montagne reculait — où elle vous donnerait à téter son sein. Il fallait l'envoyer promener, et prier pour qu'elle ne flanquât pas tout par terre. Pourquoi n'allait-elle pas se coucher ? Après coup, nous nous disputions souvent à ce sujet. Elle disait que nous étions ridicules et qu'elle ne comprenait pas pourquoi nous ne voulions plus porter de culottes courtes puisque c'était ce qui amusait ces connasses, et pourquoi ne sucions-nous pas nos pouces pendant que nous y étions, puisque nous n'avions plus la moindre fierté... ? Nous gloussions, Oli et moi, encore tout couverts de rouge à lèvres. La bave du crapaud n'atteint pas le visage de l'homme.

J'avais toujours trouvé Edith jolie, mais ce n'était pas elle, la sombre visiteuse qui traversait mes rêves ordinairement vêtue de porte-jarretelles et la poitrine à l'air. Aussi, je trouvais normal qu'on l'ignorât, du moins en tant que femme, lorsqu'elle était perdue au milieu de ces créatures infernales qui n'étaient que chair, rondeurs et ostentations. Les quelques attouchements auxquels nous nous étions livrés durant notre enfance avaient satisfait à ma curiosité, sans réellement éveiller mon désir. Pourquoi d'autres se seraient-ils intéressés à elle ? Aux dernières nouvelles, son soutien-gorge était aussi vide que la main du mendiant.

Il fallait être à moitié miro pour lui tourner autour. Et le type en question avait des lunettes, justement, et il était poilu comme un singe, ce qui me paraissait aller dans le sens de la crétinerie totale. Quoi qu'il en soit, il devait avoir deux fois mon âge mais ça ne l'empêchait pas de lui couler des yeux doux comme s'il avait eu affaire à une fille du sien, au point que j'en étais soufflé.

Oli vint m'arracher à ce spectacle délirant. Il m'entraîna résolument à l'écart et m'invita à partager un verre de Cinzano blanc qu'il venait de subtiliser. Je lui dis ce que j'avais vu, mais il se contenta de hausser les épaules et ne se fendit pas du moindre commentaire.

— Hé..., insistai-je. Tu trouves pas ça écœurant... ? !

— De quoi... ?

— Eh bien, ce que je viens de te dire ! Le type qui bave devant Edith... !

— Je sais pas. Qu'est-ce qu'il lui a fait... ?

Je compris rapidement qu'Oli n'était pas un interlocuteur valable pour débattre de ce problème. Il était encore trop innocent, trop mal dégrossi pour manier certains concepts dont la subtilité le plongeait dans un misérable abîme de perplexité auquel je préférais l'abandonner. Il n'y avait rien à en tirer. Je lui rendis son verre de Cinzano, vide, puis le laissai à ses pâtés de sable après lui avoir décoché un regard empli d'amertume.

Tout en gardant un œil sur Edith, je me glissai à nouveau dans le vif de l'action. Au centre de la pièce, les robes des filles volaient en l'air et les visages ruisselaient tandis que s'enchaînaient des figures acrobatiques — et les danseurs du Ballet s'en donnaient à cœur joie — qui déclenchaient vivats et sifflets admiratifs d'une partie de l'assemblée. Les autres discutaient, buvaient et plaisantaient, debout ou carrément assis par terre, fumaient et se regardaient dans le blanc des yeux avec des airs inspirés, cependant que les plus hardis s'égaillaient dans les chambres. Certains levaient leurs verres à la mort de Pollock ou de Brecht. Certains s'empoignaient à propos de l'Algérie. Béjart, Babilée, l'arrivée à Paris de l'American Ballet Theater en occupaient d'autres. Mais je sentais que le désir de plaire et de se faire valoir était ce qui importait par-dessus tout. Et comprenant cela j'avais l'impression d'avoir découvert un grand secret. Au demeurant parfaitement inutile, me disais-je. Je ne réalisais pas très bien à quoi me servaient toutes ces choses que j'apprenais sur la nature humaine.

Ce qui, par contre, m'était d'une absolue limpidité, m'agaçait royalement et menaçait de me gâcher la soirée, c'était la tournure que prenait la relation d'Edith avec le binoclard. J'avais encore beaucoup à apprendre, mais j'en savais assez pour ne pas me tromper sur les intentions de ce gars-là. Il en tirait une langue qui traînait jusqu'au ras du sol. Je me demandais ce qu'il pouvait bien lui raconter d'aussi intéressant, surtout depuis une heure et d'autant qu'Edith se fatiguait rapidement lorsqu'on lui tenait la jambe. J'allai danser un peu pour me changer les idées. Ramona m'avertit au passage que je devais être prudent et me souvenir que je sortais de l'hôpital, mais tout se passa très bien et deux filles en fuseaux moulants bondirent en piste pour me rejoindre — que voulez-vous que je vous dise... ? !

J'avais à peine repris mon souffle que je les cherchai des yeux. Je crus un instant qu'ils avaient disparu et commençais à m'inquiéter lorsque je découvris qu'ils avaient simplement glissé sur des coussins et continuaient à se dévorer des yeux tout en se racontant Dieu sait quoi. J'eus presque envie de leur balancer un seau d'eau. Sacré nom d'un chien ! Je n'avais encore jamais vu ça, un type avec la langue aussi bien pendue. Est-ce qu'il était en train de lui réciter la Bible... ? !

Puis je me rendis compte tout à coup, littéralement stupéfié, que le type tripotait une boucle d'Edith, enroulait une de ses mèches autour de son doigt, avec l'air de ne pas y toucher.

99

Je ne perdis pas mon temps à réfléchir. Je serrai les poings et m'en allai trouver Georges.

Il y avait du monde autour de lui. J'attendis qu'il eût terminé son discours sur la technique de Bournonville pour le tirer par la manche.

— Hé... Qu'est-ce que je fais... ? Y a un type, là-bas, avec Edith...

Il posa sur moi un regard stupide. Puis il me serra contre lui et reprit sa conversation, clouant le bec d'un malheureux qui reprochait à Balanchine de ne pas savoir se servir des Russes. Je me sortis rageusement de sa molle étreinte. Lui aussi, je l'aurais étranglé.

Mes deux cavalières voulurent savoir si ce charmant garçon était prêt à remettre ça mais je déclinai leur invitation, ayant perdu la majeure partie de mon entrain avec cette histoire. Je n'étais pas jaloux, j'étais simplement estomaqué. J'aurais très bien pu m'en ficher et fureter à droite et à gauche, la laissant à ses pitreries pendant que j'allais à l'aventure et ramassais tout ce qu'il y avait de bon à prendre, à voir ou à entendre. Au lieu de quoi, et sans doute parce qu'il fallait bien qu'il y en eût un pour se sacrifier, je continuai de l'observer en tâchant de conserver mon calme.

➤ Je n'arrivais pas à savoir si quelque chose avait changé en elle ou si c'était l'autre imbécile qui y voyait juste assez clair pour draguer une chaise. Il me semblait que j'étais bien placé pour détecter du nouveau chez une fille que je ne lâchais pas du matin au soir. Le moindre bouton sur son nez ne pouvait m'échapper. Sa poitrine aurait poussé d'un millimètre que j'aurais été le premier à l'apprendre. Alors quoi ? A moins qu'on ne l'eût frappée d'un coup de baguette magique durant mon séjour à l'hôpital — et quand cela serait, j'aurais bien voulu qu'on me montrât la différence... ! — je ne pouvais m'expliquer ce qui se passait. Edith dans les bras d'un garçon, c'était comme si j'imaginais que nous marchions sur les mains.

Elle était filiforme, dégingandée, et Georges désespérait d'en faire une danseuse, car le plus souvent on aurait dit qu'elle avait avalé des bouts de bois. Elle n'était pas gracieuse. Elle était sèche et violente. Il n'y avait aucune douceur en elle. Lorsque nous étions à l'école, elle dérouillait les garçons, et ceux qui osaient s'y frotter n'étaient pas nombreux. Elle était plutôt d'humeur sombre, silencieuse, farouche. Oli et moi étions les seuls à savoir qu'elle pouvait sourire ou s'émouvoir, ou s'allonger dans l'herbe, au soleil, avec un frémissement radieux : il n'y avait qu'entre nous qu'elle se laissait aller. *ALORS QUOI... ? ? !*

Alors je compris que le type l'avait droguée. Alex, un danseur du Ballet, celui qui nous ramenait des disques des Etats-Unis — je lui devais d'ailleurs le dernier arrivage qu'il avait concocté avec Edith —, m'avait un jour entretenu de ces choses, de ces filles qu'on retrouvait dans un bordel au Moyen-Orient. Paraît-il qu'on leur faisait avaler je ne sais trop quoi et que les pauvres, on leur aurait demandé de se jeter à l'eau, elles y auraient couru tout droit et je dois avouer que ces histoires m'avaient salement impressionné.

— Eh bien, il était moins une... ! frissonnai-je en ravalant ma salive.

J'en connaissais un à qui elle allait devoir une fière chandelle, si je ne m'abusais.

Je m'accroupis devant elle, dans la seconde qui suivait, et sans accorder un seul regard au petit maquereau qui ne perdait rien pour attendre.

— Edith... Est-ce que tu te sens bien... ? murmurai-je.

— Oh ! Je t'en prie, Henri-John... Fiche-moi la paix... ! grinça-t-elle en me fusillant d'un seul coup d'œil.

Bon, elle n'était pas droguée. Elle était même en pleine forme, vive et cinglante comme l'éclair. Sans doute un peu plus timbrée que d'habitude. A mon avis, un truc lui était monté à la tête. Je me relevai sans un mot, transformé en sourire méprisant.

Au fond, je n'avais que ce que je méritais, j'étais bien trop gentil. Les filles, de toute façon, c'était cinéma et compagnie. J'entendais encore les discours qu'elle tenait sur tous les types en général, les ricanements dédaigneux qu'ils lui inspiraient, quand ce n'était pas une grimace dégoûtée soutenue de quelques mots si injurieux qu'ils semblaient définitifs. Mais naturellement, il avait suffi que le premier imbécile venu — et celui-là n'était pas Marlon Brando — feignît de s'intéresser à elle pour qu'on l'entendît soupirer d'aise et mouiller son fond de culotte avec des yeux de merlan frit.

Je la détestai pour avoir dit blanc quand c'était noir, s'empressant de retourner sa veste dès qu'elle en avait eu l'occasion et se reniant sans la moindre honte, je me sentis trahi et ridiculisé d'avoir pris son baratin pour argent comptant. Et j'entendais une voix me susurrer à l'oreille : « Voilà... N'oublie jamais ça. Ouvre tes yeux et apprends... Et ne sois jamais certain de rien. »

Les sandwichs avaient ramolli. J'en attrapai tout de même un pour m'occuper et enfourchai le bras d'un canapé où l'on parlait du canal de Suez. Je ne savais même pas où ça se trouvait ni ce que signifiait « nationaliser », et je m'en contrefichais. Pourquoi avaient-ils toujours des conversations aussi chiantes ? ! N'y avait-il d'autre sujet que ce qui se passait dans le monde, rien d'autre que leurs bouquins, leur peinture, leur théâtre et leur danse... ? ! Et ce qui se passait à l'intérieur d'eux-mêmes, ça ne les intéressait donc pas, je veux dire leurs sentiments, leurs désirs, leurs relations vis-à-vis de leurs semblables, je veux dire ce qu'ils avaient au fond du cœur... ? Bah, c'était à se demander si mon sandwich n'avait pas plus de sang dans les veines..., à moins que ce ne fût moi qui déraillais.

Puis je dansai à nouveau, mais avec Ramona, cette fois, ce qui était plus reposant et me permettait de garder un œil ouvert sur certains. Toutes les filles du Sinn Fein Ballet, ma mère comprise, étaient à peu près bâties sur le même modèle : pas de fesses, de longues jambes, un ventre plat et une petite poitrine. Ramona avait ce que les autres n'avaient pas. Elle s'en plaignait souvent, mais je la trouvais très bien comme elle était, les deux ou trois kilos qu'elle avait de trop étant judicieusement placés. Il n'empêche qu'elle n'aimait pas trop se trémousser et préférait les danses de l'ancien temps, si bien que j'avais eu beau l'affranchir et passer des matinées entières à lui enseigner les figures les plus simples — grâce à Alex, nous étions des pionniers du rock and roll de ce côté-ci de l'Atlantique —, je ne risquais pas de me casser une jambe avec elle, je craignais plutôt de m'endormir.

Nous avions fêté ses trente-deux ans, juste avant que je ne me retrouve à l'hôpital. Je ne lui connaissais pas de petit ami, mais sans que je pusse me l'expliquer, j'étais convaincu qu'elle savait tout sur la question. Ses gestes étaient si doux, son comportement si féminin — au point qu'il paraissait précieux comparé aux allures de garçon manqué que d'autres cultivaient avec soin — que ça ne faisait aucun doute dans mon esprit. Alors je lui demandai si ça se pouvait qu'une fille se mette à baiser du jour au lendemain.

— Tu n'es pas obligé d'employer des mots si grossiers... me répondit-elle. Cela dit, je ne comprends pas bien ta question...

— Eh bien, je n'en sais rien... ! m'énervai-je. Est-ce que ça peut la prendre comme une envie de pisser... ? !

103

Je baissai les yeux, n'ayant pas encore atteint l'âge où l'on est invincible. Au silence qui suivit, je crus qu'elle allait me planter là, moi et mon vocabulaire. Mais ses doigts glissèrent sous mon menton et elle me releva la tête.

— Eh bien, mon chéri, je ne dirais pas les choses de cette manière..., me glissa-t-elle en souriant. Est-ce que tu veux parler d'Edith... ?

— Non, pas spécialement..., fis-je en haussant les épaules.

Et sur ce, je tournai les talons, car il me sembla tout à coup qu'il était moins pénible de rester dans l'ignorance que d'en sortir en passant pour un con. Comment se pouvait-il que je ne fusse pas au courant de la question... ?! M'étais-je accidentellement bouché les yeux et les oreilles au moment où j'aurais dû être éclairé... ?! J'étais convaincu que le premier imbécile du coin savait tout cela depuis belle lurette. J'avais l'impression de me trouver devant un gouffre infranchissable, que n'importe qui d'autre aurait enjambé sans histoire. Je me souvenais qu'un jour, j'avais eu un instituteur que j'avais tenté d'impressionner pour me rendre intéressant et relativiser certaines faiblesses que je rencontrais en calcul mental : « Mais pour qui te prends-tu, mon jeune ami... ?! m'avait-il soufflé à la figure. Crois-tu qu'être capable d'exécuter ton *Concerto pour la main gauche* te sera de quelque utilité quand tu iras faire tes courses... ?! Crois-tu que tes élucubrations sur l'action painting ou les théories de ton Delsarte, dont on se fiche éperdument, t'aideront à vérifier ta monnaie... ?! Apprends donc à marcher avant de savoir courir... N'oublie pas que ce sont les fondations qui supportent l'édifice... ! » C'était un type vraiment chiant, toujours prêt à vous assener une de ces lourdes vérités qui rendaient la vie ennuyeuse et brutale. Mais je le voyais sourire devant moi, hochant la tête en observant toutes ces jolies femmes que j'avais la chance de pouvoir approcher, quand nous ne vivions pas carrément sous le même toit, et il me disait : « Ma foi, tu en connais peut-être un rayon... *mais que sais-tu AU JUSTE... ? !* »

Cette réflexion me déprima un court instant, après quoi je n'y pensai plus et projetai d'aller rôder aux étages. J'étais en train de me demander si j'allais embarquer Oli avec moi, ce qu'envisageant je promenais distraitement mon regard sur l'assistance, lorsque de nouveau j'aperçus Edith. Et de justesse, encore...

Georges tendit une main vers moi, mais je restai hors de portée. Je n'étais pas là pour m'asseoir par terre, le dos au mur, en prenant l'air évaporé qu'avait la bande. J'étais là pour sonner l'alarme.

— Hé... Y a Edith... Elle vient de sortir dehors avec un type, je déconne pas... !

Mes paroles parurent entrer dans son cerveau avec d'énormes difficultés, mais je me tenais prêt à les lui brailler dans les oreilles si cela pouvait l'aider. J'en avais d'ailleurs une folle envie, tant j'étais exaspéré par la lenteur de sa réaction. Je tournai la tête un instant pour le maudire. A ce train-là, il allait lui falloir un bon quart d'heure pour se relever et sans doute autant pour traverser la pièce... ! Je m'entendis grincer des dents et, dans la même seconde, je découvris le type d'Edith en pleine conversation de l'autre côté du buffet, mais sans Edith.

Et cette vision me tomba sur les jambes. Je me laissai glisser près de Georges, légèrement étourdi. Il m'accorda un sourire vitreux, satisfait que je l'eusse rejoint et redépliant langoureusement ses jambes comme une fleur s'ouvrant sous la caresse du petit matin.

Il soupira d'aise.

— Je n'ai pas très bien compris ce que tu me racontais à propos d'Edith..., murmura-t-il en se penchant vers moi.

— Rien ! fis-je en enserrant mes jambes.

Puis je posai mon menton sur mes genoux.

Nous vîmes l'aube arriver de sa chambre, installés sur son lit et fumant de fortes cigarettes dont on ne pouvait pratiquement rien avaler mais qui décoraient joliment la pièce. Oli s'était endormi les yeux à demi ouverts à force d'avoir lutté contre le sommeil, dans une position qui lui déformait la figure : il était à plat ventre, la tête calée sur son avant-bras et, dérapant contre sa paume, la moitié de son visage était tordue par une affreuse grimace. Jusqu'au bout, il avait tenté de suivre ce qu'on se disait, Edith et moi, puis la fatigue l'avait assommé et figé sur place.

Il y avait encore de la musique, en bas — et plus précisément *Ruby, my Dear* de Monk, ce qui me fit supposer que Georges n'était pas encore étendu raide mort dans un coin. La maison s'était vidée aux trois quarts mais le dernier bastion tenait bon et l'on entendait encore la rumeur de ces discussions interminables, quelques rires et des verres qu'on manipulait. Nous étions silencieux. Je ruminais, pour ma part, les événements de cette soirée qui m'avaient contrarié, tandis qu'elle rêvait à je ne sais quoi, le regard vague. Je m'étais moqué d'elle et de son joli cœur, mais elle m'avait envoyé sa fumée au visage en me disant : « Tu veux parler duquel... ? » Quelque chose m'avait étranglé sur le coup, si bien que j'étais resté comme un idiot, incapable de lui sortir les mots blessants que j'avais préparés. Et lorsqu'un peu plus tard j'avais tâché de la coincer sur ses nouveaux appétits — « Hé... pour une que les garçons intéressent pas, tu t'es drôlement remuée on dirait... ! » —, je m'étais trouvé bien trop mou, enfin sûrement pas aussi méprisant que je le souhaitais.

Je la regardais, de temps en temps, installé au pied de son lit comme sur un tas de cailloux et aussi joyeux et à l'aise que devant un bol d'huile de ricin. Je sentais bien que j'allais avoir du mal à accepter les nouvelles manies d'Edith. Mais je n'étais pas idiot au point de m'imaginer que ça pouvait lui passer et que tout redeviendrait comme avant. Je la regardais en sachant confusément que c'était à prendre ou à laisser.

Et comme un malheur n'arrive jamais seul, je fis le lendemain une autre découverte, à croire qu'une éternité s'était écoulée dans ce maudit hôpital — bien que, renseignements pris, la chose remontât à plusieurs mois... ce qui m'en ficha un coup. Bref, c'était le début de l'après-midi et nous aidions les autres à remettre un peu d'ordre dans la maison. Chacun se traînait avec une mine blafarde, la bouche cousue et le geste plus ou moins douloureux. Il n'y avait rien de spécial en vue, si ce n'était récupérer quelques forces. Nous avions obtenu d'Alice qu'elle se pliât à la coutume, de sorte qu'on avait quartier libre. Mais il faisait bien trop froid pour sortir. Il soufflait un vent glacé qu'on apercevait dans le tilleul du jardin et sur les câbles du téléphone. Le type qui vint nous livrer du charbon nous annonça qu'on frôlait les moins quinze et que des canalisations pétaient un peu partout.

Georges grimaça mais décida tout de même d'aller en ville. Il nous promit qu'à son retour nous jouerions aux cartes ou à ce que nous voulions s'il pouvait être assis et au calme. Tandis qu'il dressait la liste des courses — et ça pleuvait de tous les côtés, de la cage d'escalier au fin fond de la cuisine, et il criait : « Ça va !

Pas tous à la fois... ! » —, on nous chargea, Edith et moi, d'aller récolter les draps dans les chambres.

C'était moi qui me coltinais l'énorme sac qu'on emplissait au fur et à mesure. Je n'avais pas beaucoup dormi et cette corvée me semblait encore plus chiante que d'habitude, d'autant qu'Edith ne se fatiguait pas beaucoup. Elle se contentait d'ôter les taies d'oreillers.

— Hé... Pourquoi tu t'allonges pas pendant que je me tape le boulot... ? ! Tu as tort de te gêner !

Ce n'était pas le genre de conseil à lui donner. Elle me décocha un sourire hideux, puis, croisant ses mains derrière la tête, elle bondit en arrière et atterrit au beau milieu du lit qui se creusa en craquant et la repoussa avec un bruit de ressorts. Ce qui la fit beaucoup rire. Quant à moi, je la regardai fixement.

Il se passa peut-être une ou deux secondes avant qu'elle ne saisît que ça ne tournait pas rond et qu'une mouche m'avait piqué. Alors seulement elle rabattit sa jupe d'un geste vif. Je détournai la tête.

— Et alors, t'as jamais vu de sang... ? C'est maintenant que tu te réveilles... ? !

*

Il y avait à présent une quinzaine de jours qu'Edith m'avait quitté et je commençais à comprendre ce que cela signifiait réellement : la blessure avait été un mauvais moment à passer mais la cicatrisation promettait d'être longue et douloureuse, si jamais elle avait quelque chance d'aboutir.

Connaissant Edith, je n'étais pas sûr du tout qu'elle finirait par me pardonner. Et aussi bête que cela puisse paraître, j'étais le genre de type à n'avoir qu'une seule femme dans sa vie et il n'y avait pas grand-chose à y faire, chacun doit porter sa croix ici-bas. C'était une simple constatation. Et cela n'avait rien à voir avec l'air du temps ou la lecture de quelques magazines qui sacrifiaient au gré des modes, c'était comme ça et je n'en éprouvais ni honte ni fierté. Je n'avais pas choisi d'être ainsi. Y consacrer la moindre réflexion ne servait à rien. On peut décider d'être ou non un salaud dans la vie, mais c'est bien la seule liberté qu'on ait.

Dans la seconde quinzaine de juin, Saint-Vincent a fermé ses portes par un après-midi ensoleillé et particulièrement chaud, tout empreint de la bonne humeur générale. Finir l'année était toujours pour moi l'occasion d'un agréable soulagement. Je ramassais mes affaires avec le sourire au coin des lèvres et, avant de sortir, je retournais ma chaise sur mon bureau et ne laissais rien traîner derrière moi.

Cette fois, j'ai plus ou moins regretté d'abandonner mon poste. S'il ne parvenait pas à me changer les idées, au moins occupait-il mes journées et me fournissait-il un emploi du temps auquel je trouvais certaine compensation à me plier. Comment allais-je m'organiser, à présent ?

Je me suis arrangé pour donner mes cours de piano le matin, ce qui réglait une bonne partie du problème. De ce point de vue, si l'on considérait qu'entamer la journée menaçait d'être le casse-tête qui pourrait me ronger et m'abrutir pour de bon, je me suis félicité de ces nouvelles dispositions, me sentant de nouveau en selle quand j'avais vu le moment où je vidais les étriers.

J'ai insisté auprès de mes élèves les plus doués pour les avoir dès la première heure. Pratiquement au saut du lit, ils me jouaient du Bach ou du Mozart et je ne m'en portais pas plus mal. Chostakovitch me rendait un peu mélancolique, mais cet élève-là préparait un concours et je ne pouvais pas y couper. Enfin bref, l'important était que je sois levé, occupé et distrait de ma situation autant que faire se pouvait.

Les attentions qu'Eléonore avait pour moi m'énervaient un peu, mais je ne me sentais pas le courage de mordre la main qui me caressait, pas plus que de la dissuader d'adopter certain rôle, eût-il été vacant et parfaitement taillé à ses mesures. A moins qu'Oli n'eût décidé de m'entraîner quelque part, je passais mes soirées à la maison et, parfois, il m'était bien agréable de trouver quelqu'un à qui parler et de voir qu'il en restait au moins une pour se soucier de moi quand les deux autres auraient dansé sur mon cadavre. Ainsi, le moment était-il bien choisi pour se plaindre que la mariée était trop belle ? Etais-je en état de réclamer quoi que ce soit... ?

Un soir que nous rentrions après dîner, Evelyne a mis les pieds dans le plat, avec toutes les précautions qu'on pouvait attendre d'elle. Il n'était pas tard. Elle nous avait pressés car — et nous nous serions étonnés du contraire — « on » venait la chercher et « on » n'aimait pas attendre. J'aurais sans doute été plus inspiré en ne ricanant pas et en taisant une réflexion sur son goût pour les durs à cuire. Je l'ai aussitôt hérissée, bien évidemment, et c'était assez stupide de ma part, d'autant qu'au fond je me fichais bien de savoir à quoi ressemblait le nouvel et heureux élu. Cela m'avait échappé et je le regrettais, mais bon.

Je me suis installé devant la télé pendant qu'Eléonore me servait un verre et qu'Evelyne me regardait par en dessous. J'espérais que ce n'était pas trop pénible pour cette dernière.

Eléonore a pris place à mes côtés. J'ai passé mon bras autour de ses épaules et nous nous apprêtions à chercher notre bonheur — n'importe quel bout de film conviendrait — quand on a frappé à la porte. « Parfait ! » ai-je pensé en portant mon verre à mes lèvres.

Evelyne s'est levée.

— Royal ! ai-je déclaré en tombant au beau milieu d'*Asphalt Jungle*. J'ai respiré un peu des cheveux d'Eléonore, puis j'ai ôté mes chaussures du bout du pied et le canapé m'a semblé tomber tout droit du Paradis et J. Huston le meilleur d'entre tous.

Evelyne est revenue au bout d'un instant. « Quoi encore ? ! » me suis-je dit.

— C'est pour toi..., a-t-elle lancé à Eléonore.

— Allons bon... ! ai-je soupiré à part moi.

Je me suis tourné pour voir si quelqu'un entrait mais Eléonore s'est avancée sur le seuil et a tiré la porte dans son dos. Je me suis allumé une cigarette, puis suis allé me resservir un verre en feignant de ne pas remarquer le sourire d'Evelyne. Comment me débrouillais-je pour me la mettre sans arrêt à dos ? ! Pourquoi ne nous laissions-nous pas tranquilles... ? ! Je ne savais même plus si nous nous étions entendus, autrefois. S'il nous était arrivé d'agir un peu tendrement l'un envers l'autre. J'avais oublié.

Après un petit moment, Eléonore est réapparue, mettant fin au doux tête-à-tête que nous connaissions sa sœur et moi. Sans un mot, elle s'est de nouveau glissée à mes côtés.

— Qui était-ce... ? ai-je demandé par pure politesse.

— Oh ! rien...

— Comment ça, *rien... ? !* a répété Evelyne en se plantant droit devant nous. Marc vient de me dire qu'il voulait t'emmener à une soirée... !

Moi *(agacé, me tordant le cou pour apercevoir le beau sourire de Sterling Hayden)*. — Qui est Marc... ?

Eléonore *(soupirant)*. — Ecoute, Evelyne...

Evelyne *(les mains sur les hanches, regardant sa sœur en secouant la tête, puis me fixant)*. — Marc est son petit ami, si tu veux savoir... Et je crois qu'il aurait été heureux de pouvoir passer un moment avec elle... Mais elle est trop occupée, n'est-ce pas... ? !

MOI (*commençant à me raidir sur mon siège*). — Que veux-tu dire... ?

ELÉONORE (*elle sort de sous mon bras et, d'une main, rassemble ses cheveux en arrière, et s'adressant à Evelyne*). — Je n'avais pas envie d'y aller. Fiche-moi la paix, veux-tu... ? !

A ces mots, on entend la voix de Marilyn : « Imagine me on the beach with my green bathing suit... ! » Puis Evelyne se croise les bras et se penche vers sa sœur.

EVELYNE (*plissant des yeux et d'une voix sourde*). — Mais bon sang ! Est-ce que tu es malade... ? ! Qu'est-ce que tu me chantes, *tu n'avais pas envie d'y aller...* ? ! Est-ce que tu me prends pour une imbécile ou quoi... ? !

ELÉONORE (*blêmissant, puis prenant un air incrédule*). — Hé... mais de quoi tu te mêles, au juste... ? ! N'essaye pas de me dire ce que je dois faire, s'il te plaît... !

EVELYNE (*levant les yeux au ciel et poussant un énorme soupir*). — Alors quoi... ? ! Tu vas passer toutes tes soirées avec lui (*tendant un doigt dans ma direction*)... ? ! Tu peux m'expliquer à quoi ça rime... ? !

MOI. — Mais qu'est-ce qui vous prend... ? !

EVELYNE (*m'ignorant*). — Il n'a pas besoin d'une infirmière, tu sais... !

ELÉONORE (*se levant et enfonçant ses mains dans les poches arrière de son blue-jean*). — Mais je ne t'ai pas sonnée, figure-toi... ! Non mais, tu te sens bien... ? ! (*Et se balançant sur ses talons.*) Est-ce que tu ne pourrais pas la fermer, de temps en temps... ? !

EVELYNE (*enfourchant l'accoudoir d'un fauteuil et nous gratifiant d'un large sourire*). — *Vous* savez que vous êtes vraiment mignons, tous les deux... ?

MOI (*dans un soupir*). — Bon sang, tu es vraiment fatigante quand tu t'y mets...

EVELYNE. — Bien entendu, toi tu trouves ça normal... ! Ça ne te gêne pas qu'elle reste là à te cajoler au lieu d'aller retrouver ses amis... ! Ça te paraît sain, peut-être... ? !

ELÉONORE *(nous tournant le dos subitement).* — Mince... ! Comment peux-tu dire une chose pareille... Qu'est-ce que je t'ai fait... ?

MOI *(m'allumant une sombre cigarette, et ayant attrapé le regard d'Evelyne, mais m'adressant à Eléonore).* — Tu n'as pas besoin de lui avoir fait quoi que ce soit... Elle est un peu lourde... C'est difficile d'en vouloir à quelqu'un d'aussi mal dégrossi...

EVELYNE *(bondissant de son perchoir et saisissant sa sœur aux épaules, mais assez doucement).* — Demande-lui s'il ne croit pas que j'ai raison... !

ELÉONORE *(se libérant d'une secousse).* — Laisse-moi tranquille !

EVELYNE *(à moi).* — Alors, dis quelque chose... !

MOI. — Très bien : méfie-toi qu'un jour je n'éprouve plus pour toi qu'un sentiment très vague.

EVELYNE *(accusant le coup, mais récupérant aussitôt).* — Oh ! tu sais, je n'ai plus beaucoup d'illusions...

MOI. — Tu as tort... mais tu es libre de croire ce que tu veux.

EVELYNE *(me regardant longuement, puis hochant la tête et reprenant place sur le bras du fauteuil sans me quitter des yeux).* — Non mais tu sais que tu es parfait... ? ! Je me retiens de ne pas t'applaudir ! *(Puis en direction d'Eléonore.)* Tu as vu ça... ? ! *(Et comme Eléonore ne réagit pas et continue de lui tourner le dos.)* Mais nom d'un chien, est-ce qu'on peut encore dire quelque chose sans que tu en fasses une montagne... ? ! Qu'est-ce que tu imagines... ? Qu'il est un dieu vivant et qu'on doit se traîner à ses pieds en lui vouant un amour éternel... ? ! Ça ne t'ennuie pas trop ce qu'il a fait à maman... ? !

S'ensuit un instant de pur silence. Puis Eléonore se tourne.

ELÉONORE *(à Evelyne, d'une voix sourde).* — Ça te va bien de parler comme ça... ! Tu te fiches éperdument de cette histoire, alors épargne-moi ce couplet à la con, tu veux... ? ! *(Puis avec un geste vague, et comme renonçant à s'exprimer davantage.)* Merde, Evelyne... tu fais vraiment chier... !

Et sur ces mots, elle pousse la porte vitrée et sort dans le jardin.

EVELYNE *(sur un ton enjoué).* — Eh bien... l'incident est clos ! *(Et me lançant un regard assassin.)* J'espère que tu es content... !

Un après-midi que j'étais dans le jardin et que j'examinais mes pieds au bout de la chaise longue, l'idée m'est venue de lui envoyer l'un de mes orteils par la poste et de la menacer de continuer jusqu'à ce qu'elle se décide à revenir. J'avais envisagé de l'enlever, également, et de la nourrir au pain sec si c'était nécessaire. Je passais des heures entières à élaborer de délirants scénarios dont la stupidité m'échappait totalement mais dont je réglais les moindres détails avec une sombre frénésie, passant des coups de fil à Air France, au Centre antipoison ou à la Météo nationale. Je regardais le ciel lorsque je manquais d'inspiration, persuadé que je finirais par trouver je ne savais pas quoi au juste. J'avais même pensé à lui envoyer les touches de mon piano.

Puis, un matin, j'ai reçu sa demande en divorce. C'était une éventualité que j'avais enterrée au fond de moi, que j'avais refusé d'examiner avec un ricanement de tout mon être, mais lorsque j'ai tenu ces papiers entre mes mains, j'ai compris qu'à aucun moment il n'y avait eu d'autre issue et que je le savais, m'étais-je nourri d'illusions jusqu'à la gauche et gavé de tous les espoirs. Bien entendu que je le savais ! Est-ce qu'Edith était du genre à tendre l'autre joue... ? ! Est-ce que si vous lui tordiez un doigt elle se calmait avant de vous avoir arraché le bras tout entier... ? ! « *Je ne pourrais plus jamais avoir confiance en toi*, m'expliquait-elle sur le petit mot qu'elle avait joint au reste. Je n'ai donc pas trente-six solutions. Et je t'en prie, ne rends pas les choses plus difficiles : ne tente rien. Inutile de nous blesser davantage, comme on dit. »

*

Le meilleur pastrami chaud que l'on puisse manger à New York, c'est sur la Septième, au Carnegie Deli. Pour nous, il était environ trois heures du matin lorsque nous sommes sortis de la douane et Oli voulait filer directement à La Guardia pour s'allonger sur un banc et dormir un peu en attendant la correspondance. Mais je n'ai rien voulu savoir.

Il m'a regardé manger, incapable pour sa part d'avaler quoi que ce soit et me félicitant d'avoir choisi un endroit si bruyant et bondé, ce qui convenait parfaitement à sa migraine. Le pastrami, quant à lui, était toujours aussi divin.

A La Guardia, on nous a annoncé qu'un épais brouillard était tombé sur la côte et que la Continental Express nous embarquait à nos risques et périls : si nous étions détournés sur un autre aéroport, elle ne prendrait pas à sa charge les frais d'hébergement, ne recevrait aucune réclamation et l'on nous conseillait de patienter jusqu'au vol du lendemain matin.

— Très bien. Nous n'avons qu'à louer une voiture, ai-je proposé.

— Et que dirais-tu de passer la nuit au Lowell... ?

Ce n'était pas très compliqué. Il suffisait de prendre la 95 jusqu'à Providence, puis la 195, et ensuite, nous verrions les panneaux pour Cape Cod. J'avais déjà fait ce trajet deux ou trois fois, mais j'ai écouté docilement toutes les explications que me fournissait le type de chez Hertz, surtout pour sortir de la ville — je devais bifurquer à la hauteur du G. Washington pour attraper ma route — car ces expéditions ne dataient pas d'hier et la nuit n'arrangeait rien.

Oli m'attendait dehors, sa veste pliée sur le bras et avec un air résigné qui ne l'a pas quitté tandis que nous marchions vers la voiture et que je l'interrogeais sur la douceur de l'air et la perspective de cette balade sous un ciel étoilé.

— Au matin, nous aurions découvert le Park à nos pieds et nous aurions commandé des œufs Bénédicte, ne l'oublie pas..., a-t-il soupiré.

Il s'est rapidement endormi, avant même que nous ne soyons parvenus dans la campagne. Je me suis arrêté pour acheter des cigarettes et trois gobelets de café brûlant que j'ai installés sur le tableau de bord après avoir vérifié que les couvercles tenaient bon. Puis je me suis penché vers lui, ai crocheté sa ceinture de sécurité et rangé sa canne sur le siège arrière.

J'avais environ cinq cents kilomètres à parcourir. Il était onze heures du soir. Si je tenais compte des limites de vitesse — et j'en avais l'intention, car s'ils n'étaient pas trop durs dans le Connecticut, ils étaient enragés dans le Massachusetts —, je pouvais arriver à l'aube et souffler enfin.

Voilà. Il n'y avait plus rien à faire. C'était une voiture automatique.

Je ne savais pas encore si c'était une très bonne idée, mais toutes les autres m'avaient semblé mauvaises. Tout ce que j'aurais pu dire à Edith, les mots que j'aurais pu prononcer, elle les connaissait déjà et ils ne paraissaient pas avoir été suffisants pour la stopper. Alors j'ai préféré coucher mon roi sur l'échiquier plutôt que de continuer une partie où tous les prochains coups n'étaient que blessures inutiles, soubresauts dérisoires, bouffonneries et gâchis en tout genre.

Je n'avais pas prévenu Edith de mon départ. Pour Ramona, ma mère et mes filles, ce n'était qu'une occasion que j'avais saisie, sur une proposition d'Oli, pour me reposer un peu et digérer cette histoire de divorce. Et c'était la vérité, sauf que mon absence pouvait durer peut-être beaucoup plus qu'ils ne se l'imaginaient. Je n'avais rien décidé au juste. Et je n'avais rien demandé de particulier à l'immigration, mais ils m'avaient donné un an. Est-ce que c'était un signe ?

Oli avait certaines affaires à régler. Il irait à New York et à Los Angeles, puis reviendrait passer quelques jours avec moi avant de repartir. Je pouvais occuper la maison aussi longtemps qu'il me plairait. Nous étions convenus que le temps était encore ce qu'il y avait de mieux pour ce que j'avais.

J'ai failli le réveiller à Providence car j'avais loupé la 195 et errais dans le centre-ville, mais j'ai demandé mon chemin à une voiture de police et ils m'ont dit de les suivre et m'ont conduit jusqu'à l'embranchement désiré. Je me suis garé un peu plus tard pour faire de l'essence, me rafraîchir la figure et me dégourdir les jambes. La nuit était encore profonde. On sentait l'air de la mer et comme je m'éloignais du parking, j'ai cru l'apercevoir et l'entendre et suis resté un moment immobile. Etait-ce aussi simple que cela ? Ou aussi terrible ?

La première chose que j'ai reconnue, c'est le pont de Sagamore qui a soudain émergé du brouillard et nous a transportés de l'autre côté, par-dessus l'écran laiteux qui couvrait la région et sous un ciel dégagé que l'aube envahissait, avant de nous replonger dans un bain glauque, épais comme de la mousse.

Au petit matin, on y a vu un peu plus clair. Le brouillard s'est levé tranquillement et Oli a ouvert un œil quelques minutes avant que nous n'arrivions à Truro. Il avait faim. Nous nous sommes arrêtés, puis laissé guider par l'odeur du bacon frit qui montait de la rue ensoleillée et embaumait jusqu'à la côte. On nous a servi du café — ici, on peut voir le fond du bol au travers, mais l'avantage est qu'on peut en boire des litres sans risque de palpitations —, puis les œufs se sont mis à grésiller sur la plaque et les toasts ont jailli de l'appareil, et Oli a levé les yeux au ciel en se tenant l'estomac.

— On devrait redemander la même chose... ! a-t-il gémi en examinant tendrement son assiette, la tournant du bout des doigts pour se la présenter de la meilleure façon du monde.

La maison d'Oli était une de ces petites baraques de bois, couverte de tavaillons gris et perdue au détour d'un chemin, au milieu des herbes hautes et des chênes. Il y avait deux chambres et une grande pièce dont un coin était aménagé en cuisine et qui était face à la mer, du côté Atlantique. Oli payait quelqu'un pour l'entretenir et tout ce dont nous avions à nous occuper était d'emplir le frigo. Il n'y avait pas un voisin à moins de trois cents mètres. Si l'on voulait s'installer dehors, on ouvrait les portes vitrées et l'on passait sur le « deck » — je ne vois pas très bien comment traduire ce mot-là —, une sorte de plancher en plein air où l'on vivait la plupart de l'été, avec l'océan pour toile de fond.

Nous y avions célébré le mariage d'Oli, une vingtaine d'années plus tôt, et il y revenait régulièrement. Elle avait appartenu au père de sa femme. C'était le cadeau qu'il leur avait fait et Oli ne l'avait pas transformé en musée des larmes. On s'y sentait bien et il s'y sentait bien. Ses souvenirs étaient vivants et joyeux, l'ombre de Meryl était à la fois présente et légère, et il prenait soin de vous épargner ses vagues à l'âme lorsqu'elle le serrait d'un peu trop près — ce qui arrivait encore. Nous y avions séjourné à différentes reprises, Edith et moi, de préférence au printemps ou en automne, selon que les congés scolaires le permettaient. C'était un endroit que les filles adoraient. Et naturellement, je n'avais jamais songé m'y retrouver seul un jour, ne laissant derrière moi qu'un indicible — profond ? délirant ? abominable ? irrésistible ? — chaos.

Truro, ainsi que les autres villages dans un rayon d'une trentaine de kilomètres, était déclaré « sec », ce qui signifiait que l'on ne pouvait y acheter la moindre goutte d'alcool. Et le dimanche, c'était tout l'Etat du Massachusetts qui était sec, et ce n'était pas un sujet avec lequel ils plaisantaient. Et nous étions un samedi.

Après réflexion, nous sommes repartis aussitôt. Oli a pris le volant et nous avons filé vers P.-Town, en espérant que l'heure matinale nous permettrait de régler ces histoires en vitesse. La journée s'annonçait magnifique, l'air qui glissait entre mes doigts — à présent, nous étions limités à cinquante-cinq kilomètres à l'heure — devenait une caresse amicale, tiédissante lorsque nous rencontrions un vélo ou une grand-mère dans une Ford Continental, car il s'agissait d'une petite route, sans aucun moyen de dépasser quoi que ce soit, flanquée qu'elle était d'une double ligne jaune dont on ne voyait jamais la fin.

J'ai senti la fatigue m'envahir lorsque nous sommes arrivés en ville, le poids, la signification de ma présence à Cape Cod. Nous nous sommes assis un instant au soleil, tandis qu'Oli dressait une liste des courses,

119

que nous nous ferions livrer, et que je luttais contre le premier sérieux assaut de mélancolie qui me frappait depuis notre départ. Puis Oli est entré dans le magasin. Je me suis levé à mon tour, mais au lieu de le suivre, je suis allé regarder les maillots de bain dans la boutique d'à côté et tout cela m'a semblé absurde. Devais-je aussi choisir une huile pour activer mon bronzage, une crème pour protéger mon nez... ? Où me croyais-je... ? ! J'ai tendu un bras afin de tâter la texture des maillots, mais surtout parce que la vendeuse me regardait et que la vie continuait, d'une manière ou d'une autre. Il n'empêchait que leur style décontracté, leur rose indien, leur vert fluo, leur jaune phosphorescent me grimaçaient et me ricanaient au visage. Accoudée au comptoir, la fille m'a lancé qu'un rouge vif m'irait bien.

— J'ai vendu le même à Jack Nicholson... ! m'a-t-elle confié en me rendant la monnaie.

— Oh ! *Did you... ?* lui ai-je renvoyé.

Nous avons acheté du vin, des bières et de l'alcool que nous avons rangés dans le coffre. Puis nous avons passé un moment du côté des cannes à pêche, nous avons tenu en main les derniers modèles et inspecté les nouveaux moulinets en graphite, dont l'un proposait deux vitesses avec changement automatique, nous avons demandé toutes les explications nécessaires, mais pour finir, nous n'avons pris que deux bobines de fil au silicone et quelques leurres, et le type nous a dit que la journée commençait mal.

Ensuite nous sommes rentrés. Je me suis installé dans une chaise longue, sur le deck, avec dans l'idée de m'allumer une cigarette, mais le paquet m'est tombé des mains et je me suis endormi brusquement, comme si la mort m'avait cloué sur place.

Je me suis réveillé au coucher du soleil, alors qu'il traversait les herbes hautes qui ébouriffaient les dunes et frisait l'océan et projetait l'ombre de la maison par-dessus mes épaules. J'avais un parasol planté à mes côtés et une couverture légère l'avait relayé à mon chevet. Et l'air sentait si bon que, durant une seconde, j'ai souri comme un bienheureux, puis je me suis ressaisi.

Nous sommes descendus jusqu'à la plage, avec un verre de vin à la main, le temps que les charbons rougissent dans le barbecue. Il fallait emprunter un escalier de bois, d'une cinquantaine de marches, avant d'y parvenir. Il n'était plus en très bon état. J'ai failli dire quelque chose, cependant qu'il branlait et couinait à notre passage, mais j'ai préféré m'abstenir.

— Dans dix ans, ils nous auront rattrapés... ! a pro-phétisé Oli en examinant son verre dans la lumière.

Une mouette borgne s'est dandinée autour de nous, sans nous quitter de l'œil, ce qui semblait lui poser certains problèmes, malheureusement nous n'avions rien à lui donner. « ... Et moi encore moins qu'un autre... ! » ai-je pensé avec une lourdeur et un senti-mentalisme si écœurants que je ne donnais pas cher de la suite, et j'ai tourné la tête de peur qu'Oli n'interprète le regard humide que je portais à l'animal et ne comprenne à quel genre de réflexion je me livrais.

Nous sommes restés silencieux, immobiles au point que notre camarade est venu nous voir d'un peu plus près et s'en est pris aux lacets de mes chaussures.

— Bon Dieu, Oli... ! ai-je grincé tandis que l'autre s'envolait avec un cri dégoûté. Est-ce que je suis en train de rêver... ? !

Je me suis occupé de monter les cannes pendant qu'il grillait la viande.

Puis il est parti le lendemain matin et n'est rentré que le mercredi soir. J'ai mis à profit ces quelques jours de solitude pour me laisser aller à ces effondrements auxquels je ne pouvais rien, m'arc-boutais-je de toutes mes forces au moment où je les sentais venir ou déchant au mur de vains directs dont j'ai porté les marques un bon moment. J'aurais volontiers choisi un comportement plus digne si j'en avais eu les moyens. Je passais mon temps à me raisonner, à vomir le misérable apitoiement que mon sort m'inspirait, j'en démontais rageusement l'abject mécanisme mais j'y succombais de nouveau un peu plus tard et tout était à recommencer. J'allais nager lorsque je reprenais le dessus, je descendais sous l'eau pour me reposer l'esprit et mon corps remontait à la surface. Si l'on passait le film de ces quatre jours à grande vitesse, on sourirait de cet absurde va-et-vient, du type en caleçon rouge qui dévale soudain jusqu'à la plage, s'éloigne furieusement vers le large, plonge puis réapparaît, repart en sens inverse, grimpe vers la maison, s'enferme et rejaillit au bout d'un moment, reprend le chemin de la plage et ainsi de suite, du lever au coucher du soleil — la nuit, il ne sort pas, on ne verrait que la lumière briller à sa fenêtre, puis s'éteindre, et se rallumer et s'éteindre et clignoter comme une enseigne hystérique —, après quoi l'on s'apercevrait que son manège se ralentit et l'on se dirait : « Et alors, qu'est-ce qu'il fabrique... ? ! »

Il ouvrait un livre et lisait. Il écrivait à Ramona et à sa mère, ainsi qu'il le leur avait promis. Il écoutait de la musique. Il se contrôlait mieux d'un jour à l'autre. Chaque soir, il avait progressé par rapport au matin. Entre les purs moments de cafard qui le saisissaient, il y avait chaque fois un peu plus d'espace. « Mieux vaut porter sa croix que de la traîner », tâchait-il de s'enfoncer dans la tête. Les exercices auxquels il se livrait — ses bains étaient de longues et vigoureuses séances de libération — l'éreintaient mais ce n'était pas une fatigue désagréable, plutôt une perception différente de son corps. Son esprit également retrouvait une certaine clarté à mesure que ces quelques jours s'écoulaient, et il lui semblait qu'il pourrait redevenir une personne présentable s'il continuait dans cette voie. Bien entendu, il n'était pas encore très vaillant, mais le mercredi soir, il est allé chercher Oli à Hyannis et ils ont dîné au restaurant, et il s'est pris à plaisanter avec un type au bar en attendant qu'une place se libère et Oli lui a dit :

— Je suis content, tu sais... je me suis fait du souci pour toi.

— Sois tranquille, elle ne te demandera pas de mes nouvelles... !

— Eh bien, je te parie le contraire...

J'ai lancé en serrant les dents et ma ligne a filé dans le ciel avec un sifflement aigu.

— Dans ce cas, dis-lui que je pêche et que je ne réponds pas au téléphone. Dis-lui que tu n'en sais pas plus...

Nous n'attraperions rien aujourd'hui. L'océan était lisse et clair, les « bluefish » devaient se balader à au moins deux cents mètres du bord. Le maniement de la canne était heureusement un plaisir qui se suffisait à lui-même, et sans doute l'une des rares choses au monde à laquelle je pouvais m'adonner sans penser à rien. Ça et faire des nœuds avec un bout de ficelle.

Oli devait rentrer avant la fin de la semaine. Au plus tard, nous nous reverrions dans un mois, car le Sinn Fein Ballet serait à New York et il songeait déjà à m'embarquer en Californie, où la troupe se produirait ensuite, se réjouissant par avance à l'idée de cette quinzaine de jours que nous passerions ensemble. Je l'ai regardé sans prononcer un mot. Il avait un air si heureux que je n'ai pas voulu le contrarier. Mais je me suis demandé s'il s'imaginait que j'étais en vacances, s'il nous imaginait en train de remonter la route numéro 1 au volant d'une décapotable, riant et chantant et débordant tout simplement de la joie d'être au monde, sans femmes, sans soucis, sans rien d'harponné dans nos chairs et larmoyant d'émotion à la vue d'un cyprès suspendu à la falaise dans les parages de Big Sur. Je savais ce qu'il voulait. Combien de fois m'avait-il proposé de m'associer avec lui afin que nous dirigions le Ballet tous les deux, non qu'il ait eu besoin de mes services mais uniquement pour être avec moi... ? J'avais certainement pour lui encore plus d'affection qu'il ne le supposait, mais Edith avait empli ma vie à ras bord, je n'avais pas envie de me retrouver aux quatre coins du monde si elle n'y était pas. Est-ce qu'il entrevoyait dorénavant de nouvelles possibilités ? Est-ce que combinant son veuvage et mon divorce, il ne se livrait pas à de hâtives conclusions ?

Je me suis mis à souhaiter son départ. J'avais besoin d'être seul à présent et ses allusions, bien que vagues et timides, à un futur où il semblait que nous serions inséparables commençaient à m'agacer. Et ce qui n'arrangeait rien, je m'en voulais après coup de lui en vouloir. Je me connaissais suffisamment pour admettre que, ne serait-il allé dans ce sens, j'aurais trouvé le moyen de le lui reprocher en mon for intérieur. Pauvre Oli ! Je préférais que tu t'en ailles car je risquais de t'envoyer promener et Dieu sait que je n'avais pas besoin d'une épreuve supplémentaire, pas plus que toi de mes histoires à la con.

Notre voisin le plus proche était le juge Collins, et plus loin, il y avait les Hawthorne, le directeur du service des douanes de Boston. Je ne risquais donc pas de m'amuser. Pas plus que d'être dérangé puisque la plage de Windy Gate, au bas de la maison, était privée et que ni le juge ni le douanier n'y mettaient jamais les pieds et passaient leur temps à nettoyer leurs piscines. J'ai promis à Oli d'aller les saluer lorsque j'aurais un moment. S'avisant un jour que j'avais été l'élève de Nadia Boulanger, le juge m'avait envoyé ses deux filles et je les lui avais retournées en lui expliquant que j'étais en vacances et que peu m'importait que mon prix eût été le sien. Oli m'a laissé entendre que je n'aurais qu'un mot à dire, si je le désirais : le vieil homme demandait régulièrement de mes nouvelles. Je lui ai répondu que je réfléchirais, mais pour l'instant, étant donné le genre de vie que je comptais mener, l'argent était bien le cadet de mes soucis. Ajouté à cela que, si mes souvenirs étaient exacts, et malgré que pour l'heure je ne me sois pas senti dans la peau d'un satyre et que la simple pensée d'un corps féminin m'ait plutôt assailli avec des allures de gueule de bois, les filles du magistrat étaient assez moches, et je ne pouvais envisager de m'asseoir à leurs côtés avant d'y regarder à deux fois. Tant il est vrai qu'on peut avoir passagèrement perdu le goût des femmes, fors la raison.

Vous pouviez vivre dans cet endroit comme un véritable sauvage, si le cœur vous en disait, sans rencontrer qui que ce soit, n'était-ce parfois qu'un pauvre hurluberlu égaré que votre accueil inclinait à faire demi-tour et qu'on se le dise, qu'on aille le répéter aux copains : vous étiez un type mal embouché, encore moins aimable qu'une porte de prison. Aussi bien, j'avais éclairci les broussailles autour du panneau « DEAD END » et l'avais astiqué ainsi que le « PRIVATE PROPERTY » et le « NO TREPASSING » qui brillaient désormais comme des lampions érubescents dès le lever du jour et surgissaient la nuit dans les phares de l'indésirable, transformant le chemin en

125

passage vers l'enfer. J'en aurais bien planté d'autres si la maison m'avait appartenu, installé une barrière et clôturé la propriété pour me couper du monde ou du moins contrôler un espace, m'assurer d'un lieu — et j'étais prêt à le réduire autant qu'il le faudrait — où les choses ne m'échapperaient pas, finiraient de me glisser entre les mains avant que ce ne soit mon tour. Ce qui était assez puéril, tout bien considéré, mais sommes-nous autres que des enfants dans notre rapport au monde ? J'ose à peine signaler qu'un matin j'ai jeté de l'engrais au pied des sumacs vénéneux qui poussaient alentour. Solitude et ancrage, voilà ce qu'il y avait au programme. Et c'en était tout un, de taille à m'absorber corps et âme durant un bon moment et suffisamment ambitieux à mon goût pour que l'Après soit laissé en souffrance. « Vous ne pouvez empêcher les oiseaux de la tristesse de voler au-dessus de vos têtes, mais vous pouvez les empêcher de faire leurs nids dans vos cheveux. » Dont acte.

Avec fermeté — mais rien de comparable avec la manière dont les colons ont chassé les Indiens Wampanoags de ces terres — j'ai renvoyé Oli en France, le sentant ramollir et chercher à gagner du temps — il commençait à dire qu'il n'était pas à un jour près — alors même qu'il pliait ses valises. Je les ai sanglées moi-même et portées jusqu'à la voiture, puis je l'ai coiffé de son chapeau.

— Il y a un temps pour embrasser, un temps pour se quitter, lui ai-je déclaré après l'avoir installé au volant et me penchant à la portière. Je t'appellerai d'ici quelques jours... Oli, s'il te plaît... ne loupe pas ce putain d'avion.

Je lui ai souri.

Ensuite, je suis retourné vers la maison.

Je suppose que ce type m'observait depuis un certain moment lorsque je me suis avisé de sa présence. J'étais en train d'inspecter l'escalier qui menait à la plage, l'avais examiné de long en large, éprouvant sa solidité en cramponnant la rampe, bondissant et tapant du pied ainsi qu'un forcené pour bien me persuader de son piteux état. Je m'étais glissé en dessous afin de m'assurer des fondations, y étais allé d'un coup de canif dans les poteaux qui supportaient l'ensemble et, à différentes reprises, ma lame s'y était enfoncée jusqu'au cœur. J'étais donc me tâtant de la plage, embrassant d'un coup d'œil la structure tout entière, une main à la hanche et l'autre en visière dans le soleil couchant, quand j'ai aperçu mon bonhomme dans les herbes, à moins d'une quinzaine de mètres et tranquillement installé sur une propriété privée avec le sourire aux lèvres.

Je ne voyais pas ce qu'il fabriquait car il était accroupi, mais si c'était ce que je croyais, on aurait tout vu. Feignant de ne pas le remarquer, je me suis déplacé de quelques pas afin d'en avoir le cœur net. Le bougre n'avait pas posé culotte, contrairement à ce que j'avais craint, il se tenait juste sur ses talons et ne cherchait pas vraiment à se dissimuler car, à présent, je pouvais l'étudier à mon tour. C'était un type assez massif, en blue-jean et chemise à carreaux, cheveux longs et noués dans la nuque, d'une cinquantaine d'années, le visage rond, couleur brique. C'était également le premier être humain que je rencontrais dans les parages, si l'on veut bien excepter les ahuris en bermuda, bardés de transistors et de glacières, que je renvoyais à leurs semblables. Je m'en suis trouvé un peu décontenancé.

— Ça représente un mois de travail... ! m'a-t-il lancé en se redressant.

Je ne lui demandais rien.

— Qui êtes-vous ? ai-je marmonné.

— Et toi, qui es-tu ? m'a-t-il répondu.

(En anglais, bien entendu, la différence n'est pas très claire entre vouvoiement et tutoiement, y regarderait-on à la loupe, mais ma traduction est la bonne : son « you » n'était pas mon « you ».)

Je l'ai laissé s'approcher pour le prévenir que mon bull-terrier rôdait dans les environs ou que j'étais ici pour me soigner du sida.

— Tu t'y connais en escalier... ? m'a-t-il questionné.

Il venait de se planter devant moi. Il devait peser au moins cent kilos, me dépassait d'une demi-tête et son ombre m'engloutissait.

— Vous vous êtes perdu, lui ai-je dit. Mais vous n'avez qu'à longer la plage...

Il s'est tourné vers l'escalier comme s'il ne m'avait pas entendu.

— Ça paraît simple, mais ça ne l'est pas.

— Regardez..., suivez mon doigt, l'ai-je rassuré. Il n'y a rien de plus facile... !

Je le pointais en direction de Longnook Beach. En regardant bien, on pouvait encore apercevoir quelques parasols, mais pas plus gros que des têtes d'épingles. Pour la première fois, moi qu'aucun attendrissement n'avait effleuré, moi qui n'avais ni succombé aux instances d'une jolie baigneuse, ni toléré une exception pour une pauvre mère flanquée de trois enfants en bas âge, j'ai senti quelques réticence à chasser l'intrus, que je ne me suis pas expliquée. Ce n'était pas sa taille et la peur de me faire casser la gueule, car il ne semblait pas se formaliser de mon comportement.

— Je n'ai jamais mis les pieds là-bas..., m'a-t-il annoncé avec un signe du menton.

J'ai rengainé mon doigt en lui rappelant qu'il fallait un commencement à tout, mais soit j'ai parlé trop bas, soit il était dur de l'oreille.

— Tu n'y arriveras pas tout seul..., a-t-il repris en s'accroupissant soudain.

Il a tracé un dessin sur le sol avec un bout de coquillage.

— Il faut rajouter un palier à cet endroit, puis longer la falaise et redescendre face à l'océan. Ça sera beaucoup plus commode...

J'ai jeté un coup d'œil à l'escalier qui grimpait vers les derniers rayons du soleil et m'est apparu comme un tas d'os blanchis.

— Oublie ça, m'a conseillé l'autre. Tu ne pourras pas reconstruire le même... C'était bon il y a quelques années, mais à moins que tu ne veuilles t'appuyer sur du vide, tu dois tenir compte de certains changements. Il ne se passe pas un hiver sans pluies ni tempêtes. D'ailleurs je m'étonne qu'il tienne encore debout... Ecoute-moi, sinon tu vas t'emmerder pour rien... !

Il est vrai que je n'avais pas examiné le problème sous cet angle, mais ce qu'il proposait était une autre paire de manches. Si j'admettais qu'il avait raison, qu'il fallait repenser toute l'histoire, je n'étais pas sûr du tout que le travail soit dans mes cordes. Car ce n'était plus d'un simple escalier qu'il s'agissait, mais d'une œuvre compliquée, délicate et de longue haleine, et qui n'avait rien à voir avec ce que j'avais imaginé.

— Est-ce que j'ai dit que j'avais l'intention de me lancer dans quoi que ce soit... ? ai-je lâché en le dévisageant.

— J'ai du temps de libre, en ce moment..., m'a-t-il répliqué.

— Très bien ! C'est ce qu'il faut pour la cueillette des canneberges...

Et sur ces mots, je l'ai planté là parce que je n'aimais pas sa manière de me forcer la main. J'avais également besoin de réfléchir au problème sans avoir quelqu'un dans mon dos. Rien ne me pressait quant à la décision que j'allais prendre. Oli m'avait quitté depuis quelques heures à peine et le désert qui s'ouvrait devant moi méritait un moment d'attention. Je craignais de m'embarquer à l'aveuglette dans n'importe quelle direction et la construction de cet escalier m'effrayait un peu à présent, je ne savais pas encore si j'en avais le courage ou le goût ni même si j'en étais capable. Quoi qu'il en soit, il avait mal choisi son jour pour me bousculer.

Je suis allé prendre le journal d'Edith dans ma valise. Je l'ai posé en évidence sur le buffet, puis je me suis servi un verre et suis allé me le boire dehors.

Pour le journal aussi, il était encore trop tôt, ai-je fini par décider après qu'un frisson m'eut averti de la nuit. Je désirais m'accorder quelques jours supplémentaires avant d'y fourrer mon nez. Le laisser bien en vue afin de m'y habituer et me débarrasser du désagréable sentiment qu'il m'inspirait du simple fait qu'il soit en ma possession. En cela, j'avais bon espoir. « Oh ! ce n'est vraiment pas bien... ! » m'étais-je déclaré en grimaçant un sourire le jour même de mon arrivée, quand j'avais feint de m'étonner qu'il se soit trouvé au fond de ma valise. J'avais également ajouté, dans un instant où le chagrin m'enrageait et où j'étais à deux doigts de déchirer cette saloperie entre mes dents et lui parlais comme à une personne vivante : « Oh ! mais c'est maman qui ne va pas être contente, dis-moi... ! C'est maman qui va se demander où est passé son petit chéri... ! ! », après quoi je l'avais fracassé sur le sol.

Au matin, j'ai trouvé un bol empli de canneberges posé sur le deck. Ce n'était pas suffisant pour emporter ma décision, mais les Chinois disent que l'humour est plus précieux que la blancheur du lys. Il était encore d'assez bonne heure, il y avait un peu de brume sur l'océan. On avait envie de se mettre à genoux pour respirer tellement l'air était pur et si divinement parfumé. J'étais un type de la ville. J'y étais né, j'y avais passé mon enfance et pratiquement la totalité de ma vie, mais je la détestais de tout mon cœur. Je ne savais pas ce qui m'y avait enchaîné, au fond, sinon qu'il m'avait fallu du temps pour le comprendre et que je n'étais pas tout seul. Mais quel intérêt, quel plaisir, quelle gloire pouvait-on tirer de vivre à Paris ou à New York ? Etait-ce le sentiment d'appartenir à quelque chose, d'être là où il fallait ? Quelle stupidité, quelle vanité, quelle écœurante petite connerie humaine...! Enfin bref, j'avais eu ce que je méritais, mais Dieu ! quel vertige et quelle joie j'éprouvais à la vue d'un simple ruisseau, d'un sentier désert ou d'une malheureuse pomme pendue à un arbre. Durant toute ma vie on m'avait traîné dans des soirées, à des expos, dans des endroits où les gens se réunissaient pour se parler, se montrer et gesticuler, et j'avais fini par en perdre le goût de mes semblables. Mais je ne disais rien parce que je ne ressentais plus rien. Au plus fort de mon ennui, je convenais qu'il n'y avait sans doute pas davantage à attendre de cette vie. Ah ! parlez-moi encore de la magie, de la fièvre, de l'impérieux attrait des grandes capitales ! Redonnez-m'en à nouveau, persuadez-moi que nous sommes bien aussi futiles, arrogants, misérables et vains que je me l'imagine. O petite poussière ridicule, refais-moi le coup de la poésie des rues, du charme des rencontres et du tourbillon qui te saisit, je veux t'entendre dire comme tout cela est bon, enrichissant, excitant, irremplaçable, et te démange le trou du cul et la cervelle. J'ai vomi dans les rues de Paris et de New York et dans bien d'autres villes encore en pensant à cette sombre farce. Plutôt mourir que de quitter Paris ? Pouah...! Eh bien, crève donc, mon lapin...!

Des lapins, justement, il y en avait tout autour de moi et ils me regardaient prendre mon petit déjeuner tout en s'occupant du leur. Un geste brusque, des couverts qui tombaient ne les dérangeaient pas. J'avais également un raton laveur qui visitait mes poubelles et Oli et moi avions aperçu une biche au petit matin. Les geais bleus et les cardinaux rouge sombre décoraient les arbres. Ayant bu mon café, je me suis rendu en ville, après avoir jeté un coup d'œil alentour pour voir si je n'y découvrais pas mon facétieux camarade, mais il n'y avait pas plus d'être humain à l'horizon que de cholestérol dans les chips de Chatham.

En plus de quelques provisions et de six bonbonnes d'eau que j'ai chargées à l'arrière du pick-up, j'y ai acheté du papier quadrillé, un fil à plomb, de la ficelle et un double décamètre — enfin ce qu'ils avaient de plus approchant. De retour à la maison, j'ai fouillé le garage, de fond en comble, de manière à mettre au jour les outils dont je disposais, mais la récolte s'est révélée plutôt maigre. J'y ai trouvé les affaires de Meryl, soigneusement rangées dans des coffres et qui sentaient le champignon, au milieu d'un bric-à-brac d'objets inutiles, de vieilles toiles, de guéridons, toutes ces choses que nous avions transbahutées de la maison à l'époque et qui ne semblaient pas avoir bougé depuis vingt ans. Un sac était bourré de chaussons de pointe. Un autre de collants, de cache-cœur, de maillots, de rubans et d'un morceau de résine enveloppé dans une chevillère. Je ne savais pas qu'il avait gardé tout ça.

Une pelle, une pioche démanchée, une poignée de clous de différentes dimensions et un marteau de tapissier, voilà tout ce qu'Oli avait en réserve. Et aussi une tringle à rideaux.

Je suis allé prendre un bain. Juste comme je sortais de l'eau, je l'ai repéré au bas de l'escalier. Et puis au même instant, j'ai mis le pied sur une vive.

Je me suis écroulé sur le sable en me tenant la jambe. J'ai senti le poison me monter dans le mollet et mon talon se durcir. C'était rapide et douloureux.

— Pisse dessus..., m'a-t-il dit.

— Pardon... ?

— Mmm... c'est la seule chose à faire.

J'ai essayé de serrer les dents, mais j'avais sacrément mal.

— Nom d'un chien... ! Vous êtes sûr... ?

— Ma foi..., je ne connais rien d'autre.

— Ah ! bon Dieu, je le crois pas... ! !

— Dans ce cas, débrouille-toi.

— Mais non, voyons... Ah, ça me lance dans la cuisse ! Je voulais dire, je ne crois pas qu'une telle chose m'arrive... !

— Eh bien, que tu y croies ou non n'y changera pas grand-chose...

J'ai pesté à voix basse. D'un autre côté, je souffrais suffisamment pour me livrer à de basses pratiques si je pouvais en tirer le moindre répit. Portant la main à ma braguette, je lui ai glissé un regard éloquent. N'importe qui aurait compris que j'attendais de sa part une élémentaire délicatesse, qu'il fasse au moins semblant de regarder ailleurs, mais non, il n'a pas bougé d'un poil, il n'a même pas cillé.

— Très bien ! Allons-y... ! ai-je soupiré.

Comme on le conçoit, m'arroser le talon n'a pas été des plus commodes. Je n'étais pas dans une posture ni dans un état d'esprit propres à accomplir des miracles, et me sentir observé me rendait nerveux et franchement maladroit. Toutefois, lorsque j'en ai eu fini de ma besogne, il m'est apparu que j'en cueillais aussitôt les fruits. Un réel soulagement — que je ne confondais pas avec celui de ma vessie — s'est dispensé à ma jambe. Mon pied était enflé, marbré de blanc et de rouge, mais j'avais l'impression qu'il n'appartenait plus à mon corps, que les messages qu'il m'envoyait devenaient de plus en plus lointains et confus. J'ai gratifié mon compagnon d'un sourire de benêt.

Alors, sans que je lui aie rien demandé, il m'a attrapé sous les aisselles et m'a remis debout.

« Holà... ! Héééé... » ! ai-je protesté avec bonne humeur, autant surpris que peu rassuré, tel un handicapé qu'on aurait soulevé de son siège. Car il n'était pas question que je pose mon pied par terre, ne le pouvant, non plus que ne le désirant.

— Eh bien, qu'y a-t-il ?

— Ah ! ça mais... Et où diable croyez-vous que je puisse aller comme ça, malheureux... ? !

Je n'ai pas vu qu'il y réfléchissait une seconde.

— Je vais te prendre dans mon dos, a-t-il déclaré.

— Ben voyons... ! ai-je ricané.

— Ecoute-moi... Tu peux rester là si tu veux.

A dire la vérité, ce n'était pas une solution qui m'enchantait. J'ai considéré l'escalier en clignant des yeux. Personnellement, j'y aurais songé à deux fois avant de proposer l'escalade à l'enfant le plus léger du monde.

— Ma mère pesait pas loin de deux cents livres..., a-t-il ajouté. Ma voiture était en panne et l'on nous avait coupé le téléphone. Et il faisait nuit, par-dessus le marché. Je l'ai portée durant quatre heures d'affilée à travers la campagne. Et lorsque nous sommes arrivés à l'hôpital, ils m'ont dit qu'il n'y avait plus de place, alors je l'ai gardée dans mes bras jusqu'à ce qu'ils se décident à lui trouver un lit et je te prie de croire qu'ils ne se sont pas pressés... !

J'aurais aimé qu'il me donne un peu plus de temps pour considérer l'ascension mais ce gars-là devait manger du cheval.

— Alors..., c'est oui ou c'est non... ?

Nous nous sommes regardés droit dans les yeux.

— C'est de la folie..., l'ai-je prévenu.

Puis je suis passé dans son dos.

— Je m'appelle Finn, m'a-t-il confié en m'attrapant une jambe.

— Henri-John, ai-je répondu en lui passant l'autre.

Puis comme il se redressait et qu'immobiles nous accordions un dernier coup d'œil à la falaise, j'ai prononcé ce qui pouvait être mes dernières paroles :

— Nom de Dieu, Finn... Tu l'auras voulu !

En sautant sur un pied, je suis allé chercher deux Bud Light dans le frigo, mais quand je suis revenu il avait disparu. Je me suis assis à l'ombre et me suis amusé avec un bout de corde, réalisant des jambes de chien, des doubles huit et autres nœuds encore plus bizarres. Le plus souvent, je n'y prêtais aucune attention et cette occupation innocente avait le pouvoir de me relaxer et de m'apaiser l'esprit, bien qu'elle subît parfois, de la part d'Edith ou d'Evelyne, certain commentaire agacé auquel je ne répondais pas. Mais de temps en temps, j'examinais ces nœuds avec le plus grand intérêt. Il suffisait, pour quelques-uns qui semblaient inextricables, de tirer à chacun des bouts pour les voir s'envoler. A l'inverse, d'autres se soudaient littéralement à mesure qu'ils se serraient et plus rien ne pouvait les défaire. Il y en avait d'absurdes, de mystérieux, d'horribles, mais aussi de magnifiques, de délirants, de lumineux, d'une perfection et d'une sublimité à vous couper le souffle. Un bon nombre me laissait perplexe. Quant aux autres, ils m'ouvraient les yeux et je trouvais la vie réellement amusante.

Lorsque à nouveau j'ai pu me servir de ma jambe, j'ai rassemblé mon attirail et je suis allé prendre certaines mesures du côté de l'escalier. La journée était chaude mais il venait un air de l'océan qui arrangeait tout. J'ai rallongé mon fil à plomb avec de la ficelle, d'une bonne dizaine de mètres. Puis je l'ai monté sur la tringle à rideaux, comme je l'aurais fait d'une ligne sur une canne à pêche, le passant dans un anneau de manière à ce qu'il puisse coulisser.

Bras + tringle = 2,85 m.
Cote n° 1 = 9,50 m.
Bras + demi-tringle = 1,65 m.
Cote n° 2 = 3,80 m.

Soit une hauteur de :
9,50 + 3,80 = 13,30 m.
Sur une profondeur de :
2,85 + 1,65 = 4,50 m.

J'ai consacré une bonne partie de l'après-midi à dresser des plans, tout en me répétant que cela n'engageait à rien. La journée s'avançait avec une lenteur agréable, lénifiante, et pour la première fois l'image d'Edith a traversé mon esprit calmement, j'ai pensé à elle sans grimacer ni soupirer, puis j'ai repris mes calculs comme si de rien n'était, entouré de silence et encore tout imprégné de sa visite.

Finn a réapparu au coucher du soleil. Il a jeté un œil par-dessus mon épaule mais il n'a rien dit. Comme je rangeais mes papiers, il m'a demandé si j'aimais les homards. Nous avons grimpé dans ma camionnette et je l'ai conduit jusqu'à l'étang.

Son embarcation ne payait pas de mine mais j'ai repéré le V6 flambant neuf de cent cinquante chevaux qui l'équipait. Le fond du ciel rougissait et la surface de l'étang était comme du papier doré déroulé sur des kilomètres et posé sur un courant d'air. Finn a discuté quelques instants avec un type qui se trouvait là et réparait des casiers. J'étais trop loin pour comprendre ce qu'ils se disaient mais le murmure de leur conversation ajoutait à la beauté du paysage. On distinguait à peine l'autre bord, qui nous séparait de l'océan, si ce n'était une vague ondulation de la lumière, sûrement le long va-et-vient des herbes hautes qui recouvraient les dunes et s'y confondaient pour un moment. Le fond de la barque était tapissé d'écailles de poissons. Quand Finn a mis le moteur en marche, je regardais voler des oies sauvages, puis j'ai regardé Finn, puis je me suis tourné vers l'avant.

L'accélération m'a cloué sur mon siège. Nous avons traversé l'étang en droite ligne, dans une gerbe d'eau. Entre le bruit du moteur et celui de la coque fracassant la surface, je ne comprenais pratiquement rien à ce qu'il me racontait et m'en contrefichais. Je hochais la tête en souriant mais mon corps tout entier était pulvérisé dans l'air. Ensuite, nous avons ralenti et longé le rivage.

Je devais me pencher et attraper les bouées badigeonnées de bleu, les siennes en l'occurrence, après quoi il venait m'aider et nous hissions les casiers à bord. Nous vidions les bestioles dans le fond du bateau. Il y avait toujours un paquet de crabes qui filaient dans tous les sens et qu'il fallait rejeter par-dessus bord. J'étais chargé de calibrer les homards, de vérifier une certaine dimension entre l'œil et la première pliure de leur carapace avec une espèce de pied à coulisse, mais avant cela il fallait leur bloquer les pinces, leur passer des anneaux de caoutchouc rigide, et Finn m'a montré comment on devait s'y prendre. Pendant que je leur courais après, il découpait des morceaux de poissons qu'il tirait d'un seau et les enfonçait dans les nasses.

Nous avons ainsi œuvré jusqu'au crépuscule, n'échangeant guère qu'un mot ou deux, ce dont je lui étais reconnaissant. Il a encore déplacé deux ou trois casiers vers le large, puis nous sommes repartis à fond de train, saisis cette fois par la fraîcheur du soir.

J'ai été surpris lorsqu'il m'a demandé de le laisser sur le bord de la route car j'avais pensé que nous mangerions ensemble. Il a voulu me laisser deux homards mais j'ai refusé.

— Prends-les, c'est de bon cœur..., a-t-il insisté.

— Non, je te remercie...

— Tu sais..., je crois que tu es un type compliqué.

— Pas plus qu'un autre... Non, c'est d'avoir à les cuire qui m'ennuie.

— Mais tu aimes le homard, oui ou non...?

— J'adore ça, tu veux dire...

Il a refermé la portière. J'ai cru qu'il allait partir, mais tout s'est passé très vite, j'ai entendu *SCRITCHH SKKROTCHH*, enfin une espèce de bruit épouvantable, puis il m'a tendu les deux bestioles sectionnées en rengainant son couteau.

— Pour moi non plus ce n'est pas très agréable..., m'a-t-il annoncé.

— Ecoute, j'ai l'impression que tu ne comprends pas mon attitude... Mais rassure-toi, y a rien à comprendre.

Il a envoyé les homards sur le siège. Puis il m'a fait signe de la main et il a tourné les talons. Son dernier coup d'œil n'exprimait rien de particulier. Je le connaissais trop peu pour savoir à quoi m'en tenir. S'il parvenait à contrôler ses sentiments, ou si même il en avait.

Je les ai grillés en arrivant, flambés au bourbon, et j'ai dîné dehors, avec une chandelle à ma table et un Monte Cristo pour finir. La lune brillait et s'étalait sur l'océan, et l'on y voyait bien. J'ai senti monter en moi une légère excitation, après avoir pensé, en toute innocence, qu'on y voyait assez *pour lire*. J'ai terminé mon cigare en m'amusant avec cette idée, lui décochant quelques ronds taquins, d'espiègles jets bleutés destinés à l'apprivoiser, sans toutefois lui laisser la moindre chance de m'échapper. Aussi bien, il me semblait que ce n'était pas moi qui étais allé la chercher, mais qu'elle s'était livrée d'elle-même, à un moment où je ne demandais rien. Enfin quoi qu'il en soit, je me suis levé, je l'ai glissé sous mon bras, me suis armé d'un solide couteau de cuisine et suis retourné m'installer dehors.

La serrure a sauté en emportant un morceau de la couverture. J'ai regardé ma montre. Edith avait dû sursauter dans son lit ou se réveiller au milieu d'un affreux cauchemar.

*

12 février 58

J'ai tellement saigné que j'ai cru qu'il allait tourner de l'œil. Je me doutais bien que ça serait pas très marrant. J'ai pas été déçue. J'en avais pas très envie non plus, mais il faut bien se décider un jour ou l'autre. J'ai encore un peu mal au ventre quand je touche. Je peux pas dire que je me sente différente ou quoi que ce soit. Peut-être que j'y verrai plus clair demain matin. Peut-être qu'il faut attendre un peu. En tout cas, c'est zéro, c'est rien, c'est comme si je venais de me faire opérer. J'ai pas joui un quart de seconde. Je crois que j'ai dû grimacer tout du long, il m'a même demandé ce que j'avais, il m'a demandé si j'étais vierge, cette espèce de crétin.

Enfin voilà, c'est fait. Ce qui me paraît bizarre, c'est qu'on ait envie de recommencer après ça. Mais je suis pas en état de m'imaginer ce que sera la prochaine fois. En fait, j'aime mieux pas y penser.

Au moins, il s'est retiré, et ça je dois reconnaître que j'ai rien à dire de ce côté-là, il a tenu parole. Mais peut-être que j'étais un peu tendue et nerveuse à cause de ça. Mais je vais pas lui chercher des excuses. Peut-être que j'aurais dû écouter Rebecca et me trouver un type un peu plus vieux, un type qui aurait su s'y prendre, mais ça c'est facile à dire. Au fond, je sais pas. Et je le saurai jamais. Et je m'en fous. Je vais pas pleurer là-dessus. Je prendrai encore un bain avant d'aller me coucher. Je vais pas en faire une montagne.

J'ai flanqué le drap à la chaudière, ni vu ni connu. Quand je suis remontée, il a cherché à m'embrasser. Je lui ai dit que c'était terminé pour aujourd'hui. « Me dis pas que t'as pas aimé ça... », il m'a dit. Je lui ai rien répondu. Parfois, on se demande s'ils ont une cervelle. Il voyait bien que je tenais à peine sur mes jambes et que j'avais pas envie qu'il me touche, mais ça faisait rien, il se prenait pour un dieu grec ou je ne sais quoi, il se disait que j'en voulais encore. Bon Dieu, mais quelle couche ils tiennent, par moments !

Je croyais que la maison était vide, mais en descendant on a croisé Henri-John. On se fait la gueule depuis deux jours, lui et moi, je sais même plus pour quelle raison. Il nous a regardés d'un drôle d'air, surtout moi. Mais Bob a été parfait, il lui a dit : « Hé, qu'est-ce que tu fous ? ! Je suis venu te chercher... » J'ai pas entendu la suite, j'ai filé dans le salon et j'ai pris un livre. J'avais le cœur qui battait un peu. Un peu plus et il nous surprenait les fesses à l'air. Je me demande quelle tête il aurait fait.

Il est venu s'asseoir en face de moi. J'ai bien vu que cette histoire le tracassait, sinon je vois pas pourquoi il avait pas suivi Bob, je vois pas pourquoi non plus il serait resté avec moi. J'ai fait celle qui l'ignorait. D'abord, j'ai pas de comptes à lui rendre. J'étais prête à l'envoyer balader s'il me posait des questions mais il a fini par prendre un bouquin, lui aussi. C'était à mourir de rire.

On se comprenait mieux, lui et moi, quand on était

petits. Maintenant, c'est plus pareil, on peut plus se parler comme avant ou alors c'est vraiment un miracle. La preuve... on s'est pas dit un mot. Je dis pas que c'est entièrement de sa faute mais il fait rien pour arranger les choses. Je sais même pas s'il s'en rend compte. L'autre jour, il m'a sorti que je devrais me faire soigner. Il s'est pas regardé ou quoi ?

Les autres sont partis à Liège pour deux jours. Paraît que Béjart, leur gourou, a monté Orphée pour le festival. Je me demande si j'aurais pas mieux fait d'y aller. La maison est silencieuse. Henri-John doit être installé devant la télé et Alice doit nous préparer à manger. J'ai tellement pas faim que ça me donne mal au cœur rien que d'y penser. Encore un exemple : avant il serait monté pour voir ce que j'avais. Bon, de toute façon j'ai rien à lui dire, mais qu'il vienne pas me raconter de salades, c'est tout ce que je lui demande. Ce qu'il s'est pas encore mis dans le crâne, une bonne fois pour toutes, c'est que je suis pas sa sœur.

15 février 58

Je viens de relire ce que j'ai écrit plus haut. Le fait est que c'est pas une journée dont je vais garder un grand souvenir. Je sais pas ce qui m'avait pris au juste. Je suis pas amoureuse de Bob ni rien, et pourtant c'est moi qui l'ai voulu, alors de quoi je me plains ? Il y a plus d'un an que je tiens ce journal et c'est la première fois que je peux pas expliquer ce que je ressens. Ça me plaît pas beaucoup mais je suis sérieuse. C'est pas que je le regrette vraiment, c'est pas ça, simplement je comprends pas pourquoi je l'ai fait. Si je commence à perdre les pédales à quinze ans, l'avenir promet.

Ce matin, pendant le cours, Bob a pas arrêté de me murmurer à l'oreille. « Je croyais que c'était moi qui en voulais encore... ! » je lui ai dit. Il tenait à ce qu'on recommence le plus vite possible. Je lui ai répondu que je verrais. Papa s'est énervé. Il l'a prévenu que s'il était là pour discuter, il le flanquait dehors car il gênait tout le monde. Et Bob a une telle trouille de mon père qu'il a même plus osé me regarder.

Je le trouve collant depuis le 12 février 1958. Je le trouve toujours aussi beau mais collant. Ça n'empêche pas que j'en connais qui se pâment rien qu'en entendant son nom. Pas la peine de chercher bien loin. Myriam et Flo, qui ont presque deux ans de plus que moi, elles ont qu'à le regarder pour se glisser une main entre les jambes. On a beau être copines, il aurait qu'un seul geste à faire, je suis pas idiote. Je crois que les filles on est comme ça, l'amitié c'est pas ce qui nous fait vivre, enfin c'est pas le plus important, il nous faut plus que ça.

Malgré tout, j'ai encore rien décidé. Je sais simplement qu'il devra prendre son mal en patience s'il en a tellement envie. Je suis pas pressée. Pour ce que j'ai trouvé ça bien, il faudrait plutôt me pousser.

Je me traîne depuis trois jours. J'ai envie de rien. En ce moment, la radio est branchée du matin au soir à cause des événements en Algérie. Ça me rend dingue. Dès qu'on ouvre la bouche, il y a toujours quelqu'un pour vous faire signe de la boucler. C'est charmant. Hier, Alice est partie pour Swansea, dans le pays de Galles. Son frère est mort. J'ai pensé qu'on serait tranquilles pendant quelques jours mais on doit lire Madame Bovary avant qu'elle revienne. J'ai jamais rien vu d'aussi chiant. Je suis obligée de m'arrêter et de relire des passages de l'Attrape-cœur pour tenir le coup. Parfois, j'ai l'impression qu'Holden Caulfield et moi on se prend par la main. Y a vraiment des types à qui on devrait élever des statues, ou carrément des églises.

20 février 1958
La dernière nouvelle, c'est qu'on va partir en Russie. Ça

142

va nous changer. Papa nous l'a annoncé il y a deux jours, je sais pas comment il s'est démerdé mais c'est sûr. Tout le monde est content. On va passer plusieurs jours à Leningrad. Et il y a un truc que tout le monde sait ici, parce que papa l'a répété cent fois : Leningrad est la patrie de Balanchine. On est heureux de l'apprendre.

Du coup, Alice a changé de programme. On attaque Dostoïevski. C'est pas plus mal, dans le genre. J'ai déjà un faible pour Mitia. Elle a ramené une caisse de livres et doublé nos cours d'anglais. On va devenir intelligents si ça continue. Elisabeth et papa sont aux petits soins pour elle. Il y a des moments où la maison ronronne, on dirait. Faut s'attendre à tout.

C'est comme avant-hier. Je l'ai pas écrit tout de suite parce qu'on s'est couchés tard et que j'étais vannée. Voilà le truc, et j'en suis pas encore revenue :

Donc Oli a la grippe. Il est couché depuis deux jours. On passe le voir dans la journée, mais le soir il lui faut sa partie de cartes ou une connerie du genre. Bref, quand j'arrive, Henri-John est là. Bon alors on se met à jouer aux cartes, jusque-là tout est normal. Faut dire qu'on se fait plus la gueule avec Henri-John, mais il y a eu le soir du 12 février 1958 et depuis je le sens un peu ombrageux. Ça doit l'intriguer ce que je fichais avec Bob. Des fois, je le vois qui me regarde d'une drôle de manière. Mais enfin ça m'empêche pas de jouer. Et ça dure. Je bâille. C'est pas qu'on passe un bon ou un mauvais moment. On est simplement tous les trois et on a l'habitude.

Et maintenant, tout le monde se tient bien. Vers minuit, Oli s'écroule. Je commence à ranger les cartes. Toute la maison s'endort. Je vais pour me lever mais Henri-John me tend une cigarette. Je me rassois. On fume en silence. On entend le vent dehors et la respiration d'Oli. Et voilà qu'on se met à parler, le truc à peine croyable. Et ça vient

143

tellement facilement que j'en ferme les yeux tout en les gardant ouverts. Je sais pas ce qui nous prend. Je sais même pas lequel de nous deux a commencé. Ça fait longtemps que je me suis pas sentie aussi bien. On se dit n'importe quoi, tout ce qui nous passe par la tête. J'arrive pas à comprendre pourquoi on s'entend pas mieux tous les deux, pourquoi c'est pas toujours comme ça. C'est pourtant pas difficile.

On a rien gagné en vieillissant. J'espère que ça va s'arranger. Bon. On est là et c'est comme si un léger courant nous entraînait. On discute et on sait plus où on est. Je me retiens pour pas lui dire ce que j'ai fait avec Bob. J'ai pas l'impression que ça lui plairait. Mais ça me démange, j'ai pas envie de garder ça comme un secret, je voudrais m'en débarrasser. Je me pince les lèvres. Je serre mes genoux entre mes bras et là je m'aperçois qu'il jette un œil entre mes jambes.

Alors qu'est-ce que je fais, je les écarte un peu, mine de rien, histoire de voir. Je repense à des trucs qu'on a faits ensemble. Je le revois installé entre mes jambes et m'inspectant la fente avec une règle. Et ensuite c'était à mon tour. Maintenant, le moindre truc prend des proportions. Je dis pas que c'est plus mal, mais c'est drôle quand on y réfléchit. Bref, l'ambiance devient un peu trouble. Moi je trouve ça plutôt agréable. Quand elle est pas en train de loucher sur Bob, Myriam vient me bassiner avec Henri-John. C'est vrai que ce salaud a du charme. Je le regarde pendant qu'il me baratine je ne sais trop quoi. J'aimerais bien m'installer dans ses bras et ne plus bouger. Ça nous arrivait, des fois. On était moins cons à l'époque. Quand quelque chose nous paraissait bon, on se gênait pas.

Lui, bien sûr, c'est pas simplement de me tenir dans ses bras qu'il a dans l'idée. Et ça, je le comprends bien. Je me dis que je devrais ficher le camp tout de suite. Je suis vraiment heureuse du moment qu'on a passé, il s'imagine

144

sans doute pas à quel point. Mais je reste là à tirer sur la ficelle, au risque de tout flanquer par terre. Je suis vraiment pas maligne quand je m'y mets.

On sait pas s'arrêter quand il faut. Je me dis : je veux seulement qu'il tende une main vers moi, qu'il fasse un geste pour me toucher, j'en demande pas plus et ensuite je me débine. Et c'est salaud de ma part parce que je sais bien qu'il va se décider à un moment ou à un autre, alors c'est vraiment pas la peine de nous torturer. Mais cause toujours. Le plus dingue, c'est que je suis persuadée qu'il arrivera rien, que je pourrai tout arrêter avant qu'il soit trop tard. Comment je peux avaler ça ? ! Je commence déjà à avoir les jambes en coton, les joues en feu. C'est plus de la confiance en soi, c'est de la folie furieuse.

Je ferme les yeux. Je décide de compter jusqu'à cinquante. Je l'entends bafouiller puis plus rien. Faudrait pas faire ça tous les jours, ça doit pas être bon pour le cœur. Puis je sens sa main sur ma cuisse. J'arrête de respirer. Je lui donne une minute. Je dis rien, je garde les yeux fermés. Je veux pas qu'il croie que j'ai rien dans le ventre ou que je veux pas de lui. Je le laisse me mettre un doigt et je compte jusqu'à vingt-cinq. Puis je lui retire la main. Je le fais gentiment. Ça m'embête autant que lui car c'était bien parti. Mais il y a quelque chose en moi qui a pas cédé et je me félicite. Je le regarde pas. Je quitte la pièce sans dire un mot.

Ça se passe bien. C'est moi qui me suis imaginé que ça allait pas être facile. Quand on s'est revus, hier matin, au petit déjeuner, j'étais plutôt sur mes gardes. Je m'attendais à ce qu'il se fiche de moi ou qu'il me sorte des trucs pas très gentils et je lui avais préparé la même chose. Je supporte pas qu'il me dise un mot de travers, c'est plus fort que moi. Mais il s'est comporté comme d'habitude, même que ça m'a un peu soufflée. Mais je dois reconnaître que ça vaut mieux. Alors je me dis : ou il est intelligent ou c'est vraiment le salaud fini. C'est pas impossible qu'il soit les deux.

Hier soir, papa a rencontré Roland Petit. Comme il aime pas ce qu'il fait, ça s'est terminé par des mots et des types ont sorti papa de l'Alhambra. Il était déchaîné. J'ai vu le moment où on allait l'embarquer dans le panier à salade mais Elisabeth et Ramona ont réussi à le calmer. Il a retrouvé sa bonne humeur un peu après. Tu parles, on est allés écouter du jazz jusqu'à je sais pas quelle heure !

Et en rentrant, on a eu une surprise. Il y avait les pompiers à la maison. Ils venaient de défoncer la porte de la salle de bains du premier. Quand on est arrivés, ils étaient en train de réanimer Corinne. Ou plutôt il y en avait un et les autres étaient debout tout autour, en train de se rincer l'œil. Papa les a bousculés. Décidément, c'était son jour. Il a recouvert Corinne avec son manteau en leur disant que ça servait à rien qu'ils restent plantés là comme des andouilles. Et ça leur a pas plu.

On a souvent des incidents de ce genre. Ça vient de Jérémie et d'Eric. Ça arrive quand on sort ou quand des étrangers viennent à la maison, et bien sûr quand ils sont plusieurs. Que ça soit des livreurs ou des types qui viennent réparer quelque chose, ou des flics ou des pompiers, enfin des connards on en trouve un peu partout. Dans un premier temps, ils font les malins, parce que, pour eux, ça en fait des filles d'un seul coup, ils s'attendent pas à en voir autant, et pas des mochetés en plus. S'ils ont vu papa, ils se contentent de nous mater en silence. Mais s'ils ont simplement affaire à Jérémie ou à Eric, s'ils s'imaginent qu'ils sont les seuls types de la maison, alors là, ça les rend dingues. Des fois, ils deviennent agressifs, même. C'est pas que Jérémie ou Eric aient des manières vraiment efféminées, mais c'est pas non plus des forts des Halles. Et les autres, on dirait que c'est un truc qu'ils peuvent pas supporter, ça les rend malades de voir ça. Des fois, je me dis qu'il en faudrait pas beaucoup pour que ça tourne mal. Quand on voit des cons pareils, on se demande pas pourquoi les gens continuent à s'entre-tuer.

Heureusement, les pompiers, y a pire. Ils ont juste grogné un peu et menacé papa, car il paraît qu'on a pas les aérations réglementaires et que le chauffe-eau brûle tout l'oxygène. Puis Corinne s'est mise à vomir et ça les a refroidis. Après leur départ, on est restés dans sa chambre, avec elle. Tout le monde était là, même Oli que le bruit avait réveillé. On a encore eu droit à un chapitre sur la révolution irlandaise. Depuis toujours, les seules histoires que papa nous ait jamais racontées, c'est soit sur la danse, soit sur le jazz, soit sur la révolution irlandaise. Son père a fait partie des Volontaires et on connaît tout sur la révolte de Pâques. Enfin, je dois dire qu'il raconte ça plutôt bien et personne a jamais cherché à l'interrompre quand il est lancé. Il vous tient sous le charme, il est transfiguré. Moi-même, qui suis pas trop portée sur ce genre de récits, je me laisse prendre à tous les coups. En général, la moindre occasion lui est bonne. Mais cette fois, on aurait eu du mal à y couper. Qu'est-ce qu'il voit, en posant Corinne sur son lit ? Gens de Dublin ! Il en fallait pas plus pour lui mettre la larme à l'œil. Corinne est un peu lèche-cul sur les bords.

J'ai le poignet en compote. Je sais pas comment ils faisaient Dostoïevski et les autres. Peut-être qu'ils écrivaient des deux mains ? Je suis au lit. Il est tard mais je suis pas fatiguée. J'aime bien écrire tous ces trucs, j'ai l'impression que je pourrais jamais m'arrêter, si je voulais. Seulement j'ai un truc à faire pour Alice, un de ces trucs à la mords-moi-le-nœud, elle a le chic pour ça. Cette fois, on doit commenter un vers de Whitman, c'est son chéri. « Sure as the stars return again after they merge in the light, death is great as life. » Moi je veux bien. C'est même ce que j'espère.

147

Deux choses encore avant de m'y mettre. Aujourd'hui j'ai eu mes règles et, pour une fois, ça m'a mise de bonne humeur. Voilà pour une. L'autre, c'est que Bob est allé raconter à Flo qu'on avait baisé tous les deux. Je sais pas encore comment je vais lui faire payer ça, mais je finirai bien par trouver. Pour commencer, il est pas près de poser la main sur moi, je vais le laisser mariner dans son jus. Moi ça me viendrait pas à l'idée d'aller crier ça sur les toits, je sais pas, ça me paraît quand même privé ces histoires. Flo a pas compris que je veuille pas en parler. Je lui ai dit que si elle voulait les détails elle avait qu'à demander à Bob. Flo, c'est le genre à se masturber sur un coin de table si on parle des garçons, mais comme elle a peur de coucher, elle se nourrit des histoires des autres. On lui en dit jamais assez, on est jamais assez précis avec elle. Je dis pas qu'on peut pas avoir ce genre de conversation de temps en temps. On peut toujours en apprendre. Mais j'ai pas à lui raconter ma vie. C'est pas qu'elle soit vicieuse qui me gêne. Ça m'arrive aussi de mouiller ma culotte rien qu'en pensant à des trucs. Non, ce qui me gêne, c'est qu'elle fiche son nez dans mes histoires. Et le 12 février 1958, je voulais en parler à personne. D'abord y a rien à en dire. C'est pas du Lady Chatterley. C'est un truc vraiment trop personnel, je trouve. Enfin, que ça lui plaise ou non, c'est comme ça.

*

Je faillis me casser les reins, un matin, en tombant d'une balançoire. Ce n'était plus de mon âge, bien entendu, et c'est sans doute la raison pour laquelle il m'arriva cet accident stupide. C'était la première belle journée de printemps que nous avions. L'air et la lumière nous étourdissaient, on avait envie de bondir ou je ne sais quoi, de s'accrocher aux branches ou de se rouler dans l'herbe. Et il y avait deux balançoires dans le jardin, avec lesquelles on ne s'amusait plus depuis longtemps. Mais j'ai sauté sur l'une d'elles et j'ai pris mon élan. Pratiquement tout le monde était dehors. On avait sorti des bancs et des chaises et on avait les bras à l'air et on clignait des yeux et les jeunes feuilles du tilleul frissonnaient sous mon poids. J'ignore ce que je fabriquai tout à coup, mais je m'envolai et atterris sur le dos.

La violence du choc me coupa la respiration. On me raconta plus tard que je bleuis et restai inerte durant un instant, au point que ma mère faillit tomber dans les pommes. La seule chose dont je me souvienne, c'est qu'elle me gifla quand elle s'aperçut que je n'étais pas mort, sous prétexte que je voulais la tuer. Je ne comprenais pas encore très bien ces marques d'affection qu'elle me témoignait. Que je fusse un fardeau pour elle ne laissait aucun doute dans mon esprit.

Lorsque enfin je me relevai, j'avais les joues rouges et le dos raide et les yeux plantés dans le gazon. Jérémie était le spécialiste des claquages, foulures et torsions en tout genre. Chacun passait régulièrement entre ses mains, abusant même de sa gentillesse et pleurnichant pour un massage quand Georges leur avait mené la vie dure. D'après ce que j'avais entendu dire, c'était une espèce de don qu'il avait. Pendant que ma mère me traitait d'imbécile, puis me demandait comment je me sentais, il dit qu'il allait me frictionner un peu. Et moi je ne voulais qu'une chose, c'était de disparaître au plus vite pour digérer mon humiliation dans un coin tranquille.

Je le suivis jusqu'à la maison en serrant les dents car j'avais mal mais m'appliquais à me tenir bien droit comme un que rien ne peut démolir. On avait une petite pièce en bas, qui était le rendez-vous des éclopés. Elle empestait le liniment et, par-dessus tout, la graisse de marmotte qu'à plus faible dose on détectait partout dans la maison — au temps où nous allions à l'école, les autres trouvaient qu'on avait une drôle d'odeur. Jérémie me fit signe d'ôter ma chemise et de m'installer sur la table pendant qu'il se lavait les mains.

C'était la première fois que j'y passais et ça m'amusait. Les massages étaient la chose la plus naturelle qu'on puisse imaginer dans cette maison. Assis, debout ou couchés, ils étaient toujours en train de se masser quelque chose, plus ou moins inconsciemment, ils ne restaient jamais les bras croisés. On faisait appel à Jérémie pour le grand jeu, mais pour le reste, on aurait dit une bande de singes se cherchant les poux. En dehors d'Alice, j'étais pratiquement le seul à ne pas y avoir droit. Comme ils dansaient, Oli et Edith y tâtaient un peu et Ramona, après qu'elle les eut accompagnés la journée entière au piano, se voyait offrir quelques faveurs de temps à autre. Cela dit, je savais de quoi il s'agissait. Lorsque ma mère n'était pas occupée à me gifler en public, elle m'appelait quelquefois et m'offrait sa nuque ou posait ses pieds sur mes genoux pour que je les détende, et j'étais fier des soupirs que je lui arrachais. C'était d'ailleurs les seuls instants où je ne la sentais pas indifférente à mon égard. C'était ce qui m'empêchait de la détester pour de bon.

Mon sourire se figea quand Jérémie tira sur ma culotte et me mit les fesses à l'air. Mais aussitôt un liquide me coula dans les reins et je ne tardai pas à oublier ce petit inconvénient, du fait que nous étions entre hommes. Je l'oubliai d'autant plus que les soins qu'il me prodiguait étaient un pur délice. J'en avais les paupières qui papillotaient et commençais à comprendre pourquoi ils en voulaient tous.

Au bout d'un moment, je me mis à bander. Mais ça ne

me gênait pas. J'avais l'impression de rêver à moitié, d'être allongé au soleil avec une fleur entre les dents. Lorsque les mains de Jérémie m'effleuraient les fesses, je n'y voyais pas une quelconque intention de sa part, je n'y voyais même rien du tout pour dire la vérité. Je pensais à rien, simplement je ne voulais pas que ça s'arrête. Je ne me rendais plus compte de grand-chose, sinon que mon corps flottait sur un nuage.

Ses mains glissaient le long de mes hanches, des frissons me couraient jusqu'à la nuque. Le soleil n'entrait pas vraiment. Il y avait un gros rideau de coton à la fenêtre, pour si des fois quelque voisin montrait son nez, et la lumière entrait juste par les côtés et au-dessus, vers le plafond. Je regardais les particules de poussière qu'elle emprisonnait et observais leur suspension en me disant que je ressentais quelque chose de semblable et que j'étais aussi léger.

Sur le coup, je ne pris pas conscience qu'il me tournait sur le côté. J'étais comme une poupée entre ses doigts, soucieux d'obéir à la moindre pression pour que ça continue. C'est au vif soulagement que j'éprouvai en cessant de m'écraser la bite qu'un éclair me traversa l'esprit. Mais dans la même seconde il me la prenait et la pressait entre ses mains.

Je fus paralysé. Ni de peur, ni de dégoût, ni de rien qui s'avérât désagréable. Je fus plutôt paralysé de stupeur, frappé d'une telle surprise que je ne songeais pas à réagir. Puis il se pencha et me la fourra dans sa bouche. Maintenant, j'étais hypnotisé.

Mes sentiments étaient à la fois si violents et si confus que j'en grimaçais presque, mais en même temps le plaisir m'envahissait et je ne comprenais plus rien. Je lâchai une sorte de gémissement quand je glissai ma main dans ses cheveux.

C'est à ce moment-là que ma mère entra. Elle ouvrit

la porte, nous observa une seconde, puis ressortit. Je me reculottai en vitesse. Ça allait être terrible. Elle m'attendait de l'autre côté.

— Nous avons à parler...! me dit-elle.

J'évitai de la regarder. Elle me prit la main et m'entraîna rapidement vers les escaliers. Le temps que je remette un peu d'ordre dans mes idées, elle nous avait enfermés dans sa chambre.

— Approche-toi. Viens par ici...

Je la rejoignis sur le bord du lit.

— Regarde-moi...

Le feu aux joues, je la regardai.

Elle me prit la main, de nouveau.

— D'abord, je voudrais savoir une chose... Est-ce que ce sont les garçons qui t'intéressent...? Tu peux me répondre... Ce n'est pas une maladie, tu sais...

Ça m'ennuyait qu'elle me tienne la main, mais je ne voulais pas la contrarier. J'en revenais pas qu'on ait cette conversation. Et qu'elle le prenne de cette manière après ce qu'elle avait vu. Là non plus, je n'y comprenais rien.

— Henri-John..., reprit-elle d'une voix douce. Je veux que tu me dises la vérité... As-tu une préférence pour les garçons, oui ou non...?

— Non...! finis-je par lui répondre.

J'aurais voulu lui expliquer comment c'était arrivé, que je dormais à moitié ou que la pénombre m'avait abusé, mais les mots ne sortaient pas de ma bouche. Je n'arrêtais pas de penser au tableau qu'elle avait eu sous les yeux et elle était la dernière personne au monde devant laquelle je me serais exhibé ainsi. J'en avais l'estomac noué, j'en étouffais presque. Et elle était là, à me parler de ce truc, tranquillement assise à mes côtés et me caressant la main comme si de rien n'était. Déjà je n'étais pas à l'aise lorsque j'entrais dans sa chambre et qu'elle était en combinaison. Je regardais le plancher lorsqu'elle était en slip. Même lorsque j'étais plus jeune et qu'une de nos occupations préférées était de jouer sous les tables, je ne regardais jamais entre ses jambes. Alors ce n'était pas pour discuter avec elle de la meilleure façon de se faire sucer.

— Dis-moi une chose... Crois-tu qu'il y ait des sujets qu'on ne puisse aborder, tous les deux... ?

— Non... Pourquoi ça... ?

— Je ne sais pas... Je voulais juste m'en assurer... Cela dit, le sexe était une chose dont ma mère me parlait librement et je me souviens que cela me gênait beaucoup. Alors j'aimerais autant ne pas faire pareil avec toi. L'important est que tu saches que tu peux te confier à moi si tu en as envie. Tu sais, ma mère voulait tout savoir et elle se sentait blessée si je lui cachais certaines choses. Henri-John..., je veux que tu te sentes libre de me dire ou de me cacher ce que tu veux. Nous sommes bien d'accord... ?

— Mmm.

— A présent, veux-tu un conseil... ?

Je n'en voulais pas mais qui ne dit mot consent.

— Fais-le d'abord avec une fille. Tu as le temps de te compliquer la vie...

Je me renversai sur le lit en soupirant, calé sur mes coudes. Je frémissais d'être aussi empoté avec elle, de l'avoir laissée me tenir la main et de m'entendre dire ce que je devais faire ou pas faire, et bla-bla-bla, mon petit chéri, pourquoi ne dis-tu pas à ta maman ce que tu fabriques avec ta petite quéquette, parlons de *SEXE* tous les deux, comme des grands, y a-t-il quelque chose que tu aimerais savoir, mon poussin chéri... ? Bon Dieu ! Elle m'avait coincé dans une situation incroyable et ça m'avait coupé les jambes, j'étais retombé en enfance. Mais croyait-elle qu'on allait continuer à discuter calmement d'un truc qui m'étouffait, me brûlait carrément la poitrine... ? ! Est-ce qu'elle allait me sortir des planches d'anatomie et m'expliquer toutes les conneries qu'un enfant de dix ans savait déjà par cœur ? Je sentais la rage m'envahir de tous les côtés. De quoi voulait-elle parler, au juste... ? De sexe... ? De ce que moi j'entendais par sexe... ? C'était ce qu'elle voulait... ? Elle en était sûre... ?

— Je n'avais pas l'intention de me faire enculer..., lui dis-je.

J'eus l'impression que ses épaules se raidissaient un peu. Elle ne se tourna pas vers moi. Il y avait deux ou trois solutions : elle pouvait se lever et partir, ou bien me coller une claque.

— Mmm, j'ai déjà oublié cette histoire..., murmura-t-elle.

Mince, croyait-elle s'en tirer aussi facilement... ? ! Toute la frustration qu'éprouvait un type de mon âge me remontait à la gorge. Je serrais le dessus de lit dans mes poings et vrillais mes yeux dans son dos sans pouvoir m'en empêcher. Tout son discours m'avait rendu malade. Et cet air piteux que j'avais pris, dégoûté. Je n'avais jamais imaginé ma mère en train de baiser, je ne voulais pas y penser. Jamais je n'avais cherché à savoir ce qu'elle fabriquait. Quand elle sortait, je ne guettais pas son retour, je ne fouillais jamais dans sa chambre, je ne l'espionnais jamais. La seule liaison que je lui connaissais, parce que Edith me l'avait rapportée et qu'il venait parfois et l'emmenait je ne sais où, c'était cette vague relation qu'elle avait avec Spaak, mais je n'y associais aucune image bien précise. D'ailleurs, je ne les avais jamais vus s'embrasser ou se serrer d'un peu trop près. Ma mère me semblait une créature intouchable, trop préoccupée par les choses de l'esprit pour se soucier de la chair. Elle ne riait pas à

certaines plaisanteries, n'était pas caressante, ̶
sait jamais au lit. Je ne savais pas ce qui l'intére̶
dehors de la danse. Chaque fois qu'elle m'acc̶
elle me parlait de liberté, du chant de la terre ou de la
force de l'âme, et j'en passe. Elle était désincarnée,
pour moi. J'avais bien entendu reniflé toutes les
culottes qui traînaient dans cette maison mais on
m'aurait pilé sur place que je n'aurais pas touché celles
de ma mère. Elle voulait que nous parlions, tous les
deux ? Mais se doutait-elle de ce que j'avais au fond du
cœur... ? ! Voulait-elle voir les torchons raides et jaunis
dans lesquels je m'essuyais... ? Voulait-elle savoir à
quel genre de femmes je rêvais, quelles situations
j'inventais, quels instruments, quels animaux, quelles
horreurs j'appelais à la rescousse... ? J'en étais arrivé à
un point où je n'osais plus l'approcher, tellement je me
sentais sale et indigne. Et voilà que tout d'un coup, elle
me surprenait avec Jérémie. Elle aurait dû filer et ne
plus m'adresser la parole, je l'aurais compris. Mais elle
était restée. C'était comme si elle m'avait suivi dans un
bar à putains, comme si elle me rejoignait au fond d'un
égout. J'aurais voulu vomir devant elle pour qu'elle
retourne d'où elle venait. J'étais furieux, blessé, malheureux, haineux, bouleversé. Je cherchais des mots
terribles, j'aurais voulu la chasser à coups de pierres.
Mais elle m'a coupé dans mon élan :

— Henri-John, je crois que tu oublies quelque
chose : je suis ta mère. Je ne te dis pas cela pour te
reprocher d'employer certains mots devant moi. Mais
simplement pour te rappeler que tu n'es pas venu tout
seul... Ne perds pas ton temps à essayer de me choquer.
J'en sais certainement davantage que toi. Et tu sais, il
n'y a pas de quoi en faire toute une histoire. Si cela
t'amuse, je peux te confier quelle est ma position préférée ou quelles sont les parties de mon corps les plus
sensibles...

A ces mots, je me laissai carrément aller en arrière, les yeux au plafond. Et la pensée qui me vint alors prit la forme d'un vers de T. S. Eliot, tiré d'un poème que nous avions traduit avec Alice : « Et permets à mon cri de parvenir jusqu'à Toi. »

C'était un jour de relâche. Je ne profitai pas de ce doux après-midi comme il l'aurait fallu et Ramona me garda un peu plus longtemps qu'à l'ordinaire pour me montrer une mazurka de Chopin, mais je ne l'écoutais que d'une oreille. Depuis une semaine, ils donnaient *Le Concert*, un ballet qu'avait monté Robbins quelques années plus tôt à New York et elle interprétait certains morceaux sur scène, dont celui-ci, pendant que les autres dansaient tout autour. C'était un ballet comique. Pour une fois, Georges dansait, parce que ça l'amusait. Il avait de grandes ailes de papillon et se grimait à la Groucho Marx. C'était un spectacle qui les mettait de bonne humeur, mais ce jour-là, il m'en aurait fallu davantage pour me dérider. Bref, je n'arrivais pas à me concentrer sur ce que m'expliquait Ramona. A travers la porte-fenêtre, j'apercevais ma mère dans le jardin, occupée à coudre des rubans à ses chaussons, et j'en avais encore le souffle coupé.

Je passai le reste de l'après-midi dans ma chambre, bouquinant et fumant quelques cigarettes, sans trouver goût ni à l'un ni à l'autre. Je changeai cinq cents fois de position, ouvris et refermai si souvent la fenêtre que d'en bas Oli me demanda si je me sentais bien.

— Pauvre crétin ! Occupe-toi de tes fesses ! lui lançai-je, puis je reculai car on aurait dit qu'ils m'avaient jamais vu.

Se rompre à demi les reins, se faire sucer, puis découvrir que sa mère a *une position préférée ET des parties sensibles* — et pourquoi pas des cuissardes et un

156

fouet dans ses tiroirs —, en voilà une journée intéressante ! J'osais à peine lever la tête de peur d'en recevoir encore. Je les entendais rire dans le jardin. Les oiseaux dans les arbres. Le téléphone et Georges du salon. Les placards de la cuisine, les casseroles et l'eau dans les canalisations, dans l'évier, puis dans un récipient, sûrement pour des pâtes. Bientôt sept heures. Une corne à la page du livre. Puis les mains croisées derrière la tête jusqu'à l'appel de mon nom : « Henri-John, à table... ! » la voix aiguë d'Oli. Et le temps d'un dernier coup d'œil à la fenêtre, la tombée du jour, les lumières de la maison sur le tilleul, pas franchement la forme mais pas si mal que ça en fin de compte, juste une simple hésitation et me voilà en bas.

Georges nous annonça que notre départ pour Leningrad était reculé de six mois, ce qui alimenta la conversation durant tout le repas et me permit de garder les yeux dans mon assiette. Non pas que je n'aurais pu supporter le regard de Jérémie ou celui de ma mère, mais je voulais qu'on me laisse tranquille. Ce n'est pas trop difficile de se faire oublier lorsqu'on est quatorze à table.

Georges, Jérémie et Eric étaient en bout de table. Ma mère, Ramona et Alice occupaient l'autre. Puis d'un côté, il y avait Rebecca, Oli, Edith et moi. Et nous faisions face à Olga, Corinne, Chantal et Karen. Je me répétais souvent que c'était une mauvaise blague d'avoir tant de femmes à la maison et de n'en posséder aucune. Et je savais aussi où était le problème : elles me connaissaient depuis que j'avais sept ou huit ans. J'avais sauté sur leurs genoux, m'y étais endormi avec mon pouce enfoncé dans la bouche pendant qu'elles me racontaient des histoires, elles m'avaient bordé et embrassé sur le front pendant toutes ces années, promené et surveillé dans le parc et préparé mon quatre-heures. J'étais persuadé que si je tentais la moindre chose, elles me riraient au nez, oh ! le plus gentiment du monde, ce qui serait encore pire, car j'aurais pu supporter qu'elles m'envoient balader mais pas qu'elles me la jouent attendries ou amusées, du genre : « Ho ! voyons, Henri-John, mon chéri, *mais tu n'y penses pas...* ! » Je ne pensais qu'à ça, malheureusement. Au point que je me demandais parfois si je n'étais pas malade. J'imaginais quelque sombre maladie, un mal qui me rongeait le cerveau et que rien n'apaisait, hormis la lecture de *Folies de Paris-Hollywood*, si tant est que l'on puisse combattre le feu par le feu. Je n'osais ni ne voulais en parler à personne, car je supposais que seule une opération du cerveau pourrait me tirer d'affaire et je n'étais pas chaud. Je remerciais le Ciel qu'on n'eût pas encore découvert qu'un obsédé rôdait dans cette maison. Ce que je craignais par-dessus tout et que je vérifiais régulièrement dans le miroir de la salle de bains, c'était qu'on finît par le lire sur mon visage.

Je dévorais pas mal de poésie, en contrepartie. J'essayais de me maintenir la tête hors de l'eau. J'avais essayé, durant quelques mois, de tenir un journal, mais j'avais reculé devant les turpitudes qui m'encombraient l'esprit : si jamais quiconque mettait la main dessus, j'étais fini. Mon cas réclamait donc la plus extrême prudence. J'avais alors persuadé Oli que ces trucs-là n'était pas faits pour nous et, un beau soir, nos journaux avaient flambé dans la cheminée. Ils ne contenaient pratiquement que des pages blanches, mais quel soulagement pour moi, je les voyais se tordre dans les flammes comme si elles avaient été écrites. « Je vais te dire ce que je crois.... avais-je soufflé à Oli tandis que nos mémoires partaient en fumée. D'abord, je crois pas qu'elle ait grand-chose à raconter, sinon on le saurait. Et à mon avis, dès qu'il y a un truc un peu gênant, tu peux être sûr qu'elle l'écrit pas. Alors à quoi ça sert de tenir un journal, tu veux me le dire... ? Mais ça, c'est du Edith tout craché, elle va le continuer rien que pour nous emmerder... T'as remarqué qu'elles avaient toujours du temps à perdre... ? »

J'avais l'impression de bien les connaître, d'une certaine manière. J'entends par là que je les observais à longueur de journée, toutes autant qu'elles étaient, et si certains de leurs côtés m'échappaient — comme certains des miens m'échappaient à moi-même —, leur monde n'avait pas tant de secrets pour moi. Je m'étais souvent aperçu que j'en savais beaucoup plus que les garçons de mon âge. Même Bob, qui avait dix-neuf ans et se vantait de l'avoir fait si souvent qu'il ne les comptait plus, je me rendais bien compte qu'il naviguait en plein brouillard et que les baiser était une chose, savoir à qui l'on avait affaire en était une autre. Je convenais malgré tout que cela ne m'était pas d'une grande utilité. A ce propos, Bob m'avait dit un jour : « J'ai pas besoin de m'envoyer un traité sur l'électricité pour savoir allumer la lumière. » Je ne me demandais pas encore pourquoi tant d'imbéciles parvenaient à s'en tirer ici-bas.

Après le repas, Eric et Jérémie décidèrent d'aller en ville. Georges se mit à ses comptes. Ma mère, Karen et Ramona montèrent se coucher. Alice prit un livre. J'entamai une partie de mikado avec Oli et Rebecca. Les autres discutaient dans la cuisine, rangeaient et préparaient l'habituelle tisane de l'après-dîner. Je me détendis un peu, à mesure que la soirée avançait. Je sortis avec Georges pour ramener du bois. La nuit était fraîche mais il espérait bien que nous n'aurions plus à chauffer d'ici quelques jours et il s'arrêta un instant pour inspecter le ciel d'un air satisfait :

— Seigneur ! Ote-moi cette épine du pied... ! fit-il en rigolant.

On replaça quelques bûches sur le feu auquel Corinne et Edith offrirent leurs fesses. Alice se leva en bâillant et vint me glisser son bouquin sous le bras, des poèmes d'Hilda Doolittle, avant de regagner son studio. Rebecca en avait marre du mikado, elle s'en alla masser les épaules de Georges. Chantal écrivait à ses parents et ne savait pas s'il fallait deux *l* à Jerome Rollins.

— RoBBins... ! soupira Georges.

Olga revenait de la cuisine avec une pleine casserole de Boldoflorine.

— Ceux qui veulent se servir..., dit-elle.

On traîna encore pendant un bon moment. Il ne se passait pas souvent grand-chose, le soir, mais Edith, Oli et moi étions toujours parmi les derniers couchés. Je veux dire qu'il ne se passait rien d'extraordinaire. Mais on était là. On n'était plus d'un âge où l'on nous envoyait au lit. Sans blague, nous en avions tellement souffert ! Qui donc n'en aurait pas profité après tant d'années où, sonné neuf heures du soir, c'était direction le cachot... ? !

Il était près de minuit quand je montai, laissant Georges à son habituelle tournée d'inspection — il était obsédé par le gaz et reniflait à droite et à gauche avant d'éteindre les lumières — et fermant la marche derrière les deux autres. Je bifurquai au premier pour éviter l'embouteillage dans la salle de bains du second. J'inspectai un moment la poignée de brosse à dents plantée dans un gobelet et m'emparai de celle d'Olga qui me semblait la plus neuve — mais je ne craignais rien, cette espèce de maniaque était couchée, je me servis même de son savon « spécial peau fragile » pour me laver les mains, ce qui aurait très bien pu déclencher une petite émeute. Puis j'attrapai le rasoir de Georges, le dépliai et, après avoir vérifié les progrès de mon système pileux, taillai prudemment les zones d'ombre. On aurait dit que tout marchait au ralenti dans cette vie.

J'allais entrer dans ma chambre lorsque la porte de Ramona s'entrouvrit. Elle me demanda si j'avais une minute.

— Qu'est-ce qu'y a... ?

Elle me fit signe d'arriver.

Contrairement aux autres, elle ne portait pas de pyjama. Durant la journée, elle s'habillait comme il y a cinquante ans j'imagine, elle avait toujours des robes compliquées, cousues de dentelles et fermées autour du cou, et elle avait un mouchoir dans la manche. Je ne savais pas pourquoi elle s'arrangeait de cette manière, mais ça ne me semblait pas bizarre. Son visage, ses coiffures à l'ancienne, la douceur de ses gestes s'accommodaient si bien de ses tenues que personne n'aurait voulu la voir en blue-jean. Elle était comme ça, c'était Ramona. Et le soir, elle enfilait d'ahurissantes chemises de nuit, d'un genre vaporeux, qu'elle couvrait de déshabillés de soie pure — tout son fric devait y passer — simplement pour traverser le couloir. Sa chambre était la plus mystérieuse de toutes. Il y avait des tentures aux murs, des drapés, des galons, sa coiffeuse était couverte de flacons, de pots, de houppes, de bijoux, la tête de lit était capitonnée, les sièges recouverts de châles et d'étoffes, et rien n'était rangé mais rien ne traînait, et lorsqu'elle se couchait, elle n'allumait qu'une petite lampe avec un abat-jour en perles de verre et une ampoule de vingt-cinq watts qui vous plongeait dans un univers tranquille et somptueux où finissait de vous achever son parfum. Cela dit, elle n'aimait pas trop nous voir dans sa chambre et c'était rare qu'elle nous y invitât après la nuit tombée. J'avais beau être son chouchou, je n'entrais pas chez elle comme dans un moulin.

Je me demandai ce qu'elle me voulait en refermant sa porte. Elle était assise à sa coiffeuse et se brossait les cheveux. Elle me dit de m'asseoir, qu'elle en avait pour une seconde. Je n'avais pas souvent l'occasion de la voir décoiffée et j'étais toujours surpris qu'elle les eût aussi longs et abondants. J'attrapai un numéro de *Marie-France* et m'étendis en travers du lit en attendant mon tour, quoique n'éprouvant qu'une vague curiosité pour ce qu'elle avait à me dire. Qu'elle prît tout son temps, nous n'étions pas pressés. J'aimais l'ambiance qui régnait dans cette chambre et j'aurais été ravi qu'elle m'oublie ou trouve soudain des nœuds dans ses cheveux et que le temps passe.

Cela dura quand même une bonne dizaine de minutes. C'était plus que je n'aurais pu l'espérer et j'étais bien loin de me plaindre, mais je commençais à me demander ce qu'elle fabriquait avec ses cheveux et si elle se souvenait que j'étais là. Elle semblait perdue dans ses pensées. La brosse fonctionnait toujours, mais avec une telle lenteur qu'on n'entendait plus rien. J'avais l'impression qu'elle se regardait dans la glace. Je n'en étais pas sûr. Je n'avais que son dos et ses cheveux. Lorsque les rideaux étaient tirés, cette pièce était comme un écrin. Personne n'aurait eu envie d'en sortir. Personne n'aurait pris le risque de se faire virer en ayant l'air de s'impatienter.

Puis elle se tourna vers moi en souriant. Je refermai le journal. Et comme elle continuait de m'observer, je lui dis :

— Y a quelque chose qui va pas... ?

Je pensai à mon aura, ou une affaire dans ce style. Elle m'avait appris que la mienne était de couleur abricot et pâlissait lorsque j'étais malade ou si ça n'allait pas. Je craignais que les événements de la journée ne l'aient carrément changée en vert olive. Plus jeunes, ces histoires-là nous amusaient beaucoup. Nous lui demandions souvent la couleur des gens et parfois, à force de concentration et de grimaces, il semblait que nous en apercevions quelques-unes. A présent, je trouvais cela plutôt gênant.

Au lieu de me répondre, elle se leva et vint s'installer près de moi. J'étais d'humeur à discuter un peu, si elle le voulait, mais à condition d'éviter certains sujets. Moi et mes problèmes, en particulier. Elle fit glisser son kimono de ses épaules. Je pensai qu'elle allait se mettre au lit, s'installer confortablement. Elle ne s'était pas rendu compte que son vêtement était tombé sur le sol. Je me baissai pour le ramasser. Je n'avais pas la moindre conscience de ce qui se tramait. Que me relevant, elle m'apparut cheveux défaits, bras nus, les cuisses à demi découvertes et toujours immobile, n'éveilla pas mes soupçons. Sans doute avais-je eu ma part d'émotions pour la journée et mon esprit s'était engourdi. Je la regardai en souriant, comme un parfait idiot, croisant mes mains sur mes genoux. Elle aussi me souriait. Quand je remarquai par hasard que la bretelle de sa combinaison venait de choir contre son bras, il se produisit une explosion silencieuse dans mon cerveau et aucun message ne m'arriva. J'imaginais encore que nous allions parler de Chopin ou des fantastiques progrès de ma main gauche.

Je la lui donnai, d'ailleurs, dès qu'elle me la toucha. J'en étais assez fier. Elle était légère, précise et solide, nous y avions travaillé dur, et je couvrais plus d'une octave, ce qui me facilitait la vie quand je m'attaquais à Liszt. Je comprenais qu'elle voulût l'examiner. Mais elle la posa sur sa cuisse.

Nous étions le 12 avril 1958, aux environs de une heure du matin. Sur le coup, je faillis mourir. Le simple fait de baisser les yeux pour vérifier que je ne me trompais pas me parut au-dessus de mes forces. Mais il n'y avait pas d'erreur et tous les poils de mes bras et de mes jambes se dressèrent devant un tel tableau, une chair de poule de tous les diables si surprenant que c'était. Heureusement, cela passa tout de suite. Elle avait trente-sept ans, j'en avais quinze. C'était un gros morceau pour moi, je ne voulais pas faire l'imbécile et que toute l'histoire me claque entre les doigts, j'en serais sûrement tombé malade. Aussi j'hésitai une seconde devant l'ampleur de l'événement.

Quelle attitude convenait-il de prendre au juste... ? Je voulais bien tout ce qu'elle voulait, mais comment le deviner... ? J'avais l'impression qu'elle pouvait changer d'avis d'un instant à l'autre et cette crainte, enfin cette frousse abominable me paralysait. Je devais l'empêcher de réfléchir à tout prix mais c'était moi qui en étais incapable. Oh ! comme je souffris, comme je paniquai, comme j'entrevis mon bonheur durant ce court instant ! Oh ! l'oppression, la joie et la furieuse envie de baiser dont je pissais de tout mon corps !

Déraillant à moitié, je pensai : « Merci mon Dieu », quand je sentis la tiédeur de sa main dans ma nuque. C'était une espèce de caresse, si j'avais encore la notion de quoi que ce soit. C'était par-dessus tout le signe que j'attendais, le signe que je pouvais y aller.

D'abord cette cuisse que je ne connaissais pas. Je l'effleurai comme si j'avais posé les doigts sur le museau d'une biche.

— Je rêve..., murmurai-je, saisi par l'émotion et chaviré par l'idée de ce que j'avais encore à découvrir.

Portait-elle une culotte ? Je n'osais même pas y penser. M'enhardissant, je passais à l'autre jambe. Elles étaient encore serrées mais du calme, Henri-John, du calme, me disais-je. Sa main dans mes cheveux, avais-je jamais connu quelque chose d'identique ? Et si je l'embrassais ? Ah ! non pas tout de suite ! Ne te précipite pas, mon vieux.

Pas une fois je ne m'interrogeai. Pourquoi se décidait-elle tout à coup et quelle mouche la piquait, voilà qui m'était bien égal. Je ne savais même plus qui elle était. Mes sentiments, tout ce qu'elle représentait pour moi, avaient disparu. Le désir me submergeait, me coupait du monde. J'avais tant espéré ce moment ! Je l'aurais fait avec une femme vieille et moche si elle avait voulu de moi.

— Ah ! je rêve..., ai-je grogné, quand c'était un hurlement d'ivrogne, ébranlé par la splendeur d'un ciel étoilé, que j'étouffai au fond de ma poitrine.

Subitement, je la serrai dans mes bras, et nous basculâmes sur le lit. Un véritable coup de maître, du travail d'artiste. Comme je considérai un instant mon ouvrage, elle en profita pour lancer un foulard en l'air, ce qui valait tous les applaudissements du monde. Il retomba sur la lampe, réduisant la lumière à trois fois rien, à la lueur de quelques braises. Elle me caressa la joue. Je posai ma main sur son ventre et tripotai sa combinaison. C'était un bond terrible jusqu'à sa bouche. C'était ce qui m'intimidait le plus. C'était comme de lui parler, je n'y arrivais pas. Ses lèvres étaient chargées de tous les baisers qu'elle m'avait donnés, de toutes les marques d'affection qu'elle m'avait prodiguées depuis ma plus tendre enfance. Allais-je avoir le culot de les forcer pour y plonger ma langue... ? Elle se dressa sur un coude et me roula une pelle à s'envoyer la tête contre les murs.

Très bien. Je lui attrapai un nichon qui se mit à gigoter sous sa calotte de soie tandis que je dégustais sa salive et que le sang grondait à travers tout mon corps. Il était rond, gros et dur, presque aussi ferme qu'un biceps. Je l'abandonnai à regret pour lui plaquer une main entre les jambes. Nos dents s'entrechoquèrent. Elle en avait une, je sentis les broderies sous mes doigts et la tension des élastiques. Elle écarta doucement les jambes mais je m'y attendais, et le choc fut moins rude. N'empêche que ça devenait drôlement sérieux.

A tel point que je m'arrachai à ses lèvres et m'agenouillai à ses côtés.

— Mon chéri, enlève tes chaussures..., murmura-t-elle.

Sacré nom ! elles volèrent à travers la pièce dans le quart de seconde et je n'en entendis plus parler ! J'en tremblais encore lorsque à nouveau je me tournai vers elle. Elle replia une jambe. Je découvris alors comment la soie glissait sur la peau nue. Puis je me précipitai pour lui ôter ce machin qui menaçait de me flanquer une insolation. Elle soupira gentiment quand dans ma précipitation je lui craquai une couture.

— Ah ! mince... ! fis-je.

— Ce n'est rien. Tout va bien..., me répondit-elle.

Assis sur mes talons, les poings serrés entre mes jambes, je ne pus résister au plaisir de la contempler, comme le type qui s'arrête malgré lui pour admirer la beauté du monde. D'abord, je ne voyais pas très bien où étaient ces kilos superflus dont elle nous rebattait les oreilles. Soit ! elle était bien en chair, mais est-ce que ça me gênait ? Est-ce que je ne la trouvais pas mortellement désirable ? Est-ce que dans tous ces musées où l'on m'avait traîné, j'avais vu quelque chose d'aussi beau ? Ses cheveux étaient étalés autour d'elle, ses seins étaient volumineux, sa main dégrafait les boutons de ma chemise, sa peau était lisse, sa culotte saumon pâle et, débarrassés de leurs mules, ses pieds exhibaient de petites socquettes mauves.

166

Je me dressai sur mes genoux quand je m'aperçus qu'elle avait certaine difficulté avec les boutons de mon pantalon. J'étais content de la pénombre, car je me payais une telle érection que je craignais de l'effrayer. Je regardai ailleurs. Puis me vint l'idée que, tandis qu'elle était occupée, le moment était peut-être bien choisi. Lorsqu'elle baissa mon pantalon, j'empoignai l'élastique de sa culotte. Je sentais mes cheveux collés à mes tempes. Elle baissa mon slip. Je lui rendis la pareille. On entendit un nouveau craquement.

— Bon Dieu ! fis-je.

— Voyons, ne sois pas si nerveux... ! me répondit-elle.

— Je suis pas nerveux.

— Mais si, tu l'es...

J'avais la bite en batterie, pratiquement pointée au plafond. Qu'attendait-elle pour me la prendre au lieu de discuter ?

— Tu devrais retirer ça... ! me conseilla-t-elle.

En moins de deux, j'étais sur le dos, m'arrachant de mes affaires comme si elles avaient pris feu. Je me débarrassai également de mes chaussettes pour en finir avec cette histoire. Puis je m'avisai qu'elle me regardait tendrement, avec le même sourire qu'elle avait depuis le début. Je bondis à ses lèvres. Et maintenant que j'étais à poil, je la serrais contre moi.

Ou plutôt, je me frottais à son corps telle une anguille en chaleur. Plus tard, quand je la baiserai, je n'éprouverai pas de pareil délice. Ce sera plus fort, plus violent, et je serai trop occupé pour m'arrêter à ces bêtises. Mais pour l'instant, je me vautrais sur elle, le souffle court. Aussitôt que ma peau s'était collée à la sienne, un long frisson m'avait parcouru des pieds à la tête et continuait à me traverser à toute vitesse. Le nez dans ses cheveux, je gémissais. Et comme si cela ne suffisait pas, je glissai une de mes cuisses entre les siennes. Ce fut une heureuse initiative. Elle m'agrippa et cambra son bassin contre mon aine, me tenant la jambe dans un étau qu'elle actionnait par à-coups.

— Ah ! la vache... ! murmurai-je d'une voix plaintive.

Elle nous bascula sur le flanc. Pendant qu'elle me couvrait le visage de petits baisers furtifs, j'allongeai une main et lui attrapai les fesses. Bizarrement, ce geste me donna de l'assurance, il me semblait digne d'un type qui s'y connaissait en belle marchandise et n'était pas tombé de la dernière pluie. Je constatai au passage que j'avais laissé sa culotte en plan, et que, pour mal en point qu'elle fût — l'élastique de la ceinture avait rendu l'âme et donnait du mou comme un spaghetti trop cuit —, elle tenait encore vaguement en place.

Je trouvais ça bien qu'on s'embrasse, qu'on se pelote, qu'on reste emmêlés, mais j'y voyais pas grand-chose et j'étais sur le point de suffoquer. Et puis je commençais à avoir un problème. Je m'étais tant et si bien tortillé contre elle qu'elle avait fini par me la prendre et, passé mon premier hoquet d'euphorie, je sentais poindre le danger et en étais à rigoler jaune. Je lâchai donc une espèce de grognement excédé à l'adresse de son sous-vêtement, comme lassé de le trouver encore en travers de ma route, et m'en allai voir de quoi il retournait.

Ce que faisant, j'ai réalisé quelle misère, quel pauvre truc sans goût, quelle désolation, quelle sinistre plaisanterie avait été ma vie jusque-là. Quelle lugubre traversée, avant de parvenir à cette chambre ! Quel monde ennuyeux, terne et débile je laissais derrière moi ! J'en aurais versé des larmes de joie en lui retirant sa culotte. Je faillis lui dire que je l'aimais, et aussi le moindre objet qui se trouvait dans cette chambre, et la

168

maison tout entière, et toute la ville, tout le pays, et tout ce sacré monde et aussi tous les gens qui l'habitaient, cette nuit-là.

Elle était sur le dos, les cuisses repliées comme une grenouille, et je me tenais entre ses jambes, le regard vissé à sa fente et tombé sur le cul avec un air de ravissement. Comparé à celui d'Edith, son berlingot semblait taillé pour un géant, d'ailleurs tout en elle me paraissait démesuré, mais dans le bon sens, tout était comme je l'avais rêvé, rond, lourd, tiède et luisant... Je piquai du nez pour aller la renifler un peu, mais pour le reste je me dégonflai et m'en sortis avec une petite quinte de toux dont je la rassurai d'un geste. J'avoue que les exercices bucco-machins me tentaient pas vraiment, je veux dire si c'était à moi de m'y mettre. Je me sentais pas d'aller jusque-là. Je savais que ça se faisait, mais il fallait quand même pas charrier. Enfin bref, je ne regrettais pas d'avoir survolé sa toison en rase-mottes, il m'aurait manqué quelque chose ! Je connaissais cette odeur. Oli et moi l'avions traquée dans tous les coins de la maison, nous en barbouillant la figure dès qu'on mettait la main sur une culotte abandonnée, nous appelions ça le poison qui rend fou et feignions de tomber à la renverse en rigolant, les oreilles en feu et les joues rouges comme des pivoines.

— Fais-moi penser à te donner un peu de sirop..., murmura-t-elle.

— C'est rien, j'te dis...

— Mmm, on ne sait ja...

Je venais d'y tremper les doigts. Je ne pensais pas m'y attarder cent sept ans, vu l'état de fébrilité dans lequel je me trouvais, et m'en serais peut-être bien passé si quelque sombre appétit n'était venu me tourmenter, m'obligeant à différer, pour une affreuse minute, le moment où nous allions baiser pour de bon.

169

A coup sûr, elle pensa que cela partait d'un bon senti-ment et me jeta un coup d'œil attendri avant de retour-ner voir au plafond si j'y étais, roulant des hanches et tâchant de me diriger les mains aux bons endroits et selon un rythme particulier, comme au début, lorsqu'elle me donnait mes premières leçons de piano. Durant une seconde je m'intéressai à ce qu'elle fabri-quait, écoutai son gazouillis, la regardai transporter sa salive du bout des doigts, m'amusai des filaments qui lui pendaient à la bouche et s'étiraient vers son entre-jambe avant de claquer en chemin et de lui coller au menton. Puis je me livrai à mes turpitudes. Croyait-elle que c'était son plaisir que je désirais ? Croyait-elle que j'étais si gentil, que j'aurais pu contenir mon désir davantage juste pour lui être agréable, que j'avais une fichue auréole au-dessus de la tête... ? ! Non, je n'étais pas le petit saint qu'elle imaginait. Aussi bien, je n'aurais pas aimé qu'elle me prît sur le fait, j'en serais mort de honte. Et je me cachais, affectais certaine démangeaison du nez ou la sécheresse de mes lèvres, tout en la surveillant du coin de l'œil et prêt à me glisser la main dans la nuque ou à la laisser retomber comme du bois mort. Mais elle ne s'aperçut de rien et je pus tranquillement m'humecter les doigts à sa fente et les porter à mon nez et dans l'ombre et sans limites, me saouler au poison qui rend fou.

C'est quasi pantelant qu'elle m'attira vers elle, qu'elle m'arracha à mon vice avec des mon petit chéri et une caresse si précise que je lâchai un rauque gémis-sement. Et ses seins, de nouveau, dans mes mains, sur mon front, ses tétons dans ma bouche, mon nez tordu, ma figure écrasée contre sa peau. Tout mon corps étendu sur ce grand corps de femme, malgré que je la dépasse d'une demi-tête en temps normal. Et mon poireau qui glisse et dérape je ne sais où, furieux,

170

paniqué et brûlant comme un bâton de dynamite et qui me déchire le cœur et me porte à bout de bras dans un élan grave et joyeux en criant mon nom. Enfin, heureusement qu'elle était là car j'avais beau déborder d'enthousiasme et fussé-je doté d'un outil me lançant des vivats, je n'arrivais à rien. J'étais sans doute trop énervé, trop impatient, trop brutal, et puis c'était une vraie patinoire. Sans son aide, je serais devenu enragé. Je commençais d'ailleurs à me détester, grimaçant tel un écorché vif.

— Bon Dieu ! Mais qu'est-ce qui va pas... ? ! me lamentais-je à part moi et sur le point d'affoler.

Bien entendu, il ne me venait pas à l'esprit que j'avais des mains et qu'il n'était pas interdit de s'en servir. Mes pensées s'emballaient. Et si ce n'était pas qu'une écœurante maladresse de mon côté, s'il y avait pire... ? Et si mon machin était trop gros... ? Et si son machin avait rétréci... ? Et si la nature nous jouait un de ces tours de con dont je ne pouvais même pas imaginer l'horreur... ? ! Ah ! *TANT* de mystères me dépassaient encore... !

J'allais finir par me la démantibuler, si ça continuait, par inonder le lit de ma sueur aigre et désespérée, de mon écume, de mes larmes d'impuissance.

— Allons, viens..., me dit-elle.

Elle en avait de bonnes. Ne voyait-elle pas dans quel pétrin nous étions fourrés ? J'étais comme une locomotive déraillée, agonisante, éructant ses derniers jets de vapeur avec un entêtement dérisoire et perdue en pleine campagne, en pleine nuit et enterrée jusqu'aux essieux et fouillant l'obscurité de son phare inutile et abandonnée par le Ciel et trahie, humiliée et maudite par le Ciel... Ma pauvre Ramona, j'ai bien peur que tu n'y puisses pas grand-chose... Prends-la-moi si tu veux, quant à moi j'ai tout essayé... C'était trop beau, n'est-ce pas... ? !

Elle s'en était donc emparée pendant que je cherchais à me clouer sur ma croix et délirais comme un imbécile en mon for intérieur. Elle me la mit en batterie. Je lui glissai un regard triste. Elle me sourit mystérieusement. Puis, tout comme Cendrillon enfilant sa pantoufle de vair, ou peut-être avec plus de facilité encore, elle s'empala sur mon engin. Je ne perdis pas mon temps à lui demander des explications. Les questions ne se bousculaient plus dans ma tête. A présent tout était simple.

— Voilà. Fais doucement, mon chéri...

— Comme ça... ?

— Oui. Ne va pas trop vite. Nous avons le temps... Caresse-moi la poitrine, embrasse-moi...

Ça faisait beaucoup pour un seul homme, mais je connaissais plus désagréable. Et m'exécutant, j'eus l'impression qu'on m'envoyait en l'air et que ce corps que je sentais sous mes mains, je le pénétrais de tous les côtés et il y avait de quoi devenir dingue. Je l'éperonnais de tout mon cœur, avec toute la passion dont j'étais capable. Je baisais ses lèvres les yeux fermés. La caressais comme de la fourrure. Et voilà qu'elle me cramponnait par les fesses. « Ah ! la vache, la salope... », pensais-je, émerveillé.

Lorsqu'elle se trémoussa contre mon ventre, une de mes paupières se mit à tressauter sans que j'y puisse rien. Ma bouche s'ouvrit. Mon œil valide s'écarquilla. Mes tempes gouttèrent de désir et de satisfaction. Il n'y avait plus une particule d'air dans la chambre que nous n'eussions viciée de nos humeurs et chaque respiration m'étourdissait. J'étais aux anges et me roulais dans les flammes de l'enfer. Je m'accrochai aux draps, en fis des papillotes. Swinguai avec les ressorts du lit. Gloussai tout seul, fourbissant mon épée avec une joie sauvage et si fier de moi que je me serais embrassé.

172

— Ah ! putain Henri-John... ! Ah ! *MON VIEUX...!!*
Elle me serra dans ses bras.

Elle avait dit que ce n'était pas raisonnable, mais finalement, c'était elle qui s'était endormie. Vers deux heures du matin, je la réveillai à moitié et la baisai de nouveau.

Je remis ça une heure plus tard.

Puis aux premières lueurs de l'aube. Cette fois, elle soupira carrément, se plaignant que j'allais la tuer. Je lui dis :

— S'il te plaît... !

Ensuite, je regagnai ma chambre.

*

Le jour se levait à peine quand Finn est venu me réveiller. Comme la porte était ouverte, il était entré et me secouait l'épaule.

— Ils sont à table..., m'a-t-il annoncé.

Je me suis habillé en vitesse. Puis j'ai couru le rejoindre au bord de la falaise.

— Comment se fait-il que tu sois déjà levé ? lui ai-je demandé.

— Je les sens.

— Comment ça, tu les sens... Avec ton nez ?

— Non, pas avec mon nez.

Les mouettes se rassemblaient sur la plage et tournoyaient dans le ciel. Et en y regardant bien, on apercevait une large tache huileuse, à une cinquantaine de mètres du rivage, légère et iridescente : les petits poissons passaient un mauvais quart d'heure, ils avaient les « bluefish » à leurs trousses.

Nous sommes repartis vers la maison pour chercher le matériel. L'air était encore frais, de la brume glissait au ras du sol et s'enroulait au pied des arbres. Pendant que je buvais un café, Finn a choisi les leurres, un « broken back » et un « pencil popper », mais je savais que c'était pour me faire plaisir, parce que je venais de les acheter, et qu'il se serait contenté d'un vieux « popper » tout bête. De même qu'il n'a rien dit quand j'ai enfilé mes gants spéciaux, en maille d'acier, mais je savais ce qu'il pensait.

L'eau était franchement froide. Le soleil n'était encore qu'une simple lueur à l'horizon et pour le moment l'on ne sentait aucune douceur dans l'air. Nous nous sommes trempés jusqu'à la ceinture. Avec les vagues, cela signifiait jusqu'au-dessus de l'estomac quand on avait sauté en tenant la canne à bout de bras. Elles étaient assez fortes où nous étions et mon café me remontait dans la gorge.

— Ils se rapprochent... ! m'a-t-il averti. Nous les aurons bientôt dans les jambes... !

Je lui ai montré mes gants en souriant. Si jamais il disait vrai, je n'allais pas les regretter. Les mouettes volaient en piaillant autour de nous. Je l'ai regardé lancer. Puis j'ai attendu la vague suivante et j'ai lancé à mon tour.

J'ai cassé cinq fois au cours de la matinée et Finn presque autant que moi. Du fil de dix kilos. Il y en avait d'une taille incroyable. Finn m'a dit que c'était rare d'en attraper de si gros, à moins de sortir en bateau. Dès que le soleil est apparu, le ciel s'est assombri au nord et les nuages ont filé au-dessus de nos têtes en rangs serrés. Il y avait de l'électricité dans l'air, l'océan était gris et dur comme du marbre. J'ai eu froid pendant un moment et malgré l'exercice, avec mon tee-shirt mouillé sur les épaules, mais cela n'a pas duré, je suis tombé sur un qui m'a réchauffé en quelques minutes et qui a fini par me flanquer à l'eau en emportant ma ligne. Ce n'était pas facile avec les vagues. Parfois, elles vous claquaient à la figure quand vous en teniez un qui réclamait toutes vos forces et un certain équilibre, et elles étaient courtes et violentes, elles vous sonnaient pour de bon.

Plus tard, nous avons reculé vers le bord. Finn avait raison. Chassés par les « bluefish », les petits poissons se repliaient vers le rivage et nous glissaient entre les jambes, bondissant hors de l'eau et retombant en compagnie des restes déchiquetés de leurs petits camarades dont il se dégageait déjà une forte odeur. Les « bluefish » les taillaient en pièces, les hachaient, les pulvérisaient, ils étaient puissants et rapides et armés d'une solide mâchoire, ce qui obligeait à monter un fil d'acier en bout de ligne. Et à porter des gants lorsque l'on s'appelait Henri-John et que l'on n'était jamais sûr de rien.

Ils vous auraient tranché un doigt comme une saucisse. C'était une chose d'en pêcher un de temps en temps, une autre de tomber sur un banc affamé. Au bout d'une heure, la fatigue vous portait sur les bras et votre attention fléchissait, et sans vos Harryburst en métal tramé, vous pouviez ne plus jamais compter les Commandements sur vos doigts. Il était également plus commode de les saisir avec des gants qu'à main nue. J'allais plus vite que Finn pour les décrocher. Quand il s'en est aperçu, je les lui ai prêtés pendant un moment. Il a trouvé que c'était pas mal. Je lui ai dit que s'il voulait, il y en avait une autre paire à la maison mais il a fait celui qui n'entendait pas.

Au fur et à mesure qu'ils repoussaient leurs proies vers le bord, les « bluefish » se déchaînaient. On les devinait plus qu'on ne les voyait, à certains remous, certaines éclaboussures qui crevaient la surface et ne devaient rien aux vagues. Affolés, des petits poissons se jetaient sur le sable et se tordaient à nos pieds. Finn tenait sa canne carrément à bout de bras, quand j'étais obligé d'assurer la mienne contre ma hanche, et il y avait plus de deux heures que nous avions commencé. Cela me soulageait un peu de le voir grimacer quelquefois ou pester entre ses dents. Je ne pouvais pas vraiment l'observer mais je lui jetais quand même certains coups d'œil. Il regardait droit devant lui et semblait indifférent à ce qu'il fabriquait, j'avais l'impression qu'il ne regardait pas quelque chose de précis et qu'il aurait pu aussi bien être aveugle. J'ai tout d'abord pensé qu'il s'ennuyait, qu'il devait pêcher depuis qu'il tenait sur ses jambes, puis j'ai compris que ce n'était pas ça en repensant à ce qu'il m'avait dit de bon matin.

Pour finir, on s'est assis. On aurait pu les attraper avec nos mains si on l'avait voulu. Ils étaient presque à demi sortis de l'eau pour certains et bondissaient dans tous les sens. Continuant à chasser tout en cherchant un moyen de s'échapper du piège où ils s'étaient précipités. Ils se débattaient dans une espèce de bassin qui s'était formé en bordure, et retourner en arrière semblait une autre histoire. Je n'en avais jamais autant vu de ma vie, il y en avait partout, sans compter le fretin, et demain il y aurait un cordon de carcasses pourrissantes sur la plage, ça je connaissais.

Nous les avons regardés un moment puis nous avons ouvert, vidé et nettoyé ceux que nous avions pris en fumant des cigarettes et en se demandant s'il allait pleuvoir. La veille, on m'avait livré le bois pour l'escalier et Finn me disait qu'il vaudrait mieux le couvrir. Mon bras droit était endolori. J'avais encore dans les oreilles le sifflement des moulinets quand nous avons déployé des bâches sur les planches et les madriers qui s'empilaient devant la maison, et l'odeur du poisson m'a poursuivi pendant plusieurs jours.

J'en ai gardé quelques-uns, j'en ai mis au congélateur, mais j'en ai laissé les trois quarts à Finn, il savait à qui les donner. L'orage a éclaté quand il s'apprêtait à sortir. Et si violemment que n'importe qui aurait aussitôt battu en retraite, mais il s'est contenté de boutonner sa chemise. Lorsqu'on voyait l'envergure de ses épaules, on se demandait comment il allait passer la porte.

— Et si tu t'asseyais cinq minutes... ?

Je perdais un peu la notion du temps, mais disons qu'il y avait une bonne semaine que nous nous étions rencontrés, peut-être un peu plus. Nous nous étions vus tous les jours, mais à chaque fois pour une raison bien précise. C'était les homards, la kermesse des fermiers du coin, une tortue mal en point qu'il avait trouvée sur la route et qu'il fallait ramener à l'étang, un problème avec sa voiture, aller ramasser des palourdes, jouer au pompier — enfin, savoir si les pompiers désiraient un coup de main pour une grange qui brûlait de l'autre côté de la route —, sortir en mer, commander le bois pour l'escalier, redresser une clôture — si j'avais bien compris, il était *sheriff's deputy,* ce qui ne signifiait pas grand-chose, sinon qu'il était une espèce de garde champêtre occasionnel, c'est-à-dire lorsqu'il en avait envie, mais je crois qu'il voulait simplement protéger ce coin où il vivait, et il réparait, arrangeait, bricolait sans demander l'avis de quiconque — ou s'occuper des « bluefish ». Mais jamais il n'était venu simplement pour boire un verre et s'asseoir un moment. Dès que nous avions fini ce que nous avions à faire, il s'en allait sans ajouter un mot.

De mon côté, je n'essayais jamais de le retenir. Je n'avais pas envie de me retrouver avec quelqu'un sur le dos, que ce soit lui ou un autre, et je n'entendais pas développer nos relations davantage, d'autant que la distance qu'il y avait entre nous n'était pas désagréable. En dehors de quelques informations qu'on avait consenties au cours des deux ou trois mots qui constituaient nos conversations, je n'en savais pas plus sur lui qu'il n'en savait sur moi et c'était très bien ainsi.

Je ne voyais pas que quelques gouttes aient pu nous réunir de cette manière, mais c'était un véritable déluge. Seules Goneril ou Régane auraient eu le cœur de mettre un type dehors par ce temps. Le sol fumait et des trombes d'eau balayaient les baies vitrées, les criblant comme du gravier.

Je lui ai proposé une bière pendant qu'il prenait place dans un fauteuil, aussi peu enchanté de la situation que je l'étais, et déposant le sac de poissons entre ses jambes.

— Ça se calme, on dirait..., a-t-il remarqué pendant que j'inspectais le réfrigérateur.

On entendait la pluie redoubler sur les tuiles de goudron.

— Oui, ça va passer..., ai-je répondu en lorgnant une gouttière qui descendait du toit et crachait comme un canon à eau.

Je ne savais même pas s'il jouait aux cartes ou s'il aimait la musique.

« Nous voilà bien... ! » me suis-je annoncé en prenant des verres, me demandant si j'allais l'attaquer avec W. H. Auden : « *Thousands have lived without love, not one without water* », ou lui déclarer que j'avais trouvé le nom latin des « bluefish » : « Pomatomus Saltatrix ». Mais par chance, le téléphone a sonné. Finn et moi, nous nous sommes regardés avec un soulagement réciproque.

— Allô ! Oui ?

— C'est moi. Comment vas-tu, mon garçon ?

J'ai attrapé l'appareil et l'ai transporté jusqu'à un fauteuil où je me suis laissé choir.

— Tu m'entends... ?

— Oui... Je suis un peu surpris...

— Ne sois pas surpris. Tu as beau être loin, tu es toujours dans mes pensées. Et je ne t'oublie pas dans mes prières, tu le sais bien.

— Mmm... Et toi, comment te portes-tu ?

— Oui, ça va, tout le monde va bien ici, là n'est pas la question... ! Je t'appelle pour quelque chose de très grave... !

— Bon sang ! Qu'y a-t-il... ? !

— Ah ! écoute-moi, ne joue pas l'imbécile, tu veux... ? !

— Nom d'un chien ! Mais vas-tu me dire ce qui se passe, à la fin... ? !

— Edith veut divorcer, voilà ce qui se passe !

— Ah !... parce que tu ne le savais pas ? Eh bien, tu étais sans doute le seul...

— Bien sûr que j'étais le seul... ! Mais pourquoi me l'a-t-on caché, à ton avis... ? !

— Georges, on ne t'a rien caché du tout. Tu n'as qu'à ouvrir tes yeux et tes oreilles de temps en temps.

— On me l'a caché comme on se cache de la vérole, ou pire encore ! Ça, elle ne risquait pas de venir s'en vanter auprès de moi, tu penses bien... ! Divorcer... ! Ah ! Henri-John, croit-elle qu'on se défait des serments qu'on a prononcés devant Dieu... ? !

— Je ne sais pas. Demande-le-lui.

— Ah ! crois-moi, j'aimerais mieux la voir agoniser que dans de telles dispositions... !

— Oui, ça ne m'étonne pas de toi. Tu sais, il y a longtemps que tu ne m'amuses plus.

— La colère du Seigneur n'est pas une plaisanterie, vous ne tarderez pas à l'apprendre ! J'espère bien ne pas t'amuser. Le monde est en train de basculer dans l'abîme, est-ce qu'au moins tu t'en rends compte... ? ! Seules nos âmes ont une chance d'être sauvées... !

— Oui, mais tu ne sais pas t'y prendre. Au fond, tu es comme tous les types de ton genre, tu n'es pas de taille à t'occuper de ce boulot.

— Le temps presse, Henri-John. Il ne s'agit pas de moi pour l'instant.

— Que veux-tu que j'y fasse...? Je ne peux pas l'empêcher de divorcer...

— Mais si ! Bien sûr que tu le peux ! Tu n'as qu'à refuser... !

— Ecoute-moi, Georges... Si elle le veut vraiment, elle peut me faire tomber une armée d'avocats sur le dos et cela ne fera que rendre les choses encore plus abominables. Tu sais aussi bien que moi qu'elle l'obtiendra, ne sois pas idiot.

— Mais tu peux gagner du temps !

— Tu viens de me dire qu'il pressait...

— Sapristi ! C'est de ta décision que je parle ! Il faut qu'elle puisse réfléchir à son geste, il faut lui donner le temps de réaliser qu'elle se perd à tout jamais si elle commet ce sacrilège ! Tu peux faire ça, non, il me semble...?! Je n'ai pas besoin de te rappeler qui est à l'origine de ce désastre, n'est-ce pas...? Ah ! mais que t'a-t-il donc pris, malheureux... !

— Voyons, Georges... tu parles à quelqu'un qui t'a connu plus jeune... Est-ce que tu perds la mémoire par-dessus le marché...?

— Je sais ce que j'ai été. Et crois-moi, je n'aurais pas assez du temps qu'il me reste pour effacer mes fautes. Mais souviens-toi de ceci, Henri-John : il n'est jamais trop tard... !

— Très bien. C'est gentil de m'avoir appelé...

— Je t'en supplie, mon garçon... ! Voilà... entends craquer mes os... je suis à genoux devant toi...

— Georges, relève-toi, s'il te plaît.

— Non, je suis à genoux et j'y reste ! Henri-John, si tu

as jamais eu la moindre affection pour moi, si tu as pitié du vieillard qui se traîne à tes pieds et que l'émotion étouffe, je t'en conjure...!

— Mais *QUOI*, nom de Dieu ? !

— Ne signe rien ! Ne donne pas ton accord ! Qu'on me tranche la langue si je te demande autre chose dans cette vie...! Vous êtes mes enfants... Ne soyez pas ma honte, mon malheur et mon tourment. Tu la connais, mon garçon, c'est une vraie tête de mule...! Oh ! Henri-John...! Tu es mon dernier espoir !

— Bon, écoute-moi. Ne me demande pas l'impossible. Néanmoins, si cela peut te rassurer, je n'ai aucune nouvelle d'Edith depuis que je suis ici et je n'ai rien signé avant de partir. Si tu penses que c'est simplement de temps dont elle a besoin, elle en aura. On ne divorce pas en un jour... Mais Georges, à ta place je ne m'y fierais pas trop... Je ne crois pas qu'elle changera d'avis.

— Ah ! tais-toi...! Pourquoi ne suis-je pas mort pendant l'hiver...? ! Ah ! Seigneur Dieu, pourquoi une telle épreuve...? ! Henri-John, pour l'amour du Ciel, réfléchis bien avant de commettre l'irréparable...!

Lorsque j'ai raccroché, la tempête était toujours là. Le vent s'en était mêlé et la baraque grinçait de haut en bas. Finn avait le nez plongé dans son verre.

— Mmm..., ai-je déclaré en me débarrassant du téléphone. Le fait est que j'ai laissé quelques problèmes derrière moi...

Nous nous sommes regardés.

— C'était mon beau-père, ai-je ajouté.

J'ai pris mon verre, me suis levé et suis allé m'installer devant la baie. Le vent rabattait la pluie sur le sol mais il en tombait moins, on distinguait un peu l'océan et le ciel.

— Le divorce est mal vu par les catholiques, et

Georges est très pointilleux là-dessus. Enfin, tu sais, il est très religieux, il a commencé par écouter la messe en latin mais ça n'a pas suffi. Au début, il était juste un peu bizarre...

— Oui, nous avons la même chose ici...

— Il y a encore quelques années, lorsqu'il m'écrivait, il ajoutait : « Paix sur la Terre », à côté de sa signature, ou : « Louons le Seigneur pour toutes ses bénédictions. » Aujourd'hui, il ne m'écrit plus, mais je suppose que le faisant, il me donnerait du : « Mort aux hérétiques » ou : « Tuons-les tous et Dieu reconnaîtra les siens. » Mmm !... on dirait que c'est l'époque qui veut ça... « Or elle enfanta un Fils, un mâle, celui qui doit mener à la baguette de fer toutes les nations païennes. » Voilà le goût du jour, voilà ce qu'on entend aux quatre coins du monde. « Egorgez-vous les uns les autres ! » Où sont passés les types de bonne volonté... ?

La conversation que j'ai eue avec Finn, tandis que nous attendions la fin de l'orage, s'est tenue à l'écart de mes problèmes personnels. Mais nous avons découvert que nous pouvions parler ensemble sans que nous nous cassions une jambe. Où allait le monde et convenir de la bonne santé de la folie humaine n'étaient pas des sujets trop embarrassants. Il allait de soi que les fanatiques de toutes confessions s'en donnaient à cœur joie et s'enivraient du sang qui les éclaboussait. Qu'ils s'en nourrissaient et s'en teignaient le visage. Que leurs cris retentissaient, se multipliaient et empuantissaient l'air chaque jour davantage. Que la misère des peuples était leur lit. Que leurs draps étaient la bêtise, la peur, l'ignorance, mais aussi la haine que s'inspirent volontiers des races différentes. Que leur glaive était la religion qu'ils trafiquaient à leur guise. Que leur force venait de politiciens incapables, lâches, stupides, corrompus, cyniques, méprisants, qui conduisaient au désespoir. Que leur couplet était xénophobie, racisme, génocide, persécution à travers tous les continents. Qu'à leur concert se mêlaient de simples assassins, des truands, des voyous, des dealers, des fous furieux, des salauds, des industriels, des banquiers, des flics, des avocats, des juges, des trafiquants d'armes qui poussaient à la roue et se frottaient les mains. Et qu'enfin nous rendrions le monde aussi sale que nous l'avions trouvé.

C'était donc la première fois que nous échangions quelques banalités en vidant un verre, assis l'un devant l'autre et sans être occupés à une tâche particulière autre que de surveiller le déluge du coin de l'œil et avaler des olives. Nous nous en sommes assez bien tirés, finalement. Le silence s'abattait parfois entre nous, mais il n'avait rien de pénible. Finn était un personnage mystérieux et drôle. Ainsi lorsqu'il m'a avoué qu'il ne lisait pas beaucoup et qu'un peu plus tard, alors qu'il évoquait les années Nixon et Reagan, il m'a conseillé le dernier bouquin de Thomas Pynchon, *Vineland*.

*

— N'aie pas peur de creuser... ! m'a-t-il lancé du haut de la falaise.

Je n'avais pas peur de creuser, j'avais peur de me casser la gueule. J'étais suspendu dans le vide, au bout d'une corde, et je devais piocher et bêcher, sans perdre mes outils, sans trop me balancer, sans me soucier du filin qui me cisaillait les cuisses et menaçait de me lâcher — plus exactement, c'était moi qui risquais de lui filer entre les pattes —, sans m'émouvoir du soleil qui me grillait le dos et de la poussière que j'avalais.

Malgré tout, je prenais mon travail au sérieux. Finn avait répété plusieurs fois, au cas où je ne l'aurais pas compris, que toute la suite en dépendrait. Au plus je creuserais, au plus profond nous fixerions les poteaux qui soutiendraient l'ensemble et au plus l'escalier tiendrait bon. « Peut-être qu'avec le temps, il faudra changer quelques marches, mais on s'appuiera sur du solide ! » Je lui avais répondu que ce n'était pas aussi simple. Il n'empêche que je suais sang et eau et m'appliquais.

Le soir venu, après avoir mis tous les poteaux en place, nous avons gâché deux sacs de ciment et, seau après seau, nous les avons coulés à leur base, sur au moins soixante centimètres. On aurait dit des totems, noircis à l'huile de vidange, et le temps que nous rangions nos instruments, coiffés chacun d'une mouette immobile.

*

Un matin que j'étais seul, le juge Collins est venu voir ce que je fabriquais. J'étais en train de raboter des planches en écoutant la radio. Il venait également pour m'inviter à une réception qu'il donnait le soir même et, bien que cela ne m'amusât pas beaucoup, je n'ai pas pu refuser. Il fêtait le cinquantième anniversaire de son mariage.

— Mes félicitations ! lui ai-je dit.

Avant de me laisser, il m'a tendu son étui à cigares et, comme j'en prenais un et l'examinais en souriant, il s'est penché à mon oreille, pour le cas où une équipe de la CIA serait cachée dans les herbes :

— Que voulez-vous, mon cher... ! m'a-t-il gazouillé. Les Cubains restent les meilleurs... !

Finn est revenu avec un sac de boulons et d'écrous

galvanisés, deux grands Diet Coke, des pizzas, des sandwichs au poulet, des enchiladas et un paquet de chips à la mode cajun. Pour le dessert, il avait pris de la tarte aux pommes, mais si le cœur vous en disait, il fallait batailler avec la cannelle avant d'arriver aux pommes. Je ne savais pas si c'était les soucis ou l'air de la mer, mais je commençais à ne plus avoir très faim depuis que j'étais ici.

L'escalier avançait bien. Il nous restait une bonne dizaine de jours avant le retour d'Oli et c'était plus qu'il n'en fallait. J'avais tenu ma langue. Je lui racontais qu'entre mes lectures, mes promenades, mon piano et les soixante-six chaînes de télévision, je n'avais pas le temps de m'ennuyer. « Je n'ai même pas été fichu de passer une seule fois la tondeuse... » Un soir, j'avais ajouté qu'il n'était pas si facile de recommencer une vie et admis que je tâtonnais un peu. Mais que peut-être j'allais m'y faire, car, au fond, je n'avais envie de rien. « Tu vois, ce qu'il y a d'amusant à mesure que les années passent, c'est que les questions deviennent de plus en plus simples et les réponses de plus en plus compliquées. » J'ai parlé à Eléonore, cette fois-là. Sa voix me brisait un peu le cœur mais je lui ai dit que ce n'était pas comme si j'étais mort et qu'on ne choisissait pas toujours. Il paraît qu'Evelyne lui a fait signe qu'elle m'embrassait.

Finn cessait de travailler au coucher du soleil. Ensuite, nous descendions sur la plage et restions un moment à examiner le travail de la journée. Je ne savais pas ce qu'il en pensait, mais j'étais sidéré de voir ce qui jaillissait de nos mains, j'en éprouvais presque une joie enfantine. J'en arrivais à percevoir des détails invisibles, sentais la tension des boulons, la soiidité des poteaux bétonnés dans la falaise, l'absolue rigidité de l'ensemble et la douceur du bois poncé, je voyais les veines, le léger scintillement du soleil sur le fil, le parfait niveau de la rampe sur le palier qui défiait toutes les lignes avoisinantes et les endroits où nous en avions bavé, toutes les grimaces, les sourires satisfaits, les cris, les rires, les injures que nous y avions laissés. Même après le départ de Finn, il m'arrivait d'y revenir et de m'installer à nouveau sur le sable pour profiter du spectacle jusqu'à la dernière lueur du jour et peut-être d'un demi-cigare et d'un bourbon glacé. A mes yeux, c'était un véritable monument. Je n'avais jamais rien réalisé de semblable. Mes seuls coups d'éclat dans cette vie n'avaient guère dépassé la fixation d'une étagère ou la révision de mon piano, mais cette fois — et aussi bien sans avoir pris conscience au départ de ce que j'entreprenais — ce n'était pas une plaisanterie. Je ne pouvais même pas l'embrasser d'un seul coup d'œil. Je restais assis là-devant, comme un illuminé, clignant des yeux et manquant un soir de m'endormir à ses pieds.

Les entailles étaient préparées. Il n'y avait plus qu'à y encastrer les marches, les soixante-dix-sept degrés qui vous conduiraient tout là-haut dans leur splendeur, j'y veillais, j'étais en train de me les bichonner une par une, rabot, papier de verre et huile de lin, l'aurait-il fallu que j'y serais allé de ma salive, de mes larmes ou de mon sang. Et Finn, aussi, m'excitait, il me disait que ce n'était pas son premier escalier, mais que celui-là, nom d'un chien... !

J'ai téléphoné en ville pour qu'on envoie des fleurs aux Collins, puis je suis allé me reposer en attendant la tombée de la nuit. De mon bain, après avoir buté cent fois contre les Celtics, les Red Socks et les « I love what you do for me, *TOYOTA !* », j'ai pu avoir quelques nouvelles du monde, les guerres, les attentats, les famines... on aurait dit un catalogue de la souffrance étalé sur mille ans, mais ce n'était que le compte rendu de la journée et ça n'en finissait pas... et au bout d'un moment vous ne sentiez plus rien... et vous vous répétiez l'adresse où l'on pouvait envoyer des chèques... et vous ne saviez plus qui avait commencé, ni à quoi cela rimait, ni même si vous étiez coupable ou innocent... et le calme et la paix qui vous entouraient vous semblaient à peine croyables et si étranges... mais vous n'en éprouviez plus de honte comme autrefois car il n'y avait plus ni bons d'un côté ni méchants de l'autre... et vous ne saviez plus si c'était vous qui aviez changé ou s'il n'y avait réellement plus moyen de reconnaître les chiens enragés... et ce désir de justice et de fraternité, il vous brûlait encore malgré tout, et c'était garder cette blessure ouverte ou basculer dans les ténèbres.

La nuit était chaude, claire et attentive au cri d'un hibou. Le juge habitait un peu plus loin, légèrement en contrebas, à moins d'une dizaine de minutes à pied, et sa propriété s'étendait de l'océan jusqu'à la route et le chemin qui conduisait à sa maison était illuminé et traversait la forêt comme une coulée de métal. On entendait de la musique. Le parking semblait plein mais l'on voyait de nouvelles voitures arriver et se garer dans les contre-allées.

J'ai emprunté un sentier qui longeait la falaise et descendait en pente douce vers l'énorme bâtisse des Collins. J'ai contourné la piscine dont les eaux bleu lagoon empestaient l'eau de Javel et attiraient les plus jeunes, fendu la foule volubile, éparpillée dans le jardin surplombant la plage, puis celle pressée dans les salons, repoussé quelques flûtes de champagne, serré de vagues mains et rendu de parfaits sourires avant d'accéder au bar. J'y ai surpris une conversation où il était question de feu d'artifice et du yacht de je ne sais plus qui — je n'avais pas bien saisi le nom qu'on avait prononcé à voix basse en roulant des yeux comme des billes de loto — qu'on attendait et qui devait mouiller au large pour assister au spectacle.

J'ai pris mon bourbon. En sortant, un type que j'avais rencontré une fois, il y a quinze ans, m'a appelé par mon nom et m'a serré dans ses bras. Je suis allé fumer une cigarette près du bord. L'océan était calme et sombre. A environ deux encablures manœuvrait une espèce de chaland, escorté d'une vedette qui par instants balayait les eaux d'un puissant projecteur et des silhouettes s'agitaient sur le pont. Je ne savais pas si le juge avait l'intention de saouler tout le monde, néanmoins une armée en livrée fondait sur le moindre verre vide — pour le bourbon, il fallait un détachement spécial. Les conversations s'animaient, les gens étaient encore un peu raides mais leurs têtes commençaient à bouger et on lançait plus volontiers des regards alentour et l'on s'envoyait de petits signes. C'était assez guindé, dans l'ensemble. Smoking, taffetas et bijoux sur des airs de Leoncavallo et des coupes de cristal et le dos tourné à la piscine où j'en voyais se frotter les gencives, d'un peu plus excités, ceux qui étaient arrivés dans des décapotables et s'habillaient en Italie. Nous avions les mêmes en France, parents et enfants, et aussi le même genre de soirée, sauf qu'on ne nous apportait pas le fromage en entrée.

Mary, la fille aînée du juge, m'a soudain saisi par le bras, comme je me perdais dans mes pensées. Je ne l'avais pas revue depuis plusieurs années et la jeune fille assez laide que j'avais gardée à l'esprit ne s'était pas arrangée avec le temps. Nous avons échangé quelques mots puis elle m'a mené auprès de son père. Le vieil homme m'a accueilli les bras ouverts. Sa femme m'a embrassé en me soufflant que j'étais un mauvais garçon. Je n'ai pas compris pourquoi elle m'avait dit cela et je me suis contenté de sourire. Le juge m'a présenté. Je me suis mis à serrer des mains pendant qu'il plaisantait à propos des miennes, réclamant à ses hôtes et à l'égard de celles-ci des précautions particulières.

— Ah ! Jack !... a-t-il gloussé en agitant son index — le Jack en question devait mesurer deux mètres —, Jack, surtout vous... ! On ne traite pas un pianiste comme un bandit de grand chemin, tenez-vous-le pour dit, mon gaillard !

Jack devait épouser la cadette. Il a refermé ses deux mains autour des miennes comme s'il s'agissait du Sacré-Cœur de Jésus-Christ.

— Nous jouerez-vous quelque chose... ? m'a-t-il demandé.

— Non, je ne crois pas, Jack...

— Allons donc, cher ami... ! m'a coupé William S. Collins, juge de son état, me pressant virilement contre son épaule. Ne vous faites pas prier, vieux chenapan... !

Je n'ai rien répondu car j'ai compris qu'ils ne me lâcheraient pas aussi facilement et que discuter ne servirait à rien. J'espérais pouvoir m'éclipser avant qu'ils ne reviennent à la charge ou alors qu'ils allaient m'oublier, et j'ai terminé mon bourbon avec le juge pendu à mon coude, prenant mon mal en patience tandis qu'il saluait d'autres gens et guettant l'ouverture.

Mes mains étaient en piteux état. Mes articulations étaient gonflées et, certains soirs, je m'arrêtais de jouer au bout de dix minutes et me massais les doigts un par un sans guère obtenir de résultats. Mais William S. Collins avait demandé le silence, puis il m'avait conduit jusqu'au piano.

Je m'étais exécuté. J'avais choisi quelques morceaux colorés et leur avais lancé un peu de poudre aux yeux en m'épargnant de réelles difficultés — j'avais fait la sourde oreille aux prières de Mary qui n'avait que du Liszt à la bouche — et jouant en deçà de mes possibilités avec un air inspiré et de petites grimaces de pure extase. Je plaignais les fins connaisseurs, ceux pour qui le nom de Nadia Boulanger voulait dire quelque chose. Car, bien entendu, le juge m'avait présenté comme un élève de la rue Ballu — il avait déclaré que cela valait un long discours — et l'on pouvait s'attendre à plus d'intrépidité de ma part... Enfin, il n'empêche, je me suis taillé un assez beau succès ce soir-là, et sans qu'il m'en ait coûté, et le juge s'est tenu à côté de moi pendant qu'on m'applaudissait, le visage rayonnant, et j'ai pensé que si l'on m'avait offert des fleurs, il se les serait sans doute appropriées et aurait baisé les lèvres de la jeune fille.

Ensuite, ils m'ont emmené dans le jardin, pour le feu d'artifice. Cette fois, c'était la femme du juge qui était cramponnée à mon bras. J'avais l'impression qu'ils s'étaient donné le mot, tous les deux. J'ai été obligé de recommander un bourbon pour tenir le choc.

Les invités se sont écartés pour nous laisser, la vieille femme et moi, profiter des meilleures places. J'ai cru que j'avais une hallucination lorsque j'ai vu toutes ces lumières sur l'océan ou qu'un morceau de continent s'était détaché et dérivait en face de nous, mais ma compagne m'a prêté sa lorgnette en me disant qu'Il était à bord. J'ai regardé par le petit bout, pour avoir du recul. Puis le juge est apparu sur le toit de sa maison. Il a brandi un instrument qui a corné comme une locomotive. Du yacht, ils ont répliqué par un formidable coup de sirène. Alors William S. Collins a tripoté quelques boutons et son engin a poussé un beuglement à vous faire dresser les cheveux sur la tête. Une seconde plus tard un rugissement infernal balayait la côte. Je ne savais pas s'il s'agissait d'une coutume. Toujours est-il

que tout le monde semblait se réjouir de ces espiègle-
ries qui ont bien duré quelques minutes, mais toutes les
bonnes choses ont une fin.

Le juge a surgi auprès de nous quand on a tiré les
premiers feux du chaland et qu'ont plu de belles rouges
sur nos visages.

— Cinquante années de mariage... ! a-t-il murmuré,
les mains enfoncées dans les poches de son smoking et
le regard tourné vers le ciel avec un sourire extatique.

A présent, cela éclatait de tous les coins du ciel et
l'océan s'illuminait jusqu'à l'horizon. La moindre
gerbe avait la taille d'une bombe atomique.

— Cinq décennies entières... ! a-t-il ajouté en glissant
sa main sur mon épaule.

— Six cents mois, dix-huit mille deux cent cinquante
jours... ! lui ai-je soufflé.

— Oui... Et que dites-vous de ça... ?

— Rien, ai-je répondu.

Je me suis éloigné de lui, cependant que la voûte du
ciel se couvrait d'étoiles et fusées multicolores — en
comparaison, le feu d'artifice du 14 Juillet à Paris
aurait tenu dans un mouchoir — et qu'une forte odeur
de poudre montait dans l'air. J'avais faim. Je suis allé
remplir mon verre et me servir un assortiment de
canapés que j'ai transportés jusqu'à la piscine sous le
roulement des détonations. L'endroit n'était pas plus
tranquille mais l'ambiance était moins mortelle.

C'était des jeunes, pour l'ensemble. Il y avait bien
quelques types solitaires et plus âgés dans mon genre
qui rôdaient alentour comme des loups peureux et
affamés, et qui prenaient un air détaché, mais ils se
déplaçaient discrètement ou s'arrêtaient pour allumer
une cigarette et risquer un coup d'œil, puis repartaient
dans les buissons. Ils avaient tort de ne pas s'asseoir.
Des filles à moitié nues surgissaient à vos pieds,

fraîches et ruisselantes, et vous n'étiez pas obligé de rentrer sous terre malgré qu'elles aient posé sur vous un regard insolent et blasé. Ne savaient-elles pas ce qui les attendait... ? Leurs mères étaient à deux pas, ulcérées, folles et insatisfaites, régnant sur un empire d'absurdités, plus sombre et plus froid que tout ce qu'elles pouvaient imaginer.

Certaines avaient de belles paires de fesses, de jolies poitrines. Elles avaient des cris clairs, des dents blanches, des poses étudiées. Les garçons les observaient comme du bétail et souriaient aux obscénités qu'ils échangeaient. Ils avaient des yeux vifs, des dents blanches, des manières brutales. Ce qu'ils partageaient, les uns et les autres, ce qu'évoquait leur visage, était la cruauté et l'ennui. Sinon, ils semblaient aller bien, barbotaient et se racontaient leurs histoires en piquant du nez vers leur serviette-éponge ou filant aux toilettes pour ceux qui manquaient de courage ou ceux qui s'apprêtaient à vomir. J'avoue que le peu de sympathie que j'éprouvais pour eux venait sans doute de ce qu'ils me rappelaient les fréquentations d'Evelyne. Et lorsque me promenant à l'écart j'ai aperçu le cul nu de cette fille à travers le pare-brise d'une Corvette, je n'ai pas souri très longtemps et la voix d'un type m'a crié de me tirer de là en vitesse. Encore un qui ne prenait pas les pères en pitié, qui nous renvoyait à de pénibles séances d'introspection. J'ai eu envie de lui crever un pneu.

— Mais, cher ami, où étiez-vous passé... ? m'a demandé le juge. On vous a cherché... !

— Mon Dieu ! Quelle féerie... ! ai-je soupiré.

— Ecoutez, mon cher... j'aimerais vous parler seul à seul. Marcherons-nous... ?

Nous avons marché. Nous avons emprunté une allée qui glissait sous les mimosas et s'avançait vers la falaise. William S. Collins honorait de quelques mots les gens que nous rencontrions en chemin mais ne s'attardait pas et il m'a conduit jusqu'à un banc de bois qui était face à l'océan et m'a aussitôt rappelé quelque chose.

— Mmm... cela n'a pas été facile, mais j'ai réussi à le faire venir... ! m'a-t-il déclaré en m'enjoignant d'y prendre place. Oui... voyez-vous, ma femme était assise à l'endroit précis où vous êtes. C'était à Paris, le 12 février 1938, place de la Contrescarpe. Un mois après, Hitler envahissait l'Autriche...

Je lui ai demandé de m'offrir un cigare car la guerre avait été longue. J'ai croisé les jambes et ai fermé à demi les yeux, m'enivrant de la première bouffée. Il avait parfaitement raison en ce qui concernait les havanes. Mais pour le bourbon, c'était le Kentucky. A Lawrenceburg pour être précis. Et j'étais bien content d'avoir emporté mon verre.

— Vous vous demandez sans doute pourquoi je vous dis tout cela... ?

— Non, je ne suis pas curieux... Mais ne croyez pas que vous m'ennuyez... c'est un moment parfaitement agréable.

— Ecoutez-moi, je n'irai pas par quatre chemins. Georges m'a appelé avant-hier...

— Georges se mêle de ce qui ne le regarde pas.

— Mmm... vous voyez donc de quoi j'aimerais vous entretenir...

— Je ne savais pas quand vous alliez vous décider.

Nous avons regardé le yacht pivoter sur lui-même et pointer son nez vers le large.

— J'ai vu Georges, il y a quelques mois, à New York. L'état du monde nous préoccupe énormément, il va sans dire... Plus que jamais, nous devons rester vigilants... Ayons toujours à l'esprit que nous sommes les gardiens de certaines valeurs et donnons l'exemple pour commencer... !

Je ne me sentais pas d'humeur agressive. Je ne lui ai pas dit qu'en fait d'exemple, j'en avais assez vu au cours de cette soirée pour me dégoûter du genre humain si je n'avais eu conscience de mes propres faiblesses. J'ai souri, en tirant sur son cigare de contrebande.

— Mais, William... que croyez-vous que je fasse tous les matins, quand je me tiens devant ma glace... ?

— Voyons, soyons sérieux...

— Je suis sérieux.

— Ecoutez... Parlons plutôt de ce divorce. Vous me pardonnerez, Henri-John... mais à mon âge, on ne craint plus d'être importun...

J'étais de bien trop bonne humeur pour me formaliser de quoi que ce soit. Je ne savais pas si ce banc était ensorcelé ou si c'était l'odeur des mimosas ou l'immensité du ciel et de l'océan devant nous, ou si c'était juste nerveux, mais je ne pouvais m'empêcher de sourire. Il s'est impatienté tandis que je bayais aux corneilles.

— Allons... Est-ce un sujet si pénible... ?

— Mmm... il y a plus drôle.

— J'entends bien... Mais rien n'est encore décidé, si je ne m'abuse... ?

— Je crois qu'Edith est décidée.

— Ecoutez-moi, Henri-John... Nous nous connaissons depuis longtemps. Vous n'aviez pas vingt-cinq ans lorsque vous êtes venu ici pour la première fois. Les circonstances ne nous ont pas rapprochés davantage mais croyez que j'ai la plus grande affection pour vous et votre famille. C'est donc un ami qui vous parle et je vous le dis sans détour...

— Inutile ! l'ai-je coupé. Ce n'est pas *ma* décision... Nous pourrions en discuter toute la nuit que cela n'y changerait rien.

— Ne le croyez pas. Mais nous y reviendrons. Il faut d'abord que vous preniez conscience d'une chose : la femme ne doit pas commander son mari. Ne souriez pas. Moi et les hommes de ma génération, nous avons vu nos enfants renverser le monde cul par-dessus tête. Tout ce sur quoi nous avions bâti nos vies vous l'avez tourné en dérision, vous avez tout critiqué, vous n'avez rien épargné, vous nous avez considérés comme de pauvres imbéciles et vous avez tout refait à l'envers et pourtant il était dit : « Ne déplace pas la borne ancienne qu'ont posée tes pères. » Or voici le résultat : aujourd'hui tout s'effondre autour de vous et vous êtes incapable de réagir et vous vous demandez qui vous a ligoté les mains ! Mais vous savez tout cela aussi bien que moi, j'imagine... Vous êtes intelligent. Malheureusement, vous n'avez pas encore osé franchir le pas...

— Allez-y... je vous écoute.

— Nous parlerons de ces choses plus longuement, si vous le désirez... Mais voyons ce soir l'affaire qui nous occupe. Sapristi, mon garçon, d'où tenez-vous que la femme puisse s'arroger les droits du chef de famille... ? ! Où avez-vous lu ça... ? ! Y a-t-il un seul exemple dans la Nature où le mâle n'ait su trouver sa place... ? ! Ne concevez-vous pas l'absurdité d'une telle situation... ? ! Ah ! Henri-John, permettez-moi de m'emporter un peu, mais c'est pour votre bien. Je sais de quelles considérations vous vous encombrez l'esprit, je sais au nom de quelles chimères vous tardez à ouvrir les yeux. Je vous connais. J'ai traversé ce pays dans tous les sens, je vous ai écoutés, observés, étudiés durant toutes ces années, et je sais dans quelle impasse vous vous êtes enfermés. Mais vous pouvez en sortir, si vous le désirez...

Il me fixait avec une telle attention que tout son corps se penchait en avant. Et je réfléchissais à ce qu'il me disait en jouant avec une petite cordelette que j'avais rencontrée dans ma poche. Je trouvais que son discours était bien rodé.

— Vous sentez bien qu'il se passe quelque chose d'anormal... aussi Edith se met en tête de divorcer et vous n'auriez pas le moindre mot à dire... ? ! Mais qu'attendez-vous, Jésus-Christ, pour frapper du poing sur la table... ? !

— Mmm... vous croyez... ? Et si tous les torts n'étaient pas de son côté... ?

— Mais voyons, mon garçon, nous ne sommes pas des saints, la question n'est pas là... ! Vous imaginez-vous que je sois en train de célébrer cinquante années de fidélité à ma femme... ? !

Je n'ai rien répondu. J'ai lancé mon cigare par-dessus bord.

— Celui qui brise sa famille n'est pas uniquement coupable devant Dieu, il l'est aussi devant les autres hommes car il est comme le ver dans le fruit, comme la brique défectueuse, comme la branche morte qui corrompt l'arbre tout entier...

Je n'ai rien répondu. J'ai terminé mon verre.

— Ecoutez-moi... Son divorce, Edith ne l'obtiendra jamais, si vous y êtes opposé... Nous pouvons vous aider...

— Comment ça... ?

— Ne me demandez pas comment. Sachez simplement que nous en avons les moyens. Peut-être en reparlerons-nous, un autre jour. Vous seriez étonné de nos pouvoirs...

— Ma foi, si vous comptez intervenir chaque fois qu'un couple se sépare...

Il a souri, m'enserrant le bras d'une main amicale :

— Georges est très affecté par cette histoire... et je le serais tout autant que lui, croyez-le, si le désordre s'installait au sein même de ma famille. Nous sommes de vieux amis, vous savez... Je ne vous cache pas qu'en vous proposant mon aide, c'est également à lui que je pense. Il s'agit donc d'une affaire un peu particulière et, comment dire... qui nous tient réellement à cœur...

— Mmm... un peu comme faire le ménage devant sa porte...

— Enfin oui... si vous voulez... quoique la formule me paraisse un peu brusque... Mais tout à fait entre nous, cher ami, Georges a manqué de poigne...! C'est un idéaliste, un pur esprit, et il en faut, bien entendu, mais je vous certifie qu'à sa place j'aurais aussitôt réglé ce différend avec n'importe laquelle de mes filles... Il faut savoir ce que l'on veut, comprenez-vous... Du jour où les fils ont bafoué l'autorité du père, et je vous accorde que la faiblesse de celui-ci ait pu éveiller d'infâmes appétits, le monde a perdu la raison et l'on a pris le bas pour le haut, le malade pour le sain, le faible pour le fort... Georges vous dirait : « Qu'ils tremblent, ceux qui ont rebâti Sodome et Gomorrhe...! » ou quelque chose de la sorte, enfin vous le connaissez... Le fait est que nous sommes en train de redresser la barre, mon garçon... et faites-moi confiance, nous y travaillons ardemment...!

*

La semaine qui précéda notre départ pour Leningrad fut très agitée. Nous étions fin décembre et il tombait un peu de neige fondue dans la nuit, mais c'était presque l'été en regard de ce qui nous attendait. Spaak, qui s'était débrouillé pour être du voyage — à ses frais et sous prétexte qu'il se considérait comme le médecin du Sinn Fein Ballet — nous avait glacés jusqu'à la moelle, quelque soir plus tôt, en nous parlant de moins trente et davantage, d'un froid qui vous empêchait de pisser dehors.

Sur ce, Georges nous avait emmenés dans un surplus de l'armée et nous nous étions équipés — les femmes avaient préféré se débrouiller de leur côté, se trouver des tenues plus seyantes — comme si nous partions pour la Sibérie, parkas, gants, bonnets et gilets en peau de mouton. La séance d'essayage inspira Georges qui galopa dans tous les coins, enfilant ce qui lui tombait sous la main et titubant, gémissant, affrontant un blizzard infernal, mais au fond nous n'en menions pas large.

Les malles étaient déjà prêtes. Toutefois, elles restaient grandes ouvertes et tous les jours on y réfléchissait et, après réflexion, on enlevait une chose pour en ajouter une autre, et le soir on en discutait, on se demandait si l'on avait bien fait et cela ressemblait vraiment au bout du monde. Et il y en avait pour essayer de vous soudoyer, pour essayer de savoir si des fois vous ne leur prendriez pas un pull ou une petite laine de rien du tout au milieu de vos affaires personnelles, que ce serait vraiment chic de votre part. Il régnait une ambiance merveilleuse à la maison, pleine de sombres marchandages, de lents préparatifs et des informations que chacun glanait sur la « Venise du Nord ».

Le printemps et l'été s'étaient passés sans histoire. Georges et ma mère nous avaient confiés à Alice pendant les vacances et nous étions partis pour une quinzaine de jours dans le pays de Galles où nous attendait la maison de son frère. Un séjour à mourir d'ennui avec Alice qui essayait de nous intéresser à la campagne anglaise, autant dire qu'elle avait du mal. Personnellement, je me morfondais en pensant à Ramona. Je lui envoyais même des morceaux de poèmes qu'Alice nous faisait étudier. Comme ces vers de Robert Frost : « *Oh, come forth into the storm and rout, And be my love in the rain.* » Mais elle me répondit : « Dis-moi, Henri-John... est-ce que tu n'es pas un peu cinglé... ? »

Sans doute l'éloignement et l'ennui m'étaient-ils montés à la tête, enfin c'est ce que je lui expliquai à mon retour. Je m'excusai de l'avoir ennuyée. Elle admit cependant qu'elle avait été touchée, qu'une femme trouvant dans son courrier du Thomas Hardy, du Dylan Thomas ou du William Carlos Williams voyait la journée s'ensoleiller, mais que mes choix, quant aux passages que je lui destinais, étaient un peu obsessionnels. Ça, je ne pouvais pas dire le contraire. Dès que le premier rayon tiédissant envahissait ma chambre, je pensais à elle. Alice nous conduisait chaque matin à la plage, mais j'avais beau me jeter dans les eaux froides de la baie de Carmarthen, je ne pouvais la chasser de mon esprit.

Voyant dans quel état je me trouvais, après mon séjour, elle m'accorda une nuit supplémentaire, malgré que nous ne fussions pas le 12 du mois, « à titre exceptionnel », avait-elle ajouté. Je me sentis mieux, après, je redevins normal. Je crois que de la voir me rassurait, que la présence des autres femmes de la maison m'évitait de concentrer mes pensées sur elle, et puis j'avais ce que je voulais. Pas si souvent que je le désirais, mais je prenais mon mal en patience et finissais par m'estimer heureux. D'ailleurs, je ne l'embêtais plus avec cette histoire, je ne tentais plus de profiter qu'elle soit dans mes bras pour lui arracher du une fois par semaine, ou même du deux fois par mois, ce qui n'était pas la mort, selon moi. Elle ne voulait rien entendre, elle menaçait de mettre un terme à nos rendez-vous si je n'étais pas raisonnable.

Je devais parfois contenir de redoutables envies, en

particulier durant mes cours de piano, quand nous étions seuls et que je sentais sa cuisse contre la mienne et lorsque nos mains se touchaient. Elle m'envoyait un regard sévère et un jour elle me dit qu'elle avait été folle et sa colère m'avait paralysé et depuis je me tenais à carreau et rongeais mon frein en attendant le 12 du mois, comme un animal dompté.

Je ne savais pas si quelqu'un était au courant, je n'arrivais pas à en décider. J'avais cependant l'impression que ma mère me regardait d'une manière bizarre de temps à autre, et peut-être qu'Edith se doutait de quelque chose, mais elle ne pouvait être sûre de rien et certainement pas qu'il s'agissait de Ramona. Elle ne risquait pas de nous surprendre en train de nous cajoler ou nous couler des yeux doux car, depuis qu'elle m'accordait ses faveurs, Ramona se montrait plus distante et modérait ses effusions, aussi bien envers moi qu'envers les deux autres, prétendant tout d'un coup que nous étions devenus trop vieux pour ces bêtises. Et nous étions bien d'accord.

Je sortis avec Flo, à la fin de l'été, mais juste pour la forme. On échangea quelques baisers puis je compris très vite que je n'arriverais à rien avec elle. Je devais batailler pour lui glisser une main entre les jambes qu'elle gardait serrées envers et contre tout et elle se trémoussait sur la banquette arrière de la voiture de Bob en me disant non, non et non. S'il n'avait tenu qu'à elle, nous nous serions embrassés tout l'après-midi, les bras croisés, elle aurait trouvé ça génial. Je restais malgré tout avec elle car je ne voulais pas avoir la chandelle quand Bob venait chercher Edith et que nous allions nous balader quelque part.

Ramona m'avait félicité. Elle prétendait qu'en plus d'être jolie et gentille, Flo deviendrait sans doute une danseuse de bon niveau. Et une emmerdeuse de première, j'en étais persuadé. Mais au fond, je m'en fichais. Comme je feignais de bouder lorsque je la repoussais sur la banquette et regardais défiler les rues en me demandant quel jour on était. Ce qu'elle refusait de me donner, je le prenais autre part, et je n'avais pas assez de mes deux bras. En comparaison, le faire avec Flo devait être ennuyeux à mourir et, d'une manière générale, les filles de mon âge ne m'intéressaient plus. Je voyais Edith avec Bob. Et ce qu'il se passait à l'avant ne ne semblait guère plus encourageant. Bob me regardait dans le rétro, puis levait les yeux au ciel. Parfois, quand ses élans étaient à nouveau repoussés, il jurait entre ses dents, devenait congestionné. Moi pas. Et je confiais à Ramona que Flo ne voulait rien savoir, afin que tout soit bien clair.

Paris — Cologne — Berlin — Varsovie — Moscou — Leningrad. Flo et Bob en restèrent bouche bée. Et Oli, qui n'appréciait pas beaucoup nos petites virées sentimentales et tenait les deux autres pour responsables de sa mise à l'écart, en rajouta des tonnes pour qu'ils crèvent de jalousie. Nous étions dans ma chambre, en train de fumer des cigarettes pendant qu'Oli parlait des lions et des sphinx, du *Cavalier de bronze*, de Pierre le Grand, des quatre cents ponts, du palais d'Hiver, du jardin Gorki... — moi-même, il m'impressionnait. La nuit tombait. Il n'y avait qu'Eric, Chantal et Karen, en bas. Les autres étaient en ville et nous les attendions pour manger. Histoire de faire le malin, Bob attrapa le journal d'Edith et commença son numéro en le brandissant à bout de bras. Je vis Edith pâlir. Puis, au même instant, on entendit une forte détonation. Bob remit le journal en place.

— Merde... ! Qu'est-ce qui se passe... ? ! brèdouilla-t-il tandis que nous sortions de la pièce au galop et enfilions le couloir.

Nous débouchâmes en bas comme une avalanche de bois mort, l'escalier en craquait encore quand nous nous bousculâmes dans le salon. Chantal et Karen s'étaient levées du canapé et semblaient frappées par la foudre, c'était tout juste si elles ne se serraient pas l'une contre l'autre.

— Où est Eric ? !

Elles me répondirent qu'elles n'en savaient rien. Qu'elles avaient l'impression que ça venait du sous-sol. Et qu'est-ce que c'était ? !

On pouvait y accéder par la cuisine. Nous nous regardâmes un instant, mais je compris que c'était moi qui devrais y passer le premier.

— Ah ! dis donc... j'aime pas ça... ! déclara Bob tandis que nous jetions un œil sur le trou noir qui empestait la moisissure et d'où l'on n'entendait que le ronflement de la chaudière.

— T'es pas obligé de nous suivre..., lui répondit Oli qui se cramponnait déjà à mon pull-over.

L'ampoule de l'escalier était grillée depuis plusieurs jours. Il fallut arriver en bas des marches pour donner la lumière et voir un peu ce qui se passait. Il y avait plusieurs rangées de draps qui séchaient tant bien que mal, d'un bout du mur à l'autre, et surtout des tas de vêtements et toutes leurs tenues. C'était toujours la grande lessive lorsque nous partions en tournée et les places étaient chères sur les cordes et les pinces à linge valaient de l'or. Je m'accroupis mais ne découvris rien d'anormal. L'émotion qui nous avait saisis commençait d'ailleurs à s'estomper, Chantal nous dit de prendre garde à ne pas flanquer un drap par terre comme l'on s'avançait et Bob que c'était sans doute un pot d'échappement.

Il n'y avait rien non plus dans la pièce suivante, mais au bout du couloir une lumière brillait. C'était des coins où l'on n'allait jamais et qui ne servaient à rien, des pièces où s'entassait tout un bazar poussiéreux, pourri, rouillé et déglingué, qui était là depuis au moins cent ans et qui n'était pas près de bouger quant à nous. Nous échangeâmes un bref coup d'œil, Oli et moi.

Eric était allongé sur le sol, à côté d'une chaise renversée, et du sang et des matières épaisses avaient éclaboussé le mur, il y en avait jusqu'au plafond. Olga poussa un cri dans mon dos. Chantal serra Edith dans ses bras. Bob déclara qu'il ne pouvait pas voir ça et tomba dans les pommes.

Après la mère d'Edith, c'était le deuxième suicide dans la maison. On ne sut pas très bien pourquoi Eric s'était supprimé, Jérémie parlait vaguement d'une histoire de cœur et Georges croyait savoir que ça allait mal avec son père, mais nous, nous n'étions pas au courant de ces choses, nous n'avions rien remarqué d'étrange dans son comportement, nous n'avions donc pas d'explication et cela nous troubla beaucoup. Ils parlèrent à voix basse, plusieurs soirs d'affilée, leurs visages étaient sombres et la mort avait envahi la maison et s'était répandue partout comme une fumée, et c'était ce que l'on respirait et qu'on entendait glisser dans le silence.

Des ambulanciers remontèrent le corps d'Eric et le transportèrent sous une pluie battante et nous étions tous aux carreaux, gênés par la buée, et maintenant nous nous retrouvions à treize, de nouveau, comme avant l'arrivée d'Alice, et la table nous parut bancale et Georges dit si quelqu'un est superstitieux, il n'a qu'à se lever et manger sur le canapé, mais personne ne broncha. Jérémie et lui nettoyèrent la pièce du bas puis la condamnèrent en enlevant la poignée. Lors de l'enterrement, le père d'Eric déclara qu'il ne voulait pas récupérer les affaires de son fils, aussi l'on vida sa chambre et l'on enferma ses affaires dans une malle au grenier. Et longtemps après, nous eûmes encore de lugubres conversations tous les trois, nous n'en revenions pas qu'on puisse se tirer un coup de feu dans la bouche.

Le suicide était un sujet qui nous fascinait. On était d'accord pour trouver que la vie était plutôt chiante, dans l'ensemble, bourrée d'obligations et souvent dépourvue d'intérêt, si l'on y regardait bien. On pensait ça depuis un bon moment déjà, on s'était mis à réfléchir. Ils n'éprouvaient pas pour la danse la même passion que Georges ou ma mère, et moi j'étais comme eux, j'aimais bien jouer du piano, mais je rêvais à quelque chose de plus excitant. On ne savait pas ce que l'on voulait au juste, on savait simplement ce qu'on ne voulait pas. Mais c'était comme le négatif d'une photo, ça ne nous aidait pas à y distinguer quoi que ce soit qui valait le coup. Il nous arrivait de passer des heures entières à discuter du meilleur moyen d'en finir, pour le cas où ça deviendrait insupportable. J'avais d'ailleurs épaté Oli en l'initiant à la pratique d'un nœud coulant un peu sophistiqué — je le tenais d'Alex qui n'était pas seulement notre pourvoyeur de musique américaine mais une mine d'informations bizarres — du genre qui vous retient lorsque vous basculez d'une chaise. Nous nous enfermions pour parler de ces choses. Les autres, on aurait dit qu'ils n'y comprenaient rien.

Après l'enterrement, il ne resta que quelques jours avant le départ. Et si l'on excepte qu'ils fuyaient certaine discussion, ils se montrèrent, à notre égard, plus attentionnés que d'ordinaire, on sentait qu'ils cherchaient à nous changer les idées et l'on aurait dit qu'ils ne pouvaient plus se passer de nous. Alice nous déclara que les cours étaient finis, que nous étions en vacances jusqu'à notre retour — elle ajouta tout de même qu'il n'était pas interdit de lire, et pourquoi pas du Pouchkine justement, et elle sortit de son dos, avec un grand sourire, des livres du type en question. Les filles trimbalèrent Edith en ville pour des emplettes de dernière heure. Georges se chargea d'Oli et de moi, nous promena dans le quartier Latin, un après-midi que nous étions allés enregistrer une partie des bagages, et il nous emmena voir *A bout de souffle* — ce qu'après coup il ne considéra pas comme une très bonne idée, mais nous, nous étions ravis. Un autre jour, ma mère nous traîna avec elle pour ses chaussons, ses fameux Freed anglais qu'on commandait exprès pour elle, et l'on soupirait un peu mais elle était mystérieuse, et ensuite elle nous conduisit tout droit chez Alex et là on faillit se payer un arrêt cardiaque et il nous fit mettre à genoux avant de nous donner le dernier Elvis, *King Creole* qui était encore tout chaud, autant que le 45-tours d'Eddie Cochran, *C'mon Everybody*, on en avait presque mal au ventre tellement nous étions heureux. Et pour ce qui était des nouvelles, Alex nous apprit que Jerry Lee Lewis venait d'épouser sa cousine de treize ans — et c'était une bouffée d'air frais comparé à l'avènement de Jean XXIII ou à la naissance de la Ve République.

Le spectacle était prêt, mais Georges avait un peu les jetons bien qu'il bouillît d'impatience et répétât à longueur de journée qu'un échec serait le sien et une réussite la récompense du Ballet tout entier. Son trac venait de ce qu'il avait proposé *Casse-Noisette*, afin de ne pas faire sourciller ceux qui ne goûtaient pas trop le genre « moderne », seulement il avait pris quelques libertés avec la chorégraphie d'Ivanov, pour employer ses mots. A la vérité, une mère n'y aurait pas reconnu ses petits. Il avait commencé par trafiquer les pas de deux, puis, de fil en aiguille, c'était le ballet tout entier qu'il avait transformé, et les autres ne lui avaient pas ménagé leurs encouragements, surtout celle dont j'étais le fils bien-aimé et qui durant des semaines l'avait soutenu et aidé, lui tenant compagnie, le soir, tandis qu'il travaillait aux pas de la Reine des Neiges ou de la Fée des Dragées et parfois dansant jusqu'à l'aube quand il y avait quelque chose qui clochait, reprenant avec lui certain passage, ou devant lui pendant qu'il réfléchissait, les rôles du Prince, de Clara ou de Herr Drosselmeyer. Ils étaient effrayés et ravis de ce qu'ils avaient réalisé, et si la mort d'Eric ne les avait pas un peu ramenés sur terre, on voyait le moment où ils allaient s'envoler.

Alice et moi étions les deux seuls à ne pas être proprement engagés dans cette histoire. Edith devait tenir le rôle de Clara et Oli, celui de son frère, Fritz. Quant à Spaak, il avait obtenu un peu de figuration — il avait offert ses services en rosissant — sous prétexte qu'il avait tâté du théâtre lorsqu'il était étudiant et que son cœur battait toujours. Mais Alice tremblait plus que n'importe qui et moi j'étais dans leur cœur, dans leurs mollets, dans leurs poumons depuis que j'étais venu au monde. Chaque fois que l'on montait un spectacle, c'était comme un nœud qui se serrait lentement et nous nous sentions écrasés les uns contre les autres, unis et brûlants, et si jamais nous partions en tournée, par-dessus le marché, nous en avions des frissons dans les jambes. Et tout prenait des proportions, la moindre joie, un petit chagrin de rien devenaient une montagne, soufflaient le chaud et le froid sur des écorchés vifs. Et la nuit qui précéda le départ, peu d'entre nous trouvèrent le sommeil, on se croisa dans les couloirs jusqu'au lever du jour, on avait soif ou l'on craignait d'avoir oublié quelque chose, et l'on ne savait pas si certains étaient déjà habillés ou pas encore couchés et en bas les lumières restèrent allumées et le jardin blanchit sous la gelée pour nous mettre dans l'ambiance et l'on claqua la porte vers six heures du matin, avec un long frisson collectif.

Nous en avions pour un peu plus de deux jours de train, avec un changement à Dortmund et à Moscou. Et malgré qu'Alice nous eût enflammé la veille avec *La Prose du Transsibérien*, nous n'étions plus sûrs, en ce gris et froid matin de décembre et posant un pied à l'intérieur du *Parsifal*, que nous n'allions pas nous emmerder à mourir sur les traces de ce vieux Blaise.

Je dormis jusqu'aux environs de midi. Puis Oli me réveilla et l'on se mit à la recherche de la cargaison de sandwichs que Georges avait achetée sur le quai. Rebecca sommeillait sur l'épaule de Georges, Spaak sur celle de ma mère. L'épaule de Ramona était libre, mais nous étions le 18 et je pouvais abandonner l'idée de le faire dans un train, en aurais-je donné dix ans de ma vie. Nous allâmes manger dans le couloir, le nez à la campagne allemande qui filait sous un ciel nuageux et sans lumière, aussi triste que nos jambon-beurre et le papier gras et froissé qui les enveloppait.

Nous avions récupéré Alex et le reste de la troupe au buffet de la gare du Nord. Si bien que, contrairement à l'autre qui n'avait eu pour se distraire que la maigre conversation de la petite Jehanne, — Oli me disait qu'il l'aurait flanquée par la fenêtre — nous pouvions aller et venir entre les compartiments, écouter ce qu'ils se racontaient et tuer le temps en le coupant par petits bouts. Mais cela demeurait assez pénible. Le paysage ne changeait pas. Il n'y avait pas d'histoires sensationnelles. Ils étaient plutôt ramollis et bâillaient, et l'on ne voyait pas le jour avancer car la lumière restait la même et aussi à l'intérieur il ne faisait pas très chaud et l'on se promenait avec les couvertures de la SNCF sur les épaules.

On descendit à Dortmund. On pratiqua la salle d'attente, le buffet, les toilettes et la pendule de la gare jusqu'à en connaître les moindres et assommants détails. Puis l'on réembarqua vers trois heures de l'après-midi, et en ce qui nous concernait, nous agonisâmes jusqu'au soir, usant mollement nos forces en dérivant ici ou là tandis que Montmartre s'éloignait derrière nous et qu'une blancheur de mort s'étalait à travers champs.

Ce n'est qu'à la tombée de la nuit que nous nous sentîmes un peu mieux. Les lumières s'allumèrent dans les compartiments et l'abominable ennui qui nous engourdissait jusqu'à la moelle se transforma en tiédeur et les choses se présentèrent différemment. On demanda s'ils avaient augmenté le chauffage, tout d'un coup, n'empêche qu'il se mit à faire bon. De même qu'au lieu de nous abrutir, le déhanchement du train sur les rails commença à nous séduire peu à peu et l'on retrouva une certaine humeur et l'on bâilla à l'envers comme si l'on avait traîné au lit.

En gare de Hanovre, on descendit sur le quai pour se remuer un peu. Le froid nous tomba sur la tête, de manière si brutale qu'on courut dans tous les sens et qu'on rigola, et l'on aurait dit que la ville n'avait aucune odeur. Mais cette fois on regrimpa dans le wagon tout transfigurés, et l'on baissa un instant les vitres du couloir pendant que le convoi démarrait et l'air nous brûla la figure et le froid ne nous atteignit plus.

Une partie de poker avec Alex, alors que dans l'après-midi ça nous avait très vite cassé les pieds, nous tint sur des charbons ardents. Les autres aussi se réveillaient, déambulaient dans les couloirs, s'amusaient et plaisantaient et venaient nous voir et jetaient un coup d'œil par-dessus nos épaules et y allaient de leurs commentaires, si bien qu'on les virait d'un même élan. On avait l'impression que le train nous appartenait, car en dehors des contrôleurs et autres types en uniforme, on ne rencontrait pour ainsi dire personne. Il y avait aussi le chemin parcouru, le sentiment qu'à présent nous étions loin et perdus au milieu d'un sombre océan et que tout pouvait arriver. Comme par exemple cette pure folie qui traversa le cerveau de Georges : il invita tout le monde au restaurant. Et Spaak se fendit du champagne. Et les femmes se repoudrèrent, arrangèrent leurs cheveux et s'inquiétèrent de ce que leurs vêtements n'étaient pas trop fripés.

Elles étaient une belle brochette de filles. Même Alice avait évolué à leur contact. Elle cultivait toujours son air intellectuel et, si elle n'était pas devenue une beauté en trois ans, son allure était différente, plus gaie, plus étudiée, elle se maquillait un peu et avec intelligence, et surtout, elle avait renoncé à son affreuse paire de lunettes et ses nouvelles montures lui auraient ouvert les portes d'Hollywood. Enfin, c'était ses fesses qui n'allaient pas, mais Oli et moi, nous ne nous bousculions pas pour marcher derrière elle. Si nous voulions du sport, et compte tenu qu'à la maison les filles se baladaient souvent en collant, nous n'avions que l'embarras du choix. Lorsqu'elle n'écrivait pas à ses parents ou à Dieu sait qui, ce qui occupait une bonne partie de ses loisirs et la tenait malheureusement assise, il fallait voir Chantal traverser le salon devant nos yeux ahuris, emportant avec elle la plus belle paire de fesses qu'on pouvait imaginer et aux pieds desquelles l'on aurait déposé des fleurs. Aussi bien, nous n'étions pas les seuls à y être sensibles. Alex couchait avec elle de temps en temps et nous avait affirmé sans détour que les appas en question confinaient à l'œuvre d'art. Personne ne mettait en doute les innombrables conquêtes d'Alex. Il n'était pas un danseur de haut niveau, mais certainement un amant de première, ou tout du moins l'un de ces types auxquels les filles ne résistaient pas. Il avait de magnifiques cheveux noirs, il était sombre et beau. Et tout le monde l'aimait bien car il était plein de vie, électrique, insouciant et à ce point bourré de charme qu'on lui pardonnait d'en faire un peu trop quelquefois, là où un autre aurait été fatigant. C'était d'ailleurs ce léger excès de son tempérament qui le maintenait à l'écart de la maison. Georges et ma mère s'accordaient à penser que vivre avec Alex du matin au soir deviendrait rapidement insupportable et qu'il ne serait pas pour nous d'un merveilleux exemple. Bien entendu, nous n'étions pas de cet avis, en particulier Oli et moi qui nous serions serrés pour lui obtenir de la place. Il avait avec nous des conversations très intéressantes et nous parlait d'homme à homme. Nous savions ainsi ce qu'une bonne moitié des filles du Ballet valait au lit, que Chantal, par exemple, n'avait pas des tonnes d'imagination et, pour cette raison, il ne nous la conseillait pas. Et nous hochions la tête d'un air entendu, oui, il faisait bien de nous le dire, oui on voyait le genre...

Bref, elles n'étaient pas en collant ce soir-là, mais notre arrivée au wagon-restaurant n'en fut pas moins très remarquée. Je finissais par ne même plus y prêter attention, tant j'y étais habitué. Aussi loin que remontaient mes souvenirs, j'avais vu les hommes lever leur nez lorsque nous entrions quelque part et ce n'était pas moi qu'ils regardaient avec des yeux de merlans frits quand ce n'était pas avec une insistance un peu plus désagréable, c'était ma mère et les danseuses du Ballet, et ce qui m'intriguait autrefois, lorsque je me demandais ce que ces types avaient dans la tête, était on ne peut plus clair à présent. Et si je partageais leurs désirs aujourd'hui, si j'arrivais à comprendre que l'on ne pouvait s'empêcher de reluquer une jolie femme, je détestais la manière dont ils s'y prenaient et je savais que nous n'allions pas y couper, mais j'y étais habitué et je finissais par ne même plus y prêter attention.

C'était la première fois que je mangeais dans un train. Qu'également j'y buvais du champagne. Les verres tremblaient un peu mais nous filions vers Berlin en traversant une tempête de neige et plus rien ne semblait tout à fait réel. Nous nous étions assis le plus loin possible de nos parents, à la table d'Alex et en compagnie de Chantal qui le serrait d'assez près. Mais Alex n'était pas du genre à nous laisser tomber, à s'embarquer dans un duo d'amoureux quand il y avait à qui parler. Et Oli et moi, nous ouvrions toujours grandes nos oreilles dès qu'il prenait la parole.

On passa donc un moment formidable, on discuta à bâtons rompus tous les quatre et chaque fois qu'une chose l'intéressait Chantal prenait des notes dans son petit carnet, nous demandait comment l'on épelait ceci ou cela, et Alex pensait qu'elle écrivait un Bottin ou peut-être un truc sur la naissance du rock and roll, et il remplissait son verre en nous clignant de l'œil. Ce n'était pas souvent que toute la troupe voyageait au grand complet, ni surtout aussi loin, c'était toujours difficile de trouver l'argent nécessaire et j'avais l'impression que nous commencions tout juste à y croire. Autour de nous, les voyageurs étaient souriants et détendus, mais notre joie à nous était particulière, sourde et durable, et ce n'était pas que le champagne ou le plaisir d'un bon repas. Georges était radieux et je le voyais de temps en temps survoler nos tables d'un coup d'œil attendri.

Nous restâmes un long moment à table, il n'y avait rien qui nous pressait et Spaak faisait venir de nouvelles bouteilles. On profita de ce qu'ils allumaient des cigares et que l'air bleuissait pour nous griller une cigarette en catimini, mais l'on ne craignait pas grand-chose car Georges et ma mère avaient ramené Balanchine et Cunningham sur le tapis et le train aurait bien pu dérailler.

Edith m'envoya sur les roses lorsque nous réintégrâmes nos compartiments — elle n'avait pas apprécié qu'on prît place aux côtés d'Alex plutôt que de nous asseoir avec elle et Myriam — et que je lui proposai de jouer aux cartes ou à ce qu'elle voulait.

— Je te remercie mais je t'ai assez vu pour aujourd'hui..., me dit-elle en m'écartant de son passage et en entraînant sa copine.

Elle était vraiment la pire tête de lard que je connaissais, elle ne vous passait jamais rien. Sincèrement, je plaignais le type qui allait l'épouser.

Mais Alex arriva sur ces entrefaites et m'annonça qu'il nous attendait pour un poker à tout casser. Voilà qui était parler. Et comme il était temps de choisir où l'on allait dormir et qu'il s'imposait une sorte d'évidence, nous allâmes chercher nos pyjamas tandis qu'il battait les cartes. Il régnait une belle euphorie dans le couloir, une atmosphère de campement avec des échanges de dernière minute et des discours sur les couchettes du haut ou du bas.

Il y a des choses que l'on sait mais que l'on n'aime pas trop voir. Ainsi, que Georges et Rebecca couchaient ensemble, nous le savions, seulement ils avaient chacun leur chambre à la maison. Et que ma mère avait des parties sensibles que Spaak devait connaître, je le savais aussi, mais ça me fit drôle de constater qu'ils partageaient le même compartiment tous les quatre. Je jetai un œil glacé à ma mère tout en lui prenant mon pyjama des mains :

— Alors Ramona ne dort pas ici... ? déclarai-je entre mes dents.

— Tu le vois bien..., me répondit-elle.

Il fallait se lever de bonne heure pour la désarçonner. Et puis je me méfiais un peu, à présent. Elle était bien capable, si j'insistais, de me fournir de plus amples détails sur sa vie sexuelle et je ne voulais surtout pas en entendre parler. Il n'empêche que c'était la première fois qu'elle se séparait de Ramona. Je ne voulais pas qu'elle me prenne pour un imbécile.

— Bon Dieu ? lançai-je à Oli pendant que nous remontions le couloir en sens inverse. On peut dire qu'ils se gênent pas... !

— Qui ça... ?

— Le pape... !

D'une manière que je ne parvenais pas à m'expliquer, j'en avais les joues rouges de cette histoire. Je m'arrêtai un instant dans le couloir et collai mon front au carreau glacé, comme un qui regarde au-dehors. Il n'y avait rien à voir. Ce n'était pas la même chose quand Spaak l'amenait à une soirée et qu'elle ne rentrait qu'au matin. Cette fois, elle me donnait envie de me cacher à six pieds sous terre. Quel triple crétin se serait demandé ce qu'Elisabeth Benjamin avait dans la tête ce soir-là... ? ! Qui donc ignorait encore ce que ma mère allait fabriquer avec ce médecin de malheur, et juste sous notre nez... ? ! J'avais l'impression que des regards se plantaient dans mon dos et j'en éprouvais une honte épouvantable et me mordis les lèvres.

On rejoignit Alex et Chantal quand je me fus rassasié des ténèbres où Oli tentait en vain d'apercevoir quelque chose. On referma la porte derrière nous et je me sentis mieux lorsque Alex me tendit une cigarette. Chantal se leva pour baisser un peu la vitre.

— Et si on faisait un strip-poker... ? proposa-t-il en me donnant du feu.

Oli se mit à tousser dans mon dos. Pour ma part, je fixais la flamme de l'allumette. Et Chantal eut un rire enfantin et se laissa glisser sur la banquette.

— Allons... Arrête un peu tes bêtises... ! murmurat-elle en souriant.

Oli et moi, on rigola bêtement.

Alex distribua les cartes. Il déclara qu'on ne savait pas s'amuser mais il n'avait pas changé d'humeur et plaisanta comme à l'accoutumée tout en raflant les premières mises.

La partie s'annonçait agréable. On jouait serré, mais d'une manière assez détendue, sensible au charme du voyage et de la nuit qui sifflait au-dehors. Au bout d'un moment, Chantal se leva et respira quelques bouffées d'air frais à la fenêtre. J'avais remarqué qu'elle était un peu ivre, elle riait aux propos d'Alex, même s'ils n'étaient pas toujours d'une irrésistible drôlerie, ou s'abandonnait contre son épaule pendant qu'on donnait les cartes. Je me souvenais d'une fois où l'on avait dû la porter dans sa chambre à la fin d'une soirée. Alex tira une bouteille de cognac de son sac.

A Berlin, on nous demanda nos passeports. Je dus attendre une ou deux minutes avant que ma mère ne daignât m'ouvrir. Elle était en combinaison, elle me la joua comme une qui dormait sagement dans son lit mais la cabine empestait la transpiration et à nouveau nos regards se croisèrent. J'attendis qu'elle me donnât nos papiers cependant que ma gorge se serrait et que je baissais la tête. Puis elle voulut savoir ce que nous faisions, mais j'attrapai les passeports et tournai les talons sans ajouter un mot.

Chantal riait aux éclats lorsque je les rejoignis. Tout à coup, elle me parut idiote, bruyante et détestable. Elle avait son compte, à présent. Un peu plus tôt, sa gaieté me coulait jusqu'au fond du ventre, m'envahissait et brillait dans le compartiment. Je repris ma place en ruminant ma rage, reportant sur Chantal qui s'agitait et gloussait de plus belle toute la rancœur que j'éprouvais désormais pour toutes les femmes en général, aussi bien pour ma mère qui me trahissait, que pour Ramona qui me tenait enchaîné ou Edith qui ne connaissait que la bagarre et qui pour un sourire qu'elle vous donnait le matin vous gratifiait le soir d'un coup de poing dans la gueule. Je les détestais, toutes autant qu'elles étaient, elles rendaient la vie amère, cruelle et désespérante, elles faisaient de nous ce qu'elles voulaient, nous torturaient, nous humiliaient, nous dressaient comme des chiens, et ce n'était pas la lumière qu'elles nous apportaient mais le feu, elles étaient une horde brûlant et saccageant tout sur leur passage, des créatures de l'enfer. Seulement je n'avais pas l'intention de me laisser piétiner, si elles voulaient savoir. Elles allaient avoir du fil à retordre avec moi.

On termina la partie sur les coups de une heure du matin, à peine une demi-heure après qu'on fut repartis, mais Chantal voulait se coucher, elle en avait assez des cartes et déconnait de plus en plus. On aurait pu continuer à jouer si elle ne l'avait pas ramené. On déplia les couchettes. Alex éteignit le plafonnier et la veilleuse plongea les lieux dans des ténèbres bleutées tandis qu'Oli et moi commencions à nous déshabiller, lui au-dessus et moi en dessous. Quant à Alex et Chantal, ils échangeaient un long baiser, debout contre la fenêtre, mais à cela on s'y attendait. C'était d'ailleurs pour cette raison qu'elle avait mis fin à la partie, en se fichant pas mal de nous, elle s'était frottée contre Alex

215

durant toute la soirée et maintenant elle avait ce qu'elle désirait. J'en déduisis qu'elle devait être complètement chlâsse pour se conduire ainsi, alors qu'Oli et moi étions aux premières loges. Elle était plutôt réservée, d'ordinaire, les quelques aventures que nous lui connaissions avaient été discrètes, elle n'était pas du genre à s'exhiber pour ce que l'on en savait. « Pauvre imbécile ! me dis-je. Apprends qu'à tout moment tu peux les surprendre sans leur masque... ! »

On se tint à carreau sur les couchettes, silencieux comme des tombes et résolus à se faire oublier sans en perdre la moindre miette pour autant. Il me fallut cinq bonnes minutes pour boutonner ma veste de pyjama tant mon esprit était accaparé par le spectacle. Alex s'était assis et la tenait debout entre ses jambes, je ne voyais que ses mains de chaque côté, monter et descendre, entraînant la jupe de Chantal qui retombait quand il lui saisissait les hanches, et nous étions si près que je pouvais distinguer le bruissement de sa combinaison malgré les rails qui défilaient, aussi acharnées que le bras d'un pick-up réembrayant sur le dernier sillon.

Mes yeux transperçaient la pénombre, aucun détail ne m'échappait. Et mon cœur ne s'attendrissait pas, bien au contraire, ma rage ressemblait à un caillou au fond de ma poitrine. A un silex noir quand la jupe de Chantal glissa à ses pieds. J'eus un ricanement silencieux, une espèce de sourire mauvais. Chantal se tortillait, la tête rejetée en arrière, lâchait de stupides et sourdes roucoulades, de petits bruits de gorge que son ivresse coupait de hoquets ridicules. Elle baissa elle-même son jupon, manqua de s'étaler en l'enjambant, mais Alex la rattrapa in extremis. Je ne savais pas si elle avait conscience qu'Oli et moi nous rincions l'œil ou si elle ne se rendait plus compte de rien. Je penchais pour la première hypothèse. Elles étaient toujours pires qu'on se l'imaginait, est-ce que je ne l'avais pas encore compris... ? !

Puis, alors que je respirais bouche ouverte, découvrant son porte-jarretelles qui lui ceignait les reins, ses bas blancs, sa culotte sur ses formes rebondies, le visage d'Alex surgit de derrière une hanche, souriant et malicieux et penché de façon amusante. Il cligna de l'œil et disparut comme la lame d'un couteau dans son manche. Je l'aurais embrassé. Doublement. D'une part pour le coup d'œil qu'il nous offrait en déculottant Chantal avec une lenteur méticuleuse, d'autre part pour les rôles qu'il inversait. Car ce n'était plus elle qui menait le jeu, à présent, mais nous, qu'elle avait cru réduire à sa merci, nous dont elle avait songé disposer à sa guise simplement en usant de ses charmes, ha ! ha ! pauvre idiote ! Mais regarde-toi, il n'y en a pas un se traînant à tes pieds et les deux autres ligotés sur leurs couchettes, ne crois pas ça... ton poison est éventé, ma petite c'est *toi* qui es au centre du jeu, *toi* dont on s'amuse jusqu'à preuve du contraire... ! Et tu ne l'as pas volé, j'aimerais te prendre et te secouer car je veux que tu le comprennes !

Une vive excitation sexuelle se mêlait à mon ressentiment, cela va sans dire. Surtout lorsque Chantal se pencha en avant, sans doute à la poursuite des lèvres d'Alex qui s'était renfoncé sur la banquette dans un élan facétieux. Dansaient sous mon nez ses sombres orifices, son trou du cul et la raie de son abricot pour nommer les choses, et je serrais les dents. Quand la main d'Alex apparut entre ses jambes, elle couina comme un goret et lâcha quelques paroles incohérentes, dignes d'une embardée d'ivrogne. Et à ce moment, j'aperçus la tête d'Oli, me surplombant telle une gargouille aux yeux exorbités. « Ah ! Oli..., pen-

217

sai-je, ne sois pas étonné, ne te demande pas si tu rêves... Ma mère est en train de baiser, Rebecca est en train de baiser, toutes les filles de ce foutu convoi n'ont qu'une seule chose dans le crâne, je te le garantis, et rien ne les arrête... ! Elles se fichent pas mal de toi ou de moi, elles n'ont aucun sentiment véritable, ni amour, ni fierté, ni tendresse d'aucune sorte... ! »

Je bouillais, j'avais l'estomac noué par le désir et la colère que je ne parvenais plus à démêler. Chemin faisant, Alex l'avait retournée sur la banquette et l'avait enfilée sans crier gare. Chantal tendait l'un de ses pieds vers le filet à bagages et l'autre pendait dans l'allée, gainé de reflets soyeux, tandis que nous traversions la Pologne, et nous n'étions pas près de l'oublier.

Quand il en eut terminé avec elle, Alex la désenfourcha en souplesse et vint s'accroupir à ses côtés, dans l'allée. Puis il se pencha sur elle et l'embrassa de nouveau. Elle restait allongée, pâle et luisante comme un poisson tiré hors de l'eau. Il avait dégrafé son pull et son corsage, son soutien-gorge était tout de travers et laissait apparaître une petite poitrine de rien, format ballerine, ses jambes étaient toujours écartées et sa toison brillait, on aurait dit un machin radioactif ou la foudre tombant sur une forêt de lilliputiens.

C'est alors qu'il nous fit signe de rappliquer. Il continuait d'être soudé à ses lèvres, mais il agitait une main dans son dos, de manière pressante, nous invitant à ne pas traîner pendant cent sept ans. J'eus l'impression qu'un fouet venait de me frapper en plein visage. Je me dressai, le souffle coupé et à coup sûr, aussi blanc qu'un linge. Je sentis bien que je manquais d'un peu de cran pour y aller, que ce truc-là n'était pas très normal, mais aussi elle avait une position réellement obscène et cette nuit-là je ne les portais pas dans mon cœur, je les maudissais de toutes mes forces.

Oli posa une main sur mon épaule.

— Ne me fais pas chier... ! lui soufflai-je.

Ensuite de quoi, je me glissai entre les jambes de Chantal et je la tisonnai à mort.

*

20 décembre 58

Aussitôt rentrées, Myriam s'est jetée sur son lit et s'est endormie. Elle tient pas le choc. Elle a bâillé pendant tout le repas et n'a même pas touché ses « pelmeni » (des espèces de ravioli avec du beurre fondu et de la crème, j'ai tout simplement adoré ça !). Enfin, j'espère qu'elle va pas me faire regretter de partager sa chambre, j'aime pas voir les gens dormir et c'est la deuxième fois qu'elle me fait le coup. Déjà hier, je l'ai retrouvée les bras en croix. J'étais en train de ranger ma valise et je lui parlais de la salle de bains, et puis j'ai plus rien entendu. Son lit n'était même pas ouvert ni rien ni elle s'était déshabillée. J'en suis restée comme deux ronds de flan. Je veux bien que nous étions arrivés tard et que ce foutu voyage nous avait mis sur les genoux, mais faut pas charrier, on est à Saint-Pétersbourg ! Moi aussi, j'étais morte, mais j'ai dû passer au moins une heure devant la fenêtre tellement c'était beau sous la neige. Est-ce que c'était pas la moindre des choses, je veux dire est-ce qu'on a si souvent l'occasion d'éprouver certains sentiments ?

Ce matin, on a visité un peu la ville pendant que papa voyait des gens. Le guide nous a trimbalés de monuments en monuments, un type édenté et du genre assez chiant, d'ailleurs j'ai pas écouté un seul mot de ce qu'il nous racontait. Je sais pas si c'est à cause de lui, mais j'ai pas retrouvé l'émotion qui m'a saisie la nuit dernière, ou peut-être juste une minute sur les bords de la Neva, dans une lumière diffuse et face au vent glacé qui venait de la mer, mais ce con nous pressait et ça s'est envolé.

On s'est arrêtés devant le Kirov, aussi. Bien entendu, c'est pas là que nous dansons. Mais si tout se passe comme prévu, Leonide Jacobson viendra nous voir, un de ces soirs, et c'est là qu'on les aura tous à zéro. Papa revenait du théâtre quand on est rentrés à l'hôtel. Il n'était pas tellement ravi parce que la scène était en pente, il nous a dit de faire attention. Et puis l'éclairage n'était pas idéal, il faudrait trouver quelque chose. Mais chacun savait ce qui le rendait nerveux.

Nous avons pris un cours dans l'après-midi, puis après nous avons répété. Il nous a dit que jamais nous n'avions dansé aussi mal et que notre première soirée serait une catastrophe. Pour tout arranger, Elisabeth se tordit une cheville et là j'ai bien cru qu'il allait tomber raide mort. Il bouscula Jérémie et Spaak qui s'étaient précipités, et prit lui-même cette affaire en main. Il faut dire qu'on a pas trente-six étoiles au Sinn Fein Ballet. Qu'Elisabeth s'esquinte pendant une tournée, et on n'a plus qu'à prendre le chemin du retour. Rebecca et Olga sont pas mal, mais Elisabeth c'est quand même autre chose. Si elle voulait, demain elle serait à New York, avec sa copine Violette, elle a dansé à l'Opéra, à la Scala de Milan, à Stuttgart et dans tous les coins fameux lorsqu'elle était plus jeune. Heureusement qu'elle a une espèce d'histoire d'amour avec papa, je suis pas très au courant des détails, mais je crois qu'elle a tout laissé tomber à la mort du père d'Henri-John et papa s'est occupé d'elle. Cela dit, j'ai pas l'impression qu'ils aient jamais baisé ensemble (d'ailleurs, Spaak est venue brouiller le jeu parce que je pensais qu'elle n'aimait pas les hommes mais peut-être que je me suis trompée). Il y aura bientôt seize ans qu'ils se sont rencontrés tous les deux, chez Mᵐᵉ Rousane, en même temps que Violette et Béjart. Papa lui tenait la main lorsqu'elle a accouché d'Henri-John et quelques mois plus tard, c'était au tour de maman, et il paraît que c'est Elisabeth qui m'a tenue la première dans ses bras et je me demandais parfois s'ils n'ont pas une espèce de pacte, tous les deux, s'ils se sont pas juré des trucs. Je trouve ça émouvant, sans blague. Ça me fait du bien de penser qu'il y a des trucs aussi forts dans la vie. Que deux êtres soient liés, soudés par le même idéal, qu'il s'agisse de la danse ou d'autre chose. Ça change de ces conneries à la Tristan et Iseult.

Je les ai regardés, tout à l'heure, quand ils ont salué sur la scène et que les gens applaudissaient. Au fond, je suis une sentimentale, enfin y a des trucs qui me touchent vraiment.

Bref, papa s'est taillé un beau succès, et nous aussi par la même occasion. Le directeur du théâtre est venu le féliciter, des gens sont venus lui serrer la main et Elisabeth a signé des autographes. Papa a expliqué au traducteur que Sinn Fein voulait dire « Nous seuls » en gaélique et qu'il avait beaucoup d'admiration pour la chorégraphie d'Ivanov ou celle que Balanchine avait présentée en 54, et que Leningrad l'avait conquis. Bon sang ! il leur aurait tenu le crachoir toute la nuit si on ne l'avait pas attrapé par un bras. Puis à nouveau, lorsque nous sommes sortis, le charme a opéré. Il faisait un froid à mourir debout mais la ville m'a semblé merveilleuse. Et puis Henri-John m'a sidérée. Nous descendions la perspective Nevski avec ses églises et ses palais et la flèche dorée de l'Amirauté qui brillait au loin, quand il m'a pris le bras et s'est mis à marcher à mes côtés en s'étonnant de tout. Je me suis retenue de ne pas lui demander ce qui lui prenait tout d'un coup, mais c'est tellement rare qu'il se montre un peu gentil que j'ai pas cherché à comprendre. N'empêche que ça m'a fait plaisir, et de voir que lui aussi était sensible aux choses qui me touchaient. Je peux pas dire qu'il ait changé en bien ou en mal depuis qu'il couche avec Ramona, mais quand même il est différent. Il est à la fois plus calme et plus nerveux, plus ouvert et plus ren-

fermé. Je suis curieuse de savoir quel genre de type il sera dans quelques années, les paris sont ouverts. Il est encore tellement gamin par certains côtés qu'on peut pas savoir au juste. De temps en temps, comme ce soir, il a des illuminations, on a envie de le prendre et de le serrer dans ses bras. Mais je me fais pas d'illusions, demain il sera sûrement insupportable, j'en mets ma main à couper. On dirait que ça le fiche en rogne quand on passe un bon moment ensemble. C'est là que je me rends compte qu'il en tient encore une couche. C'est pour ça que tout à l'heure je me suis demandé si c'était pas un ange qui s'était accroché à mon bras.

Je crois que je suis condamnée à mourir de soif. Ça fait trois fois que je me lève pour aller demander de l'eau à la bonne femme qui se tient dans le couloir, et j'ai beau lui montrer la bouteille, elle dit oui mais j'attends toujours. L'eau du robinet a un sale goût, c'est sûrement pour ça qu'on voit tellement de types saouls dans la rue. De mon lit, j'aperçois des dômes ensevelis sous la neige et tout est silencieux.

*

J'ai cru qu'il m'était venu une idée lumineuse, mais ce n'en était pas une. J'ai cru que certains endroits étaient encore imprégnés de silence et de mystère, mais je suis un imbécile, un pauvre naïf. Tout vient de ce que j'ai voulu jouer au malin et organiser une petite virée avec Finn, histoire de l'épater un peu. Il me traînait toujours à droite et à gauche à travers le Cape, il connaissait son territoire comme sa poche. J'avais pensé qu'à mon tour je pourrais lui servir de guide pour changer.

J'étais retombé sur l'un de ces livres qui m'avaient secoué lorsque j'avais une vingtaine d'années, *Walden ou la Vie dans les bois,* et j'avais rebattu les oreilles de Finn avec Thoreau durant une bonne partie de la journée. Le Walden Pound se trouvait à moins de quatre heures de route, est-ce que ça ne lui dirait pas de m'y accompagner... ? On pourrait embarquer un sac de couchage... Et la nuit serait claire, étoilée, on pourrait dormir au bord de l'étang... hein, qu'est-ce qu'il en pensait... ?

Pas grand-chose, mais je ne l'ai pas lâché avant qu'il n'ait accepté ma proposition.

De bon matin, j'avais étudié la carte. J'avais pensé que nous pourrions déjeuner à Concord et voir la maison d'Emerson, puis marcher jusqu'au North Bridge, là où les Anglais avaient pris une raclée. Mais il a fallu s'occuper d'une vache égarée dans un marécage et donc retourner se changer après certains efforts visant à la faire grimper dans une bétaillère. Nous ne sommes donc partis qu'en début d'après-midi et il n'était plus question d'aller déjeuner quelque part, saluer Emerson et tâter du pont où s'était déroulée la première bataille de la guerre d'Indépendance (19 avril 1775 à l'aube). Nous avons mangé des sandwichs dans la voiture. Mais malgré tout, j'étais de bonne humeur et m'évertuais à communiquer à Finn un peu de mon enthousiasme. Rassemblant mes souvenirs de lecture, je lui parlais de la petite cabane d'Henry David, de la vie simple qu'il y avait menée dans la solitude et la méditation et dont je ne désespérais pas de retrouver le parfum, une fois sur les lieux. J'imaginais un temple de verdure sauvage, un silence imposant, un de ces coins ivres de virginité, rebutant la moindre tentative de civilisation.

Lorsque nous sommes arrivés, il y avait un flic suant sous le soleil, au milieu de la route, et qui réglementait la circulation. J'ai commencé à me poser des questions, surtout qu'il y avait comme un embouteillage et des piétons un peu partout. J'ai demandé au policier ce que signifiait cette salade mais il ne m'a rien répondu et nous a dirigés vers un parking géant où j'ai dû débourser dix dollars. Trouver une place n'a pas été facile. Je n'ai pas regardé Finn et je n'ai rien dit.

Entre le parking et la route nationale, sur une bande de terre de quelques mètres de large et entourée de corbeilles à papier, se dressait la cabane de Thoreau. Enfin sa réplique exacte, au plus infime détail près, la pancarte le précisait, si ce n'était qu'on l'avait déplacée d'un demi-mile par rapport à l'original, pour des histoires de voirie. On aurait dit une petite baraque de poupée, de cinq ou six mètres carrés, mais je n'ai pas même eu le courage de jeter un œil à l'intérieur.

Il a fallu attendre avant de pouvoir traverser, avec nos serviettes autour du cou. Je me demandais si je n'allais pas avoir un malaise. Beaucoup d'enfants en maillot de bain, avec leurs bouées autour du ventre, de mères chargées d'ustensiles de plage et de pères transportant des glacières de la taille d'un sèche-linge.

Par chance, l'étang se trouvait être un lac et les gens restaient agglutinés au même endroit. J'ai marché devant, en longeant le bord, les yeux rivés au sol et sur sept ou huit cents mètres avant de trouver un coin où l'on serait à peu près tranquilles. J'ai étendu ma serviette sur un lit de cailloux noirs, entre deux touffes d'herbe.

On entendait différentes stations de radio s'élevant d'un peu partout, quand un animal ne passait pas derrière vous avec son engin vociférant sur l'épaule, ridant presque la surface de l'eau. En face, et tout au long des rives, il y avait une ceinture de corps blancs, c'était comme des déchets expulsés et en train d'agoniser au soleil, un cordon de saletés grouillantes et sacrilèges. On ne pouvait pas les oublier, mais enfin, si l'on clignait un peu des yeux et que l'on se bouchait les oreilles, si l'on refusait de voir ces têtes et ces bras qui s'agitaient dans les eaux sombres, on pouvait encore saisir quelque chose. Le lac était encaissé, très profond ainsi que l'on vous en prévenait à l'entrée, et il s'en dégageait une impression de mystère et de force engloutis, de bonhomie insidieuse que renforçaient des contours capricieux, des extensions, des poches invisibles de l'une à l'autre. Ajoutez à cela qu'une épaisse forêt l'enceignait, se pressait à deux ou trois mètres du bord et grimpait sur les pentes raides, constituant le seul paysage alentour, et vous vous trouviez à l'intérieur et au pied d'une couronne impressionnante qui s'ouvrait sur le ciel. Et il se pouvait bien qu'alors vous ressentiez une émotion fugitive, que l'ombre de Thoreau vienne vous frôler un court instant.

Je n'ai pas demandé à Finn s'il percevait quoi que ce soit. Je lui ai dit que je regrettais de l'avoir embarqué dans cette histoire. Il ne comprenait pas pourquoi. Mais j'ai ajouté que tout n'était pas perdu et qu'à mon avis le soir chasserait tous ces indésirables.

Aussi bien, le soleil disparaissait déjà sur la cime des arbres. Nous nous sommes baignés. Et l'eau avait presque un goût ancien (il y avait nagé, y avait lavé son linge, frotté casseroles et assiettes, et le fond était plein de cailloux qu'il y avait jetés aux alentours de 1845).

Plus tard, nous apercevant que l'endroit se vidait bel et bien, nous sommes allés prendre nos sacs de couchage dans la voiture. Puis, armés de quelques provisions, nous sommes redescendus jusqu'au bord du lac et, croisant la foule des baigneurs qui se repliait vers le parking, nous nous sommes éloignés davantage que la première fois et avons trouvé un coin romantique.

Les mains sur les hanches, les pieds dans l'eau, j'ai

plissé des yeux et j'ai fini par sourire en écoutant le silence qui s'étalait autour de nous. Le soir venait, les étoiles descendaient, la forêt était noire et il n'y avait plus personne, le reste n'avait été qu'un mauvais rêve. Je me suis offert quelques brasses, de nouveau, après quoi j'ai glissé sur le dos et je me suis abandonné au sombre charme des lieux, ravi lorsqu'un poisson sautait à mes côtés et que nous échangions un regard amical et entendu.

Finn avait préparé des sandwichs. Comme je m'apprêtais à ramasser du bois pour allumer un feu, il me l'a déconseillé car, disait-il, des gardes patrouillaient et ils n'aimeraient pas ça. J'ai donc abandonné cette idée, bien qu'à mon avis l'on risquât plus de rencontrer l'esprit de la forêt qu'une patrouille errant dans les ténèbres à présent que tout le monde avait fichu le camp, mais je n'ai pas voulu le contrarier et la température était d'une douceur peu commune. Nous avons commencé à manger en écoutant un hibou, des clapotis mystérieux, des crac !, des plouf !, des couic !, des crrr ! et bien d'autres choses encore que nous nous amusions à identifier. Ecrasant un moustique sur mon bras, sans la moindre haine, j'ai tenté d'expliquer à Finn combien j'aimais ce pays, combien de fois, et dans la plupart des Etats que j'avais traversés, j'avais été bouleversé par sa beauté, suffoqué par les espaces, oppressé par la force des sentiments qu'il éveillait en moi, bon sang oui j'aimais ce pays, ses couleurs, ses déserts, et le passage brutal des villes à des horizons sauvages qui vous donnaient la dimension de l'homme et vous déchiraient les poumons, vous écrabouillaient de leur splendeur pendant des jours et des jours. Il me disait qu'il aimerait bien connaître Paris, et le Massif central, dont il avait entendu parler.

— N'oublie pas la Bretagne, ai-je rétorqué. Ah ! si tu voyais la Provence, et le Pays basque... !

J'en ai écrasé un autre. Puis au bout d'un moment, je lui ai demandé comment ça se faisait qu'ils venaient tous sur moi et le laissaient tranquille. Au point que je ne pouvais plus rester en place. L'un d'entre eux m'avait même gonflé la paupière, me gâchant d'un seul coup la féerie nocturne que déclenchait soudain, dans un ruissellement silencieux, l'apparition d'un croissant de lune qu'un peu plus tôt j'aurais béni. Car j'étais à présent occupé par mes buveurs de sang et employais mon œil encore valide — que j'écarquillais avec soin —, non pas à la contemplation du monde ou de mon univers intérieur comme n'importe quel type un peu sain d'esprit, mais à l'unique surveillance de leurs atterrissages. Puis, n'y tenant plus et alors qu'ils me dévoraient vivant, j'ai allumé un feu en quatrième vitesse, j'ai dit à Finn que je prenais ce risque. De toute façon, je n'y croyais pas.

Moins d'une minute après, je payais cent cinquante dollars d'amende. Et braquant sa lampe sur mon visage, le type voulait savoir si je m'étais battu et qui m'avait mis dans cet état. Je lui ai répondu que c'était la lecture.

Nous avons rembarqué nos sacs de couchage. Et tandis que nous filions sur le chemin du retour, Finn m'a déclaré que l'eau était bonne. (« *Its thin current slides away, but eternity remains* », Walden.)

*

22 décembre 1958

Ce soir, Leonide Jacobson, maître de ballet au Kirov, était dans la salle. Il y a deux ans, on n'entendait parler que de lui, à la maison. Dès qu'il tombait sur un type qui rentrait de Leningrad, papa ne le lâchait plus. Jacobson venait de monter La Punaise, *d'après Maïakovski, et papa* buvait ça comme du petit lait, il voulait tous les détails. Alors je sais bien ce qu'il éprouvait tout à l'heure, et rien que de le voir, ça nous flanquait la trouille pendant qu'on se préparait, on n'osait même pas lui parler. Et lui non plus ne pouvait plus dire un mot. Juste avant que ça commence, il s'est pointé dans les loges et tout ce qu'il a réussi à nous donner comme encouragement, c'est qu'on devait pas se casser la tête et il a eu un triste sourire, il a failli nous scier les jambes. Elisabeth lui a dit d'aller faire un tour.

On raconte des trucs sur le Kirov, sur le raffinement et l'élégance de ses danseurs, même qu'à côté le Bolchoï serait presque du cirque. Eh bien, ceux qui ont vu danser Elisabeth, ce soir, savent ce qu'est le VRAI raffinement et la VRAIE élégance. Même nous, qui la connaissons bien, elle nous a coupé le souffle. Et Henri-John est resté à la regarder sur le côté de la scène. On aurait dit qu'il avait une vision et qu'il allait tomber sur le cul.

Ça s'est terminé que toute la salle était debout pour applaudir. Et que Jacobson a embarqué Elisabeth et papa (Rebecca et Spaak leur ont collé au train) après la fin du spectacle.

Henri-John est jaloux. C'est pas d'aujourd'hui, ça date de toujours. Quand je lui ai sorti : « T'es amoureux de moi, ou quoi... ? ! », il s'est jeté sur moi et on s'est battus comme des chiffonniers, on s'est retrouvés sur le tapis de la chambre. C'est toujours bon de pouvoir vérifier les choses.

N'empêche qu'il aime pas ça, quand je suis avec un garçon. Ça l'énerve. Il se croit permis de me surveiller, et rien qu'en écrivant ça, j'en ai les dents serrées, j'en tremble encore des pieds à la tête tellement je lui en veux. Est-ce que je vais le faire chier quand il est avec Ramona, je sais pas ce qui m'a retenue de lui balancer cette histoire à la figure ! Comme je lui ai dit, il va falloir qu'il se fasse une raison parce que ça fait que commencer et que j'ai pas l'intention de m'enfermer dans un couvent. « Si c'est ce que t'espères, tu risques pas d'être déçu... » Je l'ai prévenu. J'en aurais pleuré de rage. N'importe qui, même si c'était le garçon d'étage qui soit entré dans la chambre à ce moment-là je me serais jetée à ses lèvres, je me serais tirée avec lui, je le jure !

C'était après le repas, que nous avions pris à l'hôtel et qui avait duré presque trois heures, bien que la salle fût presque vide, mais ça a l'air d'être la coutume, ici, de faire attendre les gens. Il y avait quelques jeunes Russes avec nous, dont Iouri, le fils du directeur du théâtre. Papa les avait engagés pour les danses de l'acte deux et on les trouvait assez gentils, sauf qu'on ne comprenait rien à ce qu'ils racontaient. Mais Iouri parlait français, sa mère était française, il nous servait d'interprète. Bref, on a décidé d'aller faire un tour après manger.

Je ne parle même plus du froid. Les autres revenaient, Jacobson les avait ramenés à l'hôtel et ils ne voulaient plus sortir, simplement boire de la vodka et raconter leurs aventures pendant qu'ils se réchauffaient, si bien qu'une bonne moitié est restée avec eux, je dirais les plus dégonflés, ceux qui se sont aussitôt rassis quand Spaak nous a annoncé moins vingt-quatre dehors.

Nous sommes remontés vers l'Amirauté, jusqu'à la place des Décembristes. Iouri marchait à côté de moi. Il me montrait toutes les choses à voir, au point que j'en avais la tête qui tournait et que je riais sans raison. Devant la statue de Pierre le Grand, il a cité Pouchkine, histoire de m'impressionner : « Voilà celui dont la volonté fatale a fondé cette ville sur la mer. » Mais j'étais pas impressionnée. Il m'a aussi parlé des palais. On s'était arrêtés sur le quai de la Flotte-Rouge, et du doigt il m'indiquait leurs façades et il se penchait vers moi pour s'assurer que je regardais dans la bonne direction. Je pouvais respirer son haleine et l'odeur de ses cheveux. Et je le trouvais pas mal, pour tout dire, et aussi qu'il soit russe, ça m'amusait, ça allait bien avec le cadre. On s'est tourné vers la Neva, avec ses gros blocs de glace fracassés, il a posé sa main sur mon épaule en enchaînant sur l'île Vassilievski mais je ne l'écoutais pas, j'étais en train de rêver, je me sentais joyeuse et légère et j'attendais qu'il me prenne dans ses bras au lieu de me bassiner avec l'Académie des sciences ou le musée de la Marine de guerre. Ça m'avait pris tout d'un coup. C'est quelque chose qu'on peut pas expliquer. Peut-être que cinq minutes plus tôt je me serais pas laissé faire. J'avais parlé de Iouri avec Myriam, pas plus tard que la veille, et pour dire qu'il m'inspirait pas vraiment, comme quoi tout peut changer d'une seconde à l'autre. Enfin, il s'est trouvé là au bon moment et au bon endroit. C'était comme une envie qui vous prend d'une glace à la fraise. Puis il a fini par se décider, m'a effleuré la joue. Alors je me suis dressée sur la pointe des pieds et je lui ai enfoncé ma langue dans la bouche en me serrant contre lui. Il y avait pas de quoi en faire tout un plat. Juste je me sentais un peu rêveuse et douce, étourdie par cette ville et attirée par le mystère, un truc sans aucune conséquence.

Mais cet imbécile d'Henri-John s'est précipité sur nous et avant qu'on ait pu comprendre ce qui arrivait, il nous a séparés et a balancé son poing dans la figure de Iouri. Il était blanc comme un mort. J'ai bien cru qu'il allait me frapper à mon tour, mais là, ça aurait été vraiment mal. Enfin bref, Iouri s'est relevé et c'est quand même la taille au-dessus, il a au moins vingt ans, et il n'allait pas digérer un truc pareil devant tous ses copains. Si bien qu'Henri-John a passé un mauvais quart d'heure avant qu'on ait eu le temps de les tirer chacun de leur côté. Il avait l'air malin, il saignait du nez et gardait les poings serrés alors que Iouri s'éloignait avec sa bande. J'ai dit aux autres que c'était rien et qu'ils s'occupent pas de nous, que j'allais ramener Henri-John à l'hôtel.

Puis je l'ai empoigné par un bras. Je lui ai pas dit un mot. On a pas traîné pour rentrer, on a pas eu le temps d'avoir froid, on courait presque. Et on a pas rejoint ceux qui étaient en bas, dans le salon. On a filé incognito jusqu'à sa chambre.

Je l'ai aidé à se nettoyer la figure. Ensuite, on s'est engueulés comme du poisson pourri. Et ainsi que je le disais, il m'a bondi dessus quand je lui ai demandé s'il était amoureux de moi. Mais c'était tout ce que je voulais, ça m'a donné l'occasion de me défouler et il a beau être plus fort que moi, j'ai failli le démolir et lui arracher tous les cheveux de la tête.

Malheureusement, le garçon d'étage n'est pas entré et j'ai pas pu sortir de la chambre au bras d'un type, ce qui aurait été grandiose. J'avais envie de pleurer.

*

Ce matin, j'ai reçu une lettre d'Oli.

« Je suis à Leningrad pour deux jours. Tu te souviens ? Seulement c'est l'été, et il y a combien maintenant... trente ans ? Le Sinn Fein sera au Kirov en janvier, et si le cœur t'en dit... Tu sais, rien n'a vraiment changé, tout est comme nous l'avons laissé. Je suis retourné à notre hôtel, ainsi qu'au théâtre, et je pense que cela t'aurait amusé. Iouri en est le directeur, à présent. Il se souvient de toi.

« J'ai vu Edith avant mon départ, nous avons déjeuné ensemble. Elle était en forme, mais comment dire, elle tenait à l'être et donc, je te transmets le message. Son livre est bientôt terminé, elle y travaille du matin au soir. Elle en a profité pour me glisser qu'elle ne pouvait penser à rien d'autre. Je crois que, d'une certaine manière, c'est la vérité. A l'entendre, elle ne serait pas revenue sur sa

231

décision, mais je sais qu'elle n'a entrepris aucune démarche décisive. J'ai réussi à convaincre papa de la laisser tranquille avec cette histoire. Ça n'a pas été sans mal, tu l'imagines, c'est devenu une véritable obsession chez lui. Je ne te cache pas qu'il y aura de l'orage si elle décide d'aller jusqu'au bout, tu le sais aussi bien que moi. Le sujet est électrique.

« Je serai à New York dans deux semaines. Je n'ai pas arrêté depuis que l'on s'est quittés et j'ai besoin de souffler un peu. Il faudra que je te présente Giuletta, une jeune danseuse italienne que j'ai engagée au printemps. Elle est la grâce et la beauté personnifiées, tu verras... mais cette fois, n'aie aucune inquiétude, je ne suis pas fou. Je ne t'en ai pas parlé plus tôt car avant tout je veux que tu la voies. Je suis donc doublement pressé de te rejoindre.

« Ah ! je ne te l'ai pas dit, mais les jours et les nuits sont inversés. Il n'y a plus vraiment d'obscurité et le ciel est clair durant dix-neuf heures d'affilée. Les lilas sont en fleur, les gens se baignent dans le fleuve ou s'installent aux terrasses. Chaque fois que je t'écris, je trouve que la vie est absurde. Tu sais pourquoi... ?

                    « Je te serre dans mes bras. Oli. »

J'étais seul. Une femme était arrivée de San Diego et avait embarqué Finn pour des problèmes de clés et de fosse septique. C'était une journée brûlante, sans le moindre souffle d'air. Je suis retourné à mon travail. J'ai éteint la radio. J'étais en train de fixer une marche et je pensais à autre chose. Le tournevis a dérapé. Je me suis entaillé l'intérieur de la main, de manière assez brutale. J'ai aussitôt serré le poing mais le sang s'est mis à couler entre mes doigts, à goutter sur l'escalier. J'ai tendu mon bras par-dessus bord.

Comme j'étais presque en bas, je suis allé me rincer la main au bord de l'eau, mais c'était plus profond que je ne le croyais et j'ai dû retourner à la maison pour me faire un pansement.

Il y avait tellement de soleil dans la salle de bains qu'il m'a fallu tirer les jalousies pour y voir un peu. Je n'y venais jamais dans la journée, j'y passais à l'aurore, puis le soir lorsque je venais me doucher et soit j'étais à moitié endormi, soit éreinté, aussi ne passais-je pas mon temps à m'admirer dans la glace, ou bien c'était l'éclairage électrique qui ne m'inspirait pas. J'ai donc eu l'impression, ce jour-là, de me regarder pour la première fois depuis que j'étais ici.

Je venais de terminer mon bandage. J'avais ôté mon maillot de bain qui m'avait servi d'éponge tandis que je traversais la maison et je crois que c'est la blancheur de mes fesses qui m'a attiré l'œil comme un éclat de porcelaine. J'ai aussitôt remarqué que j'avais changé. Mon visage me semblait un peu différent, mais ce dont j'étais sûr, c'était que mon corps s'était endurci, que mes muscles s'étaient développés et je me suis observé un moment tellement j'étais surpris. Je me suis demandé si Edith m'aimait encore.

Comme je n'avais plus qu'une main valide, je suis allé me promener. En cherchant à contourner la propriété des Collins, je me suis retrouvé sur la route mais cela ne m'a pas contrarié le moins du monde car elle descendait en pente douce et s'offrait avec gentillesse et ingénuité. Au loin, on apercevait une église de bois blanc et en bas, dans le virage, deux petits étangs bleus comme le ciel trouaient de hautes herbes rousses et des taillis ocrés. La double ligne jaune qui la séparait, un ruban de bolduc ondulant au ras du sol, d'une bobine que l'on aurait dévidée par fantaisie. Les maisons sans barrières, les jardins sans grillages, les fenêtres sans volets, les murs couverts de tuiles de bois, les toits couleur de brique, de chocolat au lait, d'olive ou de cendre. Des chevaux endormis, l'un qui m'a suivi le long de la clôture, des gens, des inconnus qui me souhaitaient le bonjour lorsque je passais devant chez eux.

Je suis entré à la poste, qui tenait également lieu de mercerie, de boucherie, de pharmacie, d'épicerie, de bar et de boutique de souvenirs. Je me suis servi un gobelet de café chaud et j'ai choisi une poignée de cartes postales. Puis je suis allé dehors pour acheter des fruits et des légumes, dont certains que je ne connaissais pas et que j'aurais été bien en peine de préparer, mais qui me paraissaient sympathiques, agréables à toucher, ou que la lumière du jour et la sérénité de cette matinée rendaient irrésistibles. J'ai aussi pris des timbres, ainsi qu'un stylo japonais et une cartouche de cigarettes.

Je suis revenu par le bord de mer, mais en retrait des plages pour éviter les touristes que je détectais par des relents d'huile solaire quand ils étaient cachés par les dunes. Il n'y avait aucune trace de pas, là où je m'avançais, mais une surface ondoyante, lissée par le vent et sans le moindre défaut. Des épis d'herbes hautes, effilées et rigides, avaient choisi leur place avec une perfection et un sens de l'harmonie désarmants. Et j'enjambais parfois de petites palissades à claire-voie, destinées à retenir le sable, droites ou disposées en demi-lune, de vraies bénédictions pour l'œil, du travail de jardinier zen durant les derniers jours de sa vie.

Je me suis installé sur le deck pour rédiger mes cartes, retiré sous mon parasol. J'ai demandé à ma mère de ne pas se faire de soucis. A Ramona de ne pas s'inquiéter. A Eléonore de penser à moi. A Evelyne si elle allait bien. Puis j'ai tourné et retourné une carte entre mes mains. C'était la reproduction d'une toile du siècle dernier, une scène de chasse à la baleine où une petite embarcation était projetée dans les airs. « Souhaite-moi d'avoir de la force et du courage », lui ai-je écrit.

Finn est arrivé un peu plus tard, alors que j'étais encore à m'interroger sur mon geste : fallait-il ou non envoyer cette carte ?

— C'est comme pour les homards, m'a-t-il dit. Ils n'arrivent pas tout cuits dans ton assiette.

— Mmm... mais je ne vais pas l'ébouillanter avec trois mots, je te le garantis... alors je ne suis pas sûr que ce soit très intelligent...

— Et c'est de savoir si elle te trouve intelligent qui t'intéresse... ?

J'avais passé une nuit entière à lui parler d'Edith. Je l'enviais d'être libre, sans attaches, il me paraissait invincible tandis que je me sentais enchaîné et vulnérable. Chaque membre de ma famille était une partie de mon corps que j'offrais aux coups, à la fureur de l'existence, et j'en avais assez, je ne voulais plus être à la merci des uns ou des autres. Finn n'attendait rien, ne souhaitait rien, aucune tempête ne le secouait, du moins n'était-il pas balayé comme je l'étais, démoli par une histoire de cœur qui me dévorait tout vif et dont je n'arrivais pas à me dépêtrer. Je saisissais pourtant la stupidité de mon malheur, je haïssais la manière dont mes pensées déviaient et me conduisaient vers elle comme un enfant qu'on tire par la main. Je regardais Finn et j'enviais la clarté de son esprit, la parfaite maîtrise qu'il avait de ses sentiments, et je voyais un homme libre, un type qui ne s'était pas taillé lui-même un manteau d'épines. Est-ce qu'il était trop tard, pour moi ? Pouvais-je encore m'en sortir ou allais-je demeurer un imbécile jusqu'à la fin de mes jours ? Plus je désirais m'élever et plus je m'appesantissais. Plus j'entrevoyais la lumière et plus je m'enfonçais dans les ténèbres. Jamais je n'avais mesuré à quel point j'avais dispersé mes forces, sur combien de fronts il me fallait tenir à la fois. Je m'étais cru le maître d'une citadelle mais j'étais menacé de ses propres murs, ils pouvaient m'écraser et m'ensevelir à tout moment. Je regardais Finn et je comprenais mon erreur, je me voyais me débattre et gesticuler dans un univers douloureux, tout juste bon pour les crétins de mon espèce, mais je n'éprouvais plus aucune pitié pour moi. Au moins j'ouvrais les yeux.

Je voulais que Finn sache à qui il avait affaire. Puisqu'il était plus ou moins au courant de mes problèmes, je craignais qu'il n'interprète ma discrétion à mon avantage. Or, si mon comportement trahissait peu — en sa présence — les pensées que je ruminais, j'étais loin d'avoir trouvé la paix et je ne voulais pas qu'il se l'imagine. Je n'avais pas besoin d'être surestimé, de passer pour un type solide comme un roc et que rien ne peut renverser. Je n'étais pas là pour jouer au plus malin.

Je lui ai donc raconté comment nous en étions arrivés là. Mais j'avais peur qu'il s'endorme, aussi lui ai-je parlé d'Edith, et du mieux que je le pouvais. Et comme je relisais chaque soir un peu de son journal, mes souvenirs brillaient et je ne cherchais pas mes mots, elle coulait hors de moi et, à certains moments, j'avais l'impression que Finn la voyait. Il ne m'a pas dit ce qu'il en pensait, sur le coup, et je ne le lui ai pas demandé. Toutefois, depuis cette nuit-là, et à deux ou trois reprises, il m'a semblé qu'il me poussait à entreprendre quelque chose. Et j'en ai déduit que je ne m'étais peut-être pas très bien expliqué.

Enfin, je l'ai tout de même envoyée, cette carte. Il y avait au moins quelqu'un que ça amusait.

— Il n'y a pas qu'une seule voie, m'a-t-il dit. Celle-là n'est pas la tienne.

— Ne me fais pas rigoler... ! lui ai-je répondu.

J'étais assis quelques marches au-dessus de lui. Je ne pouvais pas me servir de ma main. Je lui apportais ce dont il avait besoin, j'allais chercher des boissons fraîches dans le frigo.

— Je n'aurais pas craché sur une fille comme elle, a-t-il ajouté en me regardant. Je n'aurais pas craché sur une famille si l'occasion s'était présentée.

— Avoir une femme et des enfants, c'est devenir inquiet, dépendant, vulnérable et paranoïaque.

— Vivre seul, c'est devenir égoïste, insensible, inutile et être coupé du monde.

— Très bien. C'est tout ce que je demande... !

— Mais tu n'es pas fait pour ça et tu le sais bien.

— Je vais apprendre. Elles n'ont plus besoin de moi, à présent, elles sont grandes et vaccinées toutes les trois...

— Je ne suis pas en train de te parler d'elles.

— Bon Dieu ! Mais est-ce que j'ai le choix... ? !

*

Le 21 janvier 1961, Cendrars passa l'arme à gauche. Ça nous en ficha un coup. Puis le 1er juillet, ce fut le tour de Céline, et le 2, Hemingway se faisait sauter le caisson. J'entendis Alice pousser un cri dans le jardin et je la retrouvai allongée dans l'herbe, à moitié dans les pommes. Elle me tendit le journal.

La veille, elle avait renversé son déjeuner sur ses genoux. A deux pas de chez lui, Céline avait l'une de ses plus grandes admiratrices, mais elle n'osa jamais aller lui parler. Pas plus que nous d'ailleurs. Lorsque nous étions plus petits, il nous flanquait la trouille. Le soir, s'il était dans son jardin, nous passions en vitesse car il n'avait pas l'air aimable et semblait guetter quelque chose. Je ne compris qu'un peu plus tard que ce n'était pas à nous qu'il en voulait, mais qu'il attendait Vailland ou un type de sa bande, histoire de leur botter le cul. On aurait dit que son regard pouvait vous foudroyer d'une seconde à l'autre. La première fois que j'ouvris l'un de ses livres, j'allai trouver Alice mais j'étais si excité que je ne parvins pas à lui expliquer ce que je ressentais. On décida tous les deux qu'on irait lui rendre visite un de ces jours et que ce serait elle qui lui parlerait. Nous ne le fîmes jamais, bien entendu. Le 1er juillet au moment de dîner, Alice apparut tout habillée de noir.

Pour Cendrars, elle avait refusé de quitter sa chambre, jurant qu'elle ne pourrait rien avaler. Le 2 elle me serra dans ses bras et sanglota pour de bon contre mon épaule pendant que je la relevais. J'étais moi-même assez ému. Je l'installai sous le tilleul, à l'ombre, et l'éventai un instant avec le journal après avoir renoncé à dégrafer son corsage.

Je ne pouvais pas rester avec elle parce que je devais filer à Paris prendre mon cours de piano et Nadia n'aimait pas que j'arrive en retard.

— Ça va ? Tu te sens mieux... ? lui demandai-je.

— Pourrais-tu me ramener un peu de crêpe noir et des bougies... ?

En reprenant mon métro, place Clichy, je tombai sur un danseur de l'Opéra qui était venu la semaine dernière à la maison et qu'on avait retrouvé le lendemain, endormi dans le jardin, et qui aurait vendu sa mère pour quelques cachets d'aspirine. Il voulait savoir lorsque nous remettrions ça. Mais je savais ce qui l'intéressait.

— Tu n'as aucune chance de te la faire..., lui dis-je. Elle est avec David Garowski.

238

— Non... tu déconnes... ? !

— Mais enfin, tu peux toujours essayer... Veux-tu que je lui en parle ?

Non, il ne préférait pas. Il descendit à la station suivante, et mon mépris l'accompagnait.

Lorsque je rentrai, Alice en avait attrapé quelques-uns et discourait sur le grand homme qui venait de disparaître à Ketchum, dans l'Idaho. Chantal prenait des notes. Olga en profitait pour se vernir les ongles. Jérémie tournait *Le soleil se lève aussi* entre ses mains, avec circonspection, et comme si le machin pouvait lui sauter à la figure. Et Karen, qui en était maintenant à son huitième mois de grossesse, regardait Alice en rêvassant à je ne sais quoi.

Je déposai aux pieds de cette dernière le crêpe et les bougies, m'imaginant déjà comment elle allait décorer son studio, et je m'apprêtais à filer en vitesse quand elle me saisit le poignet :

— Henri-John, quel est l'auteur cité en exergue de *Pour qui sonne le glas* ?

— John Donne.

Je sentis la légère pression de sa main.

— Pourrais-tu nous en citer un passage ?

— « *Any mans death diminishes me, because I am involved in Mankinde. And therefore never send to know for whom the bell tolls. It tolls for thee.* »

Ils étaient soufflés. Alice était rose d'émotion. Je n'avais pas de mérite car elle venait de nous faire apprendre ça moins d'une quinzaine de jours plus tôt et on traînait Hemingway avec nous depuis bientôt six ans, elle y revenait comme par enchantement et ne nous avait épargné aucun détail. Et puis je retenais facilement les choses qui me plaisaient, aussi bien j'aurais pu leur réciter la dernière page *d'Ulysse* ou *Les Poètes de sept ans*. Je la laissai m'embrasser. Ça ne me dérangeait pas de lui être agréable et de me plier à ces bêtises, du moins tant que nous étions entre nous. Je prenais même un certain plaisir à la ramener, surtout devant ces quatre-là. Et puis aussi Rebecca et Corinne. Est-ce qu'on pouvait discuter littérature avec des crétins pareils ? Est-ce qu'ils n'ouvraient pas des yeux ronds dès qu'ils mettaient leurs nez dans nos conversations littéraires ? Est-ce qu'ils ne soupiraient pas en s'éloignant pour se plonger dans des conneries ? Je les voyais tels qu'ils étaient, à présent, je n'étais plus d'un âge à m'en laisser imposer, à tenir qu'un adulte en savait toujours plus que vous. Dès qu'ils cherchaient à me coincer, je leur balançais un écrivain dans les jambes, un poète dont ils n'avaient jamais entendu parler, et je les voyais se décomposer. Ou bien ils me traitaient de prétentieux et je leur répondais : « L'ignorance est la nuit de l'esprit, et cette nuit n'a ni lune ni étoiles. » Ça ou autre chose. Je pouvais être antipathique quand je le voulais.

Enfin cette fois, et compte tenu des tristes événements qui bouleversaient Alice, ils apprécièrent mon numéro, même s'ils n'avaient pas compris un mot à ce que je disais. Jérémie soupesait le bouquin en grimaçant. Il me demanda de lui raconter l'histoire mais je fonçais déjà dans les escaliers.

Outre que la littérature me passionnait, j'avais intérêt à lire de toute façon. C'était le seul moyen de rester en contact avec Edith, la seule chose que je partageais encore avec elle. Je n'avais pas encore dix-huit ans et David Garowski en avait vingt-cinq sonnés. C'était une chance qu'il n'ait lu qu'une dizaine de bouquins dans sa vie, sinon je l'aurais perdue pour de bon. D'autre part, le milieu dans lequel nous étions plongés n'avait que l'Art à la bouche et vos lectures vous permettaient de placer un mot de temps en temps. Ça plaisait aux filles. Au cours d'une soirée où je m'étais empoigné avec un connard à propos de Salinger, Edith avait glissé sa main dans la mienne et l'autre, j'avais failli le dévorer. Ce n'était pas David Garowski qui aurait pu mener cette bataille. Salinger, il ne connaissait pas.

Malheureusement, il avait d'autres cordes à son arc.

Je me changeai en vitesse. Georges entra dans ma chambre et s'assit sur mon lit pendant que je préparais mon sac. Il n'aimait pas que nos sorties dépassent le cadre d'une soirée, mais ma mère se chargeait de lui rappeler que nous n'étions plus des enfants. Et il avait beau en convenir, on voyait bien que ça ne l'emballait pas. En prenant un air détaché, il me demanda si nous comptions rouler la nuit, s'il y avait un numéro de téléphone où l'on pouvait nous joindre, si c'était après-demain soir que nous rentrions. Puis il me dit :

— Je te les confie, Henri-John...

Il me sidérait. Parfois il me tenait des propos du genre : « Au fond, tu sais, la vie se résume à quelques femmes et à deux ou trois instants de réflexion... », et je le considérais avec des yeux émerveillés. Ou bien il devenait chiant, comme en ce moment, et volait à ras du sol, tous feux éteints. Je ne comprenais pas qu'il puisse se faire du mauvais sang, je trouvais ça merdeux.

Je croisai ma mère dans le couloir et l'embrassai avant de partir. Elle, au moins, m'épargna ses recommandations. Elle tendit simplement une main pour arranger mon col et ne me fixa qu'une petite seconde. Les plus courtes sont les meilleures.

Je retrouvai Edith et Oli à l'atelier de David. Celui-ci était en train de reprendre une toile de fond déroulée sur le sol et les deux autres descendirent de la mezzanine. Nous n'étions pas en avance. L'après-midi finissait et nous avions au moins deux heures de route.

— Du calme. Est-ce qu'on n'a pas la vie devant nous... ? déclara David en s'essuyant les mains.

C'était l'une de ses observations favorites. Profondeur et simplicité.

C'était Flo qui organisait cette partie de campagne, une fille avec laquelle j'étais sorti quelques années plus tôt et qui m'avait plus ou moins dégoûté du bouche-à-bouche. Je crois qu'ensuite Bob avait tenté sa chance avec elle, mais sans plus de résultats. Nous roulions vers la maison d'été des parents, du côté d'Avallon, et comptions nous retrouver toute une bande, et sans témoins.

Je partageais la banquette arrière avec Oli, mais lui n'y voyait pas d'inconvénient. Depuis deux mois, il filait le parfait amour et tout lui semblait merveilleux. Elle s'appelait Sylvie. Prononcer ce nom devant lui revenait à le frapper sur la tête, l'égarait pendant un moment. La plupart du temps, ils se tenaient assis l'un à côté de l'autre, la main dans la main, et ils se dévisageaient comme s'ils n'en croyaient pas leurs yeux. Cela devait être assez fatigant, à mon avis. N'ayant pas connu ce genre d'expérience, je tâchais de m'en informer auprès de lui mais il refusait d'éclairer ma lanterne et il ne le prenait pas très bien.

Comme l'heure de leur face-à-face approchait, son visage était empreint de béatitude et il était distrait, se fichait bien de me tenir compagnie. David avait passé son bras autour des épaules d'Edith. Etant donné qu'elle se serrait contre lui, je ne voyais rien de la route. C'était parfait. Et puisque la nuit était tombée, il ne me restait plus qu'à me croiser les bras.

Je finis par demander un peu de musique, si cela ne dérangeait personne. Edith tripota les boutons, puis, tombant sur Léo Ferré, elle se tourna vers moi avec un

242

sourire complice. Nous passions des heures entières à l'écouter ensemble, c'est pour ça. Et au fond, c'était tout ce que je voulais, je voulais avoir une relation privilégiée avec elle, je voulais bien qu'elle sorte avec Pierre ou Paul du moment que ça ne changeait rien entre nous, du moment que j'étais celui à part, celui qui était toujours là, celui qui regardait passer tous ces crétins, du moment que j'étais celui avec lequel elle s'entendait toujours, vers qui elle pouvait se tourner et tout dire, tout raconter, ni un amant ni un frère, je ne savais pas au juste. Mais ça ne marchait pas très bien. Parfois, je l'aurais mise en morceaux. Parfois, nous nous comprenions avec une telle intensité que je sentais quelque chose me dépasser. Ce n'était pas simple. Ça dépendait comment j'étais luné, et de son côté elle avait un sale caractère. Nous étions plus souvent à couteaux tirés qu'ouverts l'un à l'autre. Un jour, et je n'étais pas près de le lui pardonner, elle m'avait demandé si j'étais amoureux d'elle. Est-ce qu'elle me prenait pour l'un de ces imbéciles qui lui tournaient autour ? Est-ce qu'elle m'avait bien regardé ? J'avais considéré ça comme une espèce d'injure, et même la pire chose qu'elle aurait pu me sortir, et je n'arrivais pas à l'oublier.

Nous eûmes du mal à trouver la maison, qui était perdue en pleine campagne. Ses lumières ne nous apparurent qu'aux environs de neuf heures du soir, à l'orée d'un bois qui semblait sur le point de l'écraser, un sombre déferlement figé par-dessus le toit. Il était temps car Oli commençait à s'énerver et insinuait qu'on le faisait exprès.

Il fonça tête baissée, avant que David eût coupé le contact et sans prendre la peine de refermer sa portière. J'inspectai les alentours tandis que je déchargeais les sacs, les ombres vallonnées du paysage qui décou-

243

paient le ciel et bouclaient l'horizon à quelques centaines de mètres. J'espérais que c'était plus gai à l'intérieur.

Nous étions les derniers arrivés. Ils ne nous avaient pas attendus pour commencer à boire et à danser, mais par chance les plats n'étaient pas encore sortis de la cuisine, ils finissaient de les préparer. Nous avions amené du rhum, du whisky et du Cinzano pour les filles. Je voyais que les bouteilles ne manquaient pas, de toute façon. La musique était forte, l'ambiance était bonne et il y avait du monde. J'étais en train de sortir les provisions pendant qu'ils entouraient David et lui tapaient sur l'épaule et lui tendaient un verre. Lorsque vous débarquiez quelque part avec lui, vous aviez le temps d'aller vous redonner un coup de peigne ou de vous asseoir un moment avant que l'on s'aperçût de votre présence. J'en profitai pour chercher quelqu'un du regard, un visage qui me trottait dans la tête depuis une quinzaine de jours et qui, s'il ne m'avait pas empêché de dormir, ne me laissait pas indifférent. Je l'avais à peine entrevue, un soir, dans un appartement bourré de monde. Je ne l'avais remarquée qu'à l'instant où elle s'en allait et nous nous étions observés une seconde avant qu'elle ne disparaisse. Je m'étais aussitôt renseigné. J'étais tombé sur Flo qui la connaissait et qui avait pris un malin plaisir à mes questions, n'avait satisfait à ma curiosité qu'après les lourdes plaisanteries d'usage, mais je n'avais pas bronché, j'avais attendu qu'elle se fatigue avec ses histoires d'anguille sous roche, de fumée sans feu. Les affaires des autres l'excitaient autant que les siennes, cette pauvre Flo, et celles de ses anciens petits amis en particulier. « Enfin, si ça t'intéresse, avait-elle ajouté, je l'ai invitée pour ce truc à la campagne... » Ça m'intéressait.

Flo est venue m'embrasser. Elle me dit qu'elle ne

244

savait plus où donner de la tête et prenait tant son rôle au sérieux qu'elle en était ridicule. Je me gardais bien de lui demander quoi que ce soit.

Pour la plupart, tous ces gens m'étaient familiers, du moins les avais-je rencontrés une fois ou deux chez les uns ou les autres, si bien qu'il me fallut placer un mot ici et là et qu'accomplir le tour de la pièce me prit au moins trois jours. J'en découvris dans les rideaux, d'assis dans l'ombre ou d'installés par terre, derrière un canapé, mais je ne vis pas mon inconnue. Si Flo m'avait raconté des blagues, elle allait le regretter. Je n'avais pas l'intention de tourner en rond pendant quarante-huit heures en compagnie des laissés-pour-compte. Un type qui ne se trouvait pas une fille au cours d'une soirée dégringolait en bas de l'échelle. Ce n'était pas moi qui l'avais inventé.

Mon humeur virait déjà, mon air s'assombrissait quand je remarquai tout à coup qu'il y avait du monde dehors.

Elle était assise avec un type sur une balancelle. J'en eus un léger pincement au cœur, non parce qu'elle était accompagnée, mais parce qu'elle était encore plus jolie que dans mon souvenir. Alors je me tournai et me mordis la main un bon coup — j'avais lu un article intitulé « Comment affronter une situation exception-nelle » dans une revue consacrée à l'Harmonie du Couple —, après quoi je m'avançai vers eux et pris place à côté d'elle sans leur prêter attention.

Je ne savais pas si elle m'avait reconnu. Je ne savais pas si le regard que nous avions échangé deux semaines plus tôt ne s'était pas éventé dans son esprit, si même il avait eu l'effet que j'avais escompté. J'étais un peu inquiet, d'autant qu'elle me semblait un peu plus vieille que moi, et j'avais remarqué les difficultés que l'on rencontrait dans une telle situation. Moi-même, je ne faisais plus grand cas des filles de mon âge, et dans l'ensemble, elles me le rendaient bien. Aussi que dire d'une fille de vingt ans ? ! Ne lui fallait-il pas du vingt-cinq minimum, ou pourquoi pas de la tempe argentée... ! ? Nous nous courions après, les uns et les autres, mais dans ces conditions nos chances étaient plutôt minces. Et le type qui était avec elle avait une moustache si fournie que ça me rendait malade.

Néanmoins, je n'avais pas l'impression qu'il avait gagné la partie. Pour ce que j'entendais de leur conversation, il devenait de plus en plus clair que j'assistais à des travaux d'approche dont l'issue était encore lointaine. Et lorsque je découvris qu'il la vouvoyait, je poussai un soupir de pure satisfaction, ce qui me valut un rapide coup d'œil de leur part.

La température était agréable. Il y avait un peu de vent, par à-coups. Je n'y connaissais pas grand-chose mais j'aurais parié qu'il venait de la pluie, l'odeur de la campagne était forte et le ciel d'un noir absolu. Cela dit, qu'il tombât des trombes ou que le soleil apparût à minuit ne m'importait pas le moins du monde, je n'étais pas là pour prendre l'air. Aussi bien, j'avais un penchant pour les atmosphères confinées, pétries de corps et de fumée de cigarettes. Je n'étais pas très sensible à la nature, je m'y ennuyais la plupart du temps. Et je l'entendis déclarer :

— Je déteste la campagne.

J'aurais été l'autre, aussitôt je crachais dans l'herbe et la ramenais en ville. Mais il ne bougea pas et continua de la baratiner sur Shakespeare et Yeats, je n'en croyais pas mes oreilles. Et comme un peu plus tôt il l'entretenait sur Proust et le roman symboliste, je crus que je pouvais lui faire confiance étant donné qu'il était arrivé avant moi et qu'elle continuait de l'écouter.

— Naturellement, la versification anglaise est beaucoup plus riche que la russe..., dit-il.

— Pardon..., fis-je en me penchant vers lui. Je ne suis pas d'accord. Si l'on doit les comparer, ne perdons surtout pas de vue que le mot russe n'a qu'un seul accent tonique et pas d'accent secondaire. Nous touchons là un point fondamental qui...

Elle se leva tout d'un coup. Tandis que je la regardai s'éloigner avec des yeux ronds, le moustachu s'éclaircit la gorge :

— Heum... il me semble pourtant que si l'on considère la métrique...

— Très bien. Laissons tomber.

Je l'abandonnai à mon tour. C'était une véritable catastrophe. J'aurais donné tout *Eugène Onéguine* pour rattraper cette histoire. A présent, le week-end menaçait de tourner à l'enfer.

Elle s'appelait Anna. Pendant que je l'aidais dans la cuisine, Flo m'avait demandé : « Alors, où en es-tu avec Anna... ? » J'avais ricané en contemplant la tristesse que dégageaient des tranches de viande froide épousant les contours d'un plat. David m'avait poignardé en posant sa main sur mon épaule. « Tu trouves ton bonheur... ? » m'avait-il glissé. Et par trois fois, j'avais croisé le regard d'Anna, un désert sombre et glacé.

— Je vais aller lui parler, me proposa Edith.

— Non, j'ai pas besoin que tu ailles lui parler. Je ne t'ai pas raconté ça pour que tu t'en mêles.

— Ecoute... soupira-t-elle. Est-ce que tu me prends pour une idiote... ? ! Je veux simplement la voir d'un peu plus près, je te dirai ce que j'en pense...

— Ouais, ça me plaît pas beaucoup...

Je savais que je ne pourrais pas l'en empêcher, de toute manière, que cela me plaise ou non. Elle se leva donc. Comme je ne voulais pas voir ça, je retournai à la cuisine et décidai de manger quelque chose pour m'occuper. Oli était là avec sa copine. Ils trouvaient tout délicieux quand, pour moi, il n'y avait rien qui passait en dehors du Black and White. De temps en temps, Oli me regardait en souriant mais il ne me disait pas un mot et je n'aurais pas juré qu'il me distinguait pour de bon. Ou bien était-ce moi qui étais invisible, à présent, traversant une passe en solitaire depuis quelque temps alors qu'Edith et lui prenaient leur bain de lait tiède et roucoulaient à l'unisson ?

J'allai danser un peu pour lui épargner ma présence, avant qu'il ne s'étranglât à force de chercher les mots qui adouciraient mon sort. Je me trouvai une lourde partenaire avec des socquettes, un serre-tête et un pull qui lui arrivait sous les fesses. J'évitais de lever les yeux sur elle et me tenais prêt à filer s'il y avait un slow.

Je me demandais de quoi elles pouvaient bien discuter. Elles étaient à l'écart, chacune d'elles une épaule au mur, et ça devait être du sérieux car personne ne s'approchait bien qu'elles fussent les deux plus belles filles de la soirée. La bouche à moitié pleine, David vint m'interroger sur leur conciliabule.

— Edith veut me donner son avis..., marmonnai-je.

— Mmm... à ta place, je me méfierais de l'avis d'une fille sur une autre.

— Sois tranquille. J'attends pas après.

Il leur jeta un coup d'œil, puis hocha la tête :

— Quoi qu'il en soit, je reconnais qu'elle est pas mal.

— Bah, y a rien de fait... Je me suis pas encore décidé.

— Ecoute-moi... J'ai l'impression que c'est un numéro, cette fille... Regarde bien où tu mets les pieds, vas-y mollo...

— Ouais... je te dirais que je suis à moitié chaud...

Puis la pluie tomba tout d'un coup, comme si une

vague s'était brisée sur le toit de la maison. David me conseilla d'essayer les sandwichs au pâté. Encore un qui avait toutes les filles qu'il voulait, qui gardait un appétit du tonnerre. Il y avait six mois qu'il était avec Edith et je ne m'étais pas sorti une seule fille durant toute cette période. Peut-être qu'il commençait à se poser des questions à mon sujet, qui sait ? Le fait est que j'avais joué de malchance, ces derniers temps. Je visais toujours trop haut, comme s'il y allait de ma vie, et j'en voulais des qui couchaient, pas de ces cinglées poussant des cris terrorisés sitôt qu'il s'agissait de le faire. Lorsqu'elles étaient belles, intelligentes et qu'elles n'avaient pas froid aux yeux, je m'y fracassais le crâne, je percutais une muraille d'indifférence dont au mieux je ne m'attirais qu'un sourire désolé. « Reviens nous voir, Henri-John, reviens dans cinq ou dix ans... » Il me restait Ramona pour ne pas devenir fou. Mais j'arrivais tout seul, je grimpais les étages derrière les autres quand nous débarquions à une soirée, et je repartais les mains dans les poches, sans personne à mon bras, et je les attendais sur le trottoir. Et Ramona qui me répétait que cela ne pouvait pas durer, qui me suppliait de trouver une fille de mon âge. Elle prétendait que c'était pour mon bien, et moi je lui demandais si elle voulait m'achever.

De toutes les filles que j'avais tenues dans mes bras, il n'y en avait pas une qui ne se soit dégonflée au dernier moment. Alors j'en avais assez. Maintenant je les détectais au premier coup d'œil, et fussent-elles d'une beauté renversante, je ne me donnais même plus la peine de les approcher, je laissais à d'autres le soin d'essuyer les plâtres, car moi je ne pouvais plus m'en contenter, je me retenais de ne pas les étrangler. Alors je me sentais seul.

Anna était tout à fait ce qu'il me fallait. Tout à fait le

genre de fille que je ne pouvais pas avoir. Et si j'avais déliré sur le regard qu'elle m'avait lancé auparavant, si j'avais cru y déceler quelque vague promesse, j'étais rassuré à présent, c'était fichu, j'avais gâché la toute petite chance que le Ciel m'avait accordée, je l'avais soufflée de ma lourdeur imbécile et à la première occasion. J'avais l'impression que je ne m'en sortirais jamais.

— Je n'aime pas du tout cette fille... !

— Ça m'aurait étonné.

— Non, je ne plaisante pas. Elle est froide comme un serpent... et puis on ne la sent pas, elle reste cachée... tu vois ce que je veux dire... ?

— Tu voulais peut-être qu'elle te raconte sa vie... ?! Bon Dieu, il y a des gens qui sont réservés, qui ne se confient pas au bout de cinq minutes, tu y as pensé ?!

— Non, c'est pas ça... On dirait qu'elle se contrôle, qu'elle se fabrique un personnage... Elle te répond en plaisantant, mais au bout d'un moment tu t'aperçois que ça sonne faux, qu'elle ne dit pas ce qu'elle a dans la tête...

— Parce que toi, tu dis toujours ce que tu penses... ? Ah ! je t'en prie... ! Il suffit que cette fille m'intéresse pour que ça t'emmerde, voilà la vérité... !

Je n'en avais pas spécialement après Edith. C'était tous ces mois d'échecs qui me remontaient à la gorge, et mon dernier exploit qui cuisait mes joues et mes oreilles, l'admirable sûreté avec laquelle je m'étais sabordé, ridiculisé aux yeux d'Anna. Je m'en serais pris à n'importe qui, mais il fallut que ça tombe sur elle. Je la vis pâlir cependant qu'elle me dévisageait.

— Pauvre imbécile... !! me balança-t-elle. Si tu savais comme je me fiche de tes histoires... !

Elle me décocha un regard si méprisant que je détournai la tête. Elle siffla encore quelque gentillesse entre ses dents, que je ne compris pas, puis elle me planta là. J'avais le chic pour faire le vide autour de moi lorsque j'étais en forme.

Le déluge qui s'abattait dehors n'aurait pu délayer l'amertume de mes sentiments. Plutôt que de moisir dans mon coin, j'allai préparer des sandwichs à la cuisine. Je m'y activai durant un bon moment, telle une machine emballée, j'en tartinai pour tout un régiment, les yeux rivés à la table et répondant à peu près n'importe quoi lorsque l'on me parlait. J'aurais aussi bien pu m'attaquer à la vaisselle, fourbir tous les couverts de la maison ou écoper la pelouse avec un verre à liqueur. Je n'avais pas besoin qu'on m'aide. Surtout pas. Je le maugréai en apercevant deux mains qui me volaient mon boulot, déjà qu'il s'en empilait une montagne sur la table. Au point où j'en étais, je pouvais me permettre une remarque désagréable, j'avais cessé de compter mes ennemis. Je levai les yeux sur l'importun, une vacherie à la bouche. Mais c'était Anna.

On se fixa une seconde. Puis je me remis au travail sans prononcer un mot, essayant de me souvenir où j'avais laissé mon verre. Et je serrai les dents, car j'étais sûr de sortir une ânerie si je disais quoi que ce soit, toutes mes paroles étaient maudites.

Il me sembla agir avec intelligence en quittant la cuisine. Si c'était pour me couper un doigt ou renverser quelque chose, me livrer devant elle à un acte ridicule — et je le pressentais d'une manière infaillible —, mieux valait changer d'air.

Je débouchai dans le salon avec le souffle court, les idées mal en place. Je me servis un verre et m'en allai m'appuyer le dos au mur. « Essaie de ne penser à rien », me conseillai-je.

Ce n'était pas chez Nadia Boulanger que j'avais

appris à jouer avec mes pieds ou même debout devant un piano. Je ne m'en étais jamais vanté auprès d'elle. A la manière dont je me tenais parfois, elle m'avait posé certaines questions et j'avais concédé qu'il m'arrivait, en guise d'amusement, de plaquer quelques accords de jazz lorsque Georges insistait. Ce qui du reste était vrai. Il me versait presque une larme sur l'épaule quand je lui offrais un truc de Monk, m'accompagnait de sa voix éraillée tandis qu'il titubait dans le petit matin et que les autres commençaient à remettre un peu d'ordre. Enfin, elle m'avait invité à ne pas en abuser, car l'on y prenait de mauvaises habitudes et ses narines se pinçaient dès que mes mains s'affaissaient un peu.

Je ne pouvais pas imaginer sa réaction si elle m'avait vu interpréter *Great Balls of Fire*. D'après Alex, qui avait assisté à l'enregistrement du *Dick Clark Saturday Night Show* en 58, je me démenais presque autant que l'original et le résultat était très convaincant. Aussi bien, j'obtenais toujours un large succès quand je m'attaquais au répertoire de J.L. Lewis. Mais le cœur n'y était pas, ce soir-là, et l'on m'avait plus ou moins poussé jusqu'au piano.

Il m'avait fallu un certain temps avant de m'y mettre. Mais lorsqu'elle s'était approchée je transpirais déjà. Et j'étais déchaîné au point que bien malin celui qui eût détecté l'effet qu'elle produisit sur moi. Avais-je poussé un cri que n'eussent couvert mes vociférations — elle était arrivée au milieu du refrain — ? Avais-je sursauté alors que je ne tenais pas en place, que mes jambes, ma tête et mes bras partaient dans tous les sens ? Avais-je rougi ou bien avais-je blêmi quand mon visage n'était plus qu'un lampion illuminé, tordu par l'effort... ? ! Je pouvais sans crainte la dévisager de mes yeux exorbités, tout le monde n'y voyait que du feu.

Chaque fois qu'elle souriait, je remettais ça. Je

connaissais assez de morceaux pour lui soutirer tous les sourires dont elle était capable, au pire je les aurais inventés. C'était un quart de queue. Elle avait appuyé son ventre contre la ceinture et les touches me semblaient d'un contact différent, surtout lorsque je plongeais un œil dans son décolleté. J'enchaînais les airs les uns derrière les autres, je n'osais pas m'arrêter de peur de briser le charme. J'en avais la gorge qui me brûlait, les doigts douloureux, et je ne parvenais pas à réaliser ce qui m'arrivait tout d'un coup, j'avais oublié, à force de pénombre, qu'il y avait un côté ensoleillé.

Quoi qu'il en soit, je n'en pus plus au bout d'un moment. J'aurais voulu continuer mais j'avais l'impression que j'allais cracher du sang si j'insistais. Or je jetai un coup d'œil dans la salle et m'aperçus qu'ils étaient morts, eux aussi. Ravis mais exténués. Quelques timbrés vinrent me demander d'accomplir encore un effort, il y en eut même pour me suggérer les pâles reprises qu'on entendait à la radio et que les Français massacraient sans vergogne, éviscéraient consciencieusement avec des airs d'imbécile heureux. Elle leur dit de me laisser tranquille. Elle me servit un verre d'eau.

— Est-ce qu'on peut parler d'autre chose que de poésie... ? murmura-t-elle en se penchant vers moi.

— Bien sûr... ! lui répondis-je. Tu as mieux à proposer... ?

Il m'apparut très vite que l'affaire était dans la poche, et donc aussitôt je me sentis un autre homme. A présent qu'avait disparu la crainte d'être à nouveau éconduit — ce n'était pas moi qui m'étais assis sur ses genoux mais l'inverse et je ne lui avais rien demandé —, j'envisageais la situation avec le plus grand calme. Qu'y avait-il, au fond, d'extraordinaire ? N'était-ce pas dans l'ordre des choses ? N'étais-je pas enfin à ma place ? J'étais comme un pilote qui s'est entraîné durant des années et à qui l'on confie enfin une voiture de course. Les yeux fermés, je savais déjà où se trouvaient tous les boutons. Je n'avais aucune inquiétude. Je n'étais même pas pressé.

Je ne savais pas où elle était allée chercher qu'Anna avait la froideur d'un glaçon. Elle était tiède, au bas mot, son regard m'emplissait comme la vapeur d'un bain turc et de mon bras glissé autour de sa taille me parvenait une indicible douceur, un courant chaleureux me l'amollisait.

Je m'étais mis à l'eau minérale, pour plus de précaution. Et tandis qu'un peu d'eau fraîche coulait dans mon gosier, sa main avait plongé dans l'échancrure de ma chemise. Son premier baiser me cloua sur le siège, me crucifia d'un bonheur qui tenait moins à l'exercice en lui-même — dont je n'ai jamais été vraiment fou — qu'à sa signification. J'en sortis comme un type qu'on venait de baptiser, ébloui et sachant gré au monde d'être tel qu'il était.

Puis je l'emmenai danser. Je ne voulais pas m'en séparer mais je laissais aux plus jeunes les interminables séances de bécotage coupées d'œillades alanguies dont ils se repaissaient jusqu'à plus soif. Il me sembla que l'on s'écartait de mon chemin, qu'on se précipitait pour changer de disque, que l'on me considérait avec un mélange de jalousie et d'admiration. Je me sentais d'humeur à distribuer des paroles aimables, à m'inquiéter que tout gazait pour chacun, à sourire de la moindre plaisanterie.

Je fis voler Anna par-dessus ma tête, la fis passer entre mes jambes, je l'enroulai autour de mon bras et la lançai comme une toupie vivante. Je rigolais dans le creux de son oreille quand je la serrais contre moi. Elle était légère, élastique, affriolante. Blonde, langoureuse et juste à ma taille, et son visage rayonnait, et je ne me souvenais pas avoir éprouvé une aussi grande joie de ma vie.

On alla souffler dans l'ombre. Je la collai au mur, lui enfonçai ma cuisse entre les jambes et l'embrassai du cou à l'épaule qu'une large encolure proposait à mes lèvres. Entre sa peau et son vêtement flottait un tendre coussin d'air parfumé qui m'arrivait droit dans les narines, aussi traînai-je un peu dans les parages.

— Mmmmmm..., m'extasiai-je.
— A qui la faute ? me dit-elle.
— Hein... ?
— Je dois empester la transpiration.
— Ah ! non, pas du tout.
— Mais si.

Puis elle ajouta, sur un ton à demi contrarié, et comme je continuais de secouer la tête :

— Vraiment... ? Tu en es bien sûr... ?

Sur le coup, je ne compris pas ce qu'elle mijotait. Mais j'imagine qu'elle s'adressa directement à mon subconscient car au lieu de la rassurer pour de bon — je m'apprêtais à lui décliner certaines senteurs délicates qui me passaient par la tête —, je m'entendis lui répondre que ce n'était pas grave, que je n'allais pas me formaliser pour si peu, d'autant que moi-même...

Elle me dévisagea en pressant ma main dans la sienne. J'étais toujours en plein brouillard. Toutefois, je sentais confusément que je devais ravaler mes questions idiotes. Lorsque l'on se retrouvait avec un tel engin entre les mains, on ne commençait pas par se demander où étaient les freins. L'un de mes coups de génie de la soirée fut que je lui décochai un sourire entendu.

— Ça te ferait plaisir... ? murmura-t-elle.

— Mets-toi à ma place..., répondis-je.

— Maintenant... ?

— Pourquoi attendre... ? !

J'étais cuit si c'était à moi de jouer.

Mais parfois, vous pouvez prendre tous les risques imaginables et la chance vous sourit.

— Alors viens..., m'enjoignit-elle.

Ainsi donc, il s'agissait d'aller quelque part.

— Je te suis..., lui affirmai-je.

Cela m'évita d'aller parlementer avec la bande d'imbéciles — tendance « Golf-Drouot » mâtinée « Salut les copains » — qui s'occupait du tourne-disque et ne jurait que par les versions françaises, les copies à la con enregistrées dans des sanatoriums et qu'on nous servait la gueule enfarinée. Traversant la pièce avec une grimace à leur intention, je croisai le regard d'Edith. J'en déduisis que nos relations étaient suspendues, disons pour au moins huit, dix jours si je ne m'abusais, et je ne me berçais pas d'illusions. Au premier coup d'œil, je savais si elle ne me réservait que son indifférence ou si comme cette fois je devais me préparer à une guerre totale et sans merci, pour ça j'étais le plus grand expert du monde, je ne me trompais jamais. Je savais, par exemple, que dans les heures qui suivraient, et dans un rayon de deux mètres cinquante autour d'elle, il y aurait une zone dans laquelle je ne devais pénétrer sous aucun prétexte si je ne voulais pas que ça explose. Et je savais qu'elle ne me louperait pas.

Quoi qu'il en soit, je n'en fus pas tracassé outre mesure. Je sentais que les jours qui viendraient à présent allaient arranger ça, qu'ils trouveraient en moi un type nouveau, débordant de bonne humeur et si peu enclin à la bagarre que mon pacifisme la désarmerait. Pourrait-elle résister à mes excuses, aurait-elle le cœur de me frapper la joue gauche ? ! Bien entendu, ce n'était

256

pas impossible, mais n'aurais-je pas raison de sa colère, au bout du compte, ne finirais-je pas, à force d'en prendre, par aspirer jusqu'à la dernière petite goutte de ce poison qui la dressait contre moi... ? Elle n'allait pas en revenir des attentions que je lui prodiguerais, j'en souriais à l'avance en grimpant l'escalier sur les talons d'Anna.

J'y vis un peu plus clair lorsqu'elle nous enferma dans la salle de bains. Je me dis qu'à l'avenir il me faudrait réfléchir plus vite, voire anticiper ce genre de choses.

Je ne lui demandai pas ce qu'on fabriquait là. Je m'appuyai le dos à la porte, contre un matelas de peignoirs qui y pendaient, et lui tendis une main électrique.

Baiser avec Ramona, si je devais tenter une comparaison avec mon expérience de cette nuit-là, tenait de la glissade sur le versant moelleux d'une colline. Avec Anna, ce fut comme si je dégringolais au fond d'un ravin, me brisant tous les os. Et au fond, il y avait une telle différence entre leurs deux méthodes que je n'aurais pu choisir de l'une ou de l'autre. Mais toutefois, et j'en étais encore enflammé, j'avais découvert un sentiment que Ramona n'avait jamais éveillé en moi, celui de la conquête.

Il me semblait que j'avais livré un combat, sur le carrelage de la salle de bains. Nous ne nous étions pas installés sur des coussins, je ne l'avais pas dévêtue avec cérémonie, l'esprit au repos et la regardant s'offrir sans réserves, quelquefois lointaine et pensive, ce dont je me fichais éperdument. Nous nous étions jetés l'un sur l'autre. Nous nous étions empêtrés dans nos affaires. Nous avions roulé sur le sol et nous étions battus comme des chiens, sauf que c'était la joie et le désir qui nous déchiraient. Si Ramona avait eu pour moi le goût de l'inconnu, cela n'avait jamais dépassé le mystère de son corps, la manière dont elle réagissait à mes caresses et comment tout ça fonctionnait. Je connaissais les sentiments qu'elle éprouvait pour moi et qui restaient les mêmes depuis toujours, que nous couchions ou non ensemble. J'allais rester son petit chéri, presque son enfant, jusqu'à la fin des temps, et rien ne pourrait y changer quoi que ce soit. Et je ne cherchais ni n'obtenais davantage. Tandis qu'avec Anna, tout était possible. Rien n'était joué d'avance. J'étais bien tranquille que la première raison qu'elle avait de baiser avec moi n'était pas celle qui consistait à me faire plaisir.

Je m'étais attaqué à une fille de vingt-deux ans, et pas une sainte nitouche, et elle était sacrément jolie. Elle aurait pu se payer tous les types de cette soirée ou bien passer un coup de téléphone, et des hordes entières seraient accourues, mais c'était moi qu'elle avait choisi, moi qui l'avais conquise, et ça, je ne le devais à personne. Et aucune Austin Halley ne m'attendait sur le parking, je ne lui avais pas proposé de week-end à Deauville et je n'étais pas un photographe de mode. Elle regardait mes mains ou me caressait la joue sans rien dire tandis que nous attendions que la baignoire s'emplisse. Aussi nu j'étais en cet instant, aussi nu l'avais-je été lorsqu'elle était venue vers moi. Je n'avais pas besoin d'un dessin pour comprendre ce qui l'avait poussée dans mes bras. Je ne savais pas comment je m'étais débrouillé mais le résultat était là. Je devais lutter pour ne pas avoir un sourire imbécile au coin des lèvres.

D'autre part, j'avais fait avec elle ce que je ne m'étais jamais résolu à faire avec Ramona. Je n'avais pas hésité une seconde. Et en y repensant, je me rendais compte de ce que cela signifiait, je mesurais les limites de ce que j'avais connu durant trois années. Au fond, je n'avais jamais songé à la posséder réellement, je m'étais contenté du plaisir qu'elle me donnait le 12 de chaque mois et je réalisais qu'elle n'avait pas tenté de nous rapprocher davantage. Qu'elle avait pris soin de m'aveugler pour me conduire où elle le désirait, qu'elle m'avait mené au travers d'un labyrinthe dont elle avait les clés, veillant à ce que je ne m'écarte pas du chemin qu'elle nous avait tracé. Je ne savais pas si je devais lui en être reconnaissant ou quoi, mais je commençais à comprendre certaines choses. Non pas que le petit jeu auquel je m'étais livré avec Anna représentât en soi le fin du fin, fût l'Everest qu'il convenait d'atteindre sans quoi l'on ne connaissait rien à ces niveaux où émergeaient les vrais amants. Non, j'avais connu de purs délices avec Ramona, de ces instants où je m'étais étranglé d'aise, où j'avais roulé sur le flanc en m'imaginant que la mort ne serait plus rien. Non, si je ne le lui avais pas fait, c'était parce qu'elle en avait décidé ainsi. Ça ne me dégoûtait pas au point que j'aurais résisté à d'habiles manœuvres, et elle le savait à coup sûr. Mais il y avait des gestes qu'elle n'encourageait pas, des élans qu'elle retenait, des murmures qu'elle ne voulait pas entendre, et je m'en accommodais. Tant de petites choses qui me revenaient à présent, qu'éclairait ma séance avec Anna, et me laissaient perplexe pendant que coulait notre bain et à mesure que s'embuait la pièce.

Il était dit que j'allais innover, ce soir-là. Qu'une fois l'acte consommé, je n'allais pas me retrouver seul, rasant les murs comme un voleur. Ça me changeait un peu.

On s'arrêta un moment à la cuisine, afin de satisfaire

un appétit du diable. Flo qui passait par là — et j'en fus amené à vérifier la bonne fermeture de ma braguette — nous considéra tous les deux avec le feu aux joues, puis bredouilla quelques paroles incohérentes avant de s'éclipser comme si nous étions contagieux. A mon avis, la nouvelle allait se répandre sans tarder.

— Et ça te gêne... ? me demanda Anna.

— Non... mais on ne l'a pas sonnée.

Bien sûr que non, nous ne l'avions pas sonnée. Mais Flo était ainsi, et pas si méchante que ça, finalement. Tout le monde savait qu'elle avait la langue bien pendue — et moi davantage qu'un autre ! —, mais qui donc est sans défaut... ? ! Elle avait aussi le cœur sur la main, et les ragots qu'elle colportait n'étaient jamais très venimeux, elle ne cherchait pas à blesser les gens. Que quelqu'un lui en voulût au point de l'enfermer dans la cave me paraissait hors de question.

Elle était au bord de la crise de nerfs quand on la sortit de ce mauvais pas, elle pleurait comme une Madeleine. On était toute une armée dans la cuisine, à essayer de la consoler, et moi le premier, je la laissais chiffonner le revers de ma chemise et l'inonder tandis que je lui offrais un mouchoir qu'elle continuait d'ignorer.

Elle était allée chercher du vin, ou je ne sais quoi. Et la porte avait claqué, la lumière s'était éteinte. Elle mit du temps à admettre qu'on pouvait très bien ne pas l'avoir entendue, que je m'étais à nouveau déchaîné au piano et que ses cris et les coups qu'elle avait donnés sur la porte, je les avais, nous les avions engloutis dans un chahut mémorable et que nous n'étions pas tous de mèche. On la réconforta du mieux que nous en étions capables. On l'assura que personne n'aurait aimé rester coincé durant une bonne demi-heure dans l'obscurité, ni faire un vol plané sur des sacs de charbon après avoir loupé une marche. On mit tout sur le dos d'un courant d'air. On lui démontra que dans certaines conditions — on profita de son émotion pour tirer le truc par les cheveux — et compte tenu que le verrou branlait et que la gâche était vissée très près du bord... Enfin bref, tout s'expliquait et le vent et la pluie cognaient au-dehors pour nous donner raison, et des types étaient penchés sur l'interrupteur et le trouvaient un peu capricieux et puis quoi... ? ! Qu'est-ce qu'elle allait chercher... ? ! Qui aurait pu faire une chose pareille... ? !

Lorsqu'elle se fut calmée, on l'envoya se prendre un bain et se changer, et quelques filles l'accompagnèrent pour l'aider à oublier sa mésaventure. On en rigola un peu, tout de même, à présent qu'elle avait le dos tourné. On insinua qu'elle n'était pas très fraîche, avait oublié d'allumer, s'était étalée dans le charbon et n'avait pas été fichue de retrouver la poignée de la porte. De telles choses n'étaient pas si rares à mesure que les soirées avançaient. Il en arrivait presque toujours. Du reste, nous nous en servions pour baptiser les bons moments que nous passions ensemble. « La fois où Flo a tâté du cachot » me semblait avoir une chance. Mais pour finir, ce ne fut pas sous cette appellation que l'on grava ceux-ci dans nos mémoires.

Anna me demanda si je voulais me promener dehors.
— Il pleut..., lui répondis-je.
— Oui, je sais qu'il pleut.
— Très bien. Ça me plaît, moi aussi.
Ça n'allait pas me tuer, de toute façon.
Et puis il n'y eut qu'un court instant qui fut désagréable. Ensuite, trempé jusqu'à la moelle, je me tournai vers elle en souriant.
Mais elle n'avait pas l'air de bonne humeur.
— Ça ne va pas... ?

— Viens, me dit-elle.

Nous nous éloignâmes sur le chemin. Pour une fille qui détestait la campagne, je me dis qu'elle avait de drôles d'idées, mais je préférais garder cette réflexion pour moi. J'étais même décidé à ne pas prononcer un mot, en l'occurrence. Je ne savais pas ce qu'elle avait. Je ne la connaissais que depuis quelques heures.

Il n'y avait plus de vent, juste un léger balancement de l'air. La pluie était tiède, lourde et paresseuse. Il ne faisait pas si sombre qu'on ne pût distinguer des champs et des bois et le tracé du chemin inondé qui descendait vers le village. J'imaginais déjà le moment où nous rentrerions, augurais une nouvelle séance dans la salle de bains à l'heure où nous nous sécherions et en oubliais qu'un truc semblait la contrarier.

Elle s'arrêta dans un virage, s'adossa au tronc ruisselant d'un gros arbre. Mais il n'y avait pas d'éclairs. Je la découvris de nouveau et tout mon sang devint gazeux, me fourmilla des pieds à la tête. Je fus sur elle aussitôt. Et malgré le peu d'intérêt que je portais à la chose, je lui servis le plus long et doux baiser de toute mon existence.

Après quoi elle me dit :

— Qu'est-ce qui t'a pris d'aller consoler cette conne... ? !

J'étais en train de fouiller entre ses jambes.

— Je te pose une question...! reprit-elle.

J'avais entendu. De même avais-je remarqué que ses cuisses ne s'étaient pas ouvertes.

— Ecoute... Mais j'en sais rien..., soupirai-je.

Durant une seconde de pure imbécillité, je crus qu'elle me faisait une scène de jalousie. Je la regardai tendrement. Je n'aurais pas levé le petit doigt si toutes les autres femmes avaient disparu de la planète.

— Elle a eu ce qu'elle méritait, non... ?

Sa voix était dure, mais elle s'était mise à pousser et rétracter son bassin contre mes mains. Si bien que j'étais à la fois assommé par ses paroles et corrompu par les agaceries de son pubis.

— Tu ne dis rien... ?

Elle avait levé une jambe et m'en avait ceinturé la taille. Je sentais qu'à la pluie coulant sur mon visage se mêlait la sueur de mon front. Je trouvais ça dégueulasse d'avoir enfermé Flo, je la voyais encore pleurer sur mon épaule, mais ma colère ne parvenait pas à sortir.

— Est-ce que je n'ai pas eu raison... ?

Elle m'avait attrapé les cheveux dans la nuque et me forçait à la regarder. Elle retint ma main comme je cherchais à lui glisser un doigt.

— C'est oui ou c'est non... ? !

J'avais l'impression que l'arbre allait s'abattre sur nous. Toute ma vie, j'avais attendu cette soirée, toute ma vie j'avais rêvé de rencontrer une fille comme elle.

— Oui... elle l'a mérité, murmurai-je.

Elle me lâcha la main. Me mordilla l'oreille. Et son autre jambe se cala dans ma hanche. J'étais si bouleversé par ma lâcheté et le bonheur de la tenir dans mes bras que j'étais sur le point d'avoir des brûlures d'estomac.

— Est-ce que ce n'était pas bien fait pour elle... ? !

Je grimaçais, de toute façon. Son corps était comme un boulet accroché à mon cou mais la tension de mes muscles me procurait une joie sans nom.

— Oui, c'est bien fait pour elle... ! grognai-je en débouclant ma ceinture.

J'essayais d'agir plus vite que je ne réfléchissais, d'encombrer mon cerveau en m'activant de plus belle. Je m'arrachai le dos des mains contre le tronc d'arbre en lui saisissant les fesses, mais je ne réussis pas à me débarrasser du sale goût que j'avais dans la bouche.

— J'ai eu raison, n'est-ce pas... ?

Ses yeux s'écarquillèrent à mesure que je lui plantai mon outil. Je sentis que je n'étais pas de taille à lutter contre ça. On ne pouvait me demander un tel sacrifice et ma bouche se tordit une fois encore.

— Oui... cent fois raison... !

Ensuite, on décida de continuer notre balade — à vrai dire, je n'étais pas très pressé de me retrouver face à face avec Flo. Le chemin descendait toujours et il suffisait de se laisser aller. Je pensais que la remontée serait une autre histoire mais je ne voulais pas jouer les rabat-joie sous prétexte que j'avais un peu les jambes en coton. Aussi bien, c'était une petite douleur presque délectable, une fatigue amicale qui prêtait à sourire. Anna se serrait contre moi. Ou bien quelque hasard nous séparait un instant et je l'observais, elle était une suffocante apparition, j'en étais ébloui, elle représentait tant de choses pour moi que mon esprit n'appréhendait ce prodige qu'avec difficulté.

Je n'aurais pu décider si elle était simplement jolie ou du genre exceptionnelle, je n'en savais plus rien du tout. J'espérais qu'un forgeron allait surgir de la nuit pour nous enchaîner l'un à l'autre. Car maintenant, il allait s'agir de la garder et, comme un imbécile, je songeais déjà que je pouvais la perdre. Et je ne voyais pas qu'une chance pareille s'offrirait à moi de nouveau, ça m'avait pris des années avant de tomber sur elle et je me souvenais trop bien de ce que j'avais enduré.

Chemin faisant, je décidai de ne pas donner à cette histoire avec Flo plus d'importance qu'elle n'en avait. Je n'allais tout de même pas juger Anna sur une bêtise de la sorte, à moins d'être un vrai fou furieux, à moins de vouloir tout foutre en l'air dès le premier soir. Et si c'était ce que je désirais, je n'avais qu'à y aller, je n'avais qu'à m'amuser à lui chercher des noises, à lui débiter mon petit sermon si j'en avais le courage.

Lorsque nous arrivâmes en vue du village, il me fallut admettre que je lui aurais pardonné n'importe quoi. Et je n'y pouvais rien. Enfin bref, il était temps que je m'arrête de réfléchir à tout ça car elle me regarda sous le nez et me trouva un air bizarre. Nous étions devant le cimetière. Je l'attrapai et la serrai dans mes bras. Pour un type qui n'aimait pas les baisers, je me posais là, je perdais complètement les pédales. Mais est-ce que je disais le contraire... ? !

C'est alors qu'elle me montra quelque chose à travers les grilles. Une espèce de petit bouquet comme on en voit dans ces endroits, des perles enfilées sur un fil de fer, des fleurs macabres.

— Je le veux..., m'annonça-t-elle.

— Et puis quoi... ? ! lui répondis-je.

— Très bien... ! répliqua-t-elle en empoignant un barreau. J'ai pas besoin de toi !

Je jetai un coup d'œil alentour puis la fis descendre.

— Tu y tiens vraiment... ? lui demandai-je.

Je me doutais bien qu'elle n'allait pas changer d'avis dans la seconde mais je voulais qu'elle soit bien sûre que son caprice valait que je me prenne un coup de fusil. Le regard qu'elle me lança était sans équivoque. A mon avis, elle voulait voir de quoi j'étais capable, si j'étais du genre à me dégonfler à la moindre occasion. Et je regrettais déjà d'avoir hésité, quoique j'aurais préféré lui prouver mon courage en d'autres occasions. Mais quoi, prétendre que je trouvais ça bête, si con que j'avais envie de rigoler, et qu'elle en déduisît que je cherchais à me défiler... ? Non, je ne pouvais me le permettre. Et puis nous en ririons à coup sûr dans quelques jours. Elle m'avouerait qu'elle avait pris ce qui lui tombait sous la main et me demanderait si je ne l'avais pas jugée trop sotte à ce moment-là. Et je lui jurerais que non, je la laisserais se blottir contre moi et se cacher sous les draps afin de ravaler sa honte.

Bref, tant qu'à jouer les idiots, je préférais ne pas attendre. Nous n'avions pas encore alerté tous les chiens du village et la pluie nous préservait des insomniaques en balade. Néanmoins, il s'agissait d'une solide rangée de barreaux, lisses et luisants, et d'une sacrée hauteur mine de rien. J'aurais bien voulu l'y voir. Avec un peu de chance, j'allais m'embrocher sur les piques affûtées qui les hérissaient et finir en enfer comme un vulgaire pilleur de tombes.

Mais j'imagine qu'elle ne pouvait éveiller aucune rancœur en moi. L'élan de colère qui me traversa au moment où je saisis les barreaux me visait en personne. Je n'étais pas fier de moi. Je m'en voulais de ne pas avoir su m'imposer autrement.

D'autant plus que je ne m'envolai pas de l'autre côté. Ce fut une ascension laborieuse, plutôt ridicule, grimaçante et ponctuée de mes gémissements étouffés. C'était comme de grimper le long d'un manche à balai, sauf qu'il n'en finissait pas et que ça glissait davantage. Enjamber les fers de lance qui se dressaient au sommet ne manqua pas de me poser quelque problème et je profitai qu'elle soit en bas pour jurer une bonne fois entre mes dents.

Vu de près, le bouquet était abject. La rouille le rongeait de l'intérieur et la pluie seule lui donnait un timide éclat. J'étais certain qu'en temps normal, ni l'un ni l'autre ne nous serions seulement baissés pour ramasser une telle horreur.

— Bon, maintenant que je suis là... es-tu sûre de vouloir t'embarrasser de ce truc... ?

— *Hein... ? ! !*

— Non, je plaisantais...

— Oh !... il est superbe ! Ce sera le souvenir de notre rencontre... !

Le plus fort était qu'elle semblait sérieuse. Je sentis alors combien il avait été grossier de ma part de n'y avoir pas songé et combien j'agissais avec délicatesse à présent, m'enfonçant un peu plus dans mon rôle de brute épaisse aussitôt que j'ouvrais la bouche. Je n'en loupais pas une. Je me suis dit que je n'avais qu'à continuer si je voulais la perdre, que je tenais le bon bout.

— Donne-le-moi..., me pria-t-elle d'une voix à me conduire droit sur les écueils.

— Non..., résistai-je en la dévorant des yeux. J'arrive... !

Lui passer le bouquet à travers les barreaux ne m'emballait pas du tout. Je voulais la soulever dans mes bras au moment où j'allais le lui donner, l'emporter en courant et peut-être nous basculer à l'abri d'un fossé pour obtenir ma récompense. Attrapant un barreau, je songeai avec une joie furieuse que cette nuit n'allait jamais finir, que je n'en épuiserais jamais tous les délices.

Mes forces étaient décuplées. Je me retrouvai là-haut en moins de deux. A son air, je vis qu'elle n'en revenait pas de tant d'agilité, c'était comme si des anges m'avaient empoigné par la peau du dos et projeté vers le ciel. Pourquoi m'avait-elle imposé une épreuve aussi facile quand j'aurais pu franchir pour elle la même en cyclopéen... ? ! J'avais d'ailleurs son bouquet à la main, à croire qu'un seul bras m'aurait suffi, que j'accomplissais ce genre d'exercice tous les matins en me levant.

Je pris appui d'un pied sur la barre transversale. Puis j'effectuai une traction afin de me hisser au sommet et passer de l'autre côté en souplesse. Mais mon pied glissa en cours de route.

Au bruit qui s'ensuivit, il me vint tout d'abord à l'esprit que j'avais déchiré ma chemise. Puis que j'étais coincé par quelque chose. Anna recula en criant, trébucha et s'étala au milieu de la route.

Dans le même temps, je m'aperçus que j'avais un point de côté. Je lâchai le bouquet. Je ne comprenais pas pourquoi je ne pouvais plus bouger. Jusqu'à ce que, tâtonnant d'une main vers le poids que je sentais dans mon dos, celle-ci se refermât sur un objet bizarre. En fait, la douleur ne se manifesta pour de bon qu'au moment où je réalisai que je m'étais transpercé de part en part.

*

Le jour où nous avons terminé l'escalier, la question s'est posée de savoir si l'on démolissait l'autre. J'y ai réfléchi un instant puis j'ai résolu qu'Oli en déciderait lui-même.

Nous avons fêté l'événement dans un restaurant de Chatham, puis ensuite nous avons traîné dans un bar. Je cherchais à le saouler un peu pour marquer le coup, mais je n'écartais pas une autre possibilité si je ne prenais pas garde.

D'une certaine manière, je regrettais que l'ouvrage soit fini. C'était une chose de se voir, de se balader, d'aller pêcher ou jeter un œil, le dimanche, à la kermesse qui se tenait autour de l'église, sous les arbres, et d'y manger un morceau en fouinant à droite et à gauche. Une autre de travailler ensemble. La construction de l'escalier nous avait sans doute pris un bon mois. Nous avions passé des jours entiers sans recevoir la moindre visite, absorbés que nous étions du lever au coucher du soleil par notre histoire, et j'avais appris beaucoup de lui en l'observant, beaucoup plus en examinant un simple geste que s'il m'avait raconté dix années de sa vie par le détail. Bien entendu, il n'était pas si parfait que je lui aurais dressé un monument, mais il m'avait aidé à considérer certaines choses de façon différente et le plus souvent sans le moindre discours. Il me suffisait de le regarder à l'œuvre, manier un outil par exemple, pour à la fois comprendre qui il était et trouver matière à réfléchir sur telle ou telle attitude qu'il convenait d'adopter dans la vie.

Ce soir-là, je me suis demandé si je n'allais pas lui proposer d'ajouter une aile à la maison ou de la surélever d'un étage.

Mes problèmes n'étaient pas réglés, mais grâce à lui j'avais passé le cap le plus difficile. J'avais retrouvé des forces et mon esprit était clair. J'avais cessé de m'apitoyer sur mon sort. Ma blessure ne s'était pas refermée mais je pensais pouvoir vivre avec, à présent, parce que je l'acceptais, parce qu'elle m'était familière, parce que Finn avait, disons, une manière de se servir d'un marteau qui me réconciliait avec le monde.

Ce soir-là, j'aurais voulu le remercier. Je ne l'ai pas fait car je ne voulais pas le mettre mal à l'aise. Et puis l'on ne remercie qu'à la fin et je n'avais pas l'intention de me débarrasser de lui. Je le regardais et j'étais étonné de ce que j'avais trouvé en venant ici. Ce n'était pas ce que j'étais venu chercher, mais c'était tout ce dont j'avais eu besoin.

C'est lui qui a conduit sur le chemin du retour.

Plus tard, j'ai rejoint Oli à New York. Il tenait à m'avoir pour la dernière de *Daphnis et Chloé*. C'était cousu de fil blanc mais je n'ai pas eu le cœur de le lui refuser. J'imaginais qu'il préférait me présenter sa petite amie sur un terrain neutre. Je n'avais pas envie d'aller à New York, il faisait chaud, je n'avais pas envie de quitter mes espadrilles, pas plus que de rencontrer du monde. J'ai pris un petit avion dans la soirée.

Il était installé au bar du Lowell. Il m'avait commandé un Daiquiri. Il m'a dit que j'avais l'air en forme. Nous avons embarqué nos verres dans un coin tranquille, disparu au fond de deux fauteuils. J'étais moi aussi content de le voir. On a souri pendant un moment.

— Veux-tu des nouvelles... ? m'a-t-il demandé.

— Simplement si elles sont très mauvaises.

Je ne désirais pas examiner des petits riens, des impressions, des silences à la loupe pour me figurer l'état d'esprit d'Edith, je ne voulais plus m'amuser avec ça.

Il a tiré une enveloppe de sa poche.

— Ne me regarde pas comme ça... Je ne sais pas ce qu'elle contient.

Il a commandé deux autres verres pendant que je me penchais en avant avec mon courrier.

« *Et que me souhaites-tu, à moi... ? Tu as toujours adoré jouer les incompris et les persécutés mais je t'en prie, pas cette fois... Sois gentil.*

« *Que me souhaites-tu, A MOI... ?*

« *Ce n'est pas facile, tu sais. Je sens que chacun se retourne contre moi. Ils ne comprennent pas que je ne puisse te pardonner. Ils s'imaginent que nous nous infligeons une punition trop longue et trop cruelle. Je n'essaye pas de te punir, Henri-John, et je sais que tu ne le penses pas. Je crois bien avoir presque oublié cette histoire. Mais la lumière n'est pas réapparue et je n'y peux rien. J'ai essayé de toutes mes forces.*

« *"Ce qui ne tue pas te fortifie." Je ne sais pas où il est allé chercher ça... !* »

J'ai vidé mon verre en silence. Comme je ne me

sentais pas capable de dire un mot, j'ai tendu la lettre à Oli puis je me suis levé et me suis dirigé vers les toilettes.

L'eau n'était pas si fraîche que je l'espérais ou bien alors je m'attendais à je ne sais quoi. Par contre, le mur était solide et j'ai pu m'y appuyer un instant et me regarder dans la glace. Mais je n'ai même pas songé à me recoiffer.

Ensuite, je suis retourné auprès d'Oli. Je l'ai stoppé d'un geste avant qu'il n'ouvre la bouche :

— Ne parlons pas de ça..., lui ai-je intimé en reprenant ma lettre. Alors... et cette Giuletta, comment est-elle... ?

Il y avait longtemps que je n'avais pas remis les pieds dans les coulisses d'un théâtre. Leur odeur avait sur moi un effet apaisant, euphorisant, ce que je n'éprouvais en aucun autre endroit au monde. Tandis que nous nous dirigions sur le côté de la scène, j'ai respiré profondément.

Le spectacle était bientôt terminé. Nous nous étions éternisés au bar du Lowell, dans l'air climatisé, car la rumeur de la rue nous paraissait brûlante et moite, et puis au moment de partir, un type s'était avancé vers notre table. De but en blanc, il m'avait annoncé qu'il était illusionniste et avait rendez-vous avec le directeur d'un cabaret de San Francisco.

— Je vous observe depuis un moment... Vos tours sont-ils à vendre ?

— Ce ne sont pas des tours. Ce sont des nœuds.

J'avais accepté de lui en montrer quelques-uns. Il sifflait à chaque fois, s'éventait avec son carnet de chèques. Il s'en était tiré avec deux Daiquiri supplémentaires. Et je lui avais laissé ma cordelette en cadeau. J'en avais une autre.

— Houdini se serait roulé à vos pieds... ! m'avait-il lancé cependant qu'à la suite d'Oli je disparaissais dans la porte à tambour.

Je regardais évoluer l'une des nouvelles recrues du Sinn Fein Ballet quand Jérémie est apparu à mes côtés.

— Qu'en penses-tu ? m'a-t-il demandé.

— Un peu froide. Trop académique. Elle ferme sa cinquième comme si tout était dit.

— Mmm... Donne-moi encore trois mois. Elle n'était pas dans de bonnes mains, tu sais, imagine-toi qu'elle a travaillé avec la barre au sol...

Nous avons discuté encore un moment, comme si nous avions repris une discussion de la veille. J'avais l'impression que c'était la même que nous avions entamée trente ans plus tôt. Le temps passait, mais Jérémie était toujours là, sec et grisonnant, et sans doute l'un des meilleurs professeurs du monde. Cela dit, en dehors de la danse, vous auriez épuisé sa conversation en moins de cinq minutes.

Il était en train de m'expliquer qu'il la faisait travailler du torse quand Oli est venu m'avertir que Giuletta nous attendait.

— Elle ne nous en veut pas, au moins, d'être arrivés trop tard... ? !

Nous marchions vite. Sa claudication s'en trouvait amplifiée.

— Je lui ai dit que tu l'avais trouvée formidable.

— Parfait. Ne te gêne surtout pas... !

Nous entendions la salle applaudir quand nous sommes arrivés dans les loges.

— Salut ! m'a-t-elle dit en me proposant sa petite main.

Si elle avait quinze ans, c'était sans doute le bout du monde. L'été passé, lorsque Oli avait eu des ennuis, la demoiselle en question paraissait plus âgée que Giuletta. Un frisson m'a parcouru tandis que ma main engloutissait la sienne. A moins qu'elle n'ait eu des problèmes de croissance, j'ai pensé qu'Oli était devenu fou.

— Mais prétendrais-tu qu'elle n'est pas merveilleusement proportionnée... ?

Nous étions dans un restaurant de Spring Street. J'avais demandé une table au fond de la salle, dans un endroit qui me semblait moins éclairé, mais malgré la quantité d'énergumènes que l'on croisait dans ce quartier les gens nous regardaient d'un drôle d'œil. Je m'attendais à ce que la police débarque d'un instant à l'autre. Giuletta était partie chercher des cigarettes mais j'imaginais qu'elle pouvait revenir avec une poignée de sucettes à la main.

— Il ne s'agit pas de ses proportions. Mais enfin, pourquoi te compliques-tu ainsi la vie... ? !

— Mmm... je me la simplifie, si tu veux mon avis. Laissons de côté la partie sexuelle de l'affaire, à laquelle tu ne peux rien comprendre... Imagine une femme qui aurait la cervelle d'une enfant... as-tu seulement une idée de ce que cela signifie... ? Est-ce que tu entrevois le genre de problèmes que cela peut t'épargner... ? Sais-tu que les seuls sujets d'affrontement que nous ayons, Giuletta et moi, se résument au choix de la couleur d'une robe ou décider d'une sortie... ? Qui se complique la vie, dis-moi ? Je ne suis pas en train de livrer un combat sans merci, je n'essaye pas de mêler ma propre folie à celle d'un autre et je sais d'avance qu'elle finira par m'abandonner... Crois-moi, c'est une situation reposante. Je n'arriverais sans doute pas à fournir le quart de tout ce qu'une femme attendrait de moi... plus maintenant.

Elle est revenue et nous avons dû attendre qu'elle termine son dessert.

Nous avons passé une semaine à Cape Cod, tous les trois. Je crois qu'à la place d'Oli, j'aurais été fatigué assez vite. Vue d'un peu plus près, sa théorie était moins convaincante. J'avais comme l'impression qu'il fallait souvent s'occuper d'elle, et si j'admettais volontiers qu'elle ne vous assommait pas avec ses problèmes existentiels, son babillage était incessant. Et quand ça n'allait pas, elle boudait.

Les seuls instants où il m'était agréable de jeter un œil sur elle étaient lorsqu'elle se baignait et que je l'observais du haut de la falaise, ou bien lorsqu'elle était endormie. Selon moi, le fait d'avoir eu deux filles m'empêchait d'être sensible au charme d'une telle liaison. Le comportement de Giuletta me renvoyait à ces années où mes filles venaient encore sur mes genoux, s'amusaient à me taquiner, me saoulaient de questions et m'embarquaient dans des jeux dont j'avais aujourd'hui épuisé tous les mystères. Je comprenais néanmoins ce qu'Oli pouvait y trouver, quoique à certains gestes d'humeur j'estimais que sa patience n'était pas aussi sereine que la mienne l'avait été.

Il fallait attendre la tombée du jour pour être un peu tranquilles, qu'elle soit plantée devant la télévision tandis que nous prenions l'air du soir sur le deck. Ou bien le matin, quand elle paressait au lit et qu'Oli lui préparait son petit déjeuner.

Sinon, elle était assez jolie. Oli me certifiait qu'elle aurait bientôt dix-huit ans mais je n'en croyais pas un mot. Je reconnaissais qu'elle était troublante, que ce corps si menu mais non dénué de rondeurs et flanqué d'un sourire d'enfant avait de quoi vous donner chaud. Et je ne savais pas si elle se rasait ou quoi, mais je l'avais vue sous la douche et aussi un matin que son peignoir s'était entrouvert par accident, juste sous mon nez, et j'en étais resté tout interdit. Puis agacé, après coup, car je la considérais comme une fillette et je n'appréciais pas d'être perturbé comme le premier béjaune venu. Je sortais, la plupart du temps, quand ils jouaient ensemble et roulaient sur le tapis. Je ne savais même pas si elle se rendait compte à quel point elle était impudique. Quant à Oli, il retombait en enfance à l'occasion de ces plaisanteries et ce n'était pas lui qui s'inquiétait de la voir les quatre fers en l'air.

Chaque jour, elle désirait aller en ville. Se promener sur la plage ou à travers la forêt ne l'intéressait pas. Elle ne comprenait rien à la pêche, rien à la lumière, rien au silence. Mais pour faire les magasins, elle s'y entendait. Elle nous avait traînés dans tout New York avant notre départ, de chez Billy Martin's à l'Antique Boutique, Canal Street et tout Soho en long et en large, mais cela ne lui avait pas suffi. Elle comptait sans doute écumer la Nouvelle-Angleterre.

Finn avait disparu. En fin d'après-midi, lorsqu'elle commençait à tourner en rond, nous prenions la voiture et je les déposais devant les boutiques. J'en profitais pour le chercher, j'entrais dans les bars, déambulais dans les rues, m'attardais du côté des bateaux mais sans résultat. Il m'avait fallu un moment avant de réaliser que j'ignorais où il habitait et que je n'avais aucun moyen de le joindre. Oli m'avait demandé ce qu'était cette histoire de fous. Jamais il n'avait croisé un tel individu dans les parages, pas plus de géant taciturne que d'un nommé Finn qui se dressait dans son lit quand les « bluefish » s'approchaient des côtes.

Il s'était volatilisé. Avec des jumelles, je surveillais la lagune en espérant découvrir le sillage des cent cinquante chevaux et mon bonhomme debout à l'arrière,

planté comme un totem, insensible aux secousses qui
vous auraient balancé par-dessus bord. Ou bien j'imaginais qu'il allait surgir au moment où l'on ne s'y
attendrait pas, que je le trouverais un matin sur la
plage en train de monter nos lignes ou d'examiner
l'escalier en clignant des yeux. Mais il tardait à se
montrer.

— Et que vas-tu faire, à présent... ? Est-ce que je dois
demander un permis de construire... ?

Depuis qu'ils avaient goûté à Giuletta, les moustiques nous laissaient en paix. Ils tournaient autour de
la maison éclairée, contraignant leur proie à nous
lâcher la jambe. Oli n'avait pas réellement apprécié
son nouvel escalier, il lui préférait l'autre, tout bancal
et pourri qu'il était. Ce que j'ai trouvé normal, après
réflexion.

— Non, rassure-toi..., lui ai-je répondu.

*

17 juillet 1961

*J'écrivais hier que quelque chose n'allait pas. Que je
n'avais jamais vu personne faire une tête pareille la veille
de sortir d'un hôpital. Mais je ne m'attendais pas à ça.*

*Ils n'en ont pas parlé une seule fois, ils n'ont rien dit... !
Ils ont mijoté ça en secret. Quand je pense que durant ces
quinze jours il n'a pas été fichu de me l'avouer, qu'il ne
s'en est même pas confié à Oli... ça dépasse tout ce que je
peux imaginer.*

*« Je pars. Je vais habiter chez Anna. » Nous étions
tous autour de lui, prêts à l'embrasser, à le serrer dans nos
bras comme des imbéciles pour fêter son retour. « Je vais
habiter chez Anna... » Il était devenu blanc comme un
mort. Il n'a pas parlé très fort mais personne ne lui a
demandé de répéter. Il y a eu un tel silence qu'on entendait*

276

le soleil contre les carreaux. Et ensuite, personne n'a rien dit.

Plutôt que de voir ça, je suis montée dans ma chambre. Il pouvait se vanter de m'avoir assommée. Et moins d'une minute plus tard, je les ai aperçus dans le jardin, Elisabeth et lui. Elle lui parlait et elle l'a embrassé. « Va, mon fils... tu as ma bénédiction... ! » Ça devait être quelque chose dans ce genre. Il aurait eu tort de se gêner.

Oli est entré dans ma chambre. Il s'est assis sur le lit sans dire un mot. Je lui ai répondu que ça ne servait à rien de me regarder comme ça.

18 juillet 1961

J'avais la tête ailleurs. Et il faisait très chaud, je ne me sentais pas très disposée. Je suis allée prendre une douche tout de suite après. Quand je suis revenue, j'étais énervée et, au lieu de me laisser tranquille, David a commencé.

« Je t'ai jamais forcée. Alors qu'est-ce qu'il t'arrive... ? ! » Je n'avais pas envie de discuter mais il ne l'a pas compris.

Il n'est pas content. Je sens qu'il va en faire toute une histoire. Je sais que ça n'a pas été terrible. J'étais pressée qu'il finisse. Il ajoute que dans ces conditions il préfère encore s'en passer. Et comme je ne veux pas jeter de l'huile sur le feu, je ne lui annonce pas que moi aussi je pourrais m'en passer, et plus souvent qu'il ne pense. Et ce n'est pas vraiment que je n'aime pas ça. Non, mais je n'en suis pas folle. Tant qu'on ne l'a pas fait, on s'imagine que c'est le plus grand plaisir au monde. Alors il y a de quoi être déçu. Personnellement, je me débrouille mieux toute seule.

Il dit : « Est-ce que c'est à cause de cette histoire... ? »

Je lui tourne le dos. J'allume une cigarette.

Et il continue. « Je vois pas en quoi ça te regarde... Il est libre de faire ce qu'il veut. »

Je lui réponds qu'il ne peut pas comprendre. Puis je me rhabille en vitesse. Ce qu'il se passe à la maison, personne ne peut le comprendre en dehors de nous. Personne ne peut comprendre ce que signifie le départ d'Henri-John. Ce matin, je suis entrée dans sa chambre et je me suis sentie mal. Je ne veux pas dire que j'ai eu un malaise, je veux dire que c'était douloureux, comme si on m'avait battue. Comment pourrais-je expliquer ça à David ? Et d'abord, pourquoi est-ce que j'irais lui raconter tout ça... ?

C'est la première fois que je sors de chez lui en claquant la porte. Il faut un commencement à tout. J'avais envie d'être seule, de toute façon.

19 juillet 1961

Je suis partie pour me fâcher avec tout le monde. Je le fais pas exprès. Je me sens irascible du matin au soir. Et ce n'est pas uniquement à cause de cette chaleur infernale qui nous poursuit depuis quelques jours.

J'étais en train de me rafraîchir dans le jardin, avec le jet d'eau. Nous étions seules, Elisabeth et moi. Je ne lui avais rien demandé mais je suppose qu'elle était tombée car elle avait son coude plongé dans une bassine remplie de glaçons. Elle était installée dans une chaise longue. Et elle était sans doute énervée, car à peine a-t-elle reçu quelques gouttes qu'elle me dit : « Tu ne peux pas faire attention.... ? ! »

Je l'ai envoyée promener. De fil en aiguille, les choses ont dégénéré très vite. Le soleil me rendait folle de rage.

« Tu as même pas levé le petit doigt... ! Tu l'as laissé partir sans dire un mot, tu crois que je t'ai pas vue... ? !

— Je ne sais pas ce que tu as vu. Et cesse de crier, je ne suis pas sourde. Je ne crois pas que le retenir était la bonne solution.

— Mais le laisser partir, ça c'était facile ! Et ça ne t'a pas brisé le cœur, à ce que je vois... !

— Je ne te permets pas de dire une chose pareille. Je ne te demande pas de me comprendre, mais de me laisser tranquille avec ça.

— C'est tout ce qui t'intéresse, ta tranquillité ! C'est la seule chose qui t'ait jamais intéressée ! Tu n'as jamais été sa mère que de temps en temps, quand ce n'était pas trop compliqué... ! »

Là, ça bardait. Je me sentais enragée, j'aurais pu lui sortir n'importe quoi. J'ai vu que j'avais touché un endroit sensible. Je continuais de m'arroser les pieds sans m'en rendre compte. Ça peut sembler idiot, mais c'était sa beauté qui m'empêchait de me jeter sur elle. Ça la rendait mystérieuse et la tenait hors d'atteinte, il y avait comme un écran qui vous faisait hésiter. Je savais bien que les choses n'étaient pas si abruptes que je le disais. J'y voyais plus clair en elle qu'elle ne l'imaginait. Plus d'une fois, j'avais expliqué à Henri-John ce que j'en pensais, qu'elle n'était pas aussi indifférente qu'il le croyait, qu'elle était une femme étrange, secrète, étonnante. Mais les mots sortaient de ma bouche sans que je puisse m'en empêcher, ils jaillissaient comme si j'étais en train de vomir.

Sous son regard, j'ai cru que j'allais tomber en morceaux. J'aimerais lui ressembler, plus tard. C'est quelque chose que j'ai jamais dit à personne et que j'ai jamais écrit. C'est fait maintenant, et j'ai l'impression que ça me soulage. Je crois qu'une fois sur le papier, les mots résonnent quelque part. Je crois qu'à présent, elle peut sentir comme je regrette de m'être disputée avec elle. Je l'ai blessée. Elle a dit. « Je ne sais pas si tu as raison ou non... Mais j'espère que tu te trompes. »

Je suis partie en courant. Je tremblais comme une feuille. Alice était dans le salon. Je me suis assise à côté d'elle, complètement sonnée. Alice est du genre à vous ficher la paix quand elle voit que ça ne va pas. J'ai posé les yeux sur le truc qu'elle lisait. J'ai vu écrit :

279

« O loups, croyez-vous que je meurs ?
Loups, inondez-moi de sang noir. »

*

Je ne retournai pas à la maison de tout l'été. Les rares fois où je téléphonai à ma mère, nous eûmes de désagréables discussions, Anna et moi. Elle me demandait si je la voyais pendue au bout du fil du matin au soir avec sa petite maman, si je pensais sortir un jour de ses jupes. Je me défendais comme je pouvais mais elle revenait toujours à cette histoire qu'elle ne vivrait pas avec un type à peine tombé du nid, qu'elle n'avait pas de temps à perdre et que je devais bien la regarder : si je voulais une femme, il fallait que je sois à la hauteur. Ces mots-là, lorsque je les entendais, me clouaient le bec pour de bon. Tout mon esprit se brouillait et elle se tenait devant moi et n'était plus que la seule chose que je désirais. Je n'arrivais plus à penser à rien d'autre. Le monde autour de moi se volatilisait et ces petites tortures qu'elle m'infligeait de temps à autre n'étaient vraiment rien à payer pour l'avoir auprès de moi.

Lorsque j'avais parfois des éclairs de lucidité, je sentais des choses qui se tordaient dans tout mon corps ou se tendaient, comme prêtes à céder. J'avais l'impression que ma peau allait se déchirer, qu'un être nouveau cherchait à voir le jour. Mais ça n'allait jamais jusqu'au bout et je glissais à ses pieds, sans force, sans courage et sans autre volonté que celle de me coucher à ses côtés.

En fait, elle avait huit ans de plus que moi. Le jour où je tombai sur sa carte d'identité, je fis un saut jusqu'au miroir de la salle de bains pour me féliciter une fois encore. Moi, Henri-John, j'étais avec une fille de vingt-six ans ! Par moments la tête me tournait.

Nous avions un petit appartement, au sixième étage, rue de l'Hirondelle, près de Saint-Michel. Les premiers temps, je n'avais même pas envie de descendre dans la rue tellement je m'y sentais bien. C'était là qu'elle vivait, qu'elle avait toutes ses affaires, et j'avais le sentiment que tout cela m'appartenait, ou plutôt m'acceptait comme le nouveau maître des lieux. Elle travaillait dans la journée, pour une agence de publicité. J'avais passé un jour entier à lier connaissance avec le fauteuil, m'y jetant, m'y installant avec douceur, caressant les accoudoirs et y revenant sans cesse après être allé examiner quelque bibelot qui m'intriguait. La première semaine n'avait été qu'une enivrante et méticuleuse exploration de cet univers et j'étais tranquille jusqu'à huit heures du soir.

Vous tombant sur le pied, sa bibliothèque vous aurait à peine rougi un orteil et c'était des conneries, pour l'ensemble, il était temps que j'arrive. Il y avait deux pièces mansardées, une cuisine minuscule et une salle de bains du même tabac. Des tonnes de vêtements envahissaient tous les placards, une commode entière débordait de soutiens-gorge, slips, bas, porte-jarretelles, j'y plongeais les mains, mes bras s'y enfonçaient jusqu'aux épaules. Je touchais à tout, me vautrais sur le lit, considérais ses cosmétiques, tâtais la clé qu'elle m'avait donnée au travers de ma poche, fouillais dans ses papiers en attendant son retour.

Le matin, lorsqu'elle se levait, je la regardais se préparer du fond de mon oreiller. J'entendais couler la douche, puis un concert de petits bruits, de brosse, de friction, de cliquetis provenant de la tablette au-dessus du lavabo, puis elle réapparaissait en sous-vêtements, s'installait devant sa coiffeuse pour se maquiller. Ensuite, elle enfilait un corsage, passait et repassait d'une pièce à l'autre en ajustant ses boucles d'oreilles, perchée sur ses hauts talons et venant vérifier que le fer était assez chaud. Ainsi elle ne mettait sa jupe qu'à la dernière minute et mon excitation augmentait à mesure que je l'observais tourner et virer autour de moi dans cette tenue époustouflante. Elle ne disait jamais un mot tandis qu'elle s'affairait. Parfois je l'attrapais au passage et nous baisions en vitesse, mais elle résistait la plupart du temps car je la retardais. Personnellement, je pouvais rester au lit jusqu'à midi si cela me chantait.

Très vite, elle me trouva du travail. Elle voulait que je passe mon permis, que nous achetions une voiture pour que nous puissions partir en week-end. Je ne voyais rien là de très passionnant mais je flairais que cette lubie participait de mon ascension au stade supérieur. Il semblait qu'un type à la hauteur ne marchait pas à pied et possédait un carnet de chèques. Mais je voulais bien tout ce qu'elle voulait. Je me fichais du reste.

Je jouais dans un bar, de huit heures du soir à une heure du matin. Le patron était l'un de ses amis. Il avait souri en me voyant, mais dès que je m'étais installé au piano, il avait grogné : « Nom de Dieu... ! » et m'avait engagé le soir même. Et Anna avait été fière de moi, elle m'avait pris le bras pour sortir.

Elle m'attendait, le soir, quand je rentrais. Dès que je pénétrais dans l'appartement, je ne savais plus à quoi j'avais pensé dans la journée. Je déposais sur la table tout l'argent que j'avais ramassé au cours de la nuit — nous avions décidé que je paierais la voiture avec mon fixe et que mes pourboires serviraient aux dépenses quotidiennes. Je n'étais qu'à demi conscient d'y déposer bien davantage mais, quoi qu'il en soit, je m'y pliais avec le sourire. Elle se tenait habituellement dans le fauteuil, en compagnie d'une petite lampe de vingt-cinq watts flanquée d'un sombre abat-jour qu'en plus elle couvrait d'un magazine parce qu'elle se trouvait horrible.

Cela signifiait qu'elle était démaquillée, qu'un bandeau lui maintenait les cheveux, la privait de sa frange, et qu'elle portait un vieux peignoir de Nylon bleu ciel décoré de surpiqûres en forme de losanges. La peau de son visage, préparée pour la nuit, luisait comme de la toile cirée. Des odeurs de crèmes et de lotions flottaient tout autour de moi. Mais au contraire de ce qu'elle s'imaginait, elle me plaisait ainsi. Elle n'était peut-être pas aussi jolie que lorsqu'elle filait de bon matin — elle se faisait même un peu trop belle à mon goût étant donné que ce n'était pas moi qui en profitais —, mais au moins je me disais qu'elle ne trichait pas avec moi et c'était ce que j'aimais.

Je grimpais toujours les six étages en courant. Pendant que je vidais mes poches, je regardais son peignoir s'entrouvrir. Elle glissait au fond du fauteuil, tendait ses jambes en avant et son corps m'apparaissait tout d'un coup, seuls ses bras restaient enfilés dans les manches. J'avais beau y être habitué, tant de nudité me paralysait, toute cette blancheur me submergeait durant quelques secondes et je sentais cette chose qui m'étouffait, cette chose qu'elle m'avait inoculée et qui me subjuguait, m'ôtait toute espèce de volonté et me livrait à sa merci. Cela dit, ce n'était pas pour m'inquiéter, je m'en accommodais très bien. M'aurait-elle rendu ma liberté que je l'aurais suppliée de m'enchaîner de nouveau. Je n'avais pas envie de réfléchir à tout ça. Si c'était un poison, je voulais que tout mon sang en fût saturé.

Elle ouvrait les jambes. Elle se mettait les doigts dans la bouche et observait l'effet que cela provoquait sur moi tandis qu'elle se ramonait l'entrecuisse. J'avais appris à ne pas me précipiter. Contrairement à Ramona qui ne me demandait rien et se pliait à mon humeur, Anna ne me laissait pas faire n'importe quoi.

Je devais attendre qu'elle se branle un peu avant d'intervenir, et surtout la regarder, mais ça je n'y manquais pas. Son visage se décomposait, ses joues rougissaient, son sourire devenait grimaçant à mesure qu'elle se tripotait et ensuite elle jetait un coussin entre ses genoux afin que je puisse m'installer et m'invitait à prendre place en grognant. Elle me disait : « Hein, t'as envie de me lécher... ! » ou : « Hein, t'en meurs d'envie... ! » et une fois je lui avais répondu : « Comment t'as deviné... ? », mais elle n'avait pas goûté la plaisanterie et à présent je restais silencieux. J'acceptais volontiers qu'elle eût ses petites manies, je ne demandais qu'à percer tous ses secrets, je voulais tout apprendre. Pour cela, elle m'avait enseigné la manœuvre dans ses moindres détails. Aussi bien, ce n'était pas aussi simple qu'on le supposait, c'était du vrai travail d'horloger, délicat et précis. « Tu comprends, m'avait-elle déclaré, ce n'est pas comme si tu suçais un cornet de glace... ! »

Nous le faisions chaque soir, lorsque je rentrais. Je commençais à y penser au moins une heure avant et me mettais à fredonner au piano, le regard perdu. Les journées n'avaient aucun intérêt pour moi, je ne vivais que pour ces instants où nous nous retrouvions, où je retrouvais l'appartement et venais me rouler à ses pieds. Je ne demandais rien d'autre. Au téléphone, ma mère me disait : « Je sais ce que cela représente pour toi... C'est sans doute une expérience que tu dois connaître... » Je crois qu'elle ne comprenait pas que je ne cherchais plus rien.

Durant tout l'été, le brouillard qui m'enveloppait et prenait soin de ma tranquillité ne se déchira qu'à deux reprises, me précipitant contre un mur qui m'envoya valdinguer au sol. La première fois, ce fut parce qu'elle avait ses règles. Je n'étais tellement pas chaud pour entreprendre quoi que ce soit qu'elle décida que je dormirais sur le fauteuil et je passai une nuit épouvantable, à ronger mon frein. Le second incident se produisit un soir où elle m'avait particulièrement émoustillé. A ses bonds, aux cris qu'elle avait poussés, au zèle que j'avais déployé pour lui arracher ses derniers soupirs et au tendre clin d'œil dont elle m'avait gratifié en glissant mon engin dans sa bouche, je m'étais cru autorisé à certain débordement que j'avais réprimé jusque-là. Aussitôt, elle avait bondi du fauteuil, filé dans la salle de bains, et je l'avais entendue cracher, tousser, s'étrangler comme si elle avait avalé une arête. Je n'en revenais pas. Je n'osais même pas lui demander ce qu'elle avait. Puis elle était réapparue, folle de rage : « Ne recommence jamais ça avec moi... ! Tu me prends pour une putain... ? ? ! ! »

Elle était comme ça. Il y avait ce qu'elle aimait et ce qu'elle n'aimait pas. Et si l'on excepte ces deux malheureux accrochages, nous passâmes un été sans histoire, occupés, lorsque nous étions rhabillés, à compter notre argent ou marcher dans les rues pour inspecter les modèles de voitures garées le long des trottoirs.

Un jour que j'étais à demi couché sous une Coccinelle, nous rencontrâmes David.

— Bon Dieu, je croyais que vous étiez morts... ! nous dit-il.

J'étais sur mon lit d'hôpital, la dernière fois que nous nous étions vus, avec mon intestin perforé et ma sonde gastrique. Son apparition me causa un choc après deux mois. J'eus envie de le serrer dans mes bras tout autant que de partir en courant.

— On va plutôt bien, pour des morts..., répliqua-t-elle assez froidement.

Elle n'appréciait pas beaucoup les gens qui me touchaient de près ou de loin. Elle estimait que je devais rompre avec le passé si je voulais arriver à quelque chose. La plupart de ses amis étaient en vacances, mais elle me les présenterait dès la rentrée. Je ne devais surtout pas me casser la tête avec ça : des amis, j'allais m'en faire de nouveaux et je n'allais pas y perdre au change.

Je sentais qu'elle était pressée de filer. Je regardais David, mes mains enfoncées dans mes poches et la tête coincée dans les épaules.

— Bon... Eh bien..., conclut-il, s'apprêtant à nous quitter.

A peine amorça-t-il un geste que les mots jaillirent de ma bouche :

— Et toi... ? Comment vas-tu... ?

Et ce n'était pas un murmure, j'avais parlé plus fort que d'ordinaire, sans en avoir l'intention. C'était plutôt gonflé de ma part. Je n'avais pas besoin de jeter un coup d'œil sur Anna pour savoir qu'elle serrait les dents et fulminait en silence. Mais le sourire de David me payait pour le sale quart d'heure que j'allais passer.

— Pas mal..., me dit-il. Mais pourquoi est-ce qu'on se voit plus... ?

Emporté par mon élan, je lui balançai mon numéro de téléphone. Je m'attendais à recevoir le ciel sur la tête. Au lieu de quoi, j'aperçus Anna qui s'éloignait d'un pas rapide alors que je la croyais derrière moi.

— Bon Dieu, appelle-moi... ! lançai-je à David avant de cavaler à sa poursuite dans le jour finissant.

*

Elle voulait le bungalow de Belushi. J'avais dit à Oli qu'il n'en était pas question. C'était ça ou autre chose, elle avait toujours de ces idées idiotes ou bien peut-être était-ce moi qui ne lui supportais rien, toujours est-il que ça n'allait pas très fort entre Giuletta et moi.

A San Diego, j'ai failli la laisser se noyer. J'y ai regardé à deux fois avant de me tirer de ma chaise longue. Puis je suis allé prévenir le maître nageur qu'une fille était au fond de la piscine. Je n'ai même pas cherché à savoir ce qui lui était arrivé.

Ensuite, nous sommes remontés vers le nord. A Carmel, elle a voulu manger dans le restaurant de Clint Eastwood, au Hog's Breath, elle se déclarait prête à attendre une demi-heure pour avoir une place au milieu de touristes avinés, contents de se trouver là, des faces rouges, luisantes et cuites comme des culs de singes. Je n'arrivais pas à lui faire comprendre que si elle tenait vraiment à y poser ses fesses, elle devrait revenir en dehors de la saison, quand l'endroit serait plus tranquille. Elle avait piqué une crise. Je lui avais montré l'enseigne, la tête de cochon sculptée dans du bois noir, et j'étais allé m'asseoir en face, dans un excellent restaurant mexicain. Un peu plus tôt, à Big Sur, elle avait trouvé que ça manquait d'animation.

Lorsque nous rejoignions le Sinn Fein Ballet, c'était presque pour moi un moment de détente. Cela me reposait de sa compagnie. Trente personnes ne représentaient qu'une rigolade à côté d'elle. Sans la présence d'Oli, j'aurais vécu un vrai cauchemar ou bien je l'aurais bourrée de médicaments, je l'aurais abandonnée sur le bord de la route.

D'autant qu'elle ne dansait pas si bien qu'il le prétendait. Et Jérémie n'était encore sûr de rien, il disait qu'il fallait attendre. Il pensait qu'elle pouvait nous étonner. « Passe une journée avec elle, lui avais-je répondu, et pour t'étonner, elle va t'étonner... ! »

Au bar du Mark Hopkins, par une soirée claire et tranquille, elle avait tenté de nous déloger pour nous traîner au Hard Rock Café. Et elle y était parvenue. J'avais passé une partie de la nuit avec un scooter pendu au-dessus de ma tête, mais par bonheur il y avait tellement de bruit que je n'entendais rien de ce qu'elle me disait.

Puis au bout d'un moment, je me suis aperçu que je m'ennuyais lorsqu'elle n'était pas là pour me casser les pieds. Le Sinn Fein était devenu une grosse machine, parfaitement rodée. Comment avais-je pu me figurer un seul instant que je pourrais y retrouver un peu de l'ambiance que nous avions connue autrefois ? Je ne sentais plus ni la joie, ni la passion, ni l'incertitude, je ne sentais plus la chaleur, je ne sentais plus rien. Quand je les observais au travail, ma déconvenue m'amusait. Il y avait presque vingt-cinq ans que j'avais quitté cette vie et je souriais dans mon coin. Seule l'odeur des coulisses me procurait encore une sensation agréable et aussi les cris que Jérémie poussait si quelque chose n'allait pas pendant les cours.

Giuletta n'aimait pas la cuisine orientale. Nous l'avions semée, un soir, pour aller au Brandy Ho's pendant qu'elle retournait, avec Jérémie et quelques autres, dans sa boîte de cinglés — elle avait oublié de s'y acheter un tee-shirt.

— Nous ne connaîtrons plus jamais rien de semblable..., m'a-t-il glissé en prenant un air doux, comme nous venions de finir nos pancakes aux oignons. Nous avons connu ça à une époque où il se passait tellement de choses... Pas un membre de la compagnie n'a vu danser Martha Graham, ni même *Agon*, ni *Le Sacre* en 59, ils sont tous bien trop jeunes... C'est comme si tu leur parlais d'Elvis ou de la nouvelle vague, ils ont du mal à imaginer les chocs que nous avons reçus, et je ne crois pas qu'ils en subiront d'autres avant longtemps, du moins pas d'aussi forts. Tu sais, il m'arrive de me demander si depuis trente ans j'ai vu ou entendu quoi que ce soit de vraiment nouveau, de vraiment différent... de quoi tomber à la renverse... Il y avait un tel remue-ménage durant ces années-là, il y avait tant de murs à enfoncer... Mais l'art n'effraie plus personne, aujourd'hui, tu n'as plus besoin d'être enragé pour te faire entendre... Tu devrais parler avec eux, demande-leur s'ils ont le sentiment de se battre pour quelque chose, demande-leur si un seul soir ils ont eu l'impression que le monde pouvait changer grâce à eux... Mais ce n'est pas un reproche... j'imagine que les choses doivent rencontrer une certaine résistance pour se développer, sinon tout se liquéfie avant d'avoir le temps de mûrir. Nous vivons à présent dans un monde si avide de nouveauté qu'il absorbe tout ce qui se présente. C'est un peu comme avec une femme qui se vautrerait devant toi alors que tu rêvais de la conquérir. Il y a de quoi te couper dans ton élan, tu ne crois pas... ? Et si tu n'entretiens pas un rapport amoureux avec le monde, tu ne peux pas créer. Mmm... je ne sais même plus pourquoi je te disais ça... Enfin si, je voulais t'expliquer que le Sinn Fein était mort depuis une éternité et que je ne t'invitais pas à vivre l'aventure. La vie est ennuyeuse, de toute façon... mais crois-tu que ce serait pire si nous étions ensemble... ?

C'était une question à laquelle je réfléchissais depuis un bon moment. Sans le lui dire, j'avais téléphoné à Heissenbüttel pour savoir si je ne pouvais pas commencer mes cours en septembre.

— Ça ne devrait pas poser de problème..., m'avait-il répondu. Et j'ai également une proposition à vous faire. Hélène Folley nous a quittés. Vous chargeriez-vous d'un trimestre sur l'histoire de l'art... ? Vous savez, il ne s'agit que de les décrotter un peu...

— Mmm..., écoutez, je dois y réfléchir... mais ce n'est pas impossible.

— Nous pourrions même envisager de vous avoir à

plein temps... Il faudra que nous en discutions. Savez-vous que j'ai découvert, il y a peu, que nous avions un ami commun... ?

— Oh !... j'espère que nous en avons plusieurs...

— Ha ! ha !... mais nous parlerons de tout ça. Portez-vous bien, Henri-John. Revenez-nous parfaitement disposé. Et tenez-moi au courant.

Voilà quelqu'un qui n'était pas rancunier. Et de suffisamment intelligent pour comprendre qu'une histoire comme celle des séchoirs à cheveux — et au cours des cinq années passées, nous en avions connu quelques autres — pouvait nous diviser, voire nous amener l'un et l'autre à nous saisir à la gorge sans que ces empoignades n'aient un caractère personnel. Aussi bien, j'avais fini par croire qu'il m'estimait pour de bon, que j'étais devenu à ses yeux un peu plus que le mari d'Edith.

Cela dit, je ne me sentais pas plus excité à l'idée de travailler pour le Sinn Fein Ballet qu'à celle de retourner à Saint-Vincent. Mais il me restait plus d'un mois pour me décider.

Nous nous sommes envolés pour Charlestown, en Caroline du Sud. Un peu avant d'atterrir, nous avons traversé un violent orage. C'était le milieu de l'après-midi mais le ciel s'était assombri tout d'un coup et plus personne ne rôdait dans les couloirs tant nous étions secoués. Les lumières s'éteignaient puis se rallumaient avec un air macabre. Lorsque nous nous trouvions dans l'obscurité, des éclairs jaillissaient aux hublots et j'apercevais l'aile gauche de l'avion qui s'illuminait comme une lame de couteau mal équilibrée et vibrant dans son manche.

J'avais Odile à côté de moi, et tout à fait par hasard, celle-là même dont j'avais critiqué la froideur et que Jérémie se promettait de conduire sur la bonne voie.

290

Nous n'avions guère échangé plus de quelques mots depuis le départ. Je ne la connaissais ni plus ni moins que les autres, autant dire très peu, mais ses ongles étaient enfoncés dans mon avant-bras. Ils s'y étaient plantés cinq minutes auparavant, à l'occasion d'une brusque embardée qu'une clameur assez sinistre avait accueillie, des premières classes aux économiques. Je n'aimais pas cela davantage qu'un autre mais j'avais bu deux ou trois verres et ne sentais pas ma fin aussi proche.

Bien entendu, j'ai regardé d'un drôle d'œil un type de l'équipage lorsqu'il s'est mis à arracher la moquette dans l'allée. Il semblait que nous ayons certain problème avec le train d'atterrissage et le bougre tentait d'atteindre je ne sais quoi et jurait entre ses dents.

Plutôt que de voir ça, je me suis tourné vers ma compagne qui cherchait à se blottir contre moi. Elle n'était pas la seule à ne pas goûter la plaisanterie. Mon voisin, de l'autre côté du passage, était déjà plié en deux, prêt pour le crash, et devant moi deux danseurs s'étreignaient. Il y avait longtemps que je n'avais pas serré une femme dans mes bras et, malgré cette ambiance d'apocalypse, je ne songeais pas à autre chose. Associée à ma légère ivresse, l'absolue certitude que j'avais de ne pas périr dans un accident d'avion — d'autant que l'arracheur de tapis paraissait avoir mis la main sur du sérieux — me permettait de bien saisir la situation. Elle avait, en dépit des consignes qui clignotaient au plafond, débouclé sa ceinture et, pour plus de commodité, relevé l'accoudoir qui nous séparait.

Comme je l'ai dit, son style était froid, mais son corps était à la bonne température. J'avais passé un bras compatissant par-dessus son épaule et je sentais sa poitrine glisser contre mon flanc au gré de ses frayeurs,

291

je sentais ses mains se refermer sur moi, le souffle de son haleine dans mon cou tandis qu'elle invoquait le nom du Seigneur tout-puissant et cependant que nous tournions dans les ténèbres tourmentées au-dessus de l'aéroport de Charlestown, au beau milieu d'une tempête où vous auriez vu les hôtesses grimacer et se tordre les mains et l'un des membres de l'équipage occupé à sortir le train d'atterrissage à la manivelle. J'ai vidé d'un trait le flacon de gin que je gardais en réserve car je n'étais pas aussi maître de moi que je le feignais : je ne savais même pas où poser mes mains, je n'osais pas participer à cet enlacement naturel et dépourvu d'arrière-pensées que l'on peut pratiquer avec son voisin, fût-il un inconnu — du moment que c'est une jolie femme non accompagnée —, quand l'heure de la mort paraît sonner.

Ses cheveux avaient une odeur agréable. Lorsque l'avion piquait du nez et qu'elle m'offrait sa nuque, j'avais envie d'y poser mes lèvres, pour voir ma réaction. Je me demandais si l'on pouvait soigner le mal par le mal, si une aventure me ferait du bien ou si c'était commettre une erreur supplémentaire. Ne trouvant pas la réponse, j'ai cessé de m'intéresser au problème. D'autant qu'il se pouvait très bien qu'une fois tirée d'affaire Odile se ressaisisse et ne voie plus le même intérêt à me tenir dans ses bras. Se souviendrait-elle seulement qu'au moment de l'atterrissage, quand telles étaient les vibrations de l'appareil qu'on l'imaginait déjà se démantibuler en plein vol et qu'un passager à l'arrière criait qu'on n'allait pas y arriver, elle m'avait pris à bras-le-corps et qu'une de ses jambes était passée par-dessus les miennes ?

Nous avions réservé quelques bungalows dans l'île de Kiowa, à une demi-heure de la ville. Il tombait une pluie diluvienne mais cela n'apportait aucune fraîcheur, l'air était moite et pesant. Le ciel était noir à cinq heures de l'après-midi. Les routes étaient inondées, on n'y voyait rien. Chacun ne songeait plus qu'à se jeter sur un lit en attendant que la baignoire s'emplisse.

Giuletta occupait la salle de bains depuis bientôt une demi-heure. Je savais que tambouriner à la porte ne servirait à rien. Oli était parti à la réception pour s'occuper des formalités et retenir des tables pour le soir. Elle m'a appelé à travers la porte :

— Oh ! Henri-John… ! Sois chou, voudrais-tu m'apporter mon sac… ? !

Je n'ai rien répondu. J'avais découvert le parfum d'Odile sur mon avant-bras et le respirais de temps à autre, les yeux fixés au plafond et l'esprit à moitié vide.

— Oh ! bon sang… ! Sois gentiiiil… !

A ce moment, la pluie s'est arrêtée tout d'un coup. Je me suis levé du lit pour me poster devant la baie vitrée et j'ai vu que le ciel se déchirait un peu, qu'il en tombait des rais de lumière, d'étranges coulées verticales et irisées, du plus charmant effet. Des types s'affairaient déjà sur les courts de tennis, repliaient les bâches et couraient derrière de larges râteaux de caoutchouc pendant que des hommes et des femmes attendaient, ceux-là de blanc vêtus.

Je suis sorti sans un mot. Je me suis dirigé vers les lumières, empruntant des allées fleuries de plantes exotiques, comme taillées dans une jungle exubérante mais férocement entretenue, traversant de petits ponts à l'air japonais, clignant des yeux lorsqu'une femme couverte de bijoux venait en sens inverse ou remerciant les types de la sécurité qui coupaient le son de leur talkie-walkie pour me souhaiter une bonne soirée.

Il y avait une immense piscine, bleue et lumineuse à souhait, et flanquée d'un bar olympique. Vous grimpiez quelques marches et en découvriez une autre, de la même dimension, mais en forme de haricot. La troisième était gigantesque. J'avais l'impression que c'était un cœur ou bien alors un cornet de glace de la taille d'une maison. Bien que l'orage ne se soit arrêté qu'un court instant plus tôt, l'endroit s'était déjà repeuplé et presque tous les sièges des bars étaient pleins. Il fallait s'avancer un peu plus loin pour voir l'océan.

Là, il n'y avait plus de lumière, plus personne. Le bruit du ressac engloutissait la musique, la lueur des piscines ne s'aventurait pas jusque-là et tout ce qui se trouvait dans mon dos avait disparu. Je me suis accroupi un instant pour inspecter les courants, les rouleaux qui déferlaient en diagonale, les lignes d'écume qui se brisaient au loin puis se ressoudaient de nouveau et sans fin. Puis j'ai levé les yeux vers le ciel — toujours sombre, violacé et qui montait du ras de l'horizon dans un formidable amas de nuages, plus énormes et sinistres les uns que les autres — et c'est alors que j'ai aperçu pour la première fois un vol de pélicans.

Finn m'en avait parlé. Un jour que nous étions allés à Nantucket pour ramener le bateau d'un type pressé qui prenait l'avion pour Boston, j'avais acheté un petit bronze représentant l'un de ces oiseaux. Je n'ai pas l'âme d'un collectionneur et j'ai toujours éprouvé la plus grande méfiance vis-à-vis de ces objets qui vous empoisonnent la vie, mais cette fois, je n'ai pas hésité une seconde. Nous sortions du Whaling Museum et je voulais trouver quelque chose à envoyer à mes filles. Dans un magasin d'antiquités, j'avais choisi deux fers de harpons, beaux et cruels, en espérant que le message serait compris. C'est le devoir d'un père que d'éclairer ses enfants sur cette vie. Et au moment de payer j'étais tombé sur mon pélican. Je ne savais pas s'il m'avait parlé ou s'il m'avait appartenu dans une autre vie, mais une impulsion subite me l'avait fait saisir et je l'avais réglé sur-le-champ pendant qu'on emballait mes harpons.

Il n'était pas très grand, il tenait dans ma main. Finn appelait mon oiseau « Eastern Pelican ». Il avait vu les mêmes sur les côtes de Californie, mais de ce côté-ci ils remontaient rarement au-delà de Wilmington, en Caroline du Nord. A la différence de ceux que l'on trouvait en Europe, ils étaient gris, plus courts et plus rapides. « De sacrés pêcheurs... ! avait-il ajouté. Tu connais la légende... ? »

Je savais également quel symbole il représentait. Mais ce n'était pas la raison pour laquelle je l'avais acheté, ou du moins, s'il y en avait une, je ne la connaissais pas. Il me semblait que mon esprit n'avait pas fonctionné quand j'avais empoigné mon pélican, qu'un élan parti du fond de moi l'avait court-circuité. Ce qui n'était pas bien grave. Je me souvenais pourtant de l'émotion que j'avais ressentie en le glissant dans ma poche, cette espèce de joie un peu triste qui ne m'avait pas quitté jusqu'à ce que nous soyons en mer.

Ce soir, je n'ai tout d'abord distingué qu'un trait noir, sorti tout d'un coup d'un nuage assez bas, mais ce n'est pas cela qui m'a fait tressaillir, c'est la reconnaissance de ce que j'avais éprouvé lorsque j'étais sorti du magasin. J'ai donc su qu'il s'agissait de pélicans avant même qu'ils se soient distingués d'un simple vol de canards sauvages et mes fesses se sont enfoncées dans le sable mouillé.

Ils se sont mis à onduler. Le moindre écart de celui qui se trouvait en tête se répercutait sur les autres avec une précision absolue. Leur silhouette évoquait des engins mystérieux. Ils avaient une forme bizarre, surprenante et même un peu ridicule. Mais passé une seconde, vous auriez juré n'avoir jamais rien vu d'aussi beau et vous vous seriez levé et vous auriez gardé ça pour vous.

L'événement ne m'a pas rendu bavard au cours du repas. J'en ai simplement glissé quelques mots à Oli qui m'a souri avec un air entendu. Giuletta a dit : « Et qu'est-ce qu'ils avaient, ces pélicans... ? » Quand je lui ai répondu qu'ils n'avaient rien, elle m'a regardé comme si j'étais l'idiot du village.

Je me suis retrouvé seul à la fin du dîner. Je n'avais pas, comme certains, l'intention d'aller jouer au tennis à peine sorti de table. Pas plus que d'aller m'enfermer dans le night-club. Giuletta voulait m'entraîner à la piscine mais je n'avais pas envie de lui sauver la vie une seconde fois. Prendre un verre semblait être la seule chose qui soit dans mes cordes. Je l'ai donc suivie un instant, puis je lui ai faussé compagnie à la hauteur du bar.

J'ai pensé qu'il y avait un Frigidaire garni dans ma chambre. Qu'il y avait une chaise longue sur ma terrasse et que la nuit devait être silencieuse. Et je m'apprêtais à partir car les gens n'étaient pas là pour boire — et les bars où les gens ne boivent pas sont les pires endroits du monde.

— Oh !... Est-ce moi qui... ?

Relevant la tête, j'ai découvert Odile. Elle faisait allusion aux écorchures que j'avais sur le bras, ce qui paraissait l'amuser.

— Mmm... Ce n'est rien, ai-je répondu.

Elle voulait prendre un verre mais je lui ai dit que je ne supportais plus cet endroit.

Nous avons cru que nous nous étions perdus. Tous ces canaux, ces ponts, ces plans d'eau, ces mares, toutes ces allées sinueuses, toute cette végétation, tous ces bungalows se ressemblaient. Mais nous avions marché sans nous soucier du résultat et à présent nous avancions dans l'ombre et nous n'entendions plus rien. Elle a repris mon bras, mais cette fois sans y planter ses ongles. Nous n'étions qu'égarés, pas sur le point de nous écraser dans les faubourgs de Charlestown. Néanmoins, nous avions retrouvé une ambiance particulière, irréelle et soufrée.

Un peu plus tôt, je ne me serais pas levé pour aller la rejoindre à une table. Je ne me serais pas mis à lui tourner autour de sang-froid. Je n'aurais rien fait pour tenter ma chance. Je n'aurais pas pu me décider. Réfléchir à la question m'aurait aussitôt dissuadé d'entreprendre quoi que ce soit. C'était une chose que d'accueillir une femme qui vous tombait sous la main, une autre que d'avoir à la tendre. Et il ne fallait pas trop m'en demander de ce côté-là, j'avais un peu l'âme d'un convalescent. Et heureusement, je n'avais pas l'impression qu'elle me demandait quelque chose.

A l'arrière du bungalow, ma terrasse s'ouvrait de plain-pied sur une de ces mares fleuries reliées par des canaux et Odile y trempait ses pieds tandis que je préparais des verres. J'avais bouclé la porte de ma chambre pour que nous ne soyons pas dérangés, disposé quelques mousses sur le bois encore humide et avalé d'une seule gorgée un flacon de Southern Comfort dont je connaissais les effets radicaux. Puis j'étais revenu auprès d'elle avec deux grands verres de gin tonic, mais au dernier moment je m'étais replié sur un fauteuil à bascule.

Je n'avais allumé aucune lumière, d'une part à cause des moustiques. Il faisait chaud. J'avais remarqué, car l'obscurité n'était pas si complète, que luisait, au-dessus de sa lèvre supérieure, un léger voile de transpiration. Je n'y étais pas insensible. Je me doutais qu'elle

297

avait de vilains pieds, comme toutes les danseuses, mais elle avait résolu le problème en les plongeant dans l'eau sombre et m'offrait une agréable paire de jambes qui ne se dérobait qu'à mi-cuisse.

Il n'y avait rien qui me tracassait. Nous étions à l'abri des curieux — ma chambre donnait sur le golf, fairway numéro 14, nulle âme qui vive, et la forêt s'élevait au-delà. Nous étions à l'abri de Giuletta qui n'avait pas le gabarit d'une enfonceuse de porte. Et je refusais de penser à Edith. Je n'étais pas loin de la tenir pour responsable de ce qui menaçait d'arriver. Cela me facilitait les choses.

Je ne pressentais donc aucun danger. Je ne savais pas très bien de quoi nous discutions, mais je l'observais pendant ce temps et je me demandais ce qu'elle cherchait dans la vie et ce qu'elle avait trouvé, et quel genre de personne elle était, et ce qu'elle pensait au fond. Puis je me suis installé à côté d'elle et j'ai caressé son bras pendant qu'elle s'étonnait de l'incroyable variété d'azalées qu'elle avait remarquée en se promenant dans la soirée. J'ai dit : « Et les gardénias, donc... », tout en me penchant sur ses lèvres.

Avec une lenteur délicieuse, nous avons basculé sur le sol. Comme je le gardais dans ma poche, j'ai senti mon pélican s'enfoncer dans ma cuisse, mais j'ai souffert en silence.

L'air était si moite que nous étions déjà en nage avant d'avoir commencé quoi que ce soit. J'ai dégrafé largement sa robe afin que sa poitrine puisse respirer et, n'ayant qu'à tendre le bras, j'ai plongé mon mouchoir dans l'eau, l'y ai laissé tremper quelques instants tandis qu'elle me mordillait l'oreille. Ensuite je l'ai pressé au-dessus de son ventre, qu'elle avait plat et ferme, entre parenthèses.

Elle en voulait encore. Rien de plus facile. Par la

même occasion, cela me rafraîchissait la main. J'agitais même un peu l'eau du bout des doigts, m'avisant qu'un léger clapotis créait une illusion de mieux-être, comme si nous avions entendu des glaçons dans un verre de menthe. Mon mouchoir allait et venait, du plan d'eau à ses seins, à ses cuisses, à ses tempes.

Enfin, je l'ai serrée d'un peu plus près. Et soudain, je l'ai sentie m'échapper. Elle a poussé un cri de surprise. Par instinct, et sans comprendre ce qui arrivait, je me suis accroché à elle. Puis elle a poussé un cri d'horreur.

Tout d'abord, j'ai cru qu'il s'agissait d'un crocodile. Je me suis alors souvenu d'une brochure que j'avais feuilletée avant le départ et j'ai compris que c'était un alligator.

Il était encore plus affreux que sur la photo, c'était un vrai cauchemar. A demi sorti de l'eau, empanaché de plantes aquatiques, il avait happé la robe d'Odile et tirait dessus de tout son poids.

Je m'étais relevé en catastrophe et m'arc-boutais dans l'autre sens. En conséquence, Odile ne touchait plus le sol. Elle appelait au secours, mais, ainsi que je m'en étais félicité un peu plus tôt, l'endroit était désert et je n'avais pas le bras assez long pour saisir le téléphone.

J'avais maigri depuis qu'Edith m'avait quitté. Les deux ou trois kilos que le désespoir m'avait arrachés risquaient de me faire défaut, à présent. Le pire était que je donnais toute ma puissance, que je rugissais et grimaçais sous l'effort tandis que l'animal semblait garder tout son calme et prendre mon intervention pour de la rigolade.

Je ne savais pas qui me l'envoyait, mais tenter de m'enlever cette femme des mains était le plus sale coup que l'on pouvait me jouer, eu égard à ma situation. Dieu m'était témoin que je n'avais rien manigancé pour la posséder. Que je n'avais pas couru les femmes depuis qu'Edith m'avait chassé, m'en étais même tenu à distance, et je ne le regrettais pas, loin de là, j'aurais agi ainsi de nouveau si c'était à recommencer. Mais qu'on ne me prive pas de cette femme à présent, car je n'allais pas m'en remettre — qu'on rappelle cette créature de l'enfer, car je n'avais pas mérité qu'on m'étrangle de la sorte.

Mes prières ne servaient à rien. Je n'entendais pas un seul coup de fusil. J'avais l'impression que le reptile me fixait d'un air mauvais, comme si, en embarquant Odile, il avait avant tout cherché à me nuire. Par moments, sa queue apparaissait et il fouettait la surface de l'eau pour m'intimider. J'avais presque envie de lui bondir dessus tellement j'enrageais. Odile cramponnait sa robe et gémissait. Elle était heureusement parvenue à poser ses deux pieds sur le sol, de part et d'autre de l'animal, et unissait ses efforts aux miens.

Et cela suffisait à peine. A notre excitation, il n'opposait qu'une inertie lugubre et confiante. Je crois qu'il attendait que nous n'en puissions plus, et donc ne jugeait pas utile de se fatiguer. J'en étais malade. Si cela continuait, Odile allait se déchirer en deux. Et lui se serait sans doute contenté d'un seul morceau, mais moi je la voulais tout entière.

Il y avait une bonne minute que l'exercice durait. Sa robe tenait bon. Je perdais mon temps à envisager tous les moyens de rompre ce damné morceau de tissu. Autant que l'exercice musculaire, la résolution de ce problème inondait mon visage de grosses gouttes. J'étais hypnotisé par cette idée, ne songeais que tailler, déchirer, trancher, brûler ou ronger, mais je ne sortais pas de là. Et c'était sans issue... Quand tout à coup, mon esprit s'est illuminé.

— Nom d'un chien... ! Sors tes bras des manches... ! ! ai-je à demi ricané à l'oreille d'Odile.

J'ai pu remarquer qu'elle n'était pas de celles que la peur paralysait ou rendait sourde, ce qui aurait compliqué la tâche. Nous nous sommes tortillés un instant pour mener l'opération à bien, sans perdre l'animal de l'œil. De toute évidence, le but de nos contorsions lui échappait. Ce n'était qu'un paquet de muscles à la cervelle atrophiée, un être obtus et borné qui s'apercevrait un jour que la vie l'a possédé du début à la fin et que la stupidité se paye. Tout se paye d'une manière ou d'une autre. Sinon, ce serait trop facile. « Il faudra rendre compte de tout ce qui est caché, tout acte, qu'il soit bon ou mauvais. »

En attendant, j'ai extirpé Odile de sa robe.

Tandis qu'elle passait derrière moi, j'ai attrapé mon fauteuil et l'ai brandi au-dessus de ma tête.

— Pourquoi as-tu changé d'avis... ? m'a-t-elle demandé plus tard. Elle voulait savoir pourquoi je n'avais pas abattu mon fauteuil sur le crâne de l'alligator. Déjà tout à l'heure, elle m'avait interrogé du regard mais l'heure n'était pas aux discours. Nous étions encore sous le coup de l'émotion, moites et fébriles, et je n'avais d'yeux que pour sa petite tenue dont la blancheur éclatante couvait dans la pénombre. J'avais gardé son slip en boule dans le creux de ma main tandis que je la prenais debout contre le mur, et mon poing l'avait serré jusqu'à en devenir douloureux durant toute la durée de l'opération.

Ensuite, nous nous étions repliés vers le lit. Et nous n'avions pas parlé davantage. Mais à présent, elle y semblait décidée.

Pour ce qui concernait cette histoire, je lui ai répondu que je n'en savais rien, que j'avais sans doute voulu garder toutes mes forces.

— J'aime les hommes bons, a-t-elle annoncé.

— Moi aussi. J'en ai même rencontré deux ou trois.

Nous avions sorti des cigarettes. J'avais tiré le drap sur nous pour nous changer les idées mais elle me caressait avec sa jambe, sans trop de résultat. Je n'avais plus vingt ans, elle allait devoir patienter. Enfin ça allait, elle ne le prenait pas mal.

— Ils ne sont pas si rares que tu le penses...

— Alors nous ne parlons pas de la même chose.

Elle se tenait sur le côté et m'observait pendant que je fixais le mur d'en face. Elle était collée à moi, une cuisse en travers de mon ventre. Elle ne s'était pas précipitée à la salle de bains et j'en sentais le résultat sur ma hanche, la tiédeur poisseuse qu'elle entretenait d'un léger mouvement du bassin. Il n'y avait aucune réserve dans sa besogne, son entrejambe glissait sur ma peau comme une bouche édentée, mais par contre elle osait à peine me toucher du bout des doigts. Elle avait essayé de caresser mon épaule et de ramener une mèche derrière mon oreille. Cela n'avait pas été aussi facile. Il semblait que plonger une main sous les draps n'était rien comparé au simple effleurement de ma joue.

Je ne voulais pas jouer les types mystérieux, pas plus que je ne cherchais à l'intriguer, mais chaque fois que je tournais la tête de son côté je la voyais presque clignant des yeux, dressée sur un coude et me considérant avec un sourire perplexe, ce qui me dérangeait un peu. J'y étais pourtant habitué. A un moment ou un autre, j'avais surpris cette expression sur le visage des femmes qui m'avaient serré d'assez près. Et quand chacune d'entre elles m'avait apporté quelque chose, m'avait sans doute appris tout ce que je savais, quand marche après marche elles m'avaient hissé à des paliers d'où l'on peut contempler le monde, je n'avais moi, pour ce que j'en observais, guère eu davantage qu'une stupide énigme à leur offrir. J'avais toujours fini par comprendre ce qu'une femme cherchait ou désirait, et peut-être aussi avais-je saisi leur nature profonde, mais je n'aurais pas pu en dire autant d'un homme. Elles avaient de quoi nous regarder avec des yeux ronds : la vérité était que nous étions le côté sombre de l'espèce humaine.

J'y avais réfléchi assez souvent, et j'avais beau être bien placé, je n'étais jamais parvenu à y voir tout à fait clair. Il y avait toujours quelque chose qui m'échappait, chez moi ou chez n'importe quel type que j'examinais, quelque chose d'insaisissable que faute de pouvoir mieux appréhender j'associais à du vide. Et dans ces conditions, je n'arrivais pas à nous cerner précisément, je butais sur l'élément masculin ou m'y engloutissais sans plus de résultat. Je lui devais de n'avoir jamais su quel but profond je poursuivais au juste. Je lui devais toutes les petites tracasseries qui en découlaient. Anna, une fille que j'avais connue autrefois, me répétait souvent que j'avais de la chance d'avoir une bite entre les jambes, car ainsi le monde m'appartenait. Mais quel monde... ? Qu'est-ce qui m'appartenait... ? Où est-ce qu'elle avait vu ça... ? !

Je ne voulais pas qu'elle s'imagine qu'elle m'ennuyait, maintenant que nous étions revenus au calme, mais cette intimité me pesait un peu et ses questions m'embarrassaient, d'autant qu'elles se précisaient et touchaient à ma vie privée. Je lui répondais néanmoins et faisais des efforts pour m'arracher plus de quelques mots, malgré que j'en avais. Certaines anecdotes sans importance me tiraient d'embarras pour un moment. Je n'éprouvais aucune réticence à lui raconter mes histoires d'adolescent, je m'y plongeais la tête la première sitôt que j'en saisissais l'occasion et je l'entraînais au loin, je l'égarais dans des forêts obscures où je ne risquais plus rien, je la tenais à distance en lui abandonnant quelques épisodes poussiéreux de ma vie, quelques aventures que je trouvais drôles et suffisamment éloignées de ce que j'étais aujourd'hui.

Le jour de ma communion solennelle, il m'était arrivé une chose bizarre. Tout le monde m'avait demandé ce que j'avais fabriqué, mais je n'y étais pour rien et j'ai longtemps pensé que le Seigneur Lui-Même avait voulu m'effrayer ou me punir de je ne sais trop quoi. Lorsqu'en général je racontais cette mésaventure — je remontais le chœur au milieu des autres et tout à coup mon cierge s'était mis à crépiter et s'était consumé à toute vitesse, de sorte que je me présentai devant l'autel avec une chandelle de trois centimètres et que le prêtre hésita à me tendre l'hostie — j'obtenais au moins un sourire. Lorsque j'étais en forme — et je m'y efforçais cette nuit-là, trop content d'éviter d'autres sujets —, je tirais de cette histoire des effets désopilants qui jusqu'ici m'avaient valu les grâces de mon auditoire.

— Qu'y a-t-il ? Ça ne t'intéresse pas... ? lui ai-je demandé.

J'avais l'impression qu'elle retenait un soupir ou qu'elle allait bâiller.

— Ecoute..., m'a-t-elle dit, pourquoi n'es-tu pas détendu... ?

Je lui ai caressé les fesses pour couper court à ce genre de question. Je n'étais pas encore tout à fait prêt mais je songeais à m'y remettre si c'était ça ou lui parler de mon état d'esprit.

— Ça ne peut pas attendre... ? a-t-elle suggéré en souriant.

Je n'ai rien dit. J'ai pensé que j'allais lui clouer le bec, mais sa surprise n'a duré qu'une seconde. Et comme ignorant la sombre invitation que je lui proposais — je n'aurais pas su dire si je devais insister ou si c'était quelque chose qu'elle n'aimait pas — elle a répété sa question.

— Je suis aussi détendu qu'on peut l'être..., lui ai-je répondu.

— Je voudrais savoir ce qui t'embête... Est-ce que c'est moi qui...

— Ecoute, je vais tout à fait bien.

— Est-ce que tu trouves que je suis trop curieuse... ?

— Mmm... on est toujours trop curieux, j'imagine...

Je l'ai regardée car j'étais étonné qu'elle puisse poursuivre la conversation sans se troubler. Ses yeux ne cillaient pas. Son teint s'était à peine empourpré. Il me semblait que j'aurais pu tout aussi bien lui glisser un doigt dans l'oreille. Loin de se dérober, son derrière pointait sous les draps, mais je voyais que son esprit était ailleurs.

— Je pense que tu dois savoir quelque chose..., a-t-elle repris, quelque chose qui devrait te mettre à l'aise... Je suis mariée. J'ai une petite fille de deux ans et j'aime mon mari... Ce qui signifie que tu n'as rien à craindre... Tu n'auras pas d'histoire avec moi. Je veux dire pas d'histoire dans le sens où nous n'allons rien tenter, toi et moi... Je ne sais pas si nous aurons d'autres nuits ensemble, enfin je le souhaite, mais nous en offrirons-nous beaucoup d'autres que cela ne changera rien entre nous. Je n'attends rien de toi. Je ne cherche pas à t'entraîner quelque part. Le plaisir que j'ai d'être avec toi n'est rien comparé à mon bonheur d'avoir fondé une famille. Et ce que nous faisons tous les deux m'est d'autant plus agréable que ça ne remettra jamais rien en question... Voilà, j'espère que je n'ai pas été trop brutale.

Je me suis levé pour aller boire un verre. Elle m'a demandé ce que j'avais. Je lui ai souri, puis je suis sorti sur la terrasse. Je voulais respirer un peu avant de retourner la baiser. Et dehors, la nuit n'était pas si sombre. L'air n'était pas si pesant. Rien de ce que je voyais ne me semblait banal ou médiocre. Rien n'était terrifiant.

*

23 septembre 61
Je l'ai trouvé grandi. Mais plutôt maigre et pâle. Les amis d'Anna sont tous des cons mais il ne leur ressemble pas encore. En cherchant bien, on voit toujours une petite lueur dans ses yeux, ou peut-être que c'est moi qui suis vraiment trop bête. Quand nous sommes sortis, Oli m'a dit : « Je veux pas en parler. Je veux pas que tu me dises un mot sur lui... ! »
Je suis la seule, ici, à vouloir faire quelque chose. Elisabeth m'observe quelquefois, quand je suis en train de réfléchir. Mais ça ne m'aide pas beaucoup.

*

Le soir même, je remerciai Anna de les avoir invités. Elle balaya mes paroles d'un geste vague car il y en avait encore quelques-uns qui s'attardaient et qu'elle voulait rejoindre au plus vite. J'en profitai pour ranger un peu, non parce que sa mère m'était particulièrement sympathique mais parce que je me sentais lessivé et que je n'avais plus la force de m'asseoir avec eux.

Durant toute la journée, j'avais tourné en rond à l'idée de revoir Edith et Oli, et plus l'heure de nos retrouvailles approchait, plus j'étais nerveux, plus ma joie devenait douloureuse. Il y avait bientôt trois mois que je ne les avais pas vus. La veille, Anna n'avait toujours pas décidé si elle avait envie de les voir, elle

306

me répétait que c'était *son* anniversaire au cas où je l'aurais oublié.

Les premiers temps, lorsque j'avais quitté la maison, je ne me sentais pas très à l'aise en pensant à eux. Et de ma nouvelle vie, je n'avais rien de très fantastique à leur montrer, rien qui ne pût justifier mon départ à leurs yeux, aussi m'étais-je tenu à l'écart et n'avais-je même pas cherché à leur parler quand je tenais ma mère au téléphone. Par la suite, lorsque je m'étais mis à gagner un peu d'argent et qu'en dépit de ses critiques Anna commençait à me considérer comme une personne adulte, je m'imaginais leur ouvrant la porte et les installant à notre table, nom d'un chien, et ils étaient impressionnés, ils m'étudiaient et se poussaient du coude tandis que je leur offrais un verre, et je n'avais pas besoin de leur expliquer pourquoi j'étais parti, ils me pardonnaient ma brutalité et mon silence en découvrant à quelles voix j'avais obéi. J'étais persuadé d'avoir accompli un grand pas, qu'enfin la vie me proposait du sérieux. Si j'inclinais à de tels sentiments, alors, plus que quiconque, ils me manquaient car mon ascension ne se satisfaisait pas absolument d'elle-même : je voulais qu'Edith et Oli en conviennent, je voulais qu'ils me demandent conseil ou si je pouvais les aider.

Anna trouvait toujours de bonnes raisons pour repousser leur visite à plus tard. Et si j'avais le malheur d'insister, la discussion se terminait mal. D'ailleurs, chaque fois que nous étions d'un avis différent, il s'ensuivait que je n'avais qu'à m'en aller si je n'étais pas content et un silence piteux lui répondait, un silence écœurant qui me piétinait mais que je n'arrivais pas à surmonter. J'avais l'impression qu'elle ne plaisantait pas. Et qu'un gouffre sans fond m'attendait derrière la porte. Si bien qu'avoir le dernier mot ne me semblait plus d'une grande importance. Qu'y avait-il au monde qui valait que je lui sacrifie Anna ? Quel sale moment pouvait-elle me faire passer qu'elle n'effaçât en me tirant dans son lit ? Je n'imaginais pas lui tenir tête si cela devait me priver de ses caresses. Je ne croyais pas qu'il existait d'autre solution que de vivre avec une femme. Et je savais d'expérience qu'il n'était pas commode de s'en trouver une.

Enfin bref, j'apprenais qu'il fallait vivre déchiré. J'appris bien d'autres choses avec Anna, dont certaines ne s'éclairèrent qu'après coup ou que je n'interprétai que bien des mois plus tard, lorsque j'y repensai. Il y en avait également de très simples, qui ne m'apportaient pas de grandes révélations sur la nature humaine mais qui m'aidaient à résoudre le quotidien. Par exemple, je savais comment la réveiller pour en tirer avantage. Ce n'était pas ce que je préférais, étant donné qu'il n'y en avait que pour elle, mais c'était justement ma sainte abnégation qui l'attendrissait. Aussitôt qu'elle avait joui, j'installais des oreillers dans son dos et lui servais le petit déjeuner que je lui avais préparé, prenant à peine le temps de m'essuyer la bouche. Si elle tendait une main pour me caresser la joue, j'avais une chance pour qu'elle m'accorde ce qu'elle m'avait refusé la veille.

A en croire ce qu'elle me dit, au matin de son anniversaire, je l'avais carrément tuée. Je n'en fus qu'à moitié surpris, compte tenu de l'ardeur que j'avais déployée. Au bout d'un moment, elle avait tenté de fuir, mais j'avais continué de l'astiquer. Elle en avait basculé du lit, avait rampé sur le dos jusque dans l'encoignure où un rayon de soleil l'attendait, et là elle s'était mise à trembler de tout son être, avait bredouillé des paroles incompréhensibles que je n'avais même pas cherché à comprendre. De plus, mon café était excellent, et je lui avais apporté des croissants et de la confiture. Je l'observai, tout en déposant le plateau sur ses jambes. Elle avait une moue repue et satisfaite au coin des lèvres. Quand elle m'annonça que je pouvais leur téléphoner, j'eus le sentiment que je ne l'avais pas volé.

A présent que la soirée était finie, je me demandais ce que j'avais espéré. Ma seule consolation était que nous n'avions passé qu'un moment pénible alors qu'avait couvé la catastrophe. La mère d'Anna me trouva livide, au point qu'elle voulut me dispenser de faire la vaisselle, mais j'insistai. Elle m'aimait bien. C'était simplement mon âge qui la désespérait, et le fait que je n'avais pas de situation, ni même une idée un peu précise de ce que je voulais devenir. Elle me parlait d'Anna avec d'autant plus de facilité qu'elle ne prenait pas notre liaison au sérieux. Cette cinglée venait pleurnicher sur mon épaule, se désolait qu'à vingt-six ans sa fille n'ait point encore convolé avec un chef d'entreprise ou un haut fonctionnaire. « Oh ! Henri-John... ! soupirait-elle, me tenant les mains et se collant à moi sur le canapé, Henri-John, mon garçon, quand donc va-t-elle se décider à rencontrer quelqu'un... ? ! » Je ne pouvais plus la blairer. Dès qu'elle me touchait, ma peau se hérissait et je me tenais prêt à filer en vitesse au cas où elle aurait perdu l'esprit. Un jour que j'étais saoul, je lui avais glissé une main entre les jambes. La plupart des copains d'Anna en avaient autant à raconter, certains prétendaient même s'y être mis à plusieurs. Ce n'était pas impossible. C'était des types qui descendaient sur la côte, en plein hiver, avec des filles et des voitures de sport. Ils me parlaient d'endroits que je ne connaissais pas, de la marque de leurs chaussures ou de leur nouveau bracelet-montre qu'ils ôtaient et me donnaient à examiner. J'essayais de m'intéresser à leurs histoires, je le faisais pour Anna, pour lui être agréable, mais combien de fois avais-je failli m'endormir sous leur nez, combien de fois avais-je filé aux vécés pour échapper à leur conversation, quelle quantité d'ennui parvenaient-ils à déverser sur moi au point de m'en faire plier les jambes... ?

Il n'avait pas fallu plus d'une minute à Edith pour se tourner vers moi avec les mâchoires serrées. Et je compris aussitôt mon erreur.

— Tes amis n'ont rien mangé..., me dit la mère d'Anna.

— Oui, ils n'avaient pas faim.

— Ils ne se sont pas ennuyés, au moins... ?

Elle était chez elle. Je ne pouvais pas la mettre à la porte de sa propre cuisine.

Oli m'avait à peine adressé la parole. Nous nous étions embrassés, de manière assez gauche, puis j'avais dû l'abandonner au milieu de tous ces crétins pour m'occuper de je ne sais quoi et je ne l'avais plus retrouvé, enfin il n'était plus le même.

Dès le départ, je fus pris entre deux feux. Il n'y eut que David pour me témoigner un peu de sympathie et veiller à ce que les choses ne se passent pas trop mal. Bien entendu, c'était assez stupide de ma part, mais j'avais pensé que la joie de nous revoir attendrirait Edith et Oli, qu'ils ne prêteraient guère attention aux gens qui nous entouraient. C'était l'inverse qui s'était produit. Je ne savais même pas s'ils m'avaient regardé. Lorsque je parvenais à leur glisser un mot, ils ne m'écoutaient pas, ils observaient l'assistance d'un œil glacé, refusaient que je leur serve un verre ou d'avaler la moindre miette. Quant aux autres, ils me semblaient encore plus creux, plus détestables qu'à l'ordinaire.

Il fallait se lever de bonne heure pour coincer ces deux-là sur des sujets tels que la danse et le théâtre. Et il défilait tant d'artistes à la maison qu'il n'y avait pas beaucoup de spectacles à travers le pays, pratiquement pas d'expositions dont ils ne fussent au courant, ils pouvaient même vous apprendre ce que vous verriez dans six mois, sur quel truc travaillait Godard ou Rauschenberg ou Planchon. D'un autre côté, ils ne connaissaient rien sur la Riviera, les Rolleix ou les dernières nouveautés que l'on avait présentées au Motor Show, comme le nouveau modèle de chez Aston Martin, la DB4 en version décapotable. Chaque fois qu'un abominable dialogue de sourds démarrait entre les uns et les autres, je rappliquais la mort dans l'âme et je me laissais écrabouiller au beau milieu. Je souriais de façon maladive et la sueur me coulait entre les omoplates. J'arrondissais les angles à mains nues, souffrais en silence, j'étais le mur que l'on compissait de part et d'autre et qui étouffait les réflexions assassines.

J'en étais encore tout éreinté. Rien que d'y repenser me dégoûtait du cinéma que je m'étais fait en attendant leur venue. Ils ne m'avaient pas donné une chance de m'expliquer. Même Sylvie, la petite amie d'Oli, qui me devait pratiquement tout car j'avais jeté Oli dans ses bras, m'avait décoché un regard dédaigneux au moment de leur départ.

Pendant que je rinçais la vaisselle, j'entendais Anna et quelques autres discuter dans le salon. Il n'y avait que sa mère pour qui j'offrais encore un semblant d'intérêt. A la manière dont elle m'examinait, je sentais que je pouvais encore être bon à quelque chose. Henri-John Benjamin : lécheur de bottes et baiseur de vieilles traînées. Ils m'avaient fichu le moral à zéro.

Ils firent même bien davantage. Et tous autant qu'ils étaient. Je devins taciturne. Je me réveillais la nuit et je me demandais si j'avais réellement changé, si je méritais le mépris qu'Edith et Oli m'avaient témoigné. J'y pensais tout au long de la journée, je ruminais ce problème, tantôt leur donnant raison, tantôt les envoyant au diable, et Anna devait sentir que quelque chose n'allait pas car elle me laissait tranquille et ne me sautait plus sur le dos à la moindre occasion. Quant à ses copains, je ne les vis plus d'un œil complaisant, ils commencèrent à m'emmerder pour de bon.

A dater de ce jour, la compagnie me fut aussi pénible que la solitude. Je ne désirais plus voir qui que ce soit. Je n'aimais plus personne. Ni ceux qui m'avaient abandonné, ni ceux qui m'avaient entraîné là où j'étais. Et je ne valais pas cher, moi non plus. J'avais ce que je méritais.

Malgré tout, je demeurais incapable de changer la vie que je menais. Lorsque je regardais autour de moi, j'avais l'impression que la plupart des gens étaient eux aussi pris au piège. Et je ne me croyais pas plus malin que les autres. Je me récitais quelques vers de W. H. Auden si j'étais trop déprimé : « *Were all stars to disappear or die, / I should learn to look at an empty sky / And feel its total dark sublime, / Though this might take me a little time.* » Ou bien j'allais au cinéma, c'était le seul moment où mon esprit restait en paix. Deux ou trois fois par semaine, je retournais voir *West Side Story*, comme un rhumatisant rampant vers des bains de boue, ou un enfant vers les jupes de sa mère. Je ne pensais plus à rien dès qu'ils se mettaient à danser. Je me payais quelquefois plusieurs séances à la suite.

Je filais un mauvais coton mais je ne cherchais pas à m'en sortir. Dans l'ensemble, mes lectures me portaient vers des écrivains désespérés, des écorchés vifs ou des candidats au suicide. Non pas qu'une telle idée commençât de s'insinuer en moi, mais je partageais leur vision de cette vie, je comprenais ce qu'ils voulaient dire. Depuis que j'étais avec Anna, je n'avais plus personne d'autre à qui parler et nous n'avions pas souvent les mêmes sujets d'intérêt. Je n'avais pas un seul ami. Il m'arrivait souvent de ne pas prononcer un mot de la journée. Certains soirs, quand je me mettais au piano, des types saouls fondaient en larmes et des femmes me regardaient, prêtes à me serrer sur leur poitrine. Quelques-unes parvenaient jusqu'au piano, offraient de me consoler. Elles me disaient : « Mon pauvre poussin... » ou : « Mon pauvre chéri... est-ce que tu as le cœur brisé... ? » Il n'était pas brisé, il était vide et sec et désabusé. Je n'étais pas en manque de ce qu'elles me proposaient, j'avais ma séance tous les soirs. Elles n'étaient pas assez jolies pour que je m'embarque dans une histoire, ni assez jeunes pour me donner un peu d'air.

Ce n'est pas au lendemain de l'anniversaire d'Anna que j'entamai ma dégringolade. L'attitude d'Edith et Oli me fit simplement réfléchir et je m'aperçus — en réalité, il s'agissait tout au plus d'admettre l'évidence — que les choses n'allaient pas si bien depuis un moment. A quand remontait le jour où j'avais éprouvé un peu d'entrain, où j'avais ouvert les yeux avec le sourire... ? A quand ma dernière conversation avec Anna en dehors de nos projets à la con... ? Sans bien m'en rendre compte, je m'étais habitué à la solitude et au silence. Jour après jour, je m'étais refermé sur moi et j'avais fini par tout encaisser, par ne plus y voir clair, du moins pas plus que je ne le désirais.

A présent, je savais à quoi m'en tenir. Mais au lieu de m'amener à réagir, cela m'assomma un peu plus. Chaque matin, des armées entières se réveillaient, constataient que leur vie était médiocre, et l'on n'entendait aucune clameur monter des rues, pratiquement personne ne se jetait par la fenêtre. Je n'étais sans doute pas le seul à me réveiller la nuit, à découvrir le monde tel qu'il était et ne plus rien trouver à en dire. Les types que je lisais s'étaient chargés de me montrer tout l'ennui que j'en pouvais attendre. Ainsi, plutôt que de m'arracher les cheveux, je décidai de prendre les choses avec philosophie : je n'étais qu'un imbécile parmi les autres. Toute prétention à se sortir du lot n'était qu'un risible accès de vanité. Ma situation n'était pas brillante, mais n'y avait-il pas quelque grandeur à s'en accommoder... ?

Quoi qu'il en soit, il me restait Anna. Et au fond, ce n'était ni sa conversation, ni son entourage qui m'importaient. Je ne comprenais pas ce qu'elle voulait, je ne m'en souciais pas vraiment. Je ne savais pas où elle était allée chercher que des types comme Piazzolla ou Aaron Copland avaient suivi les cours de Nadia Boulanger — et je ne voyais pas le rapport —, mais parfois elle me laissait entendre que nous voyagerions d'ici quelques années et qu'un piano pouvait rapporter plus qu'une usine de conserves. Nous en avions d'ailleurs loué un. En prévision de l'achat de notre nouvelle voiture, elle tenait des comptes assez serrés et filait déposer notre argent à la banque avant que je n'en aie vu la couleur, mais elle avait insisté pour le piano et m'en donnait sans broncher pour mes cours. Je prenais également des leçons de conduite. Ces choses-là ne se discutaient pas. Elle me rappelait de temps en temps les sacrifices qu'elle consentait pour moi, même si je ne faisais rien ou ne disais rien qui révélât quelque ingratitude de ma part. Je ne m'achetais rien, je volais les livres qui m'intéressaient et j'allais à pied. Je ne voulais pas la contrarier dans ses desseins. Je m'estimais heureux qu'elle n'eût pas besoin de mon avis pour mener nos affaires. J'aurais été incapable de projeter le moindre plan dans l'avenir, mes pensées se délitaient aussitôt que le sujet m'effleurait. Il me semblait qu'Anna n'avait pas ce genre de problème. Mais elle ne m'en parlait jamais de manière franche ou directe, elle agissait un peu comme si nous en avions longuement discuté et qu'il fût inutile d'y revenir. De temps à autre, elle me glissait quelques indices en passant, mais ils participaient d'un ensemble si vaste, et dont la finalité m'échappait, que je n'y prêtais guère attention. Etait-ce de l'au-delà qu'elle m'entretenait, d'une autre vie, de quelque chose que je ne connaissais pas et qui demeurait sans intérêt pour moi... ?

Pourtant, chaque fois que je rentrais le soir, mon cœur battait. Je ne pouvais pas lutter contre ça. Aucune de mes réflexions n'y résistait. Et ce n'était pas tant l'idée de la séance qui m'attendait, car nous n'en étions plus aux premiers jours et à présent je ne bondissais plus dans l'escalier comme un forcené. C'était simplement de la tenir dans mes bras. De sentir une respiration dans mes cheveux tandis que je fermais les yeux et que la plus formidable et douce et sainte obscurité m'envahissait. Ce n'était pas Anna. C'était l'un des secrets de cette vie.

Je ne me posais pas la question de savoir si j'aurais pu trouver la même chose avec une autre. J'avais à peine dix-huit ans. Ces instants que je passais, le nez enfoui dans sa poitrine, balayaient tout le reste. Je m'y cramponnais et cela relevait plus de l'instinct que d'une sujétion sexuelle ou d'une histoire à l'eau de rose. Pour ce que j'en discernais, c'était par-dessus tout de vivre avec une femme qui me dérangeait l'esprit. Je ne savais pas ce que cela m'apportait au juste — et tout portait à croire que ça ne m'avait pas enrichi — mais je savais que j'en avais besoin. Et dans ces conditions, je pouvais la maudire quelquefois, et balancer des coups de pied dans les meubles durant son absence. Je pouvais la critiquer, ne plus blairer ses copains ni sa mère, je pouvais la trouver chiante, égoïste et superficielle et si terre à terre qu'on aurait dit une blague. Je pouvais la regarder tandis qu'elle était occupée, l'observer froidement et me demander ce que je fichais avec elle, n'empêche que je me serais traîné à ses pieds si elle m'avait indiqué la porte, je le savais très bien. Dans les pires moments, je me sentais comme un chien enragé mais je ne disais rien, j'étais tout juste bon à lui lécher la main car elle pouvait me tuer d'un simple geste. Voilà où j'en étais. Voilà pourquoi je devenais silencieux, pourquoi je ne cherchais pas à m'en sortir. Je ne voulais pas m'en sortir. D'autant que c'était une sacrée belle fille, par-dessus le marché.

Enfin bref, je ne me cachais pas que mes sentiments étaient confus. Et ceux d'Anna à mon égard devaient l'être tout autant. Dès que nous mettions un pied hors du lit, où régnait une paix surnaturelle, j'endossais un double rôle : celui du type que j'étais, et qui bien souvent lui tapait sur les nerfs, et celui du type qu'elle voulait que je sois et qu'elle couvait comme un œuf avec une foi invincible. Par chance, par calcul, par fatigue et par lâcheté, je parvenais à conserver mes deux emplois, ce qui déclenchait chez elle des élans contradictoires. Si bien que le matin, elle pouvait sortir en claquant la porte — « Nous n'arriverons à rien, tous les deux ! Tu devrais retourner chez ta mère... ! » — et virer de bord, à un autre moment de la journée — « Je suis fière de toi, tu sais... Tu as tellement changé en quelques mois... ! »

Dans la semaine qui suivit son anniversaire, j'obtenais mon permis de conduire. Il lui arrivait comme cela, pour des choses qui n'en valaient pas la peine, de me considérer les yeux brillant d'admiration, mais si je tentais de lui écrire un sonnet, elle soupirait, prétendait qu'elle avait passé l'âge. Nous avions un automne magnifique, cette année-là, un vent tiède courait sur la campagne, les week-ends tombaient tout droit du Paradis. Elle ne me lâchait plus les mains. Elle titubait presque, sur le seuil, littéralement chavirée que j'eusse accompli un tel exploit. Je crus qu'elle allait en pisser dans sa culotte. A son âge.

Le samedi matin, à l'aube, nous nous retrouvâmes dans la forêt de Rambouillet. Je pilotais notre nouvelle voiture, une Coccinelle flambant neuve. Anna avait une main posée sur ma cuisse.

Pour l'occasion, elle m'avait acheté un pantalon de toile légère, des lunettes de soleil et un petit polo blanc. Je ne m'y sentais pas aussi à l'aise que dans mes affaires de tous les jours, mais j'étais encore affligé par la fichue soirée que m'avaient réservée Edith et Oli, quelques jours plus tôt, et je n'avais pas eu le courage de lui résister.

Elle était excitée, nerveuse. Elle s'était mis dans la tête que nous pouvions remporter ce rallye, à tout le moins nous placer parmi les premiers. Je lui avais assuré qu'elle n'avait rien à craindre. Il y avait tant de crétins réunis ce matin-là que j'étais disposé à accepter un handicap.

Ils possédaient tous des MG ou des engins de ce calibre. Je me contentais d'avoir la plus belle fille de la bande. Cela me donnait un statut particulier, les inclinait à m'admettre parmi eux bien qu'à leur avis Anna les prît au berceau. Il y en avait toujours plusieurs autour d'elle, mais si, dans ces circonstances, elle me laissait un peu de côté, cela ne signifiait pas que ma place était libre. Personne n'essayait plus de me critiquer en sa présence. Ceux qui s'y étaient amusés ne s'avisaient plus de recommencer. Elle ne permettait pas qu'on touchât un seul cheveu de ma tête, qu'on

317

lâchât la moindre vanne à mon propos — c'était son droit exclusif, et dont elle n'usait que si nous étions seuls. Je ne savais pas ce qu'elle inventait à mon sujet, mais une chose était sûre : je sortais grandi de ces histoires. J'avais le sentiment très net de représenter un mystère pour une bonne partie de la bande. Je n'étais pas, à l'évidence, qu'un simple teen-ager, sans le sou, et plutôt renfermé — une espèce qui n'avait pas le moindre intérêt et pas plus de chance de s'introduire parmi eux qu'un fellagha dans une réunion de l'OAS. J'étais, contre toute logique, toute légitime attente, celui qu'Anna avait choisi. Sans doute le bruit courait-il que je l'avais ensorcelée ou que j'étais un génie ou un baiseur de première. Au point que je me demandais parfois s'il n'y avait pas comme un parfum de vérité là-dessous.

Les plus hypocrites se fendirent de quelques compliments polis, relatifs à notre nouvelle acquisition. D'autres prirent la chose au second degré et s'emballèrent un instant sur la pureté du tableau de bord. Puis l'on songea au départ.

Il s'agissait de rallier certaines étapes tout au long de la journée, étapes dont il fallait deviner la situation géographique au moyen d'indices, rébus, charades et casse-tête en tout genre, contenus dans une enveloppe. Une fois sur place, et avant de continuer l'aventure, on demanderait à chaque équipe de se soumettre à des tests d'adresse et d'intelligence. Enfin, la plaisanterie devait se terminer dans une auberge. Et ce serait aux derniers arrivés de régler la note.

— Je comprends pas qu'il n'y ait rien à gagner..., déclarai-je en actionnant le démarreur.

Nous étions en rodage. Je laissai les autres nous distancer et fredonnai *Hit the Road Jack*, le nouveau morceau de Ray Charles, tandis qu'Anna décachetait notre enveloppe.

Toute la bande avait déjà disparu au loin, débarrassant le paysage et nous cédant le calme, le friselis des bois dans la lumière et la douceur de l'air embaumé d'herbe sèche qui turbulait à l'intérieur du véhicule et nous soulevait les cheveux.

— Nous ne pourrions pas aller plus vite... ? interrogea-t-elle.

— Ce n'est pas une course de vitesse. Ce n'est pas d'avoir une MG qui fera la différence...

— A propos de MG... Sais-tu ce que signifient ces deux lettres... ?

Je lui glissai un regard d'où je voulais que percent la mansuétude et l'ennui :

— Voyons, comment je le saurais... ? Qu'est-ce que tu veux que ça me fasse... ?

Je vis son front se plisser. Mais je ne comprenais pas d'où ça venait.

— Tu es certainement le seul à ne pas connaître la réponse..., soupira-t-elle en envoyant l'enveloppe sur la banquette arrière.

— Mmm, j'en suis sûr... Mais ne va pas leur demander ce que veut dire F.M. devant Dostoïevski. Tu leur décrocherais la mâchoire...

— N'empêche que la question n'est pas là, répliquat-elle en fixant la route. Et d'abord, est-ce que tu sais où tu vas... ?

— Non, pas du tout...

Elle se pencha pour récupérer l'enveloppe. Elle en tira une carte d'état-major et une feuille de papier qu'elle se proposa de me lire.

— *Premièrement*, fit-elle d'une voix acide, *il vous suffira de déchiffrer les deux initiales : MG.*

A ces mots, je mordis sur le talus mais nous ramenai aussitôt sur le milieu de la chaussée.

— Ils précisent, persifla-t-elle, qu'il s'agit de la voiture et non pas de Maksim Gorki... !

Nous perdîmes un temps fou à chercher un téléphone. Puis j'y restai suspendu un bon moment, dans un bistro de campagne, en gardant un œil sur Anna qui m'attendait dans la voiture en fumant des cigarettes qu'elle jetait dans ma direction. Pour finir, j'obtins le renseignement d'un concessionnaire de Boulogne m'avouant ne s'être jamais posé la question mais qui avait appelé son fils à la rescousse : MG étaient les deux premières lettres de MORRIS GARAGES.

Anna ne disait rien. Je parlais tout seul. La deuxième lettre me donnait la direction : O pour ouest. Telle autre, le numéro d'une départementale. Celle-ci, le nombre de kilomètres à parcourir, celle-là m'indiquait un changement de cap. Tandis que je traçais mon itinéraire, je songeais à cette bande de salauds.

— Cesse un peu de jouer les persécutés, me rappelait-elle. C'était la même épreuve pour tout le monde.

Je préférais ne pas répondre. Je continuais de parler tout seul.

Deux types nous attendaient à l'étape. On nous annonça que nous avions quarante-trois minutes de retard sur les premiers. Je répliquai que la journée commençait à peine. Anna se proposa pour les tests d'adresse. Il y avait dix aiguilles à enfiler, aux chas minuscules. Et en équilibre sur une jambe. La preuve que c'était de parfaits crétins. Quatre minutes trente. Je pris les tests de connaissance générale, ainsi qu'ils les nommaient.

— Un peu de poésie, pour commencer...

— Parfait, dis-je.

— Citez-moi le titre d'une œuvre de Minou Drouet.

— Va te faire foutre..., lui répondis-je.

— *FAUX !* m'aboya-t-il aux oreilles. Cinq minutes de pénalité... !

J'étais très tatillon pour ce qui touchait la poésie. Et malgré l'air qu'affichait Anna, cette pénalité était ma fierté, j'aurais aimé qu'il l'épinglât à mon polo.

— Question suivante : quel est le modèle de la nouvelle voiture de Françoise Sagan ?

— J'en sais rien.

— Ce qui nous fait cinq minutes supplémentaires...

Je n'en avais pas encore la tête qui tournait, mais je ne rigolais plus. Je sentais le regard d'Anna vrillé sur ma tempe.

— Quel écrivain a-t-on surnommé le « Byron américain »... ?

— Ernest Hemorroïd.

— *FAUX !*

— Docteur Hemingstein.

— *FAUX !* De toute façon, tu n'as droit qu'à une seule réponse.

— Ecoute, je plaisantais... C'était des surnoms qu'il se donnait. Marlène Dietrich l'avait également baptisé Papa...

De la même manière, le reste des questions me laissa sur le tapis. Et cette première expérience ne fut pas pire que les autres.

Toute la journée, j'eus le sentiment que les choses nous échappaient, que nous tournions en rond et nous enlisions à mesure que le soleil baissait dans le ciel. Anna était tendue. J'avais envisagé de m'arrêter dans un sous-bois et de la prendre sur un tapis d'herbe pour lui changer les idées mais je n'étais pas absolument sûr qu'elle y fût disposée. On aurait dit qu'elle était hypnotisée par la route ou qu'elle avait une mission sacrée à remplir et que sa propre vie ne comptait pas. A deux ou trois reprises, de purs éclairs de colère avaient éclaté entre nous, il y avait eu quelques échanges violents mais très brefs, car tout cela nous dépassait et nous étions tenus dans une sorte d'hébétude par la nature labyrinthique de nos tribulations.

Chaque étape nous anéantissait un peu plus. Quant à moi, j'étais persuadé que toute l'histoire était montée contre nous. Tous les indices qu'on nous donnait pour découvrir notre nouvel itinéraire, toutes les questions que l'on me posait étaient autant de mystères que je ne pouvais élucider, basés sur des potins, des ragots, des conneries qui étaient leur pain quotidien. Je ne connaissais pas les meilleurs restaurants de la Riviera, je n'étais jamais allé à Bayreuth, je ne savais ni qui était la petite amie d'Alain Delon, ni où l'on pouvait rencontrer Sartre, ni même qui étaient les Hussards. Anna prétendait que je n'étais pas aussi malin que je le pensais et qu'à l'évidence tous les bouquins que je lisais ne me servaient à rien. Plusieurs fois, je lui proposai d'abandonner. « Non rien à faire... ! grognait-elle entre ses dents. Regarde-moi bien : nous irons jusqu'au bout... ! »

Elle me disait d'accélérer. Nous avions au moins une demi-heure de retard sur les derniers de la troupe, mais dès qu'elle apercevait une ligne droite elle s'imaginait que nous allions les rattraper. Je lui avais expliqué que ce n'était pas bon pour le moteur. A présent, je m'en fichais, j'appuyais à fond et, avec un sourire glacé, filant le train à des MG B de quatre-vingt-dix-huit chevaux tandis que les quelques miens menaçaient d'avoir une attaque.

C'était comme si nous étions pris dans un typhon gigantesque, au centre duquel s'ouvrait un abîme d'obscurité. Et plus notre vitesse augmentait, plus nous foncions vers les ténèbres. Lorsque nous apercevions l'arrière d'une voiture, Anna poussait un petit gémissement et lorgnait sur l'aiguille du compteur avec un air d'illuminé. Mais ce n'était jamais les nôtres que nous doublions. J'avais beau le savoir à l'avance, reconnaître de loin l'arrière d'une Versailles ou d'une 4-CV, les grimaces d'Anna me communiquaient son fol espoir et je me tenais debout sur l'accélérateur, j'avais l'impression que nous allions nous en sortir.

Depuis le départ, nous étions à la traîne. Parfois, après un long silence, Anna se tournait sur son siège et m'informait qu'il n'y avait rien en vue. Je ne compris pas ce qu'elle voulait dire, tout d'abord, mais ensuite je n'essayai pas de la contrarier. Chaque fois que nous reprenions la route, les types ricanaient et pliaient bagage derrière nous. Elle ne s'en rendait même pas compte. Elle supputait encore nos chances de passer en tête, découvrait d'absurdes raccourcis dans lesquels je ne devais m'engouffrer que tous feux éteints des fois que nous soyons suivis, et elle se radoucit avec le crépuscule, m'alluma des cigarettes et fredonna quelques airs à la mode. Malgré cela, je restais nerveux. J'avais une vague et sombre idée de ce qui nous attendait. Et par-dessus tout, j'étais tenaillé, presque effrayé par l'absurdité de cette histoire et des proportions qu'elle prenait. J'éprouvais une sorte de fascination pour notre entêtement à courir au désastre. Tout au long de la journée, et à une cadence de plus en plus rapide, des signaux nous avaient mis en garde et nous filions à présent dans la lueur d'alarmes rougissantes et hystérisées par notre course imbécile, et dont plus rien ne pouvait nous détourner. Anna, si jamais elle les voyait, n'y prêtait aucune attention. Je lui glissai de brefs coups d'œil de temps à autre, me demandant de quels prodiges elle usait contre moi. Et puis aussi comment elle se débrouillait pour m'indiquer la route, n'était-ce qu'une simple direction, alors que nous étions emportés, balayés par un courant irrésistible qui nous précipitait par le fond.

Quoi qu'il en soit, je suivais ses directives. Je ne cherchais plus à fourrer mon nez dans la carte, considérant que cela n'avait plus aucune espèce d'importance. Je roulais à fond de train, mais je n'étais plus pressé. Nous étions de nouveau dans la forêt, en route vers notre neuvième et dernière étape, et laissant derrière nous la cathédrale de Chartres où l'on m'avait cuisiné sur l'Ancien Testament, devant le portail nord du transept, pendant qu'Anna brûlait un cierge et priait pour que nous passions en tête. Mais plus rien ne pouvait nous sauver, et elle encore moins que n'importe qui. Je l'écoutais et je me retrouvais parfois sur des chemins de terre, à zigzaguer entre les ornières pour gagner quelques stupides kilomètres, mais ce n'était pas cela qui nous perdait, pas plus que les erreurs qu'elle commettait en déchiffrant notre itinéraire — j'acquiesçais à toutes ses propositions —, non ce qui nous perdait, c'était sa vanité. Je n'avais jamais rien vu de pareil. C'était au point, et à ce jour je n'en avais pas mesuré l'énormité, qu'on ne pouvait plus la toucher, que plus rien ne pouvait l'atteindre si les choses allaient mal. Elle se coupait de la réalité, s'évaporait quand un soupçon d'humilité était le prix à payer. Elle chantonnait, les yeux à demi clos, la nuque renversée sur le siège et un bras au-dehors, comme s'il s'agissait d'une promenade en bateau. Elle semblait la proie d'un doux engourdissement, ébauchait un sourire lointain que je surveillais en me pinçant les lèvres. Mais je n'arrivais pas à me secouer.

Lorsque nous nous garâmes au parking de l'auberge, et par acquit de conscience, je m'assurai que nous étions bien les derniers. Malheureusement, il n'y avait plus aucun doute, *tous* les véhicules étaient rangés en épi et parfaitement alignés, mais je ne fis aucun commentaire.

324

Je l'attendis un instant pendant qu'elle se remaquillait à la lueur du plafonnier. J'en profitai pour tourner autour des MG et tâter quelques capots, mine de rien, et je les trouvai froids comme du marbre.

— Ecoute..., lui dis-je en revenant sur mes pas, est-ce que tu y tiens réellement... ? Je peux y aller et leur expliquer que nous sommes fatigués, je n'en aurai pas pour longtemps... Nous terminerons cette soirée tous les deux, on fera ce que tu voudras... hein, qu'en penses-tu... ?

Je m'étais arrêté et penché à sa portière. Elle me dévisagea une seconde mais j'eus l'impression que ce n'était pas moi qu'elle regardait.

— Je ne suis pas trop affreuse ? s'enquit-elle avec naturel, quoique sa voix fût un peu plus pâle que d'ordinaire.

Au fond, je n'aurais pu décider si elle voulait se jeter dans les flammes ou si elle avait la berlue et se figurait que nous avions effectué un parcours honorable. Je dus m'écarter pour qu'elle puisse descendre. J'espérai qu'elle allait le regretter d'une manière ou d'une autre, puisque c'était ainsi.

Ils étaient tous agglutinés au bar, dans le fond de la salle. On salua notre arrivée avec l'entrain que je prévoyais, on applaudit, on siffla, on envoya des plaisanteries dont je sentais qu'elles m'étaient plutôt destinées — Anna était des leurs, du moins sa beauté les inhibait —, on railla, on ricana, on nous charria tandis que nous avancions vers l'assistance, mais elle l'avait bien cherché. Et puis, c'était les amis qu'elle s'était choisis.

Je m'arrêtai au milieu de la pièce, afin qu'ils puissent vider leur sac. Ce genre de démonstration ne me gênait pas beaucoup, venant d'eux. Nous étions trop différents pour qu'ils réussissent à me blesser, de même que je ne pouvais les mettre en boîte. Anna, par contre, accusait le coup. Si quiconque parvint jamais à exprimer l'ahurissement, la douleur et la crainte en un seul coup d'œil, ce fut elle, ce soir-là, et qui m'en donna une démonstration vibrante. Je faillis lui tendre la main pour la rassurer mais je sentis qu'elle s'écartait de moi et je compris aussitôt que ce n'était pas à mes côtés qu'elle chercherait refuge. De fait, elle recula vers les autres. Je n'aurais pas aimé être à sa place, car elle semblait traverser un moment pénible. Elle souriait et grimaçait à la fois, son regard fuyait puis revenait se poser sur moi, en même temps elle m'appelait et me repoussait. Je ne l'aidais pas, bien entendu, je la fixais froidement. Je comprenais qu'en ma qualité de petit ami, elle me suppliait de me soustraire aux avanies qui continuaient à pleuvoir sur ma tête et dont elle souffrait par contrecoup, mais je ne bougeais pas.

J'attendis qu'ils en eussent assez. Anna s'était faufilée dans leurs jambes, à l'abri, et ma foi, elle avait un air étrange, presque fou, égaré.

J'attendis de manière on ne peut plus stoïque. (« *Lorsque je souhaite éviter le combat, il se peut que je me défende simplement en traçant une ligne sur le sol, l'ennemi ne pourra pas m'attaquer parce que je le détourne de la direction qu'il désire suivre.* »)

J'attendis que l'un d'eux fît allusion à ce fameux repas dont je devais les régaler pour ma peine.

— Hé ! Henri-John, mon petit vieux..., m'entendis-je apostrophé alors qu'ils se calmaient plus ou moins. Il est temps de passer la commande, tu ne crois pas... ? !

A ces mots, j'éprouvai l'un des grands plaisirs de ma vie. Et pour dire la vérité, mon bonheur confina l'éjaculation, sauf qu'au lieu de se perdre dans la nature, ce fut comme si ma semence explosait à l'intérieur de moi, remontait dans mes bras et mes jambes, jusqu'à mon cerveau, et m'inondait, transformait mon sang en un souffle pur et doux. Mes oreilles en devinrent toutes brûlantes. Un sourire, ou je ne sais quoi, m'illumina la face entière.

— Nom d'un chien, dis-je, est-ce que vous m'avez bien regardé... ? !

Je déclenchai aussitôt un étranglement général et silencieux. C'était bon. Je venais de les refroidir, tout d'un coup. Néanmoins, une voix émergea du malaise qui me comblait et dont je savourais la moindre mimique.

— Allons, Henri-John... Ce ne serait pas très fair-play... !

— Mon cul... ! ! fis-je en les balayant d'un seul regard.

J'aperçus Anna se juchant avec difficulté sur un tabouret. Certains se détournèrent avec une mine dégoûtée. Les autres n'en crurent pas leurs oreilles. Pas un seul d'entre eux n'aurait osé se défiler à ma place. Jamais une telle idée ne les aurait effleurés.

— Mais c'est une question d'honneur..., me lança-t-on.

— Tu as tout compris..., répondis-je.

Anna observait l'intérieur de son verre.

Je m'installai au volant de la Coccinellle. Puis, réflexion faite, je décidai de ne pas aggraver mon cas et je rentrai en auto-stop. Mais je ne restai pas longtemps sur le bord de la route. Le type me dit que j'avais de la chance, car l'endroit était désert. Et il ajouta qu'il ne pourrait me conduire jusqu'à Paris, qu'il habitait à Meudon.

Il était aux environs de dix heures du soir. Je m'assis un moment sur un banc, près de l'Observatoire, et j'allumai une cigarette. Je savais que j'allais y aller mais j'essayais de m'en empêcher en serrant les dents, par exemple, ou en jouant avec un morceau de ficelle que je nouais autour de mon doigt et qui était censé couper mon envie, au lieu de quoi je m'hypnotisais en observant les nœuds que je fabriquais et pour lesquels j'avais une véritable fascination. Au point que j'en voyais partout, jusque dans les petits riens de mon existence, réduite à une bobine de fil plus ou moins emmêlée. D'où l'intérêt que je portais à la chose, d'où la manipulation obstinée à laquelle je me livrais pratiquement tous les jours, au moins quelques instants, parfois sans y penser et de manière secrète quant à son véritable sens, pour les fois où j'en aurais besoin. Défaire un nœud était une chose très agréable, mais l'étudier, le sentir, se pencher sur les tensions, les ouvertures, les dangers qu'il renfermait, était la source de plaisirs bien plus grands. A mon avis, un type qui s'y connaissait en nœuds était comme un plombier penché sur un lavabo : à défaut de résoudre le problème, il pouvait comprendre la situation, ce qui n'était déjà pas si mal, et peut-être limiter les dégâts. J'avais toujours un bout de ficelle sur moi.

Tant que je m'y consacrai, je feignis de ne pas penser à autre chose. L'endroit était sombre et immobile. J'étais conscient que les problèmes devenaient plus complexes à mesure que je vieillissais, que j'allais rencontrer des nœuds diaboliques, terrifiants et abominables, et malgré tous mes efforts je ne me sentais pas prêt. J'avais pourtant reçu un signe. J'avais failli mourir à ma naissance parce que le cordon s'était noué autour de mon cou, mais cela n'avait pas suffi, je m'en étais inquiété mais je n'étais pas encore prêt. Je me demandai si je le serais un jour, puis je me levai.

Un peu plus tard, je grimpai à un bec de gaz pour franchir le mur. Et j'atterris au milieu des rosiers que

Jérémie avait plantés deux années plus tôt, en souvenir de la première du *Sacre*.

Tout le rez-de-chaussée était allumé. Plié en deux, je filai jusqu'au tilleul, me dissimulai derrière le tronc.

C'était l'heure des tisanes. Chantal était en train de les servir. Elle était penchée devant ma mère et Alice qui venait de refermer l'un de ses éternels bouquins sur ses genoux et tendait sa tasse en lui souriant par-dessus ses lunettes. Je voyai les pieds de Georges dépasser d'un fauteuil, le dos de Jérémie, planté devant l'une des portes-fenêtres et examinant le cou de Rebecca dont il avait relevé les cheveux et dégagé l'épaule. Sur un coin de la table, Olga faisait l'inventaire de sa boîte à couture. Elle allait bientôt demander qui avait fouillé dans ses affaires, mais personne ne lui répondrait car on avait l'habitude. Karen tenait son bébé dans les bras. Je ne l'avais pas encore vu et je ne connaissais même pas son nom ou je l'avais oublié. Mais je me souvins que dans l'hiver elle m'avait proposé d'être le parrain de son enfant.

La chambre de Ramona était éclairée, ainsi que celle d'Edith. Pourtant j'apercevais Corinne et Oli sur le canapé, qui discutaient et s'adressaient à une troisième personne installée dans le rocking-chair. Je ne savais pas de laquelle des deux il s'agissait, j'avais l'impression que c'était Ramona. Corinne avait coupé ses cheveux très court, à la manière de Jean Seberg, et je trouvais qu'elle avait eu raison. Lorsque j'étais parti, elle tergiversait, elle avait peur de le regretter et je lui avais promis de l'accompagner pour le jour du sacrifice. Elle se leva pendant que je la regardais, traversa la pièce et s'occupa du tourne-disque. Je n'entendais rien d'où j'étais. Oli s'agita sur son siège, éclata de rire, mais je n'entendais rien, si ce n'est mon estomac qui se mit à gargouiller et produisit un râle assez lugubre.

D'accroupi, je passai à genoux, afin d'user d'une position plus confortable. A cette occasion, je remarquai que mon polo était trempé de sueur et que mon front ruisselait. Je l'épongeai brutalement contre ma manche. Puis je m'aplatis sur le sol, car Chantal avait profité de cette seconde d'inattention pour se poster face au jardin, derrière les carreaux, et je la découvris la tasse aux lèvres et les yeux braqués dans ma direction. Déjà, j'étouffais à moitié par cette chaleur, mais je retins mon souffle. Il me fallut un moment avant de réaliser que l'obscurité me protégeait. Quand je repris ma respiration, mon cœur battait comme si j'avais disputé un cent mètres. Je me revis me tortillant entre ses jambes, la fourraillant sur la banquette du train, en route pour Varsovie. Je n'avais jamais pu élucider cette histoire, si elle savait ce que j'avais fait ou non, et je n'aimais pas spécialement y penser. J'avais pris mes distances avec Alex depuis ce jour-là, presque trois années s'étaient écoulées. Elle était facile, emmerdante, elle avait une cervelle de moineau mais je l'aimais bien, elle en valait plus d'une que je connaissais et qui avait tout Paris à ses pieds. Corinne lui ressemblait, en un peu plus fine. Pendant que l'une écrivait ses fichues lettres ou prenait des notes, l'autre épluchait des magazines et vous tenait au courant de l'état du monde, découpait des articles et les distribuait à chacun, selon qu'ils pouvaient vous intéresser. Je les observais à présent toutes les deux. Quoi qu'elles se racontaient, j'aurais été ravi de l'entendre, je me serais peut-être mêlé à leur conversation ou j'aurais inspecté le jardin quelques minutes, le temps que ma tisane refroidisse. Il faisait si frais dehors que j'en aurais bu volontiers. Je me frottais les bras en lorgnant les infusions qui fumaient aux quatre coins de la pièce. Ma mère s'en resservait un large bol tandis que j'attrapais la mort à moins d'une quinzaine de mètres.

330

C'était bien Ramona qui discutait avec Oli. J'aperçus son profil lorsqu'elle se pencha pour lui toucher la main. Je me demandai ce qu'Edith fabriquait toute seule dans sa chambre. Je n'avais rien mangé mais je ne me sentais pas très bien. Et pour tout arranger, j'étais pris dans un couloir où soufflait un air alternatif, chaud puis glacé, alors que les feuilles du tilleul, juste au-dessus de ma tête ne frémissaient pas d'un poil. Les rideaux de ma fenêtre étaient tirés. Olga tournait en rond, remuait des coussins. Georges se leva et s'installa à sa table. J'eus l'impression qu'ils se mettaient tous en mouvement à cette seconde, qu'ils entamaient un ballet au ralenti dont je ne pouvais entendre la musique. Je fermai les yeux. Ils se déplaçaient dans l'espace, exécutaient des figures aquatiques, comme si la lumière s'était transformée en liquide et qu'ils évoluaient dans un aquarium enchanté. Cela me paraissait rudement bon. A deux ou trois reprises, ils effectuèrent une composition pleine de grâce, s'égaillant, à première vue, dans un parfait désordre, puis empruntant tout à coup quelque tracé mystérieux qui les faisait se rejoindre au centre de la pièce, ils se présentaient face au jardin, en formation serrée, et le tableau prenait alors tout son sens. Je suffoquais à moitié, un bras en travers de l'estomac, l'autre planté dans l'herbe pour m'éviter de basculer en avant. Les événements de cette journée m'avaient rendu malade pour de bon. J'avais ingurgité des potions amères, d'autres trop douces, et j'étais écœuré, j'en avais les dents qui grinçaient quand la rage était la plus forte, ou bien la mâchoire qui tremblait si c'était un passage à vide.

Je me tenais prêt à vomir, puisque je l'avais mérité. A chaque contraction de mon estomac, mes yeux se remplissaient de larmes. Et je ne pouvais plus bouger. Je m'envoyai ainsi un long jet brûlant sur le bras.

*

Nous nous sommes séparés du Ballet à New York. Oli m'a proposé d'emmener Odile à Cape Cod, pour les quelques jours que nous voulions y passer avant de rentrer en France, mais j'ai refusé aussitôt sans avoir besoin d'y réfléchir. Elle ne m'avait pas menti en affirmant qu'il n'y aurait rien entre nous, son mari pouvait dormir sur ses deux oreilles. Une ou deux fois, elle m'avait appelé Paul en jouissant. « Oh ! ne sois pas fâché... se reprenait-elle avec le sourire. Je te jure que je ne pensais pas à lui... » Je n'étais pas fâché, j'étais ébloui.

A l'aéroport, pendant qu'Oli transmettait ses consignes à Jérémie et que les autres s'élançaient vers les produits détaxés, elle a saisi mon revers puis m'a embrassé sur la joue.

— Si tu trouves un autre moyen, fais-le-moi savoir.... m'a-t-elle soufflé à l'oreille.

Puis nous les avons quittés.

— Elle a raison... ! a décrété Giuletta, s'agitant sur la banquette arrière, comme nous remontions vers Long Island.

— Mmm... la plupart des gens arrivent à se bluffer de cette manière. Je ne crois pas que ce soit la majorité qui puisse te donner le bon exemple...

— N'empêche... Ça me paraît normal de ne pas tout mélanger...

— Oui, mais il faut garder la tête solide. Et avoir un peu l'âme d'un épicier... N'oublie pas qu'il est toujours mauvais de diviser ses forces, et que d'avoir l'esprit frileux à ton âge est une espèce d'anomalie dont je te souhaite de guérir au plus vite.

Il lui fallait toujours une petite seconde pour réagir,

aussi en ai-je profité pour encore placer quelques mots :

— Le jour où tu seras parvenue à préserver ton travail, ton mari et tes amants, à faire en sorte que chacun d'eux soit enfermé dans un compartiment étanche, sans aucune sorte de rapport les uns avec les autres, eh bien, ce jour-là, tu découvriras que ta vie ne vaut pas grand-chose et que tu t'es toi-même enfermée dans l'une de ces boîtes...

— Mince alors ! De quel droit tu peux dire ça... ? !

Nous filions vers East Hampton, où Oli avait des contrats à signer. Je me suis arrêté sur le bord de la route, à l'entrée de Southampton, et j'ai conduit Giuletta à une terrasse pour lui offrir une glace. A présent, je connaissais la marche à suivre pour la ramener au calme. Aussi bien, j'estimais qu'elle avait sans doute pris deux kilos par mes soins et je la regardais dévorer ses sucreries en fumant une cigarette, légèrement dégoûté mais satisfait d'avoir brisé son élan alors qu'elle s'apprêtait à me tomber sur le dos.

La veille au soir, à la terrasse du Pipeline, et pendant que mon regard vaguait sur l'Hudson et la Statue, Oli était revenu à la charge. Je ne lui avais répondu ni oui ni non, mais je savais que ce serait non. Pourtant, je n'avais pas de raisons très précises de décliner sa proposition. Je me disais que c'était Giuletta, faute de mieux, qui rendait la chose impossible. Si bien que d'une manière à peine consciente, je m'efforçais de maintenir des rapports ombrageux avec elle, ce qui n'était pas trop compliqué.

Mes projets n'étaient pas clairs. Je ne me souvenais plus quand j'avais décidé de retourner en France, mais un matin, au cours d'une conversation, je m'étais aperçu que j'en parlais sans la moindre hésitation, et comme Oli ne réagissait pas, j'avais compris que je

devais en parler depuis un bon moment déjà, que ce fait
était acquis, peut-être bien depuis plusieurs jours. Il n'y
avait sans doute pas à y revenir, dans ces conditions, et
j'avais le sentiment de m'être épargné à bon compte la
douloureuse et diabolique épreuve du choix. Par
moments, je pensais à mon retour, mais je ne me
sentais pas impliqué, je suivais les déambulations d'un
acteur qui tenait mon rôle, je me regardais gravir les
marches de Saint-Vincent et commencer mon premier
cours planté devant la fenêtre et dans une lumière
aveuglante et le film s'arrêtait là.

— Mais bon Dieu...! Mais où étais-tu passé...?!
Elle était chargée de sacs et de paquets, portait une
nouvelle mini jupe et des lunettes à la Jackie Onassis.
Ce qui m'amusait chez elle, et qu'aussi je ne manquais
pas d'admirer, était son sens inné d'adaptation à
n'importe quel milieu. Elle disposait d'ailleurs de deux
énormes malles pour une fille de sa taille, ainsi que des
bagages à main qu'Oli se plaisait à garnir tout au long
du voyage. Elle avait des cuirs et des jeans déchirés, son
maquillage faisait peur et sa voix était rauque
lorsqu'elle avait filé — Oli et moi nous étions rabattus
sur le Met — à un concert des Dead Kennedy. En
Caroline du Sud, où les planteurs du coin avaient
organisé des réceptions en l'honneur du Sinn Fein
Ballet, elle était apparue dans de longues robes de
soirée, angélique, presque timide et à peine poudrée,
les cheveux noués par un ruban de couleur pâle. Bref,
j'en passe, et pour cette virée à Long Island, elle était
une star incognito, toute vêtue de blanc, d'allure distante mais très simple, ne s'autorisant comme acces-
soire, en plus de sa monture d'écaille aux verres
sombres, que son bracelet en or de chez Tiffany —
j'étais là lorsqu'elle avait ouvert la fameuse boîte à
écriture argentée sur fond bleu, nouée d'une faveur de

satin blanc et que sautant au cou d'Oli elle lui avait
fendu la lèvre avec son front.

— Je t'ai cherché partout..., a-t-elle ajouté.

— Je suis allé visiter un endroit où ont dansé Ruth
Saint-Denis et Isadora Duncan... Veux-tu que nous y
retournions, ce n'est pas très loin...

— Je te signale que tu avais les clés de la voiture.

Avant de retrouver Oli, nous sommes allés manger
italien, au bord d'une lagune, un « pesce spada con
lenticchie » qui l'a remise de bonne humeur. C'était
une belle journée, l'air sentait la myrte et des hérons
atterrissaient autour de nous.

— Elle était comment, sa femme... ?

— Mmm... Voyons... elle devait être un peu plus
grande que toi.

— Et elle était jolie ?

— Oui... Suffisamment.

— Et il l'aimait ?

— Eh bien, j'imagine.

— Et c'est vrai, ce qu'on raconte, que vous vous êtes
battus tous les deux pour elle... ?

— Bah ! c'est une vieille histoire... Et puis ce n'est
pas exactement ce que tu crois.

J'avais eu tort d'éveiller son intérêt. Lorsque je lui ai
demandé de ne pas insister, car je n'avais pas envie
d'en parler, elle a quitté brusquement la table, y jetant
sa serviette avec un air mauvais. J'ai donc pris mon
dessert tout seul, une part de *tiramisu* — son gâteau
préféré —, conscient d'alimenter à nouveau quelques
conversations autour de moi, sur le thème des mœurs
dépravées, élargi à présent aux inévitables soucis et
complications qu'elles entraînent.

Malgré tout, elle m'attendait près de la voiture. J'ai
pensé que c'était la chaleur qui, après sa séance de
shopping frénétique, l'avait dissuadée de rentrer à

pied. Mais juste au moment de démarrer, elle m'a tendu une pochette, accompagnant son geste d'un léger soupir. Elle ne me regardait pas. Elle avait calé son coude à la portière et se soutenait la tête comme si ma présence lui pesait.

— C'est parce que tu es si gentil avec moi, et tellement aimable..., a-t-elle soupiré.

Il s'agissait d'une ravissante cravate, tout à fait à mon goût.

— Elle ira bien avec la couleur de tes yeux..., a-t-elle ajouté comme à regret.

— Mmm... Eh bien, laisse-moi t'embrasser.

— Je n'ai pas besoin que tu m'embrasses...

C'était la cinquième qu'elle m'offrait. Il m'arrivait parfois de me demander ce que j'aurais pu lui donner en échange, mais je ne trouvais rien. Un jour, je lui avais massé les pieds. Lorsque j'étais enfant et durant de longues années, ma mère avait prétendu qu'elle ne connaissait aucune personne au monde qui me valût à cet égard et elle n'aurait pas confié ses pieds à un autre. Giuletta m'avait presque gêné durant la séance. Oli était même venu voir ce qui se passait tant elle s'agitait et gémissait de bien-être, et Dieu m'est témoin que je n'avais pas profité de mes pouvoirs, que je n'avais même pas touché ses mollets et guère effleuré ses chevilles. Déjà, elle m'avait traité d'antipathique quand j'avais refusé de m'y remettre le lendemain, et malgré qu'elle eût feint de boiter tout au long de la soirée et grimacé en tournant autour de moi. Je me méfiais un peu de ce qu'elle mijotait, à moins qu'elle ne fût d'une désarmante inconscience, car j'avais quoi qu'il en soit été amené — pour cette raison, j'avais développé mes talents à l'époque et profitais de la situation quand ce n'était pas ma mère qui me tendait ses jambes, auquel cas je crucifiais mon regard sur le tapis — à loucher entre ses cuisses d'une manière ou d'une autre, ce qui n'était pas bon.

A deux ou trois reprises, elle avait sauté sur mes genoux, sans prévenir, et très tard dans la nuit, quand nous avions tous un peu bu et qu'Oli discutait avec nos hôtes. J'étais obligé de la repousser au bout d'une minute. Elle me demandait ce qui me prenait, et comme je continuais, m'entêtais à la tenir pour une enfant, je ne savais toujours pas comment interpréter ses élans, les attitudes ambiguës qu'elle adoptait avec moi.

Et donc, cette histoire que je ne l'aimais pas revenait souvent sur le tapis. Alors elle s'entraînait à me fusiller du regard pendant un jour ou deux, puis le temps passait et elle se décidait à m'offrir une cravate. Mais je ne m'étais pas soucié de ces petits nuages durant la tournée, elle se fatiguait bien avant moi et tandis qu'elle me boudait je ne l'avais pas dans les jambes. Je me tenais prêt à lui rendre ses cravates, si elle le désirait.

A présent, j'appréhendais de me retrouver seul avec elle et Oli. Sur le ferry qui nous conduisait à New London, j'avais soudain compris qu'il ne me serait plus aussi facile de l'ignorer et j'avais peine à croire qu'un peu plus tôt je m'étais séparé d'Odile, et du même coup de mes seules chances d'y parvenir. Je m'en suis inquiété, jusqu'à ce que nous reprenions la 95, j'ai pensé qu'elle pourrait m'ennuyer vingt-quatre heures sur vingt-quatre, me poursuivre de ses besoins d'affection, de compréhension, que sais-je, de complicité ou autre au moment que je choisirais pour m'allumer un cigare, j'ai imaginé qu'elle me secouerait dans mon sommeil, qu'elle n'aurait de cesse que je lui masse les pieds, qu'elle camperait sur mes genoux aussi long-temps que je n'aurais pas perdu l'esprit, j'ai envisagé les tortures qu'elle allait m'infliger, les éclairs de tentation qu'il me faudrait digérer en silence, et j'ai roulé sans prononcer un mot, traversé le Rhode Island en lui jetant quelques coups d'œil dans le rétroviseur, puis je me suis fait arrêter pour excès de vitesse et le calme est revenu dans mon esprit.

Le lendemain, en fin d'après-midi, notre juge et voisin, William S. Collins, nous avait rendu une courte visite. Après son départ, et tandis que Giuletta passait son heure devant VH 1 ou MTV, nous avions entamé, Oli et moi, une discussion assez tendue. Je venais de découvrir que les rapports de Georges avec le juge ne se limitaient pas à de simples relations amicales entre deux espèces d'illuminés. Tout à fait par hasard — j'avais laissé le soin à Oli de le raccompagner mais j'étais allé me servir un verre et la fenêtre de la cuisine donnait sur le chemin —, j'avais vu Oli lui remettre un chèque.

Oli me demandait si j'étais naïf à ce point. Si j'imaginais que les grandes scènes où l'on dansait à travers le monde s'ouvraient pour les beaux yeux du Sinn Fein Ballet, sans qu'il fût besoin de certaines relations, certains appuis, certaines gentillesses que l'on s'accordait les uns aux autres.

— A des degrés différents, le monde entier fonctionne de cette manière. Pourquoi joues-tu les imbéciles... ? !

J'avais regardé Oli de sorte à lui remettre en tête une terrible et sombre histoire. Puis je l'avais informé de la conversation que j'avais eue avec Collins à propos de mon divorce et des pouvoirs occultes dont il s'était prévalu et auxquels, le connaissant, je croyais volontiers.

— Que fabrique-t-il de cet argent... ? Est-ce qu'il envoie des dons à la Croix-Rouge... ? !

Une ombre était passée sur le visage d'Oli, sans déborder sur le tissu de la chaise longue, écartant ainsi toute manifestation d'un phénomène naturel, comme l'apparition d'un petit nuage dans les rayons du soleil ou celle d'un cygne qui s'envolait de l'étang d'à côté.

Nous en étions là lorsque Eléonore est apparue.

J'ai voulu me lever, mais la surprise m'a renvoyé dans mon siège.

Giuletta semblait ravie. Elle a même, pour la première fois, décidé de s'occuper du repas et Oli l'a conduite en ville. Eléonore les a suivis des yeux.

— On ne le dirait pas, mais elle est majeure...

— Est-ce que tu plaisantes...?! m'a-t-elle répondu.

Nous avons emprunté mon escalier pour descendre jusqu'à la plage. Elle l'a trouvé magnifique. Je l'ai serrée un instant dans mes bras, puis je me suis assis sur le sable pendant qu'elle se baignait, j'ai prétendu que je venais de me doucher.

Je lui avais au moins appris à nager. J'éprouvais encore un certain plaisir à me le rappeler. Je l'observais en pensant qu'Odile était loin, mais qu'il s'en était fallu de peu, et je grimaçais sans raison véritable car tout était simple et tranquille autour de moi. Nous nous sommes fait un signe de la main. Je ne savais pas si je devais m'inquiéter de sa visite.

— Maman s'arrache les cheveux avec son bouquin...

Nous rentrions par les étangs, après avoir longé la plage. J'avais sous le bras deux ou trois carcasses de limules qu'elle avait ramassées ainsi qu'une poignée de brindilles qu'il fallait emporter à la maison et elle avait dix-huit ans passés.

— Oui... Je crois qu'elle s'est embarquée dans une mauvaise voie depuis le début. Ça ne doit pas être facile...

Je marchais derrière elle car le sentier s'était rétréci et je pouvais hocher stupidement la tête.

— Et où en est-elle... ? ai-je poursuivi, sur un ton qui donnait à ma question le sens le plus large possible.

— Oh ! elle l'a fini... ! Mais c'est encore pire que lorsqu'elle y travaillait... ! Et pour les épreuves, elle n'a rien voulu savoir, Robert a dû les corriger lui-même...

— Mmm... il faut bien qu'il serve à quelque chose.

Elle s'est arrêtée pour m'embrasser une nouvelle fois. J'avais les bras chargés. Nous nous sommes remis en route. J'avais sans doute ce que je méritais et je m'y étais attendu, mais la manière dont je l'apprenais s'est révélée plus pénible que tout ce que j'aurais pu entendre. Je souriais quand Eléonore se tournait vers moi. J'essayais d'imaginer ce qu'avait ressenti Edith quand elle s'était trouvée à ma place, mais à mon avis elle me rendait le coup au centuple. J'ai poussé un petit gémissement au moment où Robert Laffitte se mettait en position, les jambes d'Edith nouées à ses hanches. Eléonore a cru que j'avais marché sur une grenouille.

Au cours de la soirée, comme j'estimais que tout allait mal, je n'ai pas remarqué qu'une chose clochait en particulier. Oli m'a dit qu'il n'était pas besoin d'être son père pour interpréter certains signes.

— Est-ce que tu savais, pour son agent littéraire... ?

— Ce n'est pas d'Edith dont je te parle.

— Tu sais... je ne l'aimais déjà pas beaucoup. Tu ne crois pas qu'elle aurait pu m'épargner ça ?

— Mmm... je ne pense pas qu'elle cherche à t'être agréable.

Sur ces mots, les filles nous ont rejoints dehors. J'ai tâché de me concentrer sur elle, mais mon esprit était obnubilé par des scènes épouvantables, des visions infernales qui ne pouvaient plus me faire rougir mais m'empêchaient de trouver une position confortable et de discerner quoi que ce soit d'un peu bizarre dans l'air de ma fille. Tout en gardant un œil sur elle, je me voyais étrangler Robert Laffitte de mes propres mains et elle me paraissait du moins en bonne santé, souriait aux histoires de Giuletta et fumait une cigarette dans la nuit étoilée de la Nouvelle-Angleterre vers laquelle elle se tournait quelquefois pour dire que l'air sentait bon ou qu'il y avait un ver luisant dans l'herbe quand l'autre lui laissait en placer une.

Moi-même, j'ai fini par succomber à la magie brutale qui ensorcelait ces côtes jusqu'aux confins du Maine et frappait tout corps au repos. J'ai fini par oublier les raisons qui me poussaient à fixer Eléonore et les images qui enflammaient mon cerveau se sont évaporées tandis que j'étendais mes jambes. Giuletta se félicitait de ses acquisitions, des petits trucs qu'elle avait fixés à nos chemises et qui tenaient les moustiques à distance, et peut-être, me disais-je, de ces choses que l'on ne soupçonnait pas. La présence de ma fille, malgré certaines questions que je me posais vaguement et la mauvaise nouvelle qu'elle m'avait apportée, agissait comme un baume analgésiant et crétinisant auquel je m'abandonnais en tétant mon cigare. J'ai pensé : « Seigneur, je Te remercie tout de même de m'avoir mis au monde. » Je regardais autour de moi et je pensais : « Merci de m'avoir donné une femme et des enfants, car quoi qu'il arrive, je ne connaîtrai pas le sort que tu réserves à ceux qui n'ont rien semé. Seigneur, j'admets que souffrir est bon, qu'il vaut mieux récolter des orties et des ronces plutôt que de raser un caillou, et je Te remercie du désespoir total et inévitable que Tu m'as si souvent épargné. »

Sur ce, je suis allé me coucher. Oli et moi avions décidé d'aller pêcher très tôt le lendemain matin, peut-être du côté de Cahoon Hollow où Finn m'emmenait quelquefois parce que nous n'y rencontrions personne. J'ai humé l'air en me levant et me suis tourné vers le large, la mine tendue, comme si l'Atlantique me livrait un message. Oli m'a demandé ce que j'en pensais.

— Eh bien, la brise est à l'ouest, et ce n'est pas très bon. Mais nous aurons pour nous le changement de lune...

Finn me tenait ce genre de propos. Je les avais gardés en réserve. Je ne savais toujours pas où il était passé mais je ne voulais pas le perdre et aussi c'était d'Oli et moi lequel des deux en connaissait davantage sur la question. Nous ne plaisantions pas sur ce sujet. Et même, nous avions mis au point une petite mélodie sur un poème de Jim Harrison : « *Water will never leave earth and whisky is good for the brain. / What else am I supposed to do in these last days but fish and drink ?* »

C'était donc une affaire sérieuse. Je suis allé préparer nos sandwichs pour gagner du temps. Eléonore a tourné autour de moi mais elle s'est juste intéressée à la nature de mon assaisonnement et je n'ai rien dit de mon côté. Ce n'est qu'en m'embrassant qu'elle m'a glissé à l'oreille son intention de me parler dès le lendemain.

— Rien de grave, j'espère..., ai-je grimacé avec un sourire.

Elle m'a rassuré. Le problème, avec elle, était qu'elle m'aurait caché s'il lui manquait un bras de peur de me contrarier. Néanmoins, je n'ai pas cherché à m'assurer qu'elle possédait encore ses deux mains. J'ai décidé de la croire sur parole. Je ne sentais pas plus les « blue-fish » s'approcher de la côte qu'une bonne nouvelle attendant de se révéler à moi.

Ensuite, elle a frappé à ma porte. J'ai pensé qu'elle avait changé d'avis et que je devais en prendre mon parti, peut-être que demain serait une journée sans histoire. Mais ce n'était pas ça, elle avait simplement oublié de me remettre quelque chose.

Après son départ, je suis resté un moment allongé sur mon lit, avec les épreuves d'Edith posées sur ma table de nuit. Il était aux environs de onze heures du soir. Je fixais le plafond et j'entendais l'océan, les crapauds, les grenouilles, l'air sifflant dans les joncs, les écureuils qui couraient sur le toit, le raton laveur qui tentait de renverser la poubelle. J'aurais pu l'éloigner en lui balançant le livre d'Edith mais je ne l'ai pas fait. Il me suffisait d'avoir pu envisager calmement cette solution pour que je puisse tourner la tête et considérer la chose d'un œil amical. D'ailleurs j'ai ri de la facilité avec laquelle ma main l'a saisi. C'était d'un poids et d'une température banals, et rien ne m'a sauté à la figure.

J'y ai passé la nuit entière. J'ai lu le dernier chapitre debout, calé dans l'embrasure de la fenêtre, et malgré les ravissantes lueurs d'incendie qui montaient du ciel et enluminaient les pages, je n'ai pas trouvé qu'elle s'était améliorée sur la fin. Pourtant Dieu sait que je l'avais souhaité tout au long de ma lecture. Que je sois damné si mon visage ne s'était illuminé à la moindre étincelle, si je ne l'avais encouragée de tout mon être, me faisant le plus léger que je pouvais si je croyais qu'elle allait me soulever, n'était-ce que me tenir à quelques fichus centimètres du sol. Elle en était capable. Elle avait eu raison de mes quatre-vingts kilos et de la place que je réservais aux femmes en matière de littérature. Je me souvenais avec quel embarras je m'étais plongé dans son premier roman, les sueurs que m'avait coûtées la seule idée qu'il me faudrait distinguer son talent des sentiments que j'avais pour elle. Je me souvenais comme j'avais refermé son livre sur ma

poitrine et comme j'avais pelé du nez, les jours sui-
vants, pour être resté des heures en plein soleil. Je me
revoyais à demi défiguré, bon à éplucher comme un
poivron sorti du four, ratatiné, rouge et ridicule et me
consumant silencieusement pour elle. Je la revoyais
posant un doigt sur mes lèvres chaque fois que je
commençais par : « Ecoute... Je ne sais pas comment te
dire... » J'imagine que mon air langoureux lui suffisait.

Je devais aller réveiller Oli mais je me suis accordé
quelques minutes de détente. J'ai ôté mes lunettes et
me suis assis un instant sur le lit. A présent, il me fallait
admettre qu'il ne s'était pas contenté de la baiser. J'en
ai poussé un long et bruyant soupir de contrariété.

— Je pourrais te montrer chaque passage où il est
intervenu. Jusqu'à certaines tournures de phrases où il
a fourré son nez... Oli, c'est comme une prairie où il se
serait vautré sans vergogne.

— Sais-tu pourquoi je n'aurais jamais pu être un
écrivain, ou je ne sais pas... un créateur un peu digne de
ce nom... ? Eh bien, je crois que je n'aurais pas tenu la
distance. T'imagines-tu garder confiance en toi, jour
après jour... ? ! Je ne te parle même pas des pressions,
des doutes et du découragement qui doivent être le pain
quotidien... Essaye juste de te représenter cette foi
inébranlable... Veux-tu me dire ce qu'il y a de plus dur
que de croire en soi-même... ?

Je n'étais pas de très bonne humeur. J'étais fatigué et
nous n'attrapions rien. J'avais de l'eau jusqu'à mi-
poitrine et j'avais froid.

— Personne ne l'a obligée à écrire. Il y a d'autres
moyens de s'amuser dans la vie. J'aimerais bien que tu
n'essayes pas de la défendre, si ça ne t'ennuie pas.

Il m'a cassé les pieds encore un moment. Il ne prenait
pas le parti d'Edith, il ne lui cherchait pas d'excuses,

mais les vicissitudes et les mystères de la création semblaient l'inspirer, ce matin-là. Il se tenait derrière moi à cause de sa jambe — au-delà de la ceinture, les vagues le déséquilibraient. Je lui jetais un œil lorsque je lançais. Je me fichais pas mal des angoisses de l'écrivain. Le désarroi qu'avait connu Edith, et dont Robert Laffitte avait su profiter, ne m'émouvait pas spécialement pour dire la vérité. S'il y voyait les tourments d'une âme en butte au Grand Vertige, je n'en retenais pour ma part qu'un mol abandon, une langueur que son agent lui avait fait passer. J'étais le mari d'un écrivain. Je savais que la Littérature avait bon dos.

Je suis retourné sur la plage. Je ne me suis pas arrêté à sa hauteur mais je l'ai invité à choisir : ou il continuait ses discours ou il venait manger avec moi.

Quand il restait un moment dans l'eau, les cicatrices de ses jambes prenaient toujours une vilaine couleur, et celle qui avait été la plus atteinte et refusait désormais de se plier lui causait toujours quelques soucis après toutes ces années. Il pouvait éviter de l'exposer au soleil, mais pour ce qui était de pêcher, il ne supportait pas les bottes et il aurait laissé pourrir sa jambe dans l'eau plutôt que d'y renoncer. C'était moi qui la lui frictionnais quand nous remontions au sec, moi qui m'étais occupé des plus belles jambes de femmes qu'on pouvait imaginer.

J'étais en train de lui prodiguer mes soins et de lui rappeler que les écrivains étaient au moins aussi chiants, pénibles et comédiens que n'importe qui, et que les saints étaient ceux qui vivaient à leurs côtés. L'endroit que nous avions choisi était d'un accès particulièrement difficile, fort éloigné de la route. Finn et moi y avions passé des journées entières, sans qu'aucun signe de présence humaine ne se soit manifesté. C'était un beau cadeau que j'offrais à Oli. Malgré toute l'affection que j'avais pour lui, j'aurais gardé ce lieu secret si nous n'avions partagé le même vice — « *I want to die in the saddle. An enemy of civilization.* / *I want to walk around in the woods, fish and drink.* »

Lorsque j'ai entendu des voix, j'ai laissé retomber sa jambe.

— Est-ce qu'elle apporte aussi sa radio, ses palmes et son matelas pneumatique... ? ! ai-je grogné en le considérant d'un œil torve.

Il ne m'a pas semblé honteux outre mesure. Il a agité un bras dans leur direction, puis il a murmuré, tandis qu'il souriait à leur venue : « Il a mis devant toi l'eau et le feu, étends la main vers ce que tu voudras. »

J'imaginais nos séances de pêche, dans dix ans, si nous commencions à y mêler les femmes. Et puis, que nous faudrait-il inventer, dans quel coin irions-nous autrement nous cacher pour reprendre haleine ? J'ai replié mon attirail sans ajouter un mot. Eléonore n'aurait jamais touché mon matériel, mais quant à l'autre, il ne pouvait rien arriver de bon. O, torrents d'Ecosse, rivières du Pays basque, vous qui nous avez connus farouches et intraitables, couchant à la dure et aussi insouciants que des enfants ! O poissons du Paradis, silences démesurés, cigares fumés sous la tente et rien d'autre ! O ruisseaux que nous remontions jusqu'à la source, ciels que nous découvrions, femmes que nous avions oubliées !

J'ai mangé du bout des lèvres, quoique Giuletta eût subtilisé nos sandwiches contre une salade de pâtes dont je me serais léché les doigts si mon humeur avait été plus douce. Mais, décemment, je ne pouvais pas me resservir et me montrer trop enthousiaste. Moi, je ne poignardais pas les gens dans le dos.

Dès qu'Oli s'est mis à goûter les fruits de sa trahison

— un double éclat de rire venait de les renverser sur le sable — je me suis levé avec une grimace écœurée.

J'ai regardé Eléonore. Nous nous sommes éloignés de la sordide étreinte, unissant un Judas à une demi-portion, et pour ma part, je ne me suis pas retourné, je n'ai pas ouvert des yeux ronds.

— Ecoute, pour ce que j'en sais, il ne s'agit pas cette fois d'un détournement de mineure. Mais sacré bon sang, c'est vrai qu'elle n'est pas bien grande... !

Le catalogue des ennuis qu'Oli risquait encore de s'attirer, la quasi-perversion qui semblait s'aggraver chez lui si l'on considérait que Giuletta était le modèle en dessous de la précédente, ont nourri notre conversation sur un bon kilomètre. Je tenais sous mon bras quelques échantillons de bois flotté qu'Eléonore enrichissait chemin faisant et qu'elle destinait à je ne sais quoi. Je la lorgnais du coin de l'œil, conscient que son visage se refermait à mesure que nous avancions. Je me demandais ce qu'elle hésitait à m'annoncer, si ce n'était pas de nature à m'achever pour le compte. Et je le souhaitais presque, d'une certaine manière, j'éprouvais une joie sombre et nerveuse à l'idée de la mauvaise surprise qu'elle me préparait, la petite chérie, il me tardait qu'on en finisse et que le coup fatal s'abatte sur ma tête.

J'ai ralenti mon pas. Etait-ce l'infini reflet de l'océan qui m'éblouissait ou l'imminence du sale quart d'heure que j'allais passer ? Devais-je serrer les dents ou raidir mon ventre ? Et si je me trompais, ai-je réalisé tout à coup ? J'ai imaginé en tremblant, enfin l'espace d'une seconde, que le Ciel pouvait être clément, n'irait pas s'acharner sur un seul homme.

Je me suis secoué, car elle m'appelait. A cet endroit, la falaise se renfrognait, quittait les ocres pour virer au vert céladon et suintait, traçait jusqu'à la plage de longues rigoles d'argile délayée. Je connaissais deux ou trois coins identiques dans les parages. On y rencontrait indifféremment des vieux pour des histoires de rhumatismes ou les derniers hippies fumant un joint, les uns et les autres couverts de boue et pataugeant dans de petites baignoires naturelles, emplies d'un brouet tiède et pâteux. J'y emmenais les filles lorsqu'elles étaient enfants et que nous venions en vacances. Je me souvenais de cette forte odeur de terre dont nous ne pouvions nous débarrasser.

Je suis allé la rejoindre. Nous étions loin des plages fréquentées, il n'y avait personne. Elle souriait. C'était une bonne chose. Il faisait chaud, mais l'air n'était pas brûlant et c'était bien agréable. Elle a ôté son maillot de bain en rougissant un peu car je la regardais, puis elle s'est assise dans l'une de ces cuvettes et m'a demandé si je venais tandis qu'elle commençait à s'enduire les seins et les épaules de larges paquets d'argile. J'ai mis mon bermuda rouge à l'abri sur une touffe d'herbe sèche. Qui songerait à harceler un homme nu et sans défense ?

Nous nous sommes appliqué un masque sur la tête et le visage.

— C'est drôle... ça paraît plus facile...
— Quoi donc, ma chérie... ?
— Eh bien, de parler... avec ce truc sur la figure...

Nous nous tenions face à face, immergés jusqu'au nombril, installés comme dans des kayaks moelleux. J'avais étendu mes bras de chaque côté, sur le bord, et je la considérais sans méfiance à présent, par l'effet d'une espèce de miracle.

— Eh bien... nous avons déjà réussi à nous parler sans en passer par là, il me semble... ?

Elle a baissé la tête.

— Regarde-moi.

Il y avait en moi un être fabuleux, qui ne s'éveillait qu'en présence de mes filles. Cela n'arrivait pas souvent, et je ne savais pas comment elles s'y prenaient ni même si elles se rendaient compte de ce qu'elles fabriquaient. Toujours est-il qu'il se manifestait lorsque nous étions bien disposés, guettant le moindre coup d'œil que nous pouvions échanger et au mieux de sa forme si l'on se fendait d'un sourire. C'était alors qu'il prenait ma place. Et c'était vrai que certaines choses me dépassaient durant ces moments-là, que je n'étais qu'une pauvre créature incapable de saisir la force et l'étendue de mes sentiments. Mais lui s'y entendait, il comprenait ce que je ne comprenais pas, recevait ce que je n'aurais jamais pu recevoir et me tenait un instant sur des cimes que mon esprit n'aurait jamais pu atteindre. Ainsi, de temps à autre, mes filles avaient-elles un effet très particulier sur moi. Même Evelyne — et ce doux cœur n'avait toujours pas demandé de mes nouvelles — avait encore le don de me transfigurer, d'éveiller en moi ce double sublime qui m'en bouchait un coin.

Enfin bref, elle a levé de nouveau les yeux sur son père dont la subite béatitude ne s'est pas dévoilée — il était bien au frais, sous une solide tartine d'argile.

— Je croyais que c'était facile, dis-moi...

Je sentais la boue qui commençait à sécher sur mon visage. J'avais déjà du mal à sourire.

— Eh bien... c'est que je ne sais pas comment tu vas réagir...

— Voyons voir... Je suis assis, j'ai quarante-cinq ans et, ma foi, je crois en avoir entendu de toutes les couleurs...

— Ecoute, je crois pas que tu vas aimer ça...

— Très bien. Je ne vais peut-être pas aimer ça. Je me ferai une raison.

— Ça ne devait pas arriver, tu comprends...

— Non, pas très bien.

Elle a regardé à droite, puis à gauche et tout à coup, elle s'est mise à pleurer.

— Oh ! papa... ! Je suis enceinte... ! !

J'ai pensé : « Voilà. Nous y sommes... ! Et c'est bien un coup à vous assommer un bœuf. »

— Mais dis quelque chose... !

— Nom d'un chien ! ai-je murmuré.

J'en pâlissais sous le masque. J'imaginais qu'à ses yeux je gardais tout mon calme, mais l'argile avait durci et m'empêchait la moindre grimace.

Et ce n'était plus des larmes qu'elle versait, c'était des fontaines que je regardais fixement couler sur sa poitrine et se mêler à l'eau du bain.

— Il faut que tu m'aides... Je t'en prie, papa... je veux une IVG... !

— Allons bon, qu'est-ce que c'est encore... ? !

— Je ne veux pas le garder... ! C'est impossible... ! !

Mon visage s'est tellement contracté que des plaques entières se sont décollées de ma figure. D'autres sont restées en suspens dans mes cheveux et se sont baladées sur mon front tandis que je secouais la tête et que je grognais :

— Ah ! nom de nom de nom... !

*

2 octobre 1961

Jérémie a inspecté ma main sous toutes ses coutures. Elle est juste enflée, je n'ai rien de cassé comme je l'avais craint. Enfin, j'espère que je ne suis pas la seule à souffrir.

Aujourd'hui, j'ai fait ce que j'avais décidé. Et malgré la manière dont ont tourné les choses à la fin, je ne regrette rien.

350

Donc, Ramona ne s'est pas trompée. L'autre est à son travail, l'après-midi, et lui il vient m'ouvrir la porte comme un grand garçon. Je suis venue à pied de chez David pour profiter de l'orage. On reste une éternité sur le palier, lui à rouler des yeux ronds et moi à dégouliner sur le seuil. « Je peux entrer cinq minutes ? » je lui demande. Je dois l'écarter un peu de mon chemin pour passer. Je lui demande aussi où est la salle de bains.

Je m'y enferme. Je suis tellement nerveuse. Et à la fois très calme, je ne sais pas comment dire. Je me mets à tousser et je lui raconte à travers la porte la première chose qui me vient à l'esprit, que j'ai passé la nuit dehors, j'invente n'importe quoi. Et je regarde autour de moi et je ne vois même pas ses affaires à lui au milieu de tout ces trucs de femme.

Je m'examine, penchée au-dessus du lavabo, et je sais que rien ne pourra m'arrêter. Je me mords les lèvres une seconde. Puis je me déshabille en remerciant cette pluie providentielle. J'arrange un peu mes cheveux, je laisse tomber deux ou trois mèches mouillées sur mon visage. Je suis parfaite. On dirait que j'ai tenté de me noyer. Je ressors enroulée dans une serviette.

Je fais celle qui a les pires ennuis du monde mais qui tient bon. Je lui dis que j'ai simplement besoin de souffler cinq minutes, s'il croit que c'est possible, et que je vais filer tout de suite après. Puis je secoue la tête et j'ajoute qu'à la réflexion je ferais mieux de partir sur-le-champ.

« — *Bon sang, sois pas stupide... !*

— *J'avais pas l'intention de te déranger. Je suis montée sans réfléchir...*

— *Bon, je vais faire du thé.*

— *Attends... Je ne sais pas... Est-ce qu'Anna va bientôt rentrer ?*

— *Non, pas avant cinq heures.*

— *Ah !... parce que je suis pas en état, tu comprends... »*

Il se croit obligé de me mentir, ce pauvre crétin ! Anna n'est jamais là avant sept heures du soir. Et j'ai téléphoné à sa boîte pour vérifier. Pendant que j'y étais, j'ai changé ma voix et je lui ai dit : « Bonjour, je suis mademoiselle Baudouin. Je suis chargée d'enquêter sur les catherinettes... » Je hais cette fille. Je hais son appartement et la manière dont elle a arrangé tous ses petits bidules comme une maniaque. Je hais son parfum, ses rideaux de cretonne, son napperon, son tapis, son lampadaire, ses fleurs, son petit univers de lilliputien taré. Je ne vois rien, ici, qui ressemble à Henri-John, c'est à peine croyable... ! Et je sais pas si je dois m'en réjouir ou trouver ça vraiment pitoyable, je n'ai encore rien décidé.

Il arrive avec les tasses. Elles sont si mignonnes qu'on tremblerait à l'idée d'en briser une. Et est-ce qu'il n'aurait pas des petits gâteaux, par hasard... ? Il en a. Je rêve... ! J'appréhende le moment où il va me tendre une pince à sucre.

Je dois me retenir pour ne pas être méchante avec lui. Je dois me répéter que je ne suis pas là pour ça. Mais je note ces petits détails dans un coin de ma tête. Et j'évite de le regarder dans les yeux car j'ai peur de le foudroyer sur place.

Il a vraiment l'air très embêté avec mon histoire. Il n'en revient pas que j'aie pu passer la nuit dehors, il n'est même pas fichu de s'asseoir, il dit. « Mais où ça, dehors... ? », il dit : « Mais quoi... pas dans la rue... ? ! », il dit : « Mais t'es dingue, ma parole... ! » Mes réponses ne sont pas très claires, mes gestes vagues et je lui montre bien qu'il me torture, je m'emploie à faire trembler mes lèvres. Il dit. « Très bien, n'en parlons plus. Bois-le pendant qu'il est chaud. »

Comment passer dans la chambre ? Je suis en train de réfléchir au problème, le front baissé, et on reste silencieux un instant.

« — Tu as vu ce mur qu'ils ont construit dans Berlin... ? »

Je ne réponds pas. Je suis pas non plus très emballée à l'idée de m'installer sur ce lit.

« — Tu as vu ces types qui tournent autour de la Terre dans leur fusée... ?

— Pourquoi ça serait moi... ? Pourquoi on parlerait pas de toi pour changer... ? !

— Parce que moi, je ne couche pas dehors. Je n'ai rien à raconter, voilà pourquoi... ! »

Je n'ai jamais supporté qu'il élève la voix avec moi. De temps en temps, j'essayais de tenir bon, mais je n'y arrivais pas, je sentais tout mon corps se raidir et c'était parti, jamais je ne m'écrasais devant lui. Il a de la chance que nous soyons aujourd'hui, que je sois en mission spéciale.

Je suis la première étonnée du pâle sourire que je lui envoie. Il y a aussi une chose qui me met hors de moi et que je refuse de reconnaître sur le coup, en me disant que ce serait la meilleure. Mais je veux pas raconter des blagues, il m'intimidait, voilà tout, et c'est une de ces choses au monde que je n'aurais jamais crue possible, que je n'aurais même pas pu imaginer. Comme quoi, dixit Alice, « le serpent n'a pas l'habitude de te trouver avec un bâton à la main ».

« Est-ce que tu veux t'allonger ?

— Pourquoi je voudrais m'allonger... ?

— J'en sais rien, je te trouve un peu pâle... T'es peut-être fatiguée, j'en sais rien...

— Je suis pas fatiguée. »

C'est parce que, l'espace d'une seconde, je redeviens normale et que j'ai pas besoin qu'on s'occupe de moi. Surtout lui, je suis assez grande.

Mais c'est vraiment la journée où je dois tout avaler, où ma fierté en prend un bon coup. Je suis une espèce de sainte, j'imagine. Alors je me lève sans ajouter un mot et là j'en crève d'humiliation, mais je suis son conseil et je file jusqu'au lit comme une petite fille obéissante.

Je le trouve un peu mou, le lit, c'est elle tout craché. Je me suis jamais laissé avoir par son air décidé, ni par ses manières autoritaires. Au fond, je crois pas qu'elle ait grand-chose dans le ventre. C'est pour ça qu'elle a mis le grappin sur un type de dix-huit ans, c'est parce que c'est plus facile à manier. C'est parce qu'elle n'a pas confiance en elle et que le monde lui flanque la trouille, enfin je vois ça comme ça. C'est comme Karen qui n'a jamais voulu revoir le père de son enfant, Karen qui s'endort encore en suçant son pouce. Elles ont le même genre de problème.

Je ne sais pas ce qui va se passer, maintenant. Peut-être qu'il va rien se passer du tout. Peut-être qu'ils sont couchés ensemble, en ce moment, pendant que je remplis ce journal, comme une idiote, un bras serré entre mes jambes et dévorée d'impatience, oui, comme si quelque chose allait arriver, quelque chose de dingue et d'impossible, et d'être aussi naïve me rend malade. Un jour, j'ai planté un bananier dans le jardin, un pied qu'Alex nous avait ramené. Je n'ai écouté personne. Nous étions en plein hiver. Je croyais que ma foi serait une raison suffisante.

Il est d'accord pour que nous fumions une cigarette, à condition d'ouvrir la fenêtre. Il ne pleut plus, mais les nuages sont toujours là et il fait sombre.

Je sais pas de quoi on parle.

Il est étendu à mes pieds, en travers du lit. Au bout d'un moment, je relève mes genoux contre mon menton. Je sais pas ce qu'il voit au juste mais ça devrait lui donner une idée, au moins de mes cuisses. Et subitement, il se met à faire lourd ou peut-être que c'est moi ou mes cheveux qui sont encore humides. Mon front devient moite et l'intérieur de mes mains. Je crois qu'il est en train de me parler d'une vieille histoire, je sais pas ce qui lui prend, quelque

354

chose qui a dû commencer par : « *Tu te rappelles, le jour où... etc.* » Il a l'air attendri, c'est tout ce qui m'intéresse. J'évite de le regarder pour ne pas le déranger, je ferme à demi les yeux comme si j'étais plongée dans nos aventures et le fait est que je suis presque bercée par sa voix.

J'ai soif, mais je n'ose pas lui demander à boire. J'ai l'impression qu'il suffirait d'un geste ou d'un bruit pour tout flanquer par terre. Je me suis légèrement parfumée avant de venir. En sortant du bain, devant la glace, j'ai pensé que mes seins lui plairaient sans doute pas, mais ça ne m'a pas descendu le moral, jusqu'au moment de partir j'ai gardé le sourire aux lèvres. J'étais en pleine forme. J'ai fini par laisser la place à Karen qui tambourinait depuis des heures à la porte et je l'ai pas envoyée promener. J'ai mis un peu d'ordre dans le salon sans qu'on ait rien à me demander. J'ai aidé papa à traduire une lettre qu'il envoyait à Cunningham à propos d'Antic Meet et de machins qu'il fallait demander à John Cage et qui perturbaient Ramona. Je voulais savoir pourquoi il me regardait comme ça et il m'a dit que c'était pour rien, que j'étais comme le soleil de l'été, et ça, je ne pourrais pas inventer une chose pareille. En temps normal, j'aurais levé les yeux au ciel, mais cette fois, j'ai hésité, j'ai failli me pendre à son cou. Je suis pas très curieuse de savoir quel genre d'image sinistre je pourrais lui inspirer en ce moment. D'ailleurs, même ma chambre paraît lugubre.

J'ai passé ces derniers jours comme une imbécile heureuse. Je n'arrivais pas à me décider. Je me posais tellement de questions, ça me paraissait tellement énorme, tellement dingue et inimaginable que pas une fois je n'ai pensé à ce que j'allais trouver de l'autre côté. Ou plutôt, ça me semblait si limpide... Il allait de soi que tout allait s'arranger si je le faisais. J'ai passé tout mon temps à me persuader qu'il n'y avait pas d'autre moyen, qu'on ne pouvait plus attendre, et je me suis fichue de moi et de mes scrupules, est-ce que je n'écrivais pas encore, pas plus tard qu'hier, je me cite : « *Ne fais pas un tel cinéma de cette histoire. Ne sois pas stupide. Laisse tomber si tu veux mais épargne-moi tes simagrées, tu seras gentille. Si tu étais seulement la moitié de ce que tu crois être, tu ferais ce que tu as à faire, sans ruminer tes machins à l'eau de rose.* » Enfin, c'était surtout facile à dire. Et maintenant, quelle est la suite... ? Maintenant que j'ai accompli mon formidable exploit, où est ma récompense, où sont les mains qui étaient censées m'applaudir, où est mon sourire dans toutes ces merdes lyriques ?

J'ai trouvé le moyen, pendant qu'il me parlait, et avec des gestes invisibles, de desserrer le nœud de ma serviette-éponge. Non pas que j'aie craint que ça pourrait lui poser un problème (à la simple idée d'en dénouer un, il sourit), mais le temps passait et il se contentait d'effleurer mes doigts de pieds avec l'air de ne pas y toucher, comme si nous étions dans un champ et qu'il s'amusait avec un brin d'herbe. A ce rythme, on y était encore dans cent sept ans. Je lui trouvais pourtant des excuses, j'admettais l'avoir toujours coupé dans ses élans et j'imaginais qu'à sa place je serais en train d'y réfléchir à deux fois. Le pauvre chéri attendait sans doute un signe de ma part.

Eh bien, il l'a eu. Je ne sais pas s'il était installé trop au bord du lit ou quoi, mais il en est tombé par terre. La grenouille venait à peine d'écarter ses genoux, ainsi que les pans de la serviette, qu'il disparaissait dans un bruit sourd.

Je me dresse sur un coude. Il est un peu pâle. Je lui demande si ça va. Et il remonte sur le lit.

J'étais folle de rage quand je suis partie de chez lui, et je le suis encore, ça me revient par bouffées et je dois m'arrêter d'écrire si je veux pas raconter n'importe quoi à son sujet, je dois attendre de retrouver mon calme. Ça m'est difficile à présent de dire tout le bonheur qu'il m'a donné, ça m'arrache la gorge, mais je vais essayer de le faire, je vais essayer d'être honnête.

Etre honnête, ça signifie pour commencer que j'en avais vraiment envie et ça se peut que j'embellisse les choses, mais aussi peut-être que c'est pas très malin de dire ça, est-ce qu'on peut embellir des choses avec des paroles, enfin ce genre de choses ?

Il a été doux et gentil. C'est moi qui ai fini par me déchaîner au bout d'un moment, qui me tortillait comme une anguille et m'enroulait comme un serpent autour de lui. Je voulais pas qu'on tombe dans le genre conte de fées, avec violons au clair de lune, je voulais pas qu'on s'attendrisse de trop et qu'on sombre dans l'infantilisme, qu'on se tienne la main et qu'on soupire, qu'on se regarde dans le blanc des yeux. Je m'étais juré de l'éviter. Je voulais que ce soit fort et silencieux, et rien d'autre. Je pensais que nous pourrions parler une autre fois, si nous avions des choses à nous dire. Mais pas ce coup-ci. Avant même de frapper à sa porte, je savais exactement jusqu'où je comptais aller, et au-delà de quelle limite je ne me laisserais pas entraîner. Il y a un certain sujet que je refuse d'aborder moi-même parce qu'il m'effraie plus ou moins, m'agace et me complique la vie. C'est pourquoi je me méfiais comme la peste du moindre temps mort, par exemple je l'empêchais de me caresser la joue, je saisissais sa main et la plaquais autre part. On dirait que je l'ai échappé belle. Ça me fait du bien d'y penser, ça me rassure de ne lui avoir rien cédé d'autre que du purement sexuel, sans quoi c'est pour de bon que je me sentirais mal à l'heure qu'il est.

Peut-être que tout est venu de cette peur que j'avais de m'embarquer un peu trop loin. Et j'ai l'impression que ce que j'ai retenu d'un côté a débordé de l'autre, ça me semble naturel.

Je voulais qu'il s'en souvienne, également. Je voulais qu'il en perde l'appétit et le sommeil, si possible. Et j'avais *conscience que ce ne serait pas facile, que je me créais un handicap en n'en faisant qu'une histoire de fesses. Alors j'y suis allée.*

Je crois qu'il a très vite compris ce qui se passait, qu'on n'était pas là pour se raconter des salades. Et de mon côté, comme il y avait des jours que je m'y préparais, je me trouvais dans un état d'excitation avancé, tel que je n'en avais guère connu jusque-là. C'est bien simple, je ne pouvais pas tenir en place, et j'étais énervée au point de lui compliquer la tâche quand on s'est mis à ôter ses vêtements.

J'ai renoncé à comparer cette séance avec les meilleurs moments que j'ai eus avec David. Moi qui suis d'ordinaire plutôt encline à la réserve, j'ai couiné et grogné sans retenue, ce qui m'a légèrement surprise au départ. Puis ces bizarreries m'ont enchantée car elles me confirmaient que tout cela sortait de l'ordinaire et que nous allions dans le sens que j'avais espéré.

Chaque bouffée d'air que j'aspirais se changeait en aphrodisiaque, autrement dit chaque minute qui s'écoulait m'échauffait un peu plus. Quoi qu'il me faisait, je réagissais au quart de tour. S'il touchait mes seins, je me cambrais vers lui, s'il passait simplement une main entre mes jambes, je frémissais de tout mon corps. Corinne m'avait parlé quelquefois de certaines et rares expériences qu'elle avait eues. « Eh bien, me glissait-elle à l'oreille, imagine un drôle de rêve où c'est toi mais ce n'est pas vraiment toi, tu te mets à ressentir de drôles de choses pour commencer, et puis voilà que tu te mets à faire de drôles de trucs, enfin euh... tu vois ce que je veux dire, tu te retrouves avec le diable au corps, ma vieille, ni plus ni moins... ! » J'avais toujours pensé qu'elle fabulait. Je n'avais peut-être pas son expérience mais j'en savais tout de même assez. J'étais d'accord que ça pourrait devenir très agréable, mais pas au point d'en perdre les pédales. Je la laissais délirer avec ces histoires parce que ça m'amusait. Je trouvais ça génial tellement c'était con et puéril.

Je l'ai frappé de toutes mes forces. Je ne crois pas qu'il se soit rendu compte que ce n'était pas uniquement de la colère qui me donnait une telle puissance. Je ne crois pas qu'il ait établi un rapport entre la violence de mon coup et le plaisir qu'il m'avait donné. Quand il a roulé sur le côté, avec un soupir satisfait, je jouissais encore (non seulement tout ce qu'elle m'avait dit était vrai, mais elle en avait oublié, je réalise) et je me disais que j'étais fichue, que j'allais étendre un bras vers lui en dépit de toutes mes résolutions. Je me sentais fléchir et je m'en fichais. Une voix me répétait que mes serments ne tenaient plus, que la situation était différente. Il était encore dans mon ventre, dans ma bouche, serré contre ma poitrine, enfoui dans mon cou, transpirant entre mes bras.

C'est alors que, d'une certaine manière, j'ai eu une chance incroyable. Il a parlé avant que je ne fasse un geste, avant que je ne commette la bêtise irréparable. Si j'avais ne serait-ce qu'effleuré sa main, je... enfin j'aime mieux pas y penser.

Il a dit : « Elle ne va pas tarder à rentrer. Je crois que tu ferais bien de te rhabiller. »

Je me suis levée en silence. Je suis allée à la salle de bains et j'ai renfilé mes vêtements humides et glacés sans la moindre grimace et calmement et pâle comme un linge. Puis je suis retournée dans la chambre. Il était encore allongé sur le lit. J'ai serré mon poing avec toute la rage et la tendresse qu'il éveillait en moi. Il a souri. Je lui ai balancé mon poing en pleine figure, avec tout le poids de mon corps. J'en ai failli me casser la main.

*

Mon aventure avec Anna se termina le soir même.

Après une explication orageuse, elle jeta mes affaires dans une valise et la flanqua sur le palier. Elle gémissait et hurlait en même temps, menaçait d'arracher la compresse que je tenais collée sur mon œil. Puis elle me poussa dehors, claqua la porte. Et la rouvrit aussitôt, me tira à l'intérieur et recommença de tourner autour de moi. Elle me répétait : « Dis-moi que tu n'as pas fait ça... ! ! », alors que je venais de lui raconter toute l'histoire dans les détails.

J'étais dans un état second. Si ulcéré par ce qui m'arrivait que je ne savais plus pourquoi je m'accrochais à cette fille, ni même comment l'on pouvait rechercher la compagnie de l'une de ces cinglées. Pleurant à moitié et boxant mon bras — peut-être s'entraînaient-elles ensemble ? —, elle me mit de nouveau à la porte. La cage d'escalier s'emplit d'un goût de catastrophe et de liberté légèrement étourdissant. Mais elle me rattrapa sur les premières marches. Ma valise roula jusqu'à l'étage du dessous.

— Toi et moi, c'est fini... ! ! me hurla-t-elle au visage.

Elle me poussa dans le fauteuil. Puis tenta de me griffer la figure. Je la bloquai avec mon pied. Tout d'un coup, je comprenais que ma vie avait été saccagée par les femmes, qu'elles avaient été la cause de toutes mes peines, de tous mes ennuis, du sombre fouillis qui envahissait mon cerveau.

— Oh ! espèce de salaud... ! ! fit-elle en tombant à mes genoux, les étreignant et les mouillant de larmes, tu n'avais pas le droit... ! !

Tandis qu'elle s'attendrissait, je sentais se réveiller en moi, tels des spectres se relevant d'un champ de bataille, la grande armée des humiliations, des tortures, des contraintes qu'elle m'avait infligées et dont la rumeur féroce montait dans ma poitrine. J'étais assommé par cette soudaine insurrection. C'était comme un barrage qui cédait, comme si je déversais un flot de sang brûlant sur elle, mais elle se cramponnait à mes jambes. Lorsqu'elle se mit à dégrafer ma braguette, je bondis sur mes pieds.

— Mais qu'est-ce qu'y a...?! brailla-t-elle avec des yeux fous.

Elle m'avait tenu pendant des mois avec de telles pratiques, chaque centimètre carré de son corps avait œuvré contre moi, m'avait aveuglé et enchaîné et écrasé sans merci. Ah! comme tout cela me semblait tiède et dérisoire après la séance que je venais de passer...!

Alors je perdis la tête, moi aussi : pour la première fois, je découvris que je pouvais lui résister, que ce que j'avais tant craint de perdre n'allait peut-être pas me tuer si je m'en débarrassais. Cette idée déclencha en moi des sentiments contradictoires. C'était comme si je devais sauter d'un pont, j'en avais les jambes qui tremblaient mais j'avais une folle envie de le faire, c'était très angoissant et merveilleux, c'était l'appel de l'inconnu, sombre et enivrant. J'éclatai d'un rire sauvage. Se sentant visée, elle répliqua deux ou trois bobards concernant ma virilité. Elle n'avait pas compris que ce n'était pas d'elle que je me moquais, mais de moi, qui m'étais cru prisonnier, qui m'étais imaginé de lourdes chaînes.

Je me sentirais un peu moins joyeux quelques heures plus tard, quand l'excitation de la délivrance viendrait à s'essouffler et que je me retrouverais seul de nouveau. Pour l'heure, quoi qu'il en soit, je m'emballais. Je lui dis qu'elle pouvait garder la Volkswagen, ce qui loin de la calmer la crispa davantage. Comme elle barrait la porte et qu'elle semblait réfléchir à toute allure, je n'arrivais pas à savoir si elle voulait simplement me retenir ou si elle cherchait à me coincer pour me piler sur place. En fait, je crois qu'elle désirait me garder et me réduire en bouillie, les deux.

Je l'observais en pensant que je l'avais déjà sans doute quittée cent fois depuis que je la connaissais, aussi n'avais-je rien de particulier à lui répondre. Je ne comptais plus les occasions où elle avait menacé de me virer et à la suite desquelles j'avais capitulé. Je réalisais à présent à quel point elle m'avait bluffé, quel imbécile je faisais, et tout ce qu'elle avait fabriqué continuait de s'écrouler, de s'anéantir au fur et à mesure, et elle n'y pouvait rien. Plus elle cherchait à composer — elle décrétait maintenant que nous devions parler —, plus le plancher brûlait sous mes pieds.

J'étais trop excité pour discuter de quoi que ce soit, trop fasciné par mon nouveau pouvoir pour résister à l'envie de m'en servir. C'était un bouleversement si subit et inattendu que j'en grimaçais comme sous le coup d'une accélération formidable. Elle crut que je fléchissais. Elle me tendit la main et proposa de nous allonger sur le lit afin de remettre nos idées en place. Je me dirigeai vers la sortie.

— Si tu franchis cette porte..., lança-t-elle.

Rarement je ne me sentis autant d'allant qu'à la seconde où je l'ouvris.

— Bon Dieu ! Alors fiche-moi le camp, salopard... ! ! rugit-elle dans mon dos.

J'étais sur un nuage. Elle brisa quelque chose sur ma tête, des morceaux de je ne sais quoi volèrent autour de moi, mais je ne sentis rien et ne me retournai même pas. Je ramassai ma valise au passage, l'empoignai d'une main glorieuse. Quelques trucs tombaient dans la cage d'escalier, des bouquins pour la plupart, que je m'apprêtais à récupérer en bas.

Avant de m'installer au piano, le patron m'entraîna

dans les toilettes et m'aida à nettoyer ma plaie. Pour ce qui était de mon œil, il changea la compresse qu'il imbiba d'arnica et qu'il fixa au moyen d'une croix de sparadrap.

— T'es un gentil garçon, Henri-John..., me dit-il. Mais j'aimerais pas que ça se reproduise. Ça la fout mal auprès des clients, on se demande d'où tu sors...

J'avais tenté de m'offrir un petit coup de fouet en sortant de chez Anna, mais les bars s'étaient refermés devant moi, mon allure les avait inquiétés. J'avais dû me contenter d'un banc sur la place Saint-Michel et d'un flacon de whisky que j'avais descendu tandis que je comptais les morts. Pour rien au monde je ne serais revenu en arrière, mais je ne voulais pas me cacher que mon exploit me coûtait cher. Une légère angoisse avait fondu sur moi avec le soir tombant. Je me surprenais à me remémorer les bons moments que j'avais passés avec Anna et j'avais du mal à m'en empêcher, bien que ce ne fût pas le meilleur remède pour ce début de vague à l'âme qui s'annonçait, ce vide, après la victoire, qui s'ensuivait.

Lorsque je me mis au piano, il était déjà tard, la salle était bleue de cigarettes et mon quart de queue surgissait de la brume comme un autel de pierre sur une lande écossaise. J'étais triste et joyeux, blessé, seul et un peu ivre. Je leur jouai du blues.

Georges vint me chercher à l'hôpital le surlendemain, à la suite d'un coma éthylique dans lequel j'avais sombré pour célébrer mes aventures. On m'avait gardé toute une journée en observation, c'est-à-dire sous l'œil d'une certaine infirmière qui ne m'apportait de l'aspirine qu'au compte-gouttes et me répétait que c'était bien fait, que le Seigneur m'avait puni et qu'il débarrasserait cette ville de tous les blousons noirs pour qui se battre et boire était le seul souci.

363

Je me sentais faible. Je ne réussis même pas à raconter à Georges comment cela m'était arrivé car je n'en savais trop rien. On avait posé des verres sur le piano. J'avais joué et l'on m'avait encouragé. Je me souvenais d'un moment très agréable où l'on avait joué et chanté avec moi, où des gens m'entouraient et applaudissaient à mes élucubrations encore toutes fumantes et vives des sacrées histoires que je venais d'encaisser. Et il y avait eu d'autres verres. Et j'avais suivi des gens après la fermeture de la boîte. Comment savoir au juste... ?

Georges me proposa de marcher un peu, d'aller respirer dans le square d'à côté. La lumière du soleil me fit frissonner comme un vampire et mes jambes n'étaient pas les miennes. Nous nous assîmes sur un banc.

— C'était une belle fille..., me répondit-il après que je l'eus mis au courant de ma rupture. Enfin, un peu sèche au téléphone...

— Ah !... parce qu'elle t'a appelé... ? me raidis-je.

— Oh ! elle n'avait pas grand-chose à dire... D'ailleurs, je n'ai pas compris pourquoi elle s'en prenait à Edith...

J'écarquillai les yeux pour jouer à l'étonné, mais la peau de mon visage me tira comme du carton.

— *Edith... ! ?* Mais à quoi ça rime... ? !

— Bah... c'était peut-être la première chose qui lui passait par la tête... Je crois qu'elle insinuait qu'Edith et toi...

— Ah ! oui, mais alors ça, tu sais, c'était son idée fixe... Tu vois, alors ce que tu dis, ça m'étonne pas, elle est à moitié dingue, je t'assure, elle est prête à inventer n'importe quoi... Ecoute, tu penses bien, je te jure que...

— Mais bien entendu... Calme-toi... Figure-toi que j'ai bien compris ce que ça cachait. Je me suis permis de lui rappeler que vous n'étiez ni frère et sœur, ni même cousins germains, que je sache... J'ai eu l'impression que ce n'était pas clair dans son esprit...

— Ouais, mais quand même je lui dirai deux mots... Bon sang, j'en reviens pas qu'elle ait fait ça !

— N'y pensons plus. Je crois que c'est elle qui s'est trouvée la plus bête dans cette histoire. Elle s'attendait certainement à ce que je m'étrangle au bout du fil, mais la pauvre, tu sais, je n'ai pas été très gentil avec elle, j'ai joué le jeu, je lui ai dit qu'elle ne m'apprenait rien et que j'étais au courant... Je te prie de croire qu'elle s'est calmée tout d'un coup...

— Ha ! ha !... fis-je du mieux que je pus.

— Bah, c'était une coquetterie de ma part, je n'avais pas l'intention de la désoler davantage... Mais tu sais ce que c'est..., je ne voulais pas qu'elle me prenne pour plus idiot que je ne le suis...

Comme il m'observait avec attention, je partis dans un terrible bâillement, étirant furieusement mes bras et mes jambes. Il passa un bras sur mon épaule et renversa la tête vers le ciel.

« *It was early, early in the spring,*
The birds did whistle and sweetly sing,
Changing their notes from tree to tree,
And the song they sang was Old Ireland free... »,
fredonna-t-il.

Cela signifiait qu'il était de bonne humeur.

Je faillis résister lorsqu'il me proposa de rentrer à la maison. J'aurais voulu lui dire que je ne me sentais plus un gamin, que cette expérience m'avait rendu adulte, mais je le suivis sans dire un traître mot. Ma fierté en souffrit un peu, sur le coup.

Je passai les trois premiers jours sans manger, comme un qui serait entre la vie et la mort. La nuit, je me forçais à rester éveillé, pour préparer mes cernes du

lendemain matin. Spaak m'avait prescrit des vita-
mines dont j'engraissais le jardin, juste sous ma
fenêtre. Je traînais des pieds, je me levais d'un siège
avec de petites grimaces contenues, je m'accrochais à
la rampe de l'escalier et j'avais un sourire qui semblait
me coûter mes toutes dernières forces.

J'espérais que le message était clair : j'étais un blessé
à demi inconscient qu'on avait évacué et qui rentrait au
pays à son corps défendant. On pouvait en juger. D'ailleurs, je n'avais pas défait ma valise. Je la laissais en
évidence au milieu de ma chambre et je refusais qu'on
y touche — je n'étais pas mécontent de cette espèce
d'illumination.

Comme un bonheur n'arrive jamais seul, c'est dans
ce triste état que je me présentai devant l'armée, orphelin de père, tenant à peine debout et porteur d'un
dossier médical que Spaak m'avait concocté et qui me
tournait en épileptique, à tendance maniaco-suici-
daire. Je n'eus pas besoin d'en rajouter. En tant que
veuve de guerre, Elisabeth Benjamin versa quelques
larmes de joie en apprenant que son fils venait d'être
réformé et j'acceptai, à cette occasion, une petite goutte
de champagne et deux ou trois gâteaux secs, ainsi que
les félicitations de tout un chacun — Edith était
absente en ce douillet après-midi.

Depuis que j'étais au monde, ma mère m'avait
garanti que je ne porterais jamais l'uniforme, mais ce
jour-là, elle fut tranquillisée pour de bon. Moi aussi.
D'autant que je n'étais inscrit dans aucune école et que
les certificats brumeux que Georges fournissait en vue
de prolonger mon sursis menaçaient à chaque fois de
faire long feu. Je profitai donc de cette belle journée et
de la calme euphorie qui régnait à la maison — quand
Edith n'était pas là, je ne récoltais que des sourires —
pour déboucler ma valise, considérant dès lors que

mon retour était effectif et mon honneur hors de danger après une bonne semaine de convalescence.

Ces quelques jours me donnèrent aussi le temps de réfléchir. Entre autres, il me fallut admettre que je n'étais pas pressé de quitter la maison. Ça n'allait pas dans le sens de ce que je voyais, entendais autour de moi chez ceux qui avaient mon âge, ou encore de plus jeunes, et qui ne songeaient qu'à se tirer de chez eux quand ce n'était pas déjà fait. S'ils tardaient à franchir le pas, ils n'en avaient pas moins que cette idée dans la tête, et à les écouter, la vraie vie commençait sur le seuil de la porte. Très bien, je ne disais pas le contraire. Je ne disais rien du tout. J'avais simplement du mal à trouver ce qui était censé m'étouffer entre ces murs, m'aliéner, me châtrer, me sortir par les yeux.

D'ailleurs le soir même, sur les coups de onze heures du soir, j'enfilai un tee-shirt immaculé et un pantalon de pyjama, puis je me glissai dans la chambre de Ramona, rasé de frais et miaulant à part moi comme un tigre. Je n'y trouvai pas exactement ce que j'espérais, mais je ne repartis pas sans rien. D'abord elle me dit non, qu'elle ne pouvait pas. Je m'effondrai, désespéré, en travers de son lit. Elle m'embrassa sur le front, me caressa les cheveux, ce qui relevait du cautère sur une jambe de bois. L'esprit ailleurs, je lui donnai toutefois de mes nouvelles, répondis à ses questions et la laissai tripoter ma main gauche qu'elle considérait un peu comme son enfant chéri. Puis elle reprit son vieux couplet sur nos relations sexuelles, m'enjoignant de baisser la voix quand je m'insurgeais contre ses scrupules, quand je lui jurais que bien au contraire ça ne pouvait pas nous faire de mal, qu'est-ce qu'elle allait chercher...?! D'après elle, je comprendrais plus tard. Mais en attendant, j'étais le plus gentil garçon qu'il y ait au monde, celui qu'on avait langui durant si longtemps, celui qui revenait avec de si mauvaises pensées mais qu'on ne pouvait s'empêcher de serrer dans ses bras. Elle sourit en fronçant les sourcils, puis glissa tout de même une main dans mon pantalon et je compris que c'était ça ou rien.

Je humai l'air du couloir en retournant à ma chambre. A la nuit tombée, lorsque une lourde et silencieuse obscurité flottait dans les étages, il s'y développait une odeur très particulière que j'avais appris à discerner depuis mon enfance. On pouvait la sentir, l'écouter, presque la saisir en clignant des yeux. Je m'y exerçai un instant. Tout le monde semblait dormir — sauf Edith qui ne couchait pas à la maison ce soir-là.

Réfléchir. Mais je n'entretenais pas un volcan en irruption sous mon crâne, simplement une légère ébullition qui me chatouillait le cuir chevelu en permanence et réglait ma vision sur des angles nouveaux, selon que j'en observais l'une des quatre. Car j'avais eu une sorte d'illumination, un beau matin, en prenant mon petit déjeuner avec Alice. Elle tenait le *New Yorker* à la main et m'annonçait la mort de James Thurber, dont elle conservait les dessins depuis des années et qu'elle tenait aussi pour un excellent écrivain, mais je ne l'écoutais qu'à moitié. Elle venait de saisir un sucre. Mille fois, je l'avais vue accomplir ce rituel, et c'était un des trucs les plus absurdes que je connaissais. Parce qu'elle ne mettait jamais ce sucre dans sa tisane ou dans son café. Elle le mangeait après.

C'est alors que mon esprit fut éclairé, que j'entrevis une voie qui m'avait échappé. Le sexe était une chose. La vie en était une autre. Et nul n'était besoin de gâcher celle-ci pour obtenir la première. Alice me demanda si c'était la mort de Thurber qui me faisait sourire. Je la rassurai tout en posant sur elle mon regard oblique. Non. Elle, bien sûr, il n'en était pas question.

Rebecca non plus — mais là, ce n'était pas faute d'en avoir envie. Edith, je préférais ne pas en parler. Ramona s'essouflait. Il me restait donc Karen, Chantal, Olga et Corinne. Je n'avais pas de préférence. Je m'offrirais à celle qui voudrait bien de moi. Je brûlais déjà de leur expliquer les multiples avantages qu'elles trouveraient à ma compagnie : outre qu'elles conserveraient leur liberté, je leur garantissais tranquillité, discrétion, célérité, enfin bref un service impeccable et sans aucun engagement, et ce, à n'importe quelle heure du jour ou de la nuit. Il me semblait formidable que nous puissions nous avoir sous la main, les uns et les autres, sans être obligés de courir par monts et par vaux à la moindre faiblesse de la chair.

Quoi qu'il en soit, l'affaire n'était pas dans la poche. Oli pensait que c'était risqué. Il m'avoua même avoir tenté sa chance avec Olga — j'en restai comme deux ronds de flan — et ajouta que s'il ne m'en avait pas parlé plus tôt, c'était que ça n'avait pas marché.

— Bon Dieu ! Mais qu'est-ce que t'as fait au juste... ? !

— Eh bien... un soir, nous n'étions plus que tous les deux à regarder la télé et j'étais assis à côté d'elle. Alors au bout d'un moment, j'ai fini par poser une main sur sa cuisse...

— Mmm..., grimaçai-je, ça l'amusait quand on avait dix ans. On pouvait encore lui toucher les seins, elle disait trop rien, on était pas encore des pestiférés...

— *Oli, tu enlèves ta main tout de suite... !* grinça-t-il en imitant Olga. Ma parole, on aurait dit que j'allais la tuer...

Je devais donc agir avec la plus grande circonspection, ne m'élancer qu'à coup sûr. Faire en sorte de les dessiller, de les amener à reconsidérer la question en ce qui me concernait. Qu'elles oublient le petit bonhomme qu'elles avaient dorloté, le mignon qu'on taquinait dans les loges au moment des séances d'habillage, le gamin qui préparait son nid sur leurs genoux. Qu'elles effacent de leurs mémoires l'adolescent dont les élans prêtaient à sourire, qu'elles n'aient plus l'air de tomber des nues dès qu'on leur proposait du sérieux. C'était un boulot considérable, mais qui valait qu'on s'y attelât.

L'hiver se passa sans histoires. Je les espionnais. Je n'avais pas grand-chose à faire en dehors de mes cours de piano et de mes exhibitions du soir que j'avais tenu à poursuivre afin de donner un peu plus de poids à mon personnage. Je les épiais à la moindre occasion. Une sombre encoignure, le rideau d'une fenêtre, un journal, un trou de serrure m'étaient du pain bénit. J'étudiais leurs crèmes, leurs médicaments, leurs pommades, dressais la liste de leurs plats préférés. Je connaissais leurs mensurations par cœur. Je savais le jour de leurs règles, j'avais calculé les moments les plus propices et stockais des préservatifs pour parer à toute éventualité.

Elles étaient dures à la détente. Aux premiers flocons, je ne leur étais pas encore apparu sous un jour vraiment nouveau mais l'entreprise était de longue haleine. J'avais choisi de jouer les indifférents plutôt que de me précipiter et de provoquer un affolement généralisé. Certains compliments bien choisis et distribués au compte-gouttes avec une mine innocente, me dévouer quelquefois pour les aider à la cuisine, me trouver là par hasard quand elles dépendaient leur linge, voilà tout ce que je me permettais. Et ce n'était pas du luxe. Il s'avéra que je remontais une pente difficile : au gré de leurs conversations — je m'efforçais de m'y glisser lorsqu'elles étaient purement banales, y affichant un sobre intérêt — je finis par comprendre que je leur avais cassé les pieds avec mes airs supérieurs et toute ma fichue littérature. Je mesurai le chemin à parcourir.

Si ma vie sexuelle tendit alors vers le néant total —. faire céder Ramona relevait du tour de force —, je fus récompensé, au cours de mes observations, par de vrais bonheurs d'entomologiste. Muni d'une loupe, je découvris des pellicules sur l'oreiller d'Olga, des cheveux blancs sur la brosse de Karen. Des taches, à mon avis, de sperme séché sur une robe de Chantal. Un poil noir, dans une culotte de Corinne, dont je croyais la blondeur naturelle. Il était rare qu'au cours de la semaine je ne fasse pas une de ces trouvailles qui, dans mes recherches, tenaient du petit miracle. Cela me réjouissait pour le restant de la journée. Le moindre fait nouveau, le moindre détail venaient enrichir mon étude. C'était passionnant. J'avais commencé à les examiner d'un peu près avec la seule intention de me mettre en chasse, le moment venu, si possible en sachant de quoi il retournait. Mais comme les montagnes reculaient à mesure que j'en approchais, que les journées étaient longues en hiver et que ma nouvelle manie avait d'une part de bons côtés, de l'autre un intérêt scientifique, je m'y consacrai avec obstination, me consolant du mieux que je pouvais. J'essayais de ne pas penser — et j'y arrivais en m'enivrant de la joie de mes chères découvertes — que ma carabine restait pendue au vestiaire.

Je les écoutais, l'oreille collée à la cloison de la salle de bains. Je les écoutais dans leur chambre. Je les écoutais à travers la cloison des chiottes. Il neigeait, elles étaient presque mes prisonnières et il ne se passait rien de particulier à la maison, chacun s'occupait de ses affaires. J'étais heureux s'il faisait froid, si le mauvais temps s'installait durant quelques jours, car alors elles ne sortaient pas, ne s'habillaient pas, se maquillaient à peine. C'était un vrai régal, l'occasion de poursuivre mes relevés *in situ*, du matin jusqu'au milieu de la nuit, sans qu'elles me claquent entre les doigts pour d'obscures sorties en ville. Je les aimais toutes les quatre, d'une certaine manière, comme un savant attendri par ses étoiles, ses microbes, ses formules, sa nichée de coucous gris. Sinon Olga m'attirait par son côté maniaque, ordonné, je rêvais d'elle pliant ses dessous et rebordant ses draps pendant que je la tisonnais par-derrière, et détachais ses cheveux. Karen, avec ses seins remplis de lait, me troublait profondément. Corinne était la plus jolie, celle pour qui le téléphone sonnait le plus souvent. Malgré tout, ses histoires de cœur semblaient toujours tourner au drame, des larmes lui coulaient des yeux environ une fois par mois. Je me voyais très bien profiter de sa confusion pour la serrer dans mes bras, la consolant d'une main et baissant son collant de l'autre, le nez enfoui dans son cache-cœur. Quant à Chantal, que j'avais eue dans le train et dont j'avais lorgné les fesses — exceptionnelles ! — tout au long de ma puberté, j'en avais parfois des bouffées de chaleur.

Début décembre, Dinah Maggie écrivit dans *Combat* qu'il fallait à présent compter avec le Sinn Fein Ballet. Je crus que Georges allait faire un enfant à ma mère, ce soir-là, tant il la bécota. Nous passâmes le Noël à Dresde, avec un truc de Paul Taylor qu'on avait déjà monté à Paris, et le nouvel an à Stuttgart, avec en prime une soirée mortelle devant la nouvelle troupe de John Cranko que Georges avait tenu à voir absolument et qui l'avait déçu — et bien sûr, Georges disait toujours ce qu'il pensait lorsqu'il s'agissait de la danse, quitte à jeter un froid en sortant brutalement de la salle après avoir déchiré le programme et balancé les morceaux en l'air.

Pour démarrer l'année 62, je reçus un mot d'Anna me disant que je pouvais crever. Je sentis qu'elle était à bout de souffle. J'avais encore les oreilles qui résonnaient de ses coups de fil, de ses cris, de ses menaces, de ses lamentations et de ses envies de tout reprendre à zéro, mais je ne cédais pas, j'attrapais l'appareil et me débrouillais pour saisir l'une de mes quatre créatures dans mon champ de vision et je me disais que j'allais y arriver, qu'il le fallait, puis je raccrochais pour finir.

Au début du printemps, je tentai le coup avec Olga. Il y avait cinq mois que je guettais une occasion. Seulement, à force d'attendre la radieuse et décisive opportunité, je ne me décidais pas. Je choisissais, pour me calmer, d'arracher ce que je pouvais à Ramona, même si elle me refusait les grandes étreintes que nous avions connues. Je lui faisais un tel cinéma qu'elle n'avait pas le cœur de me laisser repartir comme un pauvre malheureux, elle au moins elle m'aimait, elle au moins ne voulait que mon bonheur et rien d'autre. Je m'en étais contenté, jusque-là. C'était grâce à elle si je ne vivais pas un enfer, si je me permettais de temporiser, si parfois mon esprit s'intéressait à autre chose. Avec les premiers beaux jours et enfourchant un vélo que j'avais réparé moi-même, je partais dans les bois et je me trouvais un endroit pour lire ou rêver un peu car mes travaux, bien qu'il m'arrivât encore de les approfondir — pas plus tard que la veille, j'avais découvert que Karen continuait à donner le sein pour se raffermir l'utérus... (? !) —, touchaient malgré tout à leur fin.

J'avais expliqué à Oli ce que j'avais en tête. Je lui avais dit qu'il me comprendrait mieux, un de ces jours, qu'il finirait par me donner raison. « Sans me vanter, lui avais-je révélé, je crois avoir fait le tour de la question... Alors si c'est pour devenir cinglé, qu'elles aillent au diable ! Je veux plus entendre parler de ces conneries, je veux juste en avoir une de temps en temps, sans me demander si je vais pas me retrouver à l'hôpital ou embarqué dans une histoire de fou. Regarde un type comme Alex, c'est lui qui avait raison... Va voir un peu si une fille essaye de s'installer chez lui, va lui demander si ça vaut le coup de se compliquer la vie pour s'en baiser une... ! Oli, regarde-moi bien, je te raconte pas de salades... Enfin, je peux pas t'en dire trop pour le moment, mais je suis plutôt optimiste... Eh bien, qu'il y en ait une, n'importe laquelle, qui m'ouvre sa porte, je sais pas... disons une fois par semaine... et jamais tu ne m'entendras demander plus que ça, je te le garantis... mon vieux, tu pourras dire que je suis au Paradis, ça je te le jure... ! Et crois-moi, ça n'ira pas plus loin, ça ne dépassera jamais le seuil de la chambre, sinon au revoir, madame, je vous salue bien... ! »

Une fois par an, Olga partait à la campagne pour rendre visite à ses parents. Elle y restait une nuit et rentrait le lendemain matin. J'y réfléchissais depuis quelques jours. Oli me poussait à l'accompagner mais je ne voulais pas être bousculé. J'avais conscience d'avoir trouvé une sorte d'équilibre entre la rassurante rumination de mes projets sexuels et les en-cas que me concédait Ramona. Non que je renâclais à saisir ma chance, mais un poil d'hésitation n'avait jamais tué personne.

Puis j'appris qu'Edith et Oli prévoyaient une sortie pour le week-end. Et qu'un sombre samedi soir se profilait à l'horizon car je devais choisir entre un dîner en ville — Georges espérait décrocher quelque chose au théâtre des Nations — ou aller voir un film de Claude Chabrol — et dans un cas comme dans l'autre, j'étais assuré de m'emmerder.

— Est-ce que quelqu'un a envie de venir... ?

La veille au soir, et sans illusions, elle s'enquérait s'il

y avait des volontaires. Tout le monde plongeait du nez, ces dernières années, tout le monde avait donné au moins une fois et s'estimait quitte. Il n'y avait plus d'enfant qu'il fallait aérer — Suzie, la petite fille de Karen, était encore de la taille d'un vermisseau —, plus de chevaux, plus de vaches, plus de basse-cour qui tenaient. Et puis les parents d'Olga étaient vieux et sourds comme des pots et il y avait de la boue et des cochons et les lits étaient humides et il y avait une odeur de laiterie dans toute la baraque et aussi de bois brûlé, un mélange parfaitement écœurant, et il fallait passer à table comme si de rien n'était, après s'être lavé les mains sous l'eau glacée avec un vieux bout de savon de Marseille noir et craquelé, repoussant et j'en passe.

— Tiens... eh bien, pourquoi pas... Ça fait long-temps.... m'entendis-je lui répondre.

Dans le train, elle n'en revenait encore pas, ma compagnie la rendait guillerette.

— Nous irons ramasser des pommes... !

— Ah ! oui... Bonne idée !... renchérissais-je.

— On fera un clafoutis...

— Tope là ! Je t'éplucherai tout ce que tu veux... !

C'était sans doute l'un des coins les plus reculés du monde. Une campagne sans téléphone, sans télé, sans eau chaude, avec des canards et des poules jusque dans la cuisine, le genre d'endroit avec une case de vide. Cela me semblait encore pire que dans mes souvenirs.

On resta un moment dans la cuisine, avec les parents. Le père m'agaçait.

« Vingt dieux, p'tit, t'as drôlement grandi, tu sais... », répétait-il. Ou bien :

« Dis-donc, p'tit, c'est-y pas que te voilà presque un homme, à présent... ! »

Je l'aurais bouffé. Il me tardait que nous soyons seuls, Olga et moi. Mais il fallait qu'on finisse la bouteille de cidre vert qu'on avait débouchée exprès pour nous, du pur jus de vinaigre. Les guirlandes de papier tue-mouches vrombissaient et se balançaient dans les coins. On les aurait juré vivantes.

On leur donna rendez-vous pour le soir. Je m'aperçus avec joie que pour frelaté qu'il était — j'avais un goût d'eau de Cologne dans la bouche — le cidre nous avait un peu tourné la tête. Les joues d'Olga étaient rosies.

Il faisait beau, frais et clair. Elle était contente que je sois là, elle me disait qu'elle ne comprenait pas pourquoi plus personne ne voulait jamais l'accompagner. Je lui répondais qu'on était dingue, qu'on ne savait plus ce qui était bon mais qu'à présent je me sentais attiré par la simplicité des choses.

— Oui... c'est vrai que je te trouve différent depuis que tu es rentré. Je te trouve plus gentil, plus réservé, plus calme...

« Des mois de travail acharné, pensais-je, et enfin les premières tendres pousses qui sortaient du sol...! » Nous descendions vers le verger. Je ne voulais pas encore crier victoire, mais tout marchait au poil.

— Bah !... je me suis rendu compte de certains trucs... murmurais-je. Tu sais, on vit avec des gens et l'on s'aperçoit qu'on ne les connaissait pas...

Elle voulut grimper dans l'arbre. Je restai foudroyé au bas de l'échelle. Un coup d'œil sous sa jupe, le long de ses jambes nues, et tout mon corps devenait douloureux

Mû par un coup de génie, je retournai à la maison en cavalant et je ramenai du cidre. Elle était toujours dans l'arbre. La côte était si raide et j'avais couru si vite, coupant à travers la cour et m'y enfonçant jusqu'aux chevilles dans une plâtrée de gadoue, que je n'en étais encore qu'une espèce de grimace suffocante et écœurée.

— Oh ! tu es déjà là... ?

Sa voix était pure et lumineuse comme du cristal. J'avais l'impression qu'elle chantait, que ces quelques heures au grand air me l'avaient transformée en oiseau, en ruisseau, en petite paysanne ingénue. Je me sentais prêt à revenir ici chaque week-end, si ça continuait.

Je maintins l'échelle tandis qu'elle s'y engageait. Les yeux clos, je me fondis dans son odeur, accueillis le ruissellement de son cotillon sur mon visage.

Nous bûmes. Je l'avais installée sur ma veste, après réflexion. J'avais prétendu que le sol était un peu humide pour ses fesses mais la conversation n'avait pas pris le tour brûlant que je désirais, en dépit d'une plaisanterie que j'avais ajoutée, comme quoi il en faudrait davantage pour les ramollir, à mon avis. Elle n'avait pas relevé. Mais je surveillais chacune de ses gorgées, les bénissant.

— ... et puis je ne crois pas qu'elle sache très bien ce qu'elle veut. D'ailleurs, elle est bizarre, en ce moment...

J'avais à peine remarqué qu'elle me parlait. Nous étions très près l'un de l'autre, mais je n'avais d'yeux que pour ces trois centimètres de malheur.

— Ah !... tu crois... ? Il y a longtemps que je ne cherche plus à comprendre, personnellement. On ne peut pas être toujours en train de se demander ce qu'elle a... Sans doute des problèmes de croissance...

— Non... de bizarre, je veux dire, comme si elle entretenait une espèce de colère en elle, tu ne trouves pas..., et même quand elle sourit, même quand tout va bien...

— Oui, mais ça c'est Edith... je vois pas ce qu'il y a de bizarre...

Je n'avais pas envie de parler d'Edith. C'était un sujet qui m'énervait et duquel je ne pouvais rien tirer pour la suite des opérations. Edith et moi, nous nous étions cajolés et cognés durant dix-huit ans. Elle n'était pas bizarre, elle était cinglée. Irrécupérable. Mais ce n'était pas des choses à dire à sa marraine, car débiner l'une risquait de vous aliéner l'autre. Je préférais m'arracher la langue de mes propres mains.

Je me levai d'un bond, m'étirant au soleil. Il ne fallait pas s'endormir. Or, depuis quelque temps, il n'y avait rien qui me fatiguait au monde comme lorsque l'on m'entreprenait sur Edith et l'éventail de ses humeurs. Et outre que la journée n'y aurait pas suffi, j'avais la désagréable impression qu'elle venait m'emmerder jusque dans ce trou perdu. J'étais certain qu'elle aurait jugé ça tordant.

Olga était à ma main, ou presque. Le ciel était radieux, le cidre et la campagne lui montaient à la tête, elle avait grimpé aux arbres et cueilli ses pommes, elle disait qu'ici la vie était si différente, elle souriait sans arrêt et répétait bien que j'avais changé, oui ou non... ? !

On remonta vers la ferme, pratiquement l'un contre l'autre. C'était comme un éternuement qui ne vient pas et qui vous laisse debout, prêt à vendre votre âme. Je réfléchissais à ce qui pourrait provoquer un attouchement décisif, faire que nous franchirions le pas.

J'aperçus un cheval dans l'écurie. Ce n'était peut-être pas complètement idiot. Je le détachai, le sortis dans la cour. Cela m'était déjà arrivé une fois, cela pouvait m'arriver encore. Je montai dessus. Elle riait de voir que je m'amusais. Me portant à sa hauteur, je feignis de vouloir me mettre debout, puis je me flanquai rudement par terre et je roulai à ses pieds. J'avais mal, mais enfin j'étais dans ses bras et c'était ce que je voulais.

Manque de chance, sa mère surgit de derrière les cages à lapins et s'amena au triple galop, jurant que ça y était, que je m'étais rompu un abattis.

Le jour filait. J'avais déchiré ma chemise et j'avais

un coude enflé, mais ce n'était pas grave, je n'y pensais même pas. Nous étions au bord de l'étang. Je tremblais encore des soins qu'elle avait prodigués à mes genoux. J'avais dû baisser mon pantalon et il était dommage que sa mère se fût conjointement occupée de mon coude, mais ce n'était pas grave car j'avais bien cru discerner le trouble d'Olga pendant la manœuvre et je regrettais de ne pas m'être esquinté la cuisse.

Au loin, la campagne s'embrumait, le ciel et moi étions en feu. Nous avions préparé le clafou mais sa mère avait écossé des pois. Je comptais beaucoup sur cette promenade, avant de passer à table, sur la tombée du soir, sur un frisson, sur une douce exhalaison de la terre qui me la livrerait à moitié pâmée ou juste languissante — je m'occupais du reste. Elle m'entretenait de la lune sur l'étang, de l'eau glacée et sombre dans laquelle elle s'était regardée grandir... Cela me donna une nouvelle idée. De toute façon, je n'en pouvais plus, je ne pouvais même plus lui répondre, je gardais le front plissé, les yeux fixes, et un long cri d'amour était noué dans ma gorge. Alors je simulai un faux pas et je me fichai à l'eau la tête la première.

Elle me tendit la main. Je grelottais. Elle essaya de me réchauffer en me pressant contre elle, ce qui me semblait judicieux, puis elle changea d'avis et reprit ma main pour cette fois m'entraîner aussitôt vers la maison.

— Bon sang d'gars ! mais qu'est-ce qui t'arrive encore... ? ! geignit sa mère.

— Ce n'est rien, madame... ! Surtout ne vous dérangez pas... ! la suppliai-je pendant qu'Olga me poussait dans les étages.

Elle ôta ma chemise. Me frictionna la poitrine à l'eau de Cologne. Je voulus toucher la sienne.

— Eh bien, on ne se gêne plus... ! me glissa-t-elle en souriant.

Enhardi, je lui attrapai le genou, et bientôt la cuisse.
— Non, ce n'est pas le moment..., me souffla-t-elle avant de disparaître.

Je me changeai et partis à sa poursuite, non sans avoir tâté du lit pour voir ce que cela donnait.

Il manquait des pommes de terre et il fallait aussi tirer du vin. Je la suivis à la cave. La basculai sur une pile de sacs. Elle se laissa faire un instant puis saisit mes poignets et me déclara que je devais patienter.

Elle était un peu chiche de fantaisie, à mon avis. Mais je ne me formalisai pas, je retrouvai tout mon calme, étant donné que l'affaire était entendue.

Quelle sérénité j'éprouvais à présent ! Quel accord parfait j'entretenais avec le monde qui m'entourait et quelle fierté était la mienne d'avoir accompli ce tour de force ! Oli s'y était cassé les dents. Quant à moi, souvent j'avais failli me décourager, me figurant que la tâche était impossible. N'importe qui m'aurait conseillé de tenter ma chance ailleurs, m'aurait averti que mon entreprise était folle, qu'on ne baisait pas une fille qui faisait partie des meubles et vous avait connu haut comme ça. N'empêche que je m'y étais accroché. J'avais tenu bon et j'y étais arrivé. Je regardai ma montre. Elle m'avait dit onze heures, quand ses parents dormiraient. Je m'étais présenté devant sa porte à dix heures et demie mais elle ne m'avait pas ouvert, elle avait déclaré que j'étais en avance. Cette fois, je décidai de la laisser poireauter cinq minutes.

Il n'y eut pas de cris, pas de violences entre Olga et moi, simplement nous nous fatiguâmes l'un de l'autre après cinq ou six séances. Je ne lui en voulais pas. Nous restâmes d'ailleurs bons amis et nous nous retrouvions parfois comme partenaires aux cartes ou le temps d'un morceau un peu acrobatique, car elle savait se faire légère et il y avait certaines figures que nous avions travaillées ensemble par le passé et qu'il nous amusait encore d'exécuter quand les twisteurs nous lâchaient la jambe. Couchée, elle ne valait plus rien. Ça n'allait jamais comme elle voulait. En pleine action, elle me disait : « Dis donc, j'espère que tu t'es lavé... », ou bien : « Je crois que j'ai trop mangé », ou bien : « Dis-moi, tu sens pas un drôle de truc...? », ou encore : « Mais qu'est-ce que tu fais...?! » Que s'imaginait-elle que je faisais, au juste...?! Elle me laissait attendre des heures sur le lit pour essayer une nouvelle crème. Je la regardais relire le mode d'emploi pour la vingtième fois. Elle me demandait aussi d'y jeter un œil pour voir si nous comprenions la même chose. Ou alors j'arrivais et je la déshabillais pendant qu'elle rangeait sa boîte à couture et je savais d'avance qu'il allait y manquer quelque chose, que nous chercherions en vain et qu'elle y penserait au plus mauvais moment, s'interrogeant tout haut sur la disparition d'un dé à coudre ou de fil qu'elle aurait prêté à Dieu sait qui.

Son corps était agréable mais comme son esprit ne restait jamais en paix ou se fixait toujours sur un autre sujet, plus urgent, on n'arrivait à rien. Parfois, quand elle trouvait cinq minutes à nous consacrer, je n'avais plus envie d'elle. Elle prétendait que ce n'était pas grave, elle avait toujours de quoi s'occuper pendant que j'allais fumer une cigarette à la fenêtre et que je scrutais les ténèbres dans l'espoir d'y trouver quelque chose.

Oli ne me croyait pas. Enfin, c'était ce qu'il me répétait pour avoir tous les détails. Avec lui, je me rendais compte à quel point mes aventures étaient comiques. Je lui racontai la fois où elle m'avait coupé les ongles des pieds et des mains, séance tenante, et me brisant ainsi dans mon élan, simplement parce qu'un léger crissement dans les draps la gênait. Je lui racontai aussi la serviette pliée avec soin sur la descente de lit, la cuvette rangée à ses côtés, le broc d'eau, le savon, la poire à lavement, et le bond formidable qui l'arrachait du lit à peine en avions-nous fini. Oli se tapait sur les cuisses et je finissais par en rire avec lui. « Ah ! nom de Dieu... ! hurlait-il en essuyant ses larmes. Quand est-ce que tu essayes les autres... ? ! »

Quoi qu'il en soit, cette histoire m'avait ragaillardi. Ce n'était pas en écoutant les informations — huit jours après le cessez-le-feu, on ramassait des dizaines de morts dans les rues d'Alger — que l'on pouvait trouver matière à se réjouir. Il n'y avait qu'en soi que l'on avait une chance de puiser quelque satisfaction. David, qui s'en était tiré avec un bras cassé à Charonne, me reprochait de n'avoir aucune conscience politique et c'était la vérité. Je ne comprenais pas pourquoi, d'ailleurs, mais le fait est que j'avais du mal à m'intéresser à toutes ces histoires. Je pensais que les Russes et les Américains mettraient bientôt un point final à nos problèmes, aussi ne voyais-je pas d'utilité à me mêler de ces choses. Cela ne m'amusait pas de penser que des généraux et des politiciens pouvaient à tout instant réduire le monde en cendres. J'avais souvent l'impression que nous n'avions pas beaucoup de temps.

Enfin bref. Ma vie sentimentale avait beau ressembler à un jeu de quilles, je m'émerveillais d'être encore debout. En ce printemps de 1962, je décidai de ne plus prendre mes aventures au tragique. Entre autres, les soirées où David travaillait à ma prise de conscience m'avaient convaincu de l'absurdité du monde. C'était comme dans ma vie, tout y allait de travers. Quelle attention fallait-il accorder à un tel tissu d'aberrations, clowneries, jérémiades et gesticulations en tout genre ? Je tirai de ce constat un soulagement intense qui se développa avec les beaux jours et parallèlement à l'évolution de mes rapports avec Edith et Oli.

Je me rapprochai d'Oli. Inversant la tendance qui, avec le temps, m'avait fait cesser de le considérer comme le meilleur compagnon de jeu pour me le transformer en gamin que l'immaturité plaçait sur la touche, je révisai mon jugement et nous repartîmes d'un bon pied tous les deux, sans bruit, sans accolade et sans explication. Et je ne cherchai pas à savoir si c'était lui ou moi qui avait changé.

Quant à Edith, elle finit par desserrer les mâchoires. Je ne m'y serais pas réellement frotté mais il s'était écoulé quelques mois depuis son coup de folie et, comme je regardais où je mettais les pieds — de même que je préférais ne pas remarquer quand elle me fixait, ni entendre certaines de ses réflexions —, elle n'entretenait plus une distance trop brutale avec moi. J'avais le sentiment qu'elle m'observait à présent de manière plus machinale. Et nous parlions, quelquefois, pas si nous étions seuls mais si quelqu'un venait nous prêter main-forte. Je crois que David, qui était orphelin et avait une passion pour la maison tout entière, ne supportait pas qu'il y ait du tirage entre nous. D'après moi, il ne savait rien de notre histoire et incitait Edith à plus d'amabilité à mon endroit.

S'il n'avait tenu qu'à moi, nous aurions fait la paix depuis longtemps. Que me reprochait-elle, au fond... ? D'avoir eu quelques paroles maladroites... ? Très bien, je le regrettais amèrement, je me confondais en excuses... mais aussi, elle aurait pu comprendre, j'aurais voulu qu'elle fût à ma place, qu'elle sentît la sueur perler à son front comme je l'avais senti en regardant l'heure, ça j'aurais voulu la voir... Enfin, j'étais prêt à oublier l'incident, de mon côté. J'étais prêt, si elle le désirait, à effacer de ma mémoire — elle

383

aurait eu ma parole — la séance tout entière. Car moi, au moins, je tenais compte des circonstances. Je comprenais qu'elle s'était donnée à moi dans un moment d'égarement, que je l'avais cueillie après une nuit passée dehors, qu'elle sortait d'une sombre engueulade avec David et ne savait plus où elle en était. Quand j'y repensais — et malgré l'agréable surprise que j'en gardais — je ne me sentais pas très fier. Il me semblait que j'avais gâché quelque chose et je ne voyais pas très bien le moyen de me rattraper. Ainsi, la vie n'était-elle pas absurde... ? N'avais-je pas rêvé de baiser Edith durant des années, pour à présent m'en mordre les doigts... ? Je traînais mauvaise conscience à propos de cette aventure. Son souvenir était un mélange de plaisir et d'amertume que j'étais incapable de dissocier. Encore que l'amertume l'emportait le plus souvent. Edith venant chercher secours auprès de moi et moi profitant de l'occasion, voilà comment je voyais les choses. Ce n'était pas très reluisant de ma part. J'imaginais ce qu'elle éprouvait, et donc, lorsque j'étais l'objet de son humeur, je la fermais et j'attendais que ça passe. Elle m'en avait voulu pendant des mois. Et elle m'en voulait encore, mais le gros de l'orage était derrière nous.

Elle travaillait avec David, elle l'aidait à faire ses décors. Elle suivait toujours ses cours de danse, le matin, mais Georges n'y croyait plus beaucoup. Ma mère et lui commençaient à se demander dans quelles directions le vent allait nous pousser tous les trois. Malgré les encouragements de Nadia, je ne me sentais pas la fibre d'un grand pianiste — ni même celle d'un honorable exécutant — et Oli de son côté ne sentait rien non plus, si ce n'était un vague ennui à l'idée de passer sa vie en collant. Georges leur avait sans doute communiqué son amour de la danse, mais pas l'envie de la pratiquer. Ils nous regardaient parfois, avec un air pensif. Ils craignaient peut-être d'avoir engendré trois crétins, d'avoir creusé le mal en nous retirant de l'école, empli nos biberons d'un lait dont il était un peu tard de se soucier. Car après tout, hormis quelques notions sur l'art — auquel il semblait qu'il faille tout sacrifier —, un détour vers l'anglais et la lecture de poètes et de romanciers, nos connaissances ne nous traçaient pas un avenir très sûr. Il y avait longtemps qu'Alice avait abandonné l'espoir de nous inculquer les bases des mathématiques, des sciences en général et de tout ce qui nous cassait les pieds. Elle continuait de nous guider, de nous éclairer des auteurs difficiles et de nous en donner à découvrir. Mais bien qu'elle s'enchantât encore de nos progrès en la matière, elle aussi nous considérait de temps en temps avec un air perplexe, quand ce n'était pas les yeux braqués au ciel, comme disant : « Mon Dieu, je me sens responsable... Oh ! vengez-vous sur moi mais prenez pitié de ces enfants... ! »

Bien entendu, nous n'étions pas en mesure de les rassurer. Aucun de nous ne couvait de grand projet, ne nourrissait d'ambition particulière, n'avait développé un don ou ne s'était réveillé un matin, oppressé par la violence d'une vocation qui aurait surgi d'un coup.

Pour un type qui était nourri et logé, et en dépit du salaire de misère que je récoltais le soir — j'évitais de compter en francs lourds —, je n'avais pas à me plaindre pour mon argent de poche. J'en gagnais même suffisamment pour me permettre quelques écarts, l'achat, par exemple, de luxueux dessous féminins — dont j'attendais beaucoup, soit dit en passant.

De même que moi, Edith se débrouillait bien. Il lui arrivait d'ailleurs de me dépasser quelquefois, quand David décrochait un gros coup — il se vantait d'être le seul à savoir faire « parler » une toile de fond —, et qu'il y avait du pain sur la planche. Oli et moi venions leur prêter main-forte lorsqu'ils étaient débordés, et il y avait encore un peu d'argent à se partager dans ces moments-là.

Régulièrement, nous alimentions une petite bourse que nous remettions à Alex avec mission de nous rapporter les derniers disques sortis aux Etats-Unis. Nous revendions ceux que nous n'aimions pas autour de nous, avec un léger bénéfice. J'avais la réputation de m'y connaître en musique et je pouvais faire avaler n'importe quoi à un type qui écoutait du Richard Anthony, et encore il m'aurait embrassé les mains. Georges nous disait qu'à notre âge, le moindre sou qu'il grappillait lui servait à manger et que plus tard, lorsque ses parents et lui étaient rentrés en France, il avait économisé pendant un an pour s'offrir ses premiers cours de danse. Nous l'écoutions sans broncher. Nous avions du mal à nous représenter ce qu'avait dû être cette époque de ténèbres. Même les années de vache enragée qu'avait connues le Sinn Fein Ballet durant notre petite enfance se perdaient dans le lointain. Georges passait encore des nuits entières avec ses comptes. Nous savions que tout n'était pas facile et nous avions encore le réflexe d'éteindre la lumière si l'on était le dernier à quitter une pièce. Mais de là à nous inquiéter de quoi que ce soit, à nous tricoter un bas de laine ou simplement réfléchir à ce qui nous attendait, il y avait un océan dans lequel on ne songeait même pas à tremper le bout du pied.

Durant l'été, David travailla pour nous. Il passait régulièrement à la maison, le soir, et restait dîner, après quoi il était censé discuter avec Georges de certains détails relatifs aux décors et costumes dont l'un et l'autre ne semblaient jamais se sortir. Georges se montrait pointilleux à l'extrême, pour ne pas dire plus. Il avait monté trois petites œuvres sur des musiques de Ravel et devait les présenter dans le cadre du théâtre des Nations. Il y avait Paul Taylor, cette saison. Balanchine et Béjart s'y étaient produits les années précédentes. Georges ne rigolait pas.

Les nuits étaient chaudes, nous mangions léger, les portes-fenêtres ouvertes sur le jardin dans l'espoir d'un agréable courant d'air. Ce n'était pas les premières fois que David partageait notre table, mais à présent on le voyait tous les soirs.

J'avais l'impression qu'il y prenait goût et même qu'il arrivait de plus en plus tôt. Mais ces pensées ne faisaient que m'effleurer. Je commençais à m'occuper de Chantal, à ce moment-là, et donc j'avais d'autres sujets de réflexion. Or, ce fut elle qui me fit la première remarque à ce propos.

Elle se trouvait derrière son paravent et enfilait un ensemble de bas, slip et porte-jarretelles que je lui avais apporté.

— Dis donc... tu ne trouves pas que David prend pension, depuis quelque temps ?

Je grognai un vague assentiment, les yeux fixés sur elle. Nous étions convenus que je pouvais regarder, du moment que je restais tranquille.

Le lendemain, Ramona évoqua le phénomène à son tour. Autant elle s'émerveillait de ma main gauche, autant elle était sans pitié pour ma main droite. Elle la surveillait du coin de l'œil pendant le premier mouvement de *Gaspard de la nuit* et m'expliquait que David était un gentil garçon et qu'il commettait une erreur. Quand je lui demandai laquelle, elle me répondit que je n'avais qu'à observer Edith. J'estimai que c'était prendre des risques pour une histoire qui ne m'intéressait pas.

Et un soir que je rentrais de mes courses et que je filais directement dans ma chambre pour y déposer ma toute dernière et précieuse acquisition — un slip de dentelle noire qui avait dû me coûter deux ou trois nuits derrière mon piano —, Edith me cueillit au passage. Elle n'avait pas très bien choisi son moment car j'avais glissé mon paquet sous ma chemise et je n'osais me sortir de l'ombre du couloir.

— Bon sang ! Mais approche... ! fit-elle.

Je me demandais ce qui lui arrivait.

— Que se passe-t-il ?

— Entre !

Il y avait longtemps que je n'avais pas mis les pieds dans sa chambre. Je ne savais même plus où m'asseoir. Il y avait une chaise devant son bureau. Et le lit. Je ne me sentais pas en mesure d'utiliser l'un ou l'autre. Mais je n'envisageais pas de rester non plus.

— Henri-John, rends-moi un service...

— Très bien. D'accord...

Quelque chose me disait que ce n'était pas après moi qu'elle en avait. Elle ne venait pas me parler sous le nez. Je n'entendais pas de petit grésillement électrique dans l'air.

— Qu'est-ce que c'est que ça... ?

— C'est rien. C'est un paquet... Bon alors, qu'est-ce que je peux faire ?

Je tirai la chose de ma chemise et la serrai sous mon bras. La curiosité lui arrachait presque un sourire. Pour un peu, elle ne se souvenait plus de ce qu'elle attendait de moi.

— Mmm... Ecoute, dis-leur que je ne descendrai pas manger, que je ne me sens pas bien.

— Tu es malade... ?

On se regarda une seconde.

— Il faudrait qu'on se mette d'accord pour les disques, quand tu auras un moment...

J'allais lui répondre que rien ne pressait mais elle marcha aussitôt vers son lit, s'y assit, se pencha et attrapa une pile de 33-tours qu'elle mit sur ses genoux.

— Si ça ne t'ennuie pas, j'aimerais bien garder celui-là...

Depuis que l'on tenait ce commerce, c'était bien la première fois qu'elle s'inquiétait de savoir si ses choix m'ennuyaient. Il s'agissait de Peter, Paul and Mary, c'était nouveau et ça donnait envie de bâiller, même en plein jour. Je ne savais pas par quel miracle, quel inexplicable pressentiment j'avais tenu ma langue à leur sujet.

— Qu'est-ce que tu en penses... ?

— Je l'ai pas bien écouté. Je te fais confiance...

Sans plus attendre, elle commença de passer les autres en revue. J'ignorais quelle attitude je devais prendre au juste. Peut-être était-elle réellement malade et me confondait-elle avec un autre ?

Elle leva la tête et me considéra d'un œil étonné, comme si elle se demandait ce que je fabriquais au milieu de la pièce, alors que son entreprise requérait toute mon attention. Je m'avançai donc, n'envisageai pas de m'asseoir à côté d'elle, m'accroupis sur mes talons.

Nous n'étions pas en présence d'un arrivage exceptionnel. Il y avait quelques trucs amusants comme les Beach Boys, Dionne Warwick ou The Four Seasons, mais pas de quoi se rouler par terre. Elle voulait aussi garder le dernier Paul Anka. Sans réelle conviction, je mis le *Dream Baby* de Roy Orbison à gauche. Je n'arrivais pas à m'intéresser à ce que nous faisions.

— Tu sais..., me dit-elle, je le vois toute la journée, en ce moment... Le soir, j'ai besoin de respirer un peu.

— Pourquoi tu me racontes ça... ?

— Parce que c'est toi qui vas aller le prévenir... Je ne sais pas, essaye de trouver quelque chose...

— Mince, tu en as de bonnes... !

— Ecoute, j'ai pas envie d'avoir une scène avec lui... S'il te plaît...

— Bon, j'y vais.

— Laisse ton paquet ici. Reviens me dire comment ça s'est passé...

J'allai le ranger dans ma chambre, le glissai sous mon matelas, puis je descendis retrouver les autres. Justement, je tombai sur Spaak qui venait d'arriver à l'improviste et fonçait vers la cuisine afin de rajouter une assiette. Je l'embrassai — j'avais fini par accepter l'idée qu'il baisait ma mère de temps en temps — en vitesse et l'avertis qu'il ne devait pas se donner cette peine car Edith ne venait pas manger.

— Est-elle souffrante ?

J'étais coincé. Si je lui annonçais la moindre indisposition, il irait voir de quoi il retournait.

— Non... C'est à cause de la mort de Faulkner. C'était son préféré.

— Ah ! *Sanctuaire*... !

— Ouais, enfin celui-là n'était pas très bon... Je crois plutôt qu'elle relit *Le Bruit et la fureur* ou *Tandis que j'agonise*.

Je ne pouvais plus raconter à David qu'elle ne se sentait pas bien et qu'elle s'était mise au lit en me chargeant de le rassurer et de le dissuader de venir frapper à sa porte. Je lui soufflai donc à l'oreille qu'elle s'était taillée par la fenêtre.

— Bon Dieu ! Et en quel honneur... ? !

— Là, tu m'en demandes trop..., lui répondis-je.

Après quoi, je retournai voir Edith et lui déclarai que tout était arrangé. Elle trouva le moyen de chipoter. Elle voulait savoir comment elle allait se tirer d'affaire et s'étonnait qu'il me vienne des idées si saugrenues.

— Tu sais bien que je n'aime pas mentir, d'ailleurs, je ne mens jamais.

— Tu n'auras qu'à lui dire que c'était une image. Hé..., c'était pour te rendre service...

— Bon, je vais me débrouiller... Tu sais, je me rends compte que ça doit être difficile de vivre avec quelqu'un, de le voir tous les jours...

— Ouais, je suis arrivé à la même conclusion.

— Ou alors, je ne sais pas... peut-être que ça marche une fois sur un million... c'est sûrement assez rare.

— Mmm, je n'y crois pas trop... Quand on a une chance sur un million, vaut mieux penser à autre chose si tu veux mon avis.

— Je comprends pas... Je m'entends bien avec lui, pourtant... je suis bien avec lui, je veux dire...

— Ouais, ça doit pas être marrant.

— Je sais pas si ça vient de moi... Ecoute, assois-toi n'importe où mais ça me donne mal au cou de te regarder... Qu'est-ce que tu penses, tu crois que c'est moi qui suis anormale ?

— C'est de supporter quelqu'un vingt-quatre heures sur vingt-quatre qui me paraît anormal.

— Bon, mais c'est pas aussi simple... Et puis c'est pas aussi mortel que tu le prétends...

— Je dis pas que c'est mortel, je m'en fous... N'empêche que ça finit toujours par tourner mal, viens pas me dire le contraire... Quand je vais lui raconter des salades parce que tu l'as assez vu de la journée... Hé, et je te dis rien, seulement je suis pas surpris...

— Bon, mais j'en sais rien... Tu exagères tout...

— On verra ça, on en reparlera... Enfin, c'est un point de vue général, tu sais, je cherche pas à t'influencer, d'abord c'est pas mes oignons... Mais tu me demandes ce que je pense...

— Par moments, je suis curieuse de savoir ce que tu as dans la tête... Enfin c'est pas vraiment toi... non, tu sais... ça te fait pas ça ?... Des fois je me demande à quoi

391

pense un type de mon âge, quel genre de questions il se pose, comment il voit les choses... Alors j'essaye de savoir ce que tu veux, ça m'intéresse...

— Mmm... ouais mais je crois pas que je serais d'un avis différent si j'étais une femme. Sur cette question de vivre ensemble, ça change rien que tu sois d'un côté ou de l'autre. Quand il s'agit de se mortifier, c'est pas le sexe qui te fait y regarder à deux fois, c'est la cervelle.

— Oui... au fond tu as peut-être raison... peut-être que tout finit par s'user... Tu as une cigarette ? Oui, peut-être que c'est plus simple...

— Ça, je te le garantis... Tu n'emmerdes personne et personne ne t'emmerde... Tu sais, je me dis que j'aurais pu comprendre ça dans dix ou vingt ans seulement...

— Mais d'un autre côté, ça doit être chiant de changer tout le temps.

— Y a pas de truc parfait. Mais s'il y a un moyen d'éviter les histoires et toutes les désillusions qu'on récolte au bout du compte, alors je suis prêt à accepter quelques désavantages... D'ailleurs ils sont pas si terribles.

— Je me demandais pourquoi t'étais pas avec une fille, je trouvais ça drôle...

— Nom d'un chien... je veux même pas savoir ce que tu t'es imaginé...

— Ça va, n'aie pas peur... j'étais au courant pour Olga et je vois bien ce que tu trames avec Chantal, je suis pas aveugle...

— C'est pas vrai, mais comment faut faire pour garder un secret dans cette maison... ? !

— Ben pourquoi ça serait un secret... ?

— C'est pas ça... mais c'est quand même incroyable... Bientôt on va se mettre à en discuter à table... Bah, et puis je m'en fous, après tout, quelle importance... ?

392

— Pour qui tu me prends ? J'en ai parlé à personne, figure-toi... Tu sais, je rigole pas avec ça... Je raconte pas ta vie ni celle d'Oli à qui que ce soit et je le ferai jamais. Même si je le voulais, je le pourrais pas...

— De toute façon, y a rien à en dire... Non, mais c'est vrai... Tu imagines Olga ? Nom de Dieu, j'ai cru qu'elle allait me rendre fou... Ha ! ha... ! Quand j'y pense... ! C'était plutôt comique, elle et moi... mais on s'en est sorti sans casse, tous les deux... Ça confirme ce que je te disais tout à l'heure...

— Oui, mais reconnais que si c'est juste pour baiser, tu ne peux pas espérer un miracle...

— Mais quel miracle... ? ! Je ne me plains pas, je ne demande rien... Je veux bien que ça n'ait pas marché très fort avec Olga, mais est-ce que j'ai dit que je le regrettais... ? Ecoute, je vais te dire, je crois qu'on devrait s'occuper du sexe et de tout ce qu'il y a autour qu'à ses moments perdus, quand on a rien de mieux à faire. Est-ce que t'as remarqué qu'Alice prenait son sucre après son café ? C'est quelque chose comme ça...

— Mmm... je crois que je vois... Pourquoi pas, remarque... Au moins, on ne risque pas de tomber de haut...

— Tu sais, il arrive un moment où tu te demandes si tu vas tendre une nouvelle fois ta joue gauche... J'ai décidé que ça suffisait. Et je m'en porte beaucoup mieux. Tu sais, que mes aventures soient comiques ou pitoyables, ça ne m'empêche plus de dormir à présent... Quitte à tomber, j'aime autant que ce ne soit pas de haut si possible.

— Je sais pas si tu crois vraiment tout ce que tu dis. On a dix-huit ans, on n'en a pas quarante ni cinquante. A notre âge on tombe toujours de haut, quoi qu'on fasse... je trouve normal qu'on essaye de se protéger mais je crois que c'est pas possible... Et tu veux savoir,

393

je crois que ça vaut mieux comme ça. Entre autres, ça évite qu'on sente le renfermé...

— D'accord, je comprends très bien que ça t'amuse pas... Je t'oblige pas à partager mes idées, je vois bien que ça te refroidit... Mais où c'est écrit qu'on doit jouer les crétins quand on a dix-huit ans... ? Est-ce que je dois prendre un air d'imbécile heureux et continuer à me cogner dans tous les murs que je rencontre sous prétexte que j'ai pas encore l'âge... ? ! Ben, je suis pas partant, je vais te dire... la vie est comme elle est, j'ai pas besoin de me traîner un sac d'illusions pendant cent sept ans, je préfère y voir clair... Et ça me rend pas malheureux, ni amer, tu te trompes, je trouve que c'est bien comme ça... Et je te remercie de me dire que je sens le renfermé.

— Ce que je veux t'expliquer... enfin non, je veux rien t'expliquer du tout... Si tu choisis de te couper une jambe pour ne plus avoir de caillou dans ta chaussure, je vois pas quel genre de conversation on peut avoir... Mais bon... je détiens pas la vérité... Ce qui est sûr, c'est que l'un de nous deux finira par changer d'avis, un de ces quatre... je suis curieuse de savoir lequel...

— Ouais... Y a eu des moments où on se cassait moins la tête... tu sais, j'y pensais des fois quand j'étais avec Olga, je me voyais sur son lit en train de devenir enragé et je repensais à l'époque où je m'endormais dans ses bras... Bon Dieu, je savais pas si je le regrettais ou non...

— Oui... j'espère que tu auras plus de chance avec Chantal...

— Mmm... j'en sais rien... Ça prend une drôle de tournure... Ça commence même à me coûter cher, si tu veux savoir...

— Je suis vaguement au courant.

— Ah ! bon... tu m'as fait peur...

— Je ne sais pas si tu as remarqué, mais c'est impressionnant sur une corde à linge... Il y a un peu trop de dentelle, à mon avis... Mais rien ne vaut la soie, je suis d'accord avec toi...

— Tu trouves ça ridicule, hein...? Mais je vais te dire, moi, ce qui aurait été vraiment ridicule... c'est tout le baratin que j'aurais pu lui faire, tous les discours que j'aurais pu lui tenir... Au moins comme ça, c'est clair et net... je vais pas roucouler devant sa porte... Elle m'ouvre et je lui refile son cadeau. Et puis je lui ai dit que je les payais pas de ma poche, que c'était une combine avec des types qui venaient m'écouter le soir... Alors elle a la conscience tranquille et moi j'use pas ma salive à lui raconter n'importe quoi. Je préfère être ridicule que de me préparer un lit de clous, tu sais avec les pointes en l'air... Je suis pas à l'aise dans le rôle du fakir... Je veux pouvoir m'endormir, le soir, sans me demander ce qui va pas entre moi et une idiote dans mon genre...

— Nom d'un chien, Henri-John...! Je te jure que c'est réconfortant de discuter avec toi, c'est un vrai plaisir...! Je me rends compte que ça m'a manqué...

*

J'ai attrapé l'infirmière par le poignet. J'ai senti que je pourrais lui broyer tous les os un par un si je ne retrouvais pas mon sang-froid.

— Je vous en prie..., lui ai-je dit en serrant les dents pour ne pas élever la voix, ne loupez pas sa veine une troisième fois, faites bien attention... j'ai veillé trop longtemps sur elle... Saignez-moi si vous voulez, mais ne laissez plus couler une seule goutte de son sang sur le carrelage, écoutez bien ce que je vous dis, ou je vous arrache le bras et la tête dans la seconde qui suit.

Je sentais les larmes prêtes à me sortir des yeux. J'avais essuyé celles d'Eléonore, une seconde plus tôt. Elle s'était tournée vers moi pendant que l'autre soupirait tout haut qu'elle avait encore manqué son coup, et son visage s'était tordu, sa mâchoire s'était ouverte en tremblant et sa peau m'avait semblé jaunâtre et violacée, elle dont le teint était resplendissant d'ordinaire. Il y avait sans doute plus que la douleur pour la défigurer, mais tout ce qui était en mon pouvoir était d'aller secouer cette grosse et pâle infirmière qui maugréait dans mon dos.

Deux types m'ont empoigné par les bras et m'ont sorti de là. A travers les vitres, j'ai pu jeter un dernier coup d'œil à Eléonore qui passait ses pieds dans les étriers. On m'a assis plus ou moins gentiment dans la salle d'attente. Sans doute ne m'avait-on pas expulsé car j'étais soudain devenu doux comme un agneau. Mais qu'avais-je attendu d'autre ? J'avais refusé de la quitter. Oli avait fait jouer ses relations et le service avait reçu un clair appel du directeur en personne. Mais aurais-je tenu le coup si l'on ne m'avait pas emmené ? Ne me serais-je pas débattu si j'avais été plus coriace ?

Le docteur était un grand blond souriant et sûr de lui.

— Revenez d'ici trois ou quatre heures. Allez vous balader, ne restez pas ici... Si tout va bien, elle pourra sortir. Allez, mon vieux, allez prendre un peu le soleil pour moi...

Le ciel était d'un bleu déchirant, c'était une journée presque trop belle. Je suis sorti à demi hébété du Brigham and Women's Hospital et j'ai marché jusqu'à la Charles River, là où ils étaient tous allongés dans l'herbe, dormant au soleil ou respirant l'air de la mer ou se promenant en vélo ou maniant l'aviron comme des forcenés, loin de Roxbury. Elle était encore une enfant et s'offrait son premier curetage. Et il fallait que ce soit à moi que cela arrive. L'air était d'une douceur écœurante, imprégné de cette éternelle odeur de nourriture qui ne me déplaisait pas en temps normal. J'étais encore un gamin lorsque j'avais son âge. La vie ressemblait à un jeu, nous n'avions pas la moindre idée de ce qui nous attendait. Aujourd'hui, il fallait apprendre vite. L'adolescence ne signifiait plus rien. A peine mettiez-vous le nez dehors que plus rien ne vous était épargné. Les règles étaient les mêmes pour tous, il n'y avait pas de teen-ager qui tienne. On ne leur apprenait pas ce qu'il fallait à l'école. On se moquait d'eux.

Je ne voulais pas retourner à Cape Cod le jour même. Il y avait des histoires de saignement et de fièvre à surveiller et je préférais ne pas trop m'éloigner de la ville. Mais elle n'a rien voulu savoir. Je n'ai pas trouvé les mots pour insister. J'ai voulu la porter ou au moins la soutenir jusqu'à la voiture. Elle m'a répondu qu'elle n'était pas malade.

Elle s'est endormie presque aussitôt, bercée par je ne sais quoi. J'ai passé mon bras par-dessus son épaule. Je priais pour qu'ils ne me l'aient pas esquintée.

Nous sommes rentrés à Paris quelques jours plus tard, avec les derniers vacanciers. J'ai trouvé que ce n'était pas très réussi, eu égard à ce que ce voyage avait représenté pour moi, mais ce n'était pas bien grave, je n'avais rien imaginé de spécial, sinon en un peu moins coloré.

Je n'avais pas fermé l'œil, dans l'avion. Dans le taxi, Eléonore me regardait et moi je regardais dehors. J'étais un peu fatigué, mes affaires étaient froissées.

Quand la porte s'est ouverte, j'étais derrière Eléonore. Edith était derrière Evelyne. Il y a eu un léger cafouillage dans l'entrée, à différents niveaux car beaucoup de choses se bousculaient. J'ai soulevé Evelyne dans mes bras pendant qu'Eléonore s'occupait de sa mère. Ensuite, j'ai eu l'impression qu'à défaut d'embrasser Edith, je devais dire quelque chose puisque nous nous regardions pendant que nos filles se parlaient de leurs mines.

— Je prendrais volontiers du café..., ai-je déclaré.

Nous les avions appelées de l'aéroport et elles nous avaient attendus pour le petit déjeuner. J'ai laissé ma valise près de la porte.

Ça ne se passait pas à la cuisine, mais dans le salon, sur la table basse, et il y avait des fleurs, des croissants, de la confiture et des œufs à la coque dans leurs petits coussins thermostatiques. J'ai commandé un jus d'orange en m'installant dans un fauteuil que j'avais chéri autrefois et pratiquement érodé à mes formes. J'ai senti qu'on l'avait utilisé en mon absence, qu'il avait comme subi un nettoyage de cerveau. J'ai remarqué que l'entretien du jardin laissait à désirer, que mon bureau avait été transformé, par le biais d'un napperon, en présentoir à potiche, qu'un portrait de moi en habit, lors de ma prestation au concours Marguerite-Long, manquait au mur. Quoi qu'il en soit, je n'avais pas très faim.

Edith restait assise sur le bout des fesses. Je n'étais pas non plus très à l'aise mais les filles se chargeaient d'animer la conversation. Je disais quelques mots, de temps en temps, sur un restaurant de New York ou la flore de Nouvelle-Angleterre. J'avais envie de regarder Edith, mais il semblait que ça la gênait lorsque je posais les yeux sur elle, et les coups d'œil que nous échangions étaient comme des supplices chinois.

Je ne saurais dire comment j'ai fini par m'endormir malgré la tension qui m'habitait et au milieu de toutes ces jolies filles. Il n'empêche que je me suis réveillé en fin d'après-midi, accroché à mon fauteuil. Edith était assise en face de moi. C'était un rêve que j'avais fait si souvent, ces derniers mois, que je n'ai pas été surpris.

— Bon sang, je suis désolé..., lui ai-je déclaré en me passant une main dans les cheveux.

Elle avait de nouveau préparé du café. Elle était un peu tendue. Je me suis redressé pendant qu'elle nous servait. On n'entendait rien.

— Alors... Qu'est-ce que tu vas faire... ? m'a-t-elle demandé dans un quasi-murmure, croisant les jambes et levant les yeux de sa tasse pour les braquer sur moi.

— Rien. Je vais reprendre mes cours à Saint-Vincent, j'imagine. Oli m'a proposé de travailler avec lui, mais je n'arrive pas à me décider...

— Et est-ce que tu as trouvé un appartement, ou quelque chose... ?

J'ai essayé d'oublier que je me sentais chez moi. Il y avait à coup sûr d'autres réflexes contre lesquels il me faudrait lutter, maintenant que j'étais de retour.

— Ma foi... je viens d'arriver. Je vais sans doute commencer par l'hôtel... D'ailleurs, il faudrait peut-être que je m'en occupe... Tu aurais dû me réveiller...

Elle a respiré profondément. C'était son côté écrivain, un peu théâtral.

— Ecoute... j'ai peut-être une solution provisoire, si elle te convient...

Elle m'a invité à la suivre. Nous avons traversé le jardin sans dire un mot, à l'heure où la douceur de septembre travaille comme une petite fée malicieuse à la parfaite tombée du jour malgré tous nos problèmes. J'étais encore sous le coup du jet lag, mon esprit fonctionnait au ralenti, et comme nous nous dirigions vers la cabane à outils, je me demandais si elle n'allait pas me présenter le matériel avant de me proposer une place de jardinier.

— Je n'en ai pas besoin pour le moment..., m'a-t-elle expliqué en ouvrant la porte.

Thoreau avait vécu deux ans dans un espace plus réduit (« *I have thus a tight shingled and plastered house, ten feet wide by fifteen long, and eight-feet posts, with a garret and a closet, a large window on each side, two trapdoors, one door at the end, and a brick fireplace opposite* »). Il n'y avait pas la forêt ni le lac, mais l'électricité, le téléphone et l'eau courante.

— Il me fallait quelque chose de tranquille pour finir mon livre..., a-t-elle ajouté. Je l'ai fait aménager après ton départ.

J'espérais que l'endroit allait m'inspirer davantage. En bois blanc, du sol au plafond, agrémenté d'une fenêtre, d'un canapé, d'un siège et d'une table, cela donnait une pièce aux allures un peu spartiates, une sobre cellule aux odeurs de résine et de tabac froid.

— Il doit y avoir un réchaud à la cave... Et tu pourras utiliser la salle de bains du rez-de-chaussée, enfin le matin de préférence...

C'était à la fois inespéré et humiliant. Je pouvais lui embrasser les mains ou lui demander si elle m'avait bien regardé.

— Eh bien, que décides-tu... ?

Je me suis permis de la dévisager une ou deux secondes, pour la peine. J'aurais voulu lui dire qu'elle venait de laisser passer sa dernière chance de se débarrasser de moi. Il se pouvait que ce soit la fatigue, le changement, ces vingt mètres carrés de terre ferme qu'elle m'accordait au fond du jardin, je ne savais pas très bien quelle était la cause du léger bien-être qui m'effleurait à cet instant. Il y avait également, et cela aussi reposait peut-être sur une illusion momentanée, cette impression que ma chute prenait fin. Que battant des pieds et des bras dans le noir, je venais d'accrocher quelque chose du bout des doigts, juste avant de m'écraser au fond.

— Effectivement... je crois que ça peut me dépanner... lui ai-je répondu.

Je ne l'ai pas croisée souvent, durant les jours qui ont suivi. Je ne l'ai pas cherché non plus. Il valait mieux, à mon avis, qu'elle ne me trouve pas trop dans ses jambes pour commencer. A titre exceptionnel, elle m'avait invité à partager leur table le premier soir, mais j'avais préféré filer chez ma mère. Elle et Ramona m'avaient chouchouté comme au bon vieux temps et c'était tout ce dont j'avais besoin. Plus tard, j'ai dû raisonner Eléonore qui menaçait de ne plus prendre ses repas à la maison si j'en étais écarté. Il m'a fallu lui expliquer que son attitude risquait d'envenimer les choses, et lui jurer que je l'inviterais au moins une fois par semaine dans mon réduit et autant de fois qu'elle le voudrait pour boire un café.

J'ai loué un piano droit. En le voyant passer dans le jardin, Edith a molli. Elle est venue me dire que si je voulais... enfin si l'on parvenait à s'entendre sur certains horaires... eh bien, que je pouvais me servir de mon Bösendorfer... de temps en temps. Je l'ai remerciée. J'en ai profité pour m'excuser du remue-ménage que j'occasionnais avec toutes mes allées et venues, sans compter mes fréquents voyages à la cave d'où j'extirpais le matériel de base, nécessaire à mon installation.

Lorsque je me levais le matin et que j'allais m'étirer sur le seuil de ma cabane, je la voyais dans la cuisine. Je lui décochais un petit signe de la tête, mais rien de plus qu'une de ces démonstrations de bon voisinage, telle que le « Beau temps, ce matin... ! » dont je me fendais quelquefois si la fenêtre était ouverte et qu'elle gardait les yeux sur moi une seconde ou davantage.

401

Quelques jours avant la rentrée des classes, je me suis rendu à Saint-Vincent. Heissenbüttel m'a trouvé en pleine forme. Avec un rire assez nerveux, il a souhaité que je ne le fasse pas trop enrager durant cette nouvelle année, que je n'aille pas lui suggérer de transformer la toiture ou quelque bêtise du genre. Puis il m'a offert un verre de porto et m'a confirmé son désir de me confier la section « histoire de l'art ».

— Bien entendu, a-t-il plaisanté, vous nous épargnerez certains sujets scabreux à la Mapplethorpe... je vous aurai à l'œil, mon gaillard... !

— Je tâcherai de m'en souvenir.

— J'ai réuni tous les professeurs, il y a quelques jours, mais vous n'étiez pas encore rentré, je suppose... Quoi qu'il en soit, la consigne était la suivante : « Moins de discussion, Plus de moralité. » Je n'ai pas manqué d'attirer leur attention sur ce point. Nous ne devons jamais oublier que s'il y a un combat à mener, et nous n'en doutons pas, pour empêcher que cette société ne pourrisse jusqu'à l'âme, vous et moi, tout le corps enseignant, sommes placés en première ligne... ! Les plus fortes rumeurs de cette bataille nous viennent encore de l'étranger, mais les nôtres sont déjà dans nos gorges... N'est-ce pas, qu'en pensez-vous... ?

— Ma foi... Vous souvenez-vous de m'avoir parlé d'un ami commun... ? Je vous avais appelé des Etats-Unis durant l'été... Eh bien, je crois deviner de qui il s'agit.

— Mais bien sûr... ! William Sidney Collins, notre grand ami et généreux bienfaiteur... ! Le monde est si petit, on ne le répète pas assez... Mon cher Henri-John, vous ne vous doutez pas à quel point cet homme vous veut du bien.

— Mmm... j'ai été très lié avec son fils, autrefois.

— Tiens... je ne savais pas qu'il avait un fils... ? !

— Eh bien si... il avait un fils.

Je n'ai pas voulu lui en dire davantage. Je l'ai laissé sur sa faim, refusant un nouveau porto et ne cédant pas à ses grimaces. Je me suis rendu compte que je prenais toujours autant de plaisir à l'emmerder. Et pourtant, il n'était pas foncièrement désagréable, ni dangereux ou mauvais, comme pouvait l'être notre ami le juge. Non, Heissenbüttel n'était qu'un imbécile de plus. C'était presque une espèce supportable dans un monde rempli de fous et d'assassins.

Je ne savais pas ce que Georges était devenu au juste, dans quel panier je devais le mettre. Je ne savais pas de quoi il était réellement capable. Depuis des années, je le prenais pour un illuminé et je n'avais pas voulu y voir autre chose. Il était l'homme qui m'avait accompagné tout au long de mon enfance et jusqu'à mon mariage avec Edith. Il m'avait conseillé, guidé, enrichi de tout ce qu'il connaissait, bien plus que je n'en avais eu conscience. Il m'avait appris certaines attitudes, certains regards qu'il fallait adopter dans la vie. Je n'arrivais pas à y voir clair à son sujet. Depuis la mort de Rebecca, nous lui avions passé toutes ses excentricités et je voyais à présent comme il était loin, jamais je ne pourrais plus crier assez fort pour qu'il m'entende.

— Pourquoi veux-tu encore me parler de ça... ? ! Je croyais que tu voulais me voir parce que c'était urgent... !

— Donne-moi ma canne et je te romps les os, Henri-John... ! De quelles stupidités remplis-tu donc tes journées... ? ! Que fais-tu donc d'assez important pour t'aveugler à ce point... ? ! Si le salut d'Edith ne te paraît pas très urgent, alors va ! tu peux ficher le camp... !

— Très bien. C'est ce que je vais faire.

— Mais oui... ! Ça, tu es bon pour te défiler... ! Va ramper avec les autres ! Retourne sous terre, de peur que La Lumière ne t'éblouisse... !

403

Je me suis rassis, parce que je voyais qu'il était vraiment désespéré.

— Mais nom d'un chien... ! ai-je soupiré en secouant la tête.

— J'ai prié tous les jours depuis des mois, tu m'entends, j'ai jeûné et prié de toutes mes forces !

— Pour quoi ? Pour les malades, les sans-abri... ? Pour ceux qui ont faim et qui souffrent... ? ! Mais non, bien sûr... Tu ne vois même plus ce qui se passe autour de toi... Que les enfants soient baptisés, que les couples ne divorcent pas et qu'on dise la messe en latin, c'est tout ce qui t'intéresse... ! Bon sang, c'est tout ce que tu as trouvé... ? !

— « Que l'homme ne sépare pas ce que Dieu a uni. »

— On ne peut plus discuter avec toi. Tu n'écoutes rien... Tu sais, j'ai admiré ta foi... je n'en étais pas capable, mais tu m'impressionnais... Même lorsque je n'étais pas d'accord avec toi, je t'admirais, je ne sentais rien d'aussi fort en moi... Quand le doute m'envahissait, je n'avais qu'à te regarder pour voir à quel point j'étais misérable... mais voilà, je croyais que tu pouvais soulever des montagnes, alors que tu es juste bon à nous promettre l'enfer éternel... J'espère que tu n'auras jamais de comptes à rendre pour un tel gâchis...

— Cette vie n'est rien, et tu le sais... Je ne te demande pas de me comprendre. Sache que l'éternité nous attend et qu'il ne nous sera pas accordé de nouvelle chance. Le divorce est un crime aux yeux du Seigneur. Le jour du Jugement dernier, il sera trop tard pour ceux qui l'auront ignoré. « Leur place est dans l'étang tout embrasé de feu et de soufre, la seconde mort. »

J'ai parlé de cette conversation avec Evelyne, un soir qu'elle s'était aventurée dans le fond du jardin. C'était une fille agréable si l'on ne s'occupait pas de ses affaires et c'était ce qui m'avait toujours posé un problème avec elle car j'étais son père. Elle trouvait que j'avais l'air malin dans ma maison de poupée. Enfin bref, c'est elle qui m'a appris que Brighton and Tornbee, la boîte qui publiait les livres d'Edith aux Etats-Unis, avait refusé, sans plus d'explication, de sortir le dernier. Elle m'a demandé si je croyais que cela avait un rapport avec son grand-père, par l'entremise du juge Collins. Je n'en savais rien. Comme je dînais avec Oli le soir même, je lui ai posé la question. Il s'est mis à rire.

— Sur ce point, m'a-t-il dit, tu es bien comme lui. Pour papa, ce serait les francs-maçons. Et pour toi ce serait quoi, au juste... ? Un de ces réseaux ténébreux qui étendrait sa toile sur le monde en vue de rétablir un ordre moral ou de préparer le retour du Christ... ? Rassure-toi... si une telle organisation existe, elle a sûrement plus urgent à faire qu'à s'occuper de tes problèmes. Enfin, tu sais aussi bien que moi que le livre d'Edith n'est pas très bon... Pourquoi imaginer une histoire aussi rocambolesque... ?

Giuletta était de mauvaise humeur, pour une raison que je ne connaissais pas. Oli m'avait regardé en haussant les épaules. Je me sentais perplexe.

Je n'avais pas cours à Saint-Vincent le samedi. J'avais contacté mes anciens élèves, pour les leçons de piano — « Henri-John Benjamin vous fait part de sa nouvelle adresse : prenez l'allée qui mène au fond du jardin » —, mais je ne voulais voir personne le samedi, je savais que j'aurais besoin de souffler un peu.

C'était donc mon premier week-end après la rentrée des classes. A la minute où j'avais remis les pieds dans mon bureau, j'avais craint d'avoir commis une bêtise en refusant la proposition d'Oli. Je n'étais pas fait pour enseigner, et je le savais. Je ne savais pas non plus pour quoi j'étais fait au juste. J'aimais bien lire et m'occuper du jardin. Jouer du piano lorsque j'étais seul. Pêcher avec Oli. Observer Edith et mes filles. J'aimais bien qu'on me fiche la paix. J'aimais bien être seul dans le silence, de temps en temps. Je ne voyais pas quel genre de travail on pouvait m'offrir, eu égard à mon profil. Cette pensée m'avait accompagné tandis que je vérifiais le bon fonctionnement de mes tiroirs et celui de mon siège à roulettes, après quoi j'étais allé me présenter à mes élèves.

Pour moi, la première semaine était toujours la plus épuisante, moralement. J'avais l'impression de me glisser dans une caisse qui n'était pas à mes dimensions et tout en moi gémissait et je me découvrais la nuit, à force de gesticuler, je me réveillais et je regardais les quatre murs qui s'étaient resserrés sur moi.

Je me suis levé tôt pour profiter de cette journée de paix. Je suis allé chercher des croissants que j'ai déposés devant la fenêtre de la cuisine et j'ai mangé les miens debout, dans la tiédeur du soleil levant. J'ai repéré ce qu'il y avait à faire, le gazon, la haie, quelques branches à scier, avec le sourire aux lèvres. Contrairement aux trois autres, je ne rechignais jamais devant ces tâches. Et ce n'était pas pour le coup d'œil, mais pour le simple plaisir que l'on prend avec les choses de la terre, et le dialogue silencieux qui s'ensuit entre vous.

Evelyne est apparue la première. Elle a déjeuné en vitesse, assise sur le bord de la fenêtre pendant que j'aiguisais mes instruments. Elle m'a lu un poème de Raymond Carver, épinglé à la porte du frigo. Il fallait prendre le trolley numéro 5, en arrivant à Zurich, et aller jusqu'au bout et s'asseoir un moment près de la tombe de Joyce. Puis Eléonore est arrivée. Elle aussi était pressée, elle avait un cours à rattraper ou je ne sais quoi, ce n'était pas très clair.

Je les ai entendues un moment, monter et descendre, ouvrir et fermer des portes, puis elles sont parties et la maison est redevenue silencieuse. Je me suis mis à tailler la haie. Il faisait très bon.

— Ecoute... Tu n'as pas besoin de t'occuper de ça... Je me suis à demi tourné sur mon escabeau.

— Bah... ça ne me dérange pas.

J'ai pu remarquer qu'elle préférait ses toasts à mes croissants. Et qu'elle ne souriait pas mais semblait plutôt contrariée.

— Henri-John... je veux que tu laisses le jardin tranquille. Je ne veux pas que tu repeignes les volets. Je ne veux pas que tu m'apportes des croissants, ni que tu amènes le courrier à la porte. Je ne veux pas que tu montes sur le toit pour vérifier que les tuiles sont en place. Je n'ai besoin de rien, est-ce que tu saisis... ?

J'ai replié l'escabeau et je suis rentré chez moi sans dire un mot. J'étais satisfait de ne m'être pas emporté, d'avoir accusé le coup en silence. C'était une situation délicate. « Celui qui connaît l'art de l'avance directe et indirecte sera victorieux. Tel est l'art de la manœuvre » (Sun Tzu).

J'ai pu vérifier que j'avais adopté le bon comportement dans l'après-midi. Je l'ai vue arriver, du fond de ma chaise longue. Elle avait le nez en l'air, s'approchait en rêvant.

— Je ne voulais pas être brutale...

— Non, c'est moi qui suis maladroit..., ai-je répondu en reposant son livre.

« Présentez-vous devant un écrivain avec son dernier bouquin à la main et vous le tenez déjà par les couilles » (anonyme). Ce n'était pas réellement prémédité. J'avais dans l'idée que nous en parlerions un jour ou l'autre et je désirais me rafraîchir la mémoire. Mais il était vrai que je la tenais, d'une certaine manière. Si j'avais fourré mon nez entre les pages en soupirant d'admiration, une onde de plaisir lui aurait traversé le corps. Si je l'avais flanqué par terre avec une moue dégoûtée, elle aurait pâli, peut-être même gémi de douleur. Je me suis contenté de pianoter sur la couverture avec l'air de ne pas y toucher. Peut-être était-ce comme si je la taquinais de la pointe d'un couteau, qui sait ?

Elle avait sans doute préparé quelque banalité pour arrondir les angles, pour attendrir ses mots du matin, mais voilà qu'elle avait tout oublié. Elle regardait son livre. Elle avait le front plissé.

— Euh... Henri-John...

— Oui, Edith... ?

— Pourrait-on oublier nos histoires cinq minutes... ?

— Bien sûr.

— J'ai besoin que tu me parles franchement... sans arrière-pensées...

— Tu peux compter sur moi.

J'étais presque gêné d'occuper une position si confortable alors qu'elle dansait d'un pied sur l'autre. J'étais bien content de ne pas écrire de livres.

— Sois sincère... Dis-moi ce que tu en penses.

— Mmm... J'ai peur que les circonstances ne s'y prêtent guère, vois-tu...

— Ne fais pas l'imbécile ! J'ai besoin de savoir... !

J'ai ôté mes lunettes de soleil. C'était le moment de lui montrer que je ne craignais pas de coucher dehors, et peut-être que c'était vrai.

— C'est ce que tu as écrit de plus mauvais. C'est pire que ce que j'avais imaginé en lisant le début.

Elle a fait demi-tour.

Le soir tombait. Evelyne était entrée puis était repartie un peu plus tard, pour la troisième fois de la semaine. Eléonore a passé un moment avec moi. J'avais des pâtes à lui proposer, un peu de gorgonzola et un petit vin italien que j'avais au frais, mais elle m'a appris qu'elle sortait, elle aussi.

— Va, amuse-toi..., lui ai-je dit, je n'avais pas faim, de toute façon...

Je suis resté un bon moment dehors, à grignoter des bretzels, avec un grand verre de vermouth blanc que j'ai levé au-dessus de ma tête pour saluer son départ, tandis qu'elle marchait à reculons dans l'allée et m'envoyait des signes. J'en connaissais qui s'inquiétaient de l'affection qu'elle avait pour moi, mais j'avais l'impression qu'elle allait s'en tirer, si l'on voulait mon avis. Les choses n'allaient jamais de travers dans le bon sens.

La nuit était d'un gris rosé, ronde comme une cloche. Je n'attendais pas un miracle. Après ce que je lui avais dit, je ne pouvais espérer qu'elle me fasse un brin de conversation à la fenêtre, avant de monter dans sa chambre. Je regardais les lumières du rez-de-chaussée. Je ne lui aurais sans doute pas servi à grand-chose si j'avais été là, mais j'aurais tenu le monde à distance, et Robert Laffitte en particulier. C'est elle que j'aurais enfermée dans le cabanon, à l'abri de cet imbécile et de tout ce qu'il pensait connaître en matière de littérature.

Ne t'occupe pas de ce qu'on écrit sur toi, que ce soit bon ou mauvais. Evite les endroits où l'on parle des livres. N'écoute personne. Si quelqu'un se penche sur ton épaule, bondis et frappe-le au visage. Ne tiens pas de discours sur ton travail, il n'y a rien à en dire. Ne te demande pas pour quoi ni pour qui tu écris mais pense que chacune de tes phrases pourrait être la dernière. Laisse-moi m'occuper de Robert Laffitte.

Je lui tenais ce genre de propos dans l'ombre d'un massif d'aubépine, en fumant un cigarillo dont l'extré-

409

mité rougissait par instants mon visage. Je me reflétais tout à coup dans une vitre du salon, enluminé, triomphant et immobile, comme si elle m'avait écouté. Mais je ne la voyais pas, je ne savais pas où elle était. Toutes les lumières du bas brillaient pour rien.

Une voiture s'est garée devant l'entrée. J'ai entendu une portière claquer, puis grincer le portillon du jardin. Edith est allée ouvrir. Plié en deux, je me suis approché de la fenêtre qui donnait dans le vestibule. Il l'a embrassée sur les lèvres, en lui tenant un bras. Puis ils se sont avancés dans le salon. Je les ai suivis, je suis allé me poster à une autre embrasure. Il a gâché tout ton travail, il n'y connaît rien du tout. Je ne distinguais aucune de leurs paroles mais je ne m'en portais pas plus mal. Puis j'ai dû changer de place à nouveau, glisser un œil de Sioux au ras d'un rideau. Je ne savais pas si c'était elle qui l'avait invité à s'asseoir dans mon fauteuil, mais il venait de s'y installer sans vergogne. Il est tout ce que tu dois éviter, il est celui qui t'étouffe. Elle lui a servi un verre. Mon pantalon était accroché dans les épines d'un rosier et j'essayais de m'en dépêtrer sans même y jeter un coup d'œil. Edith était habillée pour sortir. J'ai longé le mur d'ouverture en ouverture pendant qu'ils retraversaient la pièce. Il l'a aidée à enfiler sa veste, en parfait gentleman. Il a éveillé ta vanité, puis il s'en est servi pour te réduire. Je me suis tapi dans un fourré. Il s'était tourné dans ma direction et souriait pendant qu'elle fermait la porte. La nuit était douce, et la scène ne parvenait pas à s'imposer à mon esprit. Il l'a conduite jusqu'à la voiture, en la prenant par la taille. Tu veux savoir ce que vaut ton livre ? Il est la réponse à ta question, il est celui qui parle de littérature en mangeant, celui qui a appris la vie dans les salons, celui qui rend le monde insupportable et qui te baise par-dessus le marché. Edith, laisse-moi m'occuper de Robert Laffitte.

20 juin 1965

Meryl leur avait promis une surprise s'ils acceptaient de nous accompagner au concert. Naturellement, ces deux crétins se sont fait prier. Depuis qu'ils ont vu des gamines tourner de l'œil, à la télé, ils ont trouvé matière à ricaner, et la preuve que les Beatles étaient bons pour les filles. Ça les amuse. Ils écoutent Satisfaction *depuis le début du mois avec un air pâmé, mais est-ce qu'on dit quelque chose ? Meryl les a prévenus : « Pas de concert, pas de surprise... ! » Quant à moi, je n'avais même pas la force de la ramener tellement j'étais heureuse. J'avais lu la lettre que son père lui avait envoyée. J'étais déjà de l'autre côté de l'océan.*

A la sortie du palais des Sports, Henri-John a passé son bras sur mon épaule et m'a glissé à l'oreille qu'Oli et lui nous concoctaient un petit séjour à Londres, pour le début juillet, avant de rejoindre le Ballet en Ecosse. « Ça pousse comme des champignons, en ce moment..., m'a-t-il expliqué. Faudrait aller voir ça de plus près. Est-ce que je t'ai parlé des Yardbirds ? » Je lui ai répondu que j'avais d'autres projets pour l'été. Il en est resté planté sur le trottoir. « Hé... mais qu'est-ce que c'est que cette histoire... ? ! » il a grogné.

Meryl a attendu qu'on soit dans la voiture pour leur annoncer la nouvelle. « Mes chéris, vous êtes invités à passer l'été aux Etats-Unis... ! » Même moi, qui étais au courant, je me suis mordu les lèvres et j'ai senti mon sourire glisser entre mes dents. Au bout d'une seconde, Oli s'est mis à pousser des cris et taper du poing sur le tableau de bord. Henri-John l'a aidé à nous casser les oreilles. Puis il a embrayé et nous avons filé vers Meudon en grillant tous les feux rouges.

Ils n'ont quitté ma chambre qu'au petit matin, pour raccompagner Meryl. Je suis restée étendue un long moment sur mon lit avant de me mettre à écrire. Mais je vois que je n'y arrive pas, je suis trop excitée.

21 juin 1965

On part dans une semaine. Papa est allé nous chercher les billets. On lui a dit qu'on pouvait se débrouiller, mais il a tenu à nous les offrir. Ça ne l'arrange pas qu'on l'abandonne au moment de la tournée, n'empêche qu'il n'a rien dit. Il nous a regardés en secouant la tête.

Le père de Meryl a une maison à Cape Cod. Lui, il habite New York. Si tout va bien, on ne devrait pas le voir trop souvent, d'après Meryl, pour les week-ends tout au plus. On va donc se retrouver tous les quatre. Il y a de l'aventure dans l'air.

Meryl ne veut toujours pas m'en parler. Mais je n'insiste pas. Je trouve que sa discrétion est à son honneur et ma curiosité m'exaspère par moments. Pour une fois que j'en rencontre une qui ne va pas crier ses histoires sur les toits, c'est moi qui ai envie de savoir. Et je ne sais rien.

J'ai cessé de compter les filles qui sont passées dans les bras d'Henri-John depuis quelques années, alors pourquoi m'inquiéterais-je aujourd'hui... ? Enfin, j'avoue que Meryl sort de l'ordinaire. Je crois que je n'hésiterais pas à leur place. Je me demande s'ils en parlent, Oli et lui. C'est la première fois que ça arrive, j'ai l'impression, et ça doit leur poser un problème. J'ai l'air de radoter là-dessus, mais je sens que les choses vont se compliquer lorsque nous serons là-bas. Je ne comprends pas que l'un ou l'autre ne se soit pas encore décidé. Je n'ai pas remarqué, jusqu'ici, qu'ils étaient du genre timide ou à tergiverser pendant cent sept ans. Ça me semble donc assez sérieux. Et Meryl de son côté, est-ce qu'au moins elle a une préférence... ? J'en suis même pas sûre. Plusieurs fois, papa l'a secouée pendant les cours, et c'est pourtant l'une des meilleures. « Vous n'êtes pas encore sur la lune, les Américains, alors fais-nous le plaisir de rester avec nous... ! » Je sais à quoi elle pense. On entend Henri-John travailler son piano et Oli vient faire signer des trucs à papa ou passe son nez à la porte pour des histoires de contrats à négocier ou autres. Elle aurait du mal à ne pas y penser.

Dans l'après-midi, Elisabeth et moi sommes allées voir l'ambassadeur des Etats-Unis pour obtenir nos visas rapidement. Il lui a baisé la main. Et si j'ai bien compris, ça remontait avant la naissance d'Henri-John, quand Elisabeth était à l'Opéra. Enfin bref, on a flâné un peu sur le faubourg Saint-Honoré avant de rentrer, on s'est amusées à faire de l'essayage dans les magasins, on a vraiment passé un bon moment ensemble. J'aime bien être avec elle. Elle m'a dit qu'elle avait eu deux passions dans la vie : la danse et le père d'Henri-John, et qu'à son avis, seulement l'une ou l'autre ne lui aurait pas suffi. « Un homme n'est pas toute la vie et la danse n'est pas toute la vie. Sois gourmande, ma chérie... Ne sacrifie rien. Nourris ce qu'il y a dans ton esprit et ce qu'il y a dans ton cœur, et ne laisse pas l'un dévorer l'autre. Ainsi tu ne seras jamais prisonnière. » Alors je lui ai répondu que je voulais être écrivain. Je ne sais pas pourquoi je lui ai dit ça. J'avais sans doute peur qu'elle me prenne pour une idiote. Je lui ai demandé de me jurer qu'elle n'en parlerait à personne. Elle me regardait comme si j'étais un ange tombé du ciel. D'avoir pu prononcer une chose pareille, j'en ai eu mal au ventre jusqu'au soir. De véritables crampes.

J'ai trouvé un petit mot d'Elisabeth tout à l'heure, en entrant dans ma chambre. Je ne sais pas s'il me fait sourire ou s'il me donne la chair de poule. « Prenez un fait quelconque de la vie réelle, même sans rien de remarquable à première vue, et, si seulement vous avez de la

413

force et de l'œil, vous y trouverez une profondeur que Shakespeare n'a pas. » Et c'est signé Fedor Mikhaïlovitch Dostoïevski.

22 juin 1965
Je n'ai jamais pensé qu'un homme suffirait à remplir ma vie.

Devenir écrivain ne m'a jamais effleurée non plus. Ce n'est pas moi qui ai parlé devant Elisabeth, ma bouche s'est ouverte et les mots sont sortis tout seuls. Je n'en suis pas encore revenue. J'ose à peine y penser, c'est comme de regarder une lumière trop forte. Et pourtant, je prends conscience d'une chose dont l'évidence m'étourdit. Je tiens ce journal depuis des années, à présent, il est si gros et boursouflé que je le trouve monstrueux mais jamais il ne m'a quittée, jamais je n'ai manqué d'y revenir. J'y ai écrit tous les jours, sans exception. Je n'ai jamais pensé que j'écrivais, je ne me suis jamais demandé si mes phrases valaient quelque chose, ça n'a jamais été mon but. Si je l'avais fait, je crois que je me serais sentie si honteuse que je n'aurais pas pu continuer. Les livres m'ont toujours intimidée, jamais je n'aurais pu comparer, ni même établir un rapport entre mes gribouillages et le travail d'un écrivain. Mais je sais une chose : je me suis toujours assise à ma table avec le sentiment d'obéir à un besoin, que je n'ai jamais très bien défini mais qui n'a jamais faibli avec le temps. Et que je n'ai jamais associé à un plaisir ni à une obligation mais à une chose naturelle, que l'on exécute par habitude. De même que je ne me couche pas sans me laver, je ne termine pas ma journée sans avoir écrit quelques lignes. Je crois que ça ne me viendrait pas à l'esprit.

Ça ne veut pas dire que je commence à délirer avec ça. Ça m'agace plus qu'autre chose.

Meryl débarqua vers la fin de l'hiver. C'était une élève que Robbins recommandait à Georges, une fille que des histoires de famille obligeaient à passer plusieurs mois en France et qui avait besoin d'un bon professeur. Lorsque nous la vîmes arriver, un matin, Oli et moi étions plongés sous le capot de ma traction avant. Nous nous sommes regardés avant d'abandonner nos outils.

Jusque-là, pour ce qui était des filles, nous avions toujours pensé que nos goûts n'étaient pas les mêmes, mais Meryl se chargea de nous mettre d'accord pour une fois. Si elle vous fixait un instant, vous vous sentiez idiot ou ensorcelé ou malheureux pour le restant de la journée. Elle avait un accent adorable, en plus de toutes ces choses qui nous rendirent fous.

Depuis mes résolutions de 62, je n'avais pas changé ma route. Mon attitude ne m'avait pas facilité la tâche mais je n'avais eu aucun délicat problème à résoudre, pas plus que je n'étais retourné à l'hôpital ni n'avais eu de sang sur la conscience. Certaines histoires m'avaient même conforté dans mes positions, comme le pénible départ de David pour l'Islande où il espérait repartir à zéro, après des mois de déprime et de tentatives désespérées pour reconquérir Edith. Ou bien le harcèlement hystérique qu'Oli avait dû subir de la part d'une de ses conquêtes, à qui, semblait-il, il avait juré un amour éternel et qui menaçait de venir se tuer sous ses fenêtres. « Te rends-tu compte dans quel pétrin tu te fourres avec tes boniments... ?! » lui avais-je rappelé tandis que nous désarmions la fille.

Mais Edith et lui étaient longs à la détente. Malgré les leçons que la vie leur donnait, ils continuaient à vous saupoudrer du sentiment tous azimuts et venaient

415

ensuite gémir dans mes bras lorsque ça tournait mal.
« Mais comment faire autrement... ? ! me rabâchaient-ils. Comment être insensible... ? ! » Je ne perdais plus
ma salive à leur délivrer mes conseils. J'avais du temps
pour lire pendant qu'ils étaient à se dépêtrer de leurs
aventures. Ça ne m'amusait même pas.

Edith persistait à penser que je n'étais pas normal. Si
ça pouvait lui faire plaisir, je voulais bien reconnaître
qu'il me manquait quelque chose. Mais on m'avait un
jour enlevé les amygdales et je m'en portais comme un
charme. On enlevait des tumeurs, des ganglions, des
appendices qui rendaient les gens malades. Pourquoi
ne me serais-je pas débarrassé d'un truc qui était la
source de mes ennuis, qui faisait que tout allait de
travers... ? Jouer avec les sentiments, c'était tresser la
corde pour se pendre. Au mieux, c'était clouter les
lanières du fouet et remonter sa chemise. Et je n'avais
pas appris ça dans les livres. Je n'étais pas le type qui
refusait les plats sans même y avoir goûté. Je ne savais
pas si elle se souvenait de ce que j'avais enduré par le
passé ou si elle n'y avait vu que du feu. Quand j'étais
encore tendre, vulnérable et innocent, lequel de nous
deux en avait pris pour son grade... ? Lequel était
l'imbécile que l'on découpait en petits morceaux tandis
qu'un quelconque abruti la serrait dans ses bras et lui
mangeait les lèvres... ? Qui, de nous deux, avait ravalé
sa tristesse et sa morve pendant qu'elle s'essayait à
devenir une femme que d'autres tripotaient, qui donc
se rongeait les poings tandis qu'elle s'enfermait avec ce
connard de Bob... ? J'en aurais eu long à lui servir si je
l'avais voulu. Des petites histoires comme cette correc-
tion que j'avais reçue à Leningrad par ce Iouri de mes
deux, sur le quai de la Flotte-Rouge, ou cette fois,
quand j'ai cru que ça allait nous arriver, que je la
caressais en mourant et qu'elle m'avait planté au beau

milieu, sans un seul mot d'explication. Ou j'étais bon à enfermer ou il me semblait bien que j'avais donné pour la question. Et je ne lui en voulais pas, toutes ces histoires étaient oubliées et enterrées, ce n'était pas elle spécialement, c'était toutes les autres, c'était nous tous, c'était ce qui pendait au nez de tout individu qui avait le malheur de croire qu'on pouvait mettre le pied dans un canot doré et s'élancer à deux sur un lac de paix et de tranquillité sans jamais atteindre l'autre rive, alors qu'à chaque fois l'on venait s'y écraser, que l'on s'y fracassait et étions projetés dans les arbres. Je ne voyais que des éclopés autour de moi, que des salauds, des inconscients, des mous, des je-savais-pas, des je-suis-désolé, des enflammés qui se couvraient de cendres et leurs victimes. Et il me manquait quelque chose... ? ! Je voulais bien qu'on m'arrache un bras s'il menaçait de se tendre. Des types s'étaient mutilés pour ne pas aller à la guerre. Que représentaient deux ou trois jours de nervosité ou une légère gueule de bois au regard de ce qui vous attendait... ? Aussitôt qu'une fille me plaisait un peu trop, je disparaissais comme le brouillard devant la montée du soleil. Il n'y a que les ânes qui se cognent deux fois au même obstacle.

Avec Meryl, ce fut un peu différent. Une des raisons qui me fit zigzaguer sur la droite ligne que je m'étais tracée découla de son emploi du temps. Elle ne venait pas prendre ses cours une fois par semaine, ni même deux comme la plupart des élèves, mais tous les jours, et quand elle ne débordait pas sur l'après-midi. Je pressentis aussitôt le danger, les difficultés qu'il y aurait à couper tous les ponts, le moment venu. C'était un paquet de dynamite qui nous tombait dans les bras.

Très vite, j'expliquai à Oli que nous devions nous tenir à l'écart. Mais le bougre ne l'entendit pas de cette oreille. Il se mit à tourner autour d'elle en me répétant

417

qu'il n'y pouvait rien, qu'elle était vraiment trop ceci ou trop cela, comme si j'étais aveugle. Et tout d'abord, je ne dis rien, mais je lui en voulus pour la première fois de ma vie.

Pendant ce temps-là, et par une espèce de malédiction, tous les membres de la maison succombèrent un par un au charme de Meryl. On lui envoyait des « ma chérie » à tous les étages et elle évoluait parmi nous aussi à l'aise qu'un poisson dans l'eau.

Il n'était pas facile, pour moi, de rester hors d'atteinte. Malgré mes résistances, elle ne fut pas longue à me glisser dans sa poche. Elle me fit découvrir — certains paquets arrivaient exprès pour moi des USA — quelques jeunes auteurs comme Carver ou Harrison alors que j'en étais encore à Kerouac ou Saroyan, et je fumais des Winston d'importation, j'en recevais des cartouches entières. Malheureusement, je ne fus pas le seul à bénéficier de ses grâces. Et l'on se retrouva vite enveloppés dans une ambiance opaque, Oli et moi.

Nous ne nous étions encore jamais disputé une fille. Aussi bien, j'avais parfois le sentiment qu'il m'accordait un droit de préemption, si l'on peut dire, lorsque au hasard d'une soirée nos vues convergeaient sur la même cible. Et il m'arrivait alors de lui céder la place, en retour de ses amabilités. Parce que le ciel était d'un bleu d'azur entre lui et moi. Et sans doute aussi parce que je les aimais grandes et élancées et lui plutôt petites, le genre poupée, et que nous n'avions de ces politesses qu'avec les moyennes.

Ces histoires de taille n'entrèrent pas en ligne de compte au sujet de Meryl. Elle nous subjugua tous les deux sans que nous eûmes à la faire passer sous une toise. Et pour la première fois, Oli ne se proposa nullement de me laisser l'avantage. J'eus même l'impression qu'il jouait des coudes et me bousculait, et son attitude me blessa et m'énerva au plus haut point. Pas plus qu'au début, je n'eus de discussion avec lui à propos de Meryl, mais il me trouva bientôt dans sa foulée et nous fûmes deux à lui tourner autour.

Nous nous gênions l'un et l'autre. Nous étions comme deux coureurs qui se surveillaient, guettant la moindre faille et n'osant prendre la tête, de peur de commettre une erreur. D'autant que Meryl ne nous aidait pas beaucoup. J'avais beau l'observer, comparer les attentions et les regards qu'elle prodiguait à chacun, je n'arrivais pas à savoir de quel côté penchait la balance. Et me souvenant que j'étais le plus vieux des deux, ça commençait à me faire mal de voir que je ne prenais pas la tête. Je me demandais si je pourrais supporter qu'il me coiffe sur le poteau. D'une certaine manière, mon honneur était en jeu. Les bouts de ficelle que je triturais entre mes mains se hérissaient de hernies monstrueuses que je ne parvenais pas à défaire.

Oli était à moitié cinglé. Je ne savais même pas s'il avait conscience de la lutte qui nous opposait. Je n'étais même pas sûr qu'il me surveillait ou qu'il guettait mes faits et gestes dans cette course. Rien n'était encore joué, mais déjà l'amour lui tordait les tripes. Ça me rendait encore plus nerveux de le voir dans cet état.

A la place de Meryl, je nous aurais pris pour deux pauvres imbéciles. Notre manège était pitoyable, à peine comique, ridicule. J'étais parfois obligé de laisser un peu de terrain à Oli pour ne pas sombrer dans le grotesque. Notre empressement, et par là nos maladresses, frôlaient souvent la casse, le renversement de certains liquides, ou la mêlée au passage d'une simple porte. Je préférais alors me rasseoir si je le voyais bondir, m'écarter s'il surgissait entre nous, garer mes jambes dans la plupart des cas et attendre qu'il ait terminé ses discours pour en placer une.

Rien ne l'arrêtait. Je n'aurais pas été surpris si l'on m'avait informé qu'il ne dormait plus, qu'il tournait en rond dans sa chambre jusqu'à ce que le jour se lève. Il était toujours en bas, le matin, lorsque je descendais. Les cours ne commençaient qu'à neuf heures, mais il était déjà debout, pour ne pas manquer qui l'on savait. Il me souhaitait le bonjour d'un air absent, ne mangeait pas, buvait plusieurs cafés d'affilée. Il me souriait, aussi. Il était complètement dans le cirage. Si je lui grinçais quelques mots sur ce risible comportement, il ne semblait pas comprendre ce que je lui disais, il ne répliquait pas et son regard me traversait si j'avais le malheur de me glisser entre lui et la fenêtre d'où il pouvait contempler la grille du jardin.

Il virait au simple d'esprit. J'espérais que Meryl allait se lasser de cet imbécile heureux, d'autant que, sous peine — et l'on ne savait jamais — de le voir arriver à ses fins j'étais obligé d'en faire un minimum. En général, je me sentais plus à l'aise dans le rôle de l'indifférent, je n'avais pas à m'en plaindre. Et donc, j'avais tout un tas de raisons d'être à cran, j'avais tellement de trucs à lui reprocher que je me surprenais parfois les poings serrés.

Puis Meryl nous invita aux Etats-Unis.

Cela fit baisser la tension, de mon côté. Il n'y avait qu'un escalier à descendre pour aller prendre un bain et se rafraîchir les idées. L'endroit était un peu désert à mon goût, mais il y avait une petite ville pas trop loin si l'on voulait sortir le soir. En bref, les choses se présentaient plutôt bien, malgré les circonstances.

C'était, bien entendu, le voyage dont nous avions rêvé. Nos pérégrinations à travers l'Europe, dans les jupes du Sinn Fein Ballet, n'avaient plus le don de nous exciter comme autrefois. Nous n'entendions plus que l'appel du Nouveau Monde dont la littérature et la musique se déversaient sur nos têtes depuis si longtemps. Au point que l'on passa toutes ces heures d'avion, Oli et moi, assis l'un à côté de l'autre, à discutailler comme de vieux complices qu'un boulet de canon n'aurait pu séparer.

Durant quelques jours, une douce euphorie nous préserva de nos histoires. Nous avions à notre disposition une Dodge à plateau qui nous entraînait, mon compère et moi, et à la moindre occasion, dans de radieuses virées en ville. Il y avait toujours quelque chose à lorgner du côté du port, des trucs à écouter et n'importe quoi à se mettre sous la dent dans la rue principale. Mon envie et sa passion pour Meryl se délayaient dans l'immense appétit que nous avions pour ce qui nous entourait. Ensuite, il y avait ces baignades qui n'en finissaient plus, ces explorations des plages avoisinantes et ces sorties nocturnes qui en auraient épuisé plus d'un. Où aurions-nous trouvé la force de nous livrer à quelque lancinant bras de fer, la moindre place pour y penser quand notre esprit débordait... ?

Meryl avait également pas mal d'amis dans les environs. Il ne tarda pas à brûler de grands feux sur la plage, à s'organiser de solides soirées à droite et à gauche. On ne savait pas où donner de la tête, la plupart du temps. Ce qui ne signifiait pas qu'on avait oublié Meryl mais que rares étaient les fois où l'on pouvait l'entreprendre plus de cinq minutes. Je dirais que la première quinzaine se déroula dans une ambiance de cessez-le-feu, comme à l'approche des fêtes de Noël, quand les brutes les plus épaisses aspirent à un moment de paix.

Je me faisais moins de mauvais sang, de toute façon. Je ne craignais plus de les laisser seuls, pour la bonne raison qu'il y avait toujours du monde, du moins m'en assurais-je avant de me laisser entraîner ailleurs. Je m'amusais de le voir grimacer lorsqu'il s'approchait d'elle en se frottant les mains et qu'une joyeuse bande leur tombait sur le poil et ne risquait pas de lâcher le petit Français qui avait tout Paris à leur donner en pâture. Aussi bien, je lui en envoyais quelques-uns si je trouvais qu'ils tardaient à intervenir, puis je m'absentais le cœur léger.

J'avais d'ailleurs sous la main deux mochetés d'une quinzaine d'années qui se pâmaient pour la France et pour ce beau garçon dont elles buvaient, ruminaient puis exhalaient les moindres paroles avec un soupir inquiétant. Elles habitaient juste à côté et faussaient compagnie à leur gouvernante pour s'aventurer dans les parages. Je les encourageais à venir nous voir, à s'intéresser à la vie parisienne. Je le regardais blêmir. Ces deux filles étaient des armes redoutables.

Elles avaient un frère, Irving, un type un peu plus âgé que moi et qui buvait beaucoup. Il était le meilleur ami de Meryl. Il était si beau qu'il ne fallait pas être devin pour mettre un nom sur la prochaine conquête d'Edith. N'empêche que c'était un gars charmant, presque timide, qui connaissait tout Cape Cod comme sa poche et descendait une bière en sept secondes, montre en main. Quand il se tenait à côté de ses sœurs, on se demandait comment la Nature pouvait être aussi injuste : tout ce qu'il avait de bien, elles l'avaient en mal, de la couleur des cheveux jusqu'au timbre de la voix. Lorsque l'on m'apprit qu'elles étudiaient le piano, je m'offris quelques sueurs froides.

Leur père était le juge William Sidney Collins, un bonhomme plutôt sévère à ce que l'on racontait, un de ces rigolos tout droit sorti de *La Lettre écarlate*. On ne le voyait jamais mais on sentait sa présence, jusqu'à ses

422

arbres et sa maison qui semblaient trembler devant lui. A mon avis, il n'y avait que ses deux filles pour oser affronter sa colère en se débinant de la propriété, mais comme disait Oli, on ne voyait pas ce qu'il aurait pu leur faire. Si ingrat était leur physique qu'on imaginait mal un père s'acharner sur le tableau vivant de ses maladresses, lever la main sur des figures que les miroirs se chargeaient de gifler tous les matins.

C'était Irving qui prenait tout. Il fallait bien que le juge passe ses colères sur quelqu'un. Au début, quand nous n'étions encore au courant de rien, Oli et moi tiquions lorsque Meryl l'entraînait à l'écart. Nous ne savions pas encore qu'elle le consolait et ça nous coupait l'appétit quand elle le serrait dans ses bras. De toute façon, j'aurais trouvé qu'il y avait consoler et consoler. Je doutais qu'elle eût couvert ainsi de ses tendres baisers le crâne et les joues de Quasimodo.

— Je m'aperçois qu'il y a des choses que tu ne peux pas comprendre..., me dit Edith.

Nous regardions fondre nos guimauves, au bout de nos baguettes. Les autres étaient dans l'eau. Nous étions remontés sur la plage, parce que le feu s'éteignait.

— Tu ne pourrais pas changer de disque...? lui répondis-je.

— Bah, je ferais la même chose avec toi ou avec Oli, et qu'est-ce que ça voudrait dire...?

— Mmm... je te vois mal en train de sécher nos larmes. C'est pas ton genre.

— Ouais, mais je me rappelle pas que vous m'en ayez donné l'occasion. Et puis Irving a l'air si fragile...

— Vous devriez vous y mettre à deux.

*

17 juillet 1965

Ils n'ont pas ce que j'aime chez lui. Et surtout pas Irving. Je ne sais pas ce que c'est. Je n'en voudrais pas un qui aurait la moitié de ses défauts. Est-ce que je ne devrais pas me faire soigner... ?

Pour en revenir à Irving. Peut-être serais-je encore sortie avec lui l'année dernière. Maintenant, j'en ai assez. Et Henri-John a raison lorsqu'il dit que je n'ai pas la fibre maternelle. Je n'ai pas envie de bercer qui que ce soit. Il faut reconnaître qu'ils ne courent pas les rues, les types qui brillent de l'intérieur... Et est-ce que c'est toujours un combat, avec eux... ?! Ce soir encore, j'ai failli le jeter dans les flammes. Ça ne m'empêche pas de me sentir joyeuse, car j'écris ces mots dehors, dans une nuit magnifique, et je sens le ciel m'aspirer.

*

La femme d'Irving arriva de New York, un matin. Je compris alors pourquoi il voulait divorcer. Il était en train de me montrer comment l'on montait une canne à pêche. Elle lui arracha le matériel des mains et le jeta au beau milieu du *poison ivy*. Sans dire un mot. Elle était verte et ses lèvres tremblaient de rage. Je m'attendais à ce qu'il lui saute à la gorge après un coup pareil, je m'étais d'ailleurs reculé d'un pas. Mais il n'exécuta qu'un demi-tour et rentra chez lui. Et elle le suivit en gesticulant. J'en avais encore le souffle coupé.

Meryl m'expliqua qu'ils étaient mariés depuis deux ans et que ça n'allait pas très fort entre eux. C'était aussi mon avis. Nous rentrions de Truro, après une descente au supermarché, et je roulais aussi lentement que possible. Je visais les nids-de-poule, bondissant sur la banquette afin de me rapprocher d'elle. Je conduisais presque assis au milieu, en face du rétroviseur, mais je ne la sentais pas bouger d'un quart de milli-mètre. Pour un peu, j'aurais soupçonné Oli d'avoir collé de la glu sur son siège.

C'était Irving qui l'inquiétait. Il était dur de badiner avec une fille qui fronçait les sourcils. Elle supportait mal de le voir dans cet état. Il paraissait que son père lui menait la vie dure, qu'on ne divorçait pas chez les Collins, catholiques de vieille souche mâtinés d'un vernis puritain pour la bonne mesure.

— Tu sais, il ne buvait pas du tout, avant son mariage...

— Bah !... c'est sans doute la chaleur..., minimisai-je.

— Non, Henri-John... ce n'est pas la chaleur... Mais ce mariage..., bon sang, quelle stupidité c'était ! Tout le monde savait que ça ne pourrait pas aller...

— Ah !... Eh bien, en effet...

— Mais tu ne peux pas imaginer les pressions que son père lui a fait subir... C'était ignoble... !

Elle en avait les mâchoires serrées, fixait la route sans plus se soucier de ma présence. Lui attraper un genou, dans ces conditions, n'aurait pas rimé à grand-chose. Il était clair que j'aurais pu poser ma tête contre son épaule, elle ne se serait aperçue de rien, mais à quoi bon ?

Je refusai de considérer ce fiasco — je m'étais mis en tête qu'il suffirait qu'on nous laisse seuls cinq minutes — comme un échec. Fussé-je le type dont elle avait rêvé toute sa vie, mes chances n'auraient pas été meilleures. Elle était obnubilée par les problèmes d'Irving et, lorsqu'elle les évoquait, vous pouviez marcher sur la tête en lui déclamant le Cantique des Cantiques, ça ne vous aurait servi à rien. Je regrettais simplement de ne pas m'être lancé à l'aller mais j'avais eu le malheur de brancher la radio et nous étions tombés sur la toute nouvelle de Bob Dylan, *Like a Rolling Stone*, et j'avais

425

cru défaillir, je m'en étais mordu les lèvres et c'était moi qui alors avais fixé la route, moi qu'un strip-tease ou une déclaration d'amour n'aurait pu déranger.

Bon, ce n'était que partie remise. Pour la forme, j'envoyai à Oli un sourire énigmatique tandis qu'il nous aidait à décharger, de quoi lui gâcher le restant de la journée.

*

28 juillet 1965
Johnson a annoncé ce matin qu'il envoyait cinquante mille soldats de plus au Viêtnam. Irving a bu tout l'après-midi. Inutile de lui demander s'il s'est encore accroché avec son père. Cette fois, c'est le Viêtnam, demain ce sera autre chose. Il se rend vraiment malade. Dialogue de sourds à la sauce freudienne dont on se serait bien passé.

Il est resté en plein soleil avec ses bières. Pour finir, on a planté un parasol à côté de lui, car il ne voulait pas bouger. J'ai laissé Meryl et quelques autres se relayer à ses côtés. Moi, je n'y vais pas. J'observe. Je suis la seule à ne pas courir dans tous les sens. Et mon dernier Yi king me donne raison. J'ai tiré "L'immobilisation, la montagne" : « Les pensées doivent se limiter à la situation vitale présente. Toutes les songeries et les spéculations qui vont plus loin ne font que blesser le cœur. »

Il y a une heure à peine, j'ai surpris Meryl en train de dévisager Oli à son insu. Ça ne m'a étonnée qu'à moitié. Je commence à la connaître.

Puis promenade au clair de lune avec un certain Jim qui me poursuit depuis trois jours. Je le trouvais pas mal, et ce soir, il a été drôle et gentil. Il m'a serrée dans ses bras mais j'ai été prise d'un fou rire lorsqu'il a voulu m'embrasser. Je lui ai dit que j'étais désolée, que c'était nerveux. Et il n'y avait rien à faire, je pouvais pas. Quand nous sommes rentrés, Henri-John me cherchait pour danser. « Un slow... ? » lui ai-je demandé en pouffant de rire. Décidément, ils m'amusaient tous autant qu'ils étaient, c'était la soirée. « Qu'est-ce qui se passe ? D'où tu sors... ? T'es tombée sur la tête... ? ! » Il s'était rembruni en lorgnant sur Jim qui se tenait derrière moi. Et moi, qu'est-ce que j'ai fait ? Je lui ai souri. « Ça l'a assommé. Et les autres sont venus me prier, ils voulaient voir si l'on avait du jus dans les jambes, comme il avait dû s'en vanter, s'il m'envoyait vraiment dans les airs. « Ça va... On laisse tomber..., il a grogné. Faudra me croire sur parole. »

Plus soupe au lait, j'en connais pas. Tout le monde est couché, à présent. Il est tout seul dehors et je l'entends marmonner. Il doit être en train de jouer avec ses bouts de ficelle.

*

Le père de Meryl avait les cheveux blancs. Je ne savais pas si c'était la raison pour laquelle sa femme s'était enfuie en Europe, mais le fait est qu'il paraissait bien vieux. Il ressemblait à Spaak, qui entre parenthèses, ne rajeunissait pas, de son côté, tandis que ma mère était toujours aussi belle. Je commençais à avoir la nausée de ces couples si pauvrement assortis, de ces mariages ratés, de ces unions catastrophiques. Je ne voyais que ça, autour de moi. Le suicide de la mère d'Edith n'était-elle pas une des premières images de mon enfance ? Tous ces hommes et toutes ces femmes étaient-ils complètement idiots ou masochistes ?

— Il y a une chose que tu ne sembles pas saisir..., me dit-il un matin, avant de repartir à New York. C'est que je ne regrette pas d'avoir essayé... Bien entendu, je t'accorde que ce n'est pas facile, mais aurais-tu mieux à proposer... ?

— Mieux que quoi... ? lui répondis-je avec un sourire acide.

— Tu es un garçon intelligent, Henri-John. Mais ce n'est pas un compliment que je te fais. Un type intelligent ne pisse pas en plein vent, mais il finit par faire dans sa culotte...

Je ne le connaissais pratiquement pas, ce gars-là. Il n'était apparu que le temps d'un week-end — nous avions dû nous calmer un peu — et repartait comme il était venu, mais ce qu'il venait de me dire me foudroya sur place. Pourtant, j'en avais entendu d'autres. Au cours de certaines discussions que j'avais avec Georges, j'esquivais des bottes autrement imparables. Je m'arrangeais des grands discours que ma mère me tenait sur les façons d'appréhender le monde, slalomais en souplesse entre les propos d'Alice ou de Ramona lorsqu'ils visaient à m'attendrir. Et voilà qu'au moment où je ne m'y attendais pas, une espèce d'inconnu me glissait une connerie et j'en vacillais sur mes jambes.

Je voulus le rattraper, qu'on s'explique une bonne fois, mais il était déjà loin.

Je passai le restant de la journée dans l'eau, partageai quelques bières avec Irving. Nous étions le 15 août. Les émeutes de Watts duraient depuis cinq jours et les Beatles débarquaient au Shea Stadium, la radio annonçait cinquante-six mille spectateurs en délire et il vomissait là-dessus, mais je ne l'écoutais qu'à moitié. J'avais d'autres soucis en tête. Et je ne voyais pas que siroter des bières à la tombée du jour, installé dans un transat avec des sandwichs au poulet, fût la position idéale pour compatir au sort des ghettos.

Toutefois, je m'accordais de sa sombre humeur. Je n'avais pas, moi non plus, d'ineffables raisons de me réjouir. Outre que cette histoire de pisser en plein vent

428

m'obsédait, mes affaires avec Meryl n'avançaient pas. J'avais l'impression que tout s'obscurcissait. Oli m'échappait et Edith se mettait à rire sans raison. Et Irving qui broyait du noir à mes côtés, mais qui était la seule compagnie acceptable.

J'avais le sentiment qu'Oli avait l'avantage, à présent. Je m'en rendais compte à d'infimes détails, mais j'estimais qu'il était plus près du but qu'il ne se l'imaginait lui-même. J'en avais du mal à m'endormir, le soir. J'avais beau multiplier les crocs-en-jambe, me creuser la cervelle pour lui casser la baraque, sa progression demeurait inexorable. A sa place, j'aurais conclu depuis belle lurette, et en fait ce n'était pas moi qui le gênais mais les sentiments qu'il avait pour elle. Cela lui dérangeait un peu l'esprit, le flanquait d'une armure si lourde qu'il réagissait à grand-peine. J'enrageais en silence, mais ce n'était pas une colère froide et lumineuse et libératrice. C'était exactement l'inverse.

*

Je me fais du souci pour Oli. A y regarder d'un peu près, il n'y a qu'Evelyne qui ne me soit pas un sujet d'inquiétude. D'ailleurs, je la vois différemment, depuis que je suis rentré. Il m'arrive encore de compter les nuits qu'elle ne passe pas à la maison, mais c'est une espèce de réflexe et cela n'évoque pas grand-chose pour moi. L'autre jour, elle m'a regardé par en dessous parce que je discutais dans le jardin avec un type qui l'attendait et qui, ma foi, ne semblait pas abominable à un ou deux détails près, d'autant que ce n'était pas moi qui sortais avec. Et pas plus tard que la veille, nous nous sommes rencontrés dans la cuisine, elle et moi, aux alentours d'une heure du matin, à l'occasion d'une de mes descentes nocturnes et discrètes vers un frigo plus garni que le mien. Nous nous sommes installés à un coin de table. Je n'avais jamais pris garde que ces fringales qui nous taraudaient au milieu de la nuit étaient au moins une chose que nous avions en commun. Et c'était encore un peu nouveau pour moi, mais je croyais distinguer certaines ressemblances entres nos caractères, chose qui ne m'avait jamais effleuré jusqu'ici et qui ne laissait pas de m'étonner, à présent. Elle a trouvé que ma retraite avait de bons côtés, elle a dit en riant que je devenais un père acceptable, enfin que j'en prenais le chemin.

— Je ne te cache pas que la route est longue..., lui ai-je murmuré.

Peut-être qu'on n'en sort jamais. Si je voulais m'en persuader, je n'aurais qu'à fixer le ciel et j'y trouverais un bleu tirant sur le violet, un rose qui me laisserait perplexe. Je crois qu'Eléonore est préoccupée, en ce moment, mais elle ne m'en a pas parlé. Dois-je m'aventurer dehors avec un casque sur la tête... ? ! La route n'est pas si longue, mais elle ne finit jamais. Eviter un obstacle, c'est aller au-devant d'un autre. Il n'y a rien de solide sous nos pas. L'esprit doit demeurer léger.

Frappe-moi là où je ne m'y attends pas. Transforme mon chemin en un chaos de blocs escarpés et je bondirai de l'un à l'autre car tu m'as donné des jambes et des vivres et tu m'as entraîné. Y a-t-il de nouvelles difficultés, de sombres épreuves à l'horizon... ? Et viendront-elles de toi, Eléonore ? Ça ne fait rien, ma petite fille, mon amour, je suis prêt.

Enfin bref, l'orage se tourne vers Oli, pour l'instant. Je me méfie de Giuletta. Et je me félicite d'avoir gardé mes distances avec elle, de l'avoir tenue sur mes genoux en tout bien tout honneur.

J'avais remarqué que les choses n'allaient pas très bien, mais depuis quelques jours le climat s'est très nettement détérioré entre eux. Nous nous voyons souvent, Oli et moi. Nous avons décidé que rien ne pouvait nous abattre. Au cours des dîners, nous ne pensons pas qu'Edith puisse être avec Robert Laffite, ni Giuletta au bras de Dieu sait qui. Nous allons prendre un dernier verre chez lui et fumons un cigare, penchés sur les cartes du monde entier. Nous avons une petite préférence pour l'Alaska, où les brochets peuvent atteindre la taille d'un homme. Nous avons des adresses, des dépliants touristiques. Hier soir, nous avons chanté le *Drinking Song* d'Harrison.

« *In the river was a trout and I was on the bank, my heart in my*
chest, clouds above, she was in NY forever and I, fishing and drinking. »

Nous n'irons sans doute pas en Alaska, mais là n'est pas la question. Je sors de chez lui le nez rouge, les doigts bleuis et puant le poisson frais. Nous avons rejeté à l'eau les plus beaux spécimens. Aucune femme ne nous attend à la maison.

Il lui a refusé le rôle pour *Le Sacre*. Georges avait parfois ce genre de problème avec Rebecca, mais il ne lui a jamais cédé. Oli non plus ne plaisante pas avec ça. Elle l'a prévenu qu'il allait le lui payer. Il n'a toujours pas de ses nouvelles.

— Non... elle ne le fera pas..., essaye-t-il de nous persuader.

Je ne veux pas l'inquiéter. Peut-être que je me trompe. Elle n'a bouclé ses valises que depuis hier matin.

— Elle peut encore revenir..., dit-il.

Et nous sommes toujours au milieu, il n'y a ni commencement ni fin.

*

Fumer de l'herbe me rendait malade. Une moitié d'acide m'avait fait dresser les cheveux sur la tête et, après m'être envoyé quelques miettes de champignons, j'avais vidé une bonbonne entière de Poland Spring, et ça contenait cinq gallons. Pour donner le change, il m'arrivait d'acheter de ces trucs, mais soit je les distribuais, soit ils traînaient dans le fond de ma poche pendant des jours.

Oli et moi étions restés à la maison, ce matin-là, pendant que les autres se baignaient. Il avait je ne sais quoi à écrire, et moi, je ruminais la vaisselle du petit déjeuner à laquelle j'avais refusé de me mettre sous prétexte qu'ils s'étaient éternisés à table. C'était mon tour, mais je les avais envoyés promener. Je m'étais levé du mauvais pied, je n'étais déjà pas de très bonne humeur. Pour finir, Oli s'y était collé à ma place. Il avait commencé seul. Puis Meryl était venue l'aider. Pour un peu, ils se seraient mis à chanter, ils auraient passé la journée les mains dans l'eau, au coude à coude, à se raconter des histoires en se frôlant sous la mousse. C'était vraiment se foutre de ma gueule.

Je regardais Oli, qui rêvassait avec la pointe d'un stylo dans la bouche, allongé à même le sol et soupirant comme s'il avait été sur de la plume. On ne voyait pas les autres mais on les entendait en contrebas. J'étais à cran. Et je venais de réaliser le nœud le plus monstrueux de toute ma carrière.

— Mais sacré nom de Dieu, qu'est-ce que tu fabriques, à la fin... ? ! m'emportai-je en lui balançant ma ficelle au visage.

Il lui fallut quelques secondes pour réaliser ce qui se passait. Mais je n'avais pas eu le don de le mettre en colère.

— J'écris un poème..., me répondit-il sans rire.
— Tu fais *quoi*... ? ? !

— J'écris un poème, je te dis... Tu sais pas ce que c'est ?

— Non mais tu te sens pas bien ou quoi... ? !

Il détourna la tête. Non que ma réaction semblât le gêner mais plutôt parce que je l'empêchais de réfléchir. Il n'était pas nécessaire de lui demander à qui il destinait son œuvre. L'air était embaumé à l'eau de rose.

— Merde ! Qu'est-ce que tu t'imagines... ? ! Tu vois pas que tu te ramollis du cerveau... ? !

— Ecoute... tu ne peux pas comprendre.

Je commençais à en avoir marre qu'on me dise que je ne comprenais rien. Le soleil commençait à me cogner sur la tête.

— Mais tu n'as même pas vingt ans, pauvre con... Qu'est-ce que tu veux m'apprendre... ? !

Il fit un geste me signifiant qu'il n'avait pas envie de discuter. Moi, je ne lui avais jamais rien caché de mes aventures, je lui racontais tout ce qu'il voulait, je venais l'aider lorsqu'il se fichait dans des situations impossibles. Et voilà tout ce que je récoltais. Au fond, je me fichais pas mal de Meryl. Si j'avais pu lui flanquer un billet d'avion pour qu'elle aille au diable, je l'aurais fait sans hésiter. Mon cœur ne se serrait pas quand je la regardais, je ne ressentais pas le besoin de lui écrire un poème ou de saisir son verre pour aller boire derrière elle ou lécher sa fourchette, mine de rien, sauf que je suis pas aveugle, et avec cet air d'abruti complet. J'admettais qu'elle était différente des autres, que l'on pouvait y réfléchir une minute et se donner un peu de mal pour s'accrocher à son bras, mais pas à n'importe quel prix. C'était la différence entre Oli et moi. Lui, il était prêt à payer et tant pis pour ce que ça coûtait. Je pouvais crever dans mon coin, ce salaud ne s'en serait même pas aperçu.

Par hasard, je glissai ma main dans ma poche.

— J'en ai ma claque de ces conneries..., lui annonçai-je.

Comme il ne me répondait pas, je me levai et vins m'accroupir devant lui. J'ouvris ma main sous son nez et lui présentai la pilule.

— Regarde. C'est la solution de nos problèmes...

De bel indifférent, il se changea en père la grimace.

— Hé... qu'est-ce que c'est... ?!

Il y avait tant de bruits qui couraient là-dessus qu'on ne pouvait pas savoir au juste. En général, celui qui les vendait vous jurait que c'était bon pour tout.

— Ça va la mettre dans de bonnes dispositions. On sera pas trop de tous les deux, si tu veux savoir...

Malgré son bronzage, il tourna au pâlichon. Ainsi, j'existais de nouveau pour lui. Enfin l'on se décidait à m'accorder une vive attention. Ah ! reprends donc ta respiration, mon chéri... ! Ne va pas t'étrangler, petite fée du logis... !

— Non... Attends... *Mais qu'est-ce que tu veux FAIRE... ??!*

Je ne savais pas ce que j'allais faire, mais j'allais trouver en vitesse. Je me dressai aussitôt sur mes jambes, m'écartant de la main qu'il tendait vers moi.

— Je vais lui préparer quelque chose à boire... Qu'est-ce que tu en dis... ?

Il se leva à son tour, la mine décomposée, la mâchoire pendante. Je compris que c'était tout ce que je voulais.

— Bon Dieu ! M'oblige pas à t'en empêcher..., lâcha-t-il d'une voix blanche.

— T'as intérêt à t'écarter de mon chemin..., grognai-je.

On se dévisagea une seconde, puis je lui sautai dessus.

Et ce ne fut pas de la rigolade. Je le cognai de toutes mes forces.

434

5 août 1965

J'ai eu comme un pressentiment. Je n'ai rien dit, je suis remontée à la maison.

Oli était allongé par terre. Son visage était tout rouge et il saignait de la bouche, il gémissait. Henri-John était assis à côté de lui, les genoux remontés contre sa poitrine et serrés dans ses bras.

— Laisse-nous tranquilles..., il a marmonné.

Je me suis avancée et je me suis agenouillée près d'Oli. Je sentais le regard d'Henri-John posé sur moi. J'étais incapable de prononcer un son, et tout ce que je trouvais, c'était d'arranger les cheveux de mon frère et de me pincer les lèvres.

Quand j'ai levé les yeux sur Henri-John, j'ai cru qu'il avait pris dix ans. Ses yeux brillaient mais sa peau était grise, tendue comme du marbre. Il s'était enroulé une main dans un foulard et l'autre était pleine de sang séché. Il fixait Oli, à demi évanoui, et je n'aurais pas su dire ce qu'il éprouvait, je ne lui avais jamais vu une expression pareille. Et moi non plus, je ne savais même pas ce que je ressentais. C'était tout blanc. Ni dégoût, ni colère, ni tristesse. Comme ce vide avant la douleur quand on se blesse quelque part, sauf que ça durait.

Puis juste à ce moment-là, les filles du juge se sont amenées.

— Foutez-moi le camp... ! il a grogné.

— Irving s'est pendu dans la grange..., nous ont-elles annoncé.

Ce soir, si j'étais courageuse, j'irais retrouver Henri-John. Ce soir, Meryl et Oli partagent la même chambre.

— Vraiment, cher ami... c'est très embarrassant...,
me glisse Heissenbüttel.

— Pour qui... ? lui ai-je demandé.

Si j'avais voulu m'éviter un quelconque désagrément, je ne serais pas venu à cette soirée. Je désirais simplement savoir si elle aurait ce culot, et ma foi, je ne suis pas déçu. Robert Laffitte n'est pas très à l'aise, il fuit mon regard mais s'arrange pour ne pas me tourner le dos.

C'est une nuit particulièrement douce. Les appartements d'Heissenbüttel s'ouvrent sur une grande terrasse, entre les toits de Saint-Vincent. C'est un endroit agréable, d'où l'on peut observer la ville et se tenir au balcon comme à l'avant d'un navire amiral, avec un sourire satisfait. C'est une soirée très parisienne, avec de jolies femmes qui ne baissent pas les yeux. Mon mépris pour cette ville ne concerne pas les femmes. Ni les cafés. Ni les rues au petit matin. Ni la tombée de la nuit.

Je me suis approché d'Edith. Robert Laffitte est resté tétanisé près du buffet.

— Tu crois que je lui fais peur... ?

— Je ne sais pas. Tu n'as qu'à l'interroger...

— J'ai l'impression qu'il nous regarde.

— Oui, en effet, il ne nous quitte pas d'un œil.

— Je regrette que tu sois ma femme et que tu sois accompagnée. Je crois que, sinon, j'aurais aimé tenter ma chance...

— Ne me fais pas la cour, Henri-John. Tu n'as jamais été très bon pour me baratiner...

— « Les homards n'arriveront pas tout cuits dans ton assiette... », me répétait Finn.

Je ne me suis pas enraciné près d'elle. J'ai cédé ma place à son entraîneur.

— Ecoutez, cher ami... c'est vraiment très

ennuyeux... Vous me voyez désolé..., s'acharne Heissenbüttel.

— Ce n'est rien, lui dis-je.

Je ne suis pas effondré. Je ne suis pas furieux. Je ne
suis pas d'humeur à chercher des crosses au manager
d'Edith — aussi bien « ceux qui sont experts dans l'art
de la guerre soumettent l'armée ennemie sans
combat » (Sun Tzu, III, 10). Qu'elle jette un œil sur moi,
de temps en temps, et je m'en satisfais comme une
plante du désert qui recueille une goutte d'eau. « Si une
femme ne te laisse pas mourir, alors tu peux sortir de ta
maison et te rouler sur le sol en riant » (anonyme).

Je n'ai pas mangé, mais j'ai bu quelques verres.
Certaines convives qui ne me connaissaient pas et me
prenaient pour un célibataire — pour la plupart, elles
ne veulent pas s'emmerder — venaient y voir de plus
près et s'arrangeaient à faire travailler mon esprit, tout
en me parlant de choses et d'autres. Je me demande
dans quel airain il faut être taillé. Et pas seulement
pour les histoires de sexe. Je trouve dommage que
personne ne soit comptable des mauvaises actions que
l'on ne commet pas.

Je vais partir quand Heissenbüttel me prend par le
coude pour me raccompagner jusqu'à la porte. Il pro-
fite que nous soyons seuls pour froncer les sourcils.

— Allons, mon ami... le moment est venu de réagir... !

— Soyez gentil de lâcher mon bras.

Sa main tombe, mais il est lancé :

— Voyons... Ressaisissez-vous, que diable... !

— Ecoutez... N'abordons pas ce sujet, voulez-
vous... ?

— Je ne cherche qu'à vous aider, Henri-John...

— Eh bien, n'essayez pas de m'aider... Et pendant
que j'y suis, si vous voyez le juge Collins, faites-lui
passer le message.

— Dites-moi, seriez-vous un ingrat, mon gaillard... ? Regardez autour de vous. Pour la moitié, ces personnes font vivre Saint-Vincent. Vous y trouverez les plus généreux donateurs, les parents d'élèves les plus influents... Et vous êtes le seul professeur que j'aie invité à cette soirée... par amitié pour vous et pour votre femme. Oublions un instant ce que je réprouve en tant qu'individu et voyez dans quelle situation vous me mettez en tant que directeur de l'école... Ne m'obligez pas à prendre des mesures dont nous aurions à souffrir vous et moi.

J'ai ri.

— Ne prenez pas mes paroles à la légère..., a-t-il ajouté.

Rapide comme l'attaque du serpent, ma main s'est refermée sous son biceps. Mou comme de la saucisse était son bras. Ma voix comme venue d'ailleurs.

— Restons amis, mon vieux... Ecoutez bien ce que je vais vous dire... Je ne sais pas combien vous êtes à vous agiter dans mon dos et je ne suis pas de taille à lutter contre tous... Taisez-vous, écoutez-moi... j'essaye à mon tour de vous aider... Je succomberai sous le nombre, comme je vous le disais, mais pas avant de vous avoir réglé votre compte, à vous et à Collins...

— Mais enfin, vous délirez... !

— Souriez... on nous regarde.

— Mais grands dieux qu'allez-vous chercher... ? !

— Je ne sais pas... Il se peut que je me trompe... Mais n'essayez pas d'exercer la moindre pression sur moi ou je transforme votre vie en enfer... ! Faites toucher un seul cheveu d'Edith.... et je vous noierai dans votre propre sang. Comment vous dire... n'essayez pas d'entamer un bras de fer avec moi ou je vous éventre sous la table...

438

Cela se passa le soir, après l'enterrement d'Irving. Cela me frappa en pleine poitrine. Je faillis en dégringoler de la falaise. Ma main se referma sur la rampe de l'escalier.

A cause de la chaleur, les Collins avaient accéléré les formalités. Je transpirais. Je revenais de l'hôpital où l'on m'avait pansé le petit doigt. Je l'avais cassé en dérouillant Oli et il y avait moins d'une heure que l'on me l'avait remis en place. J'avais mal dans tout le bras. Il y avait tellement de fleurs autour de la tombe que l'on respirait une odeur écœurante.

Pour ce que nous en savions, Irving s'était pendu à la suite d'une violente engueulade avec son père. Ses deux sœurs nous avaient raconté ça par le détail, sans plus d'émotion que s'il s'était agi d'un inconnu renversé sur la route. Une fois de plus — la dernière — cette histoire de divorce était revenue sur le tapis et Collins avait giflé son fils et avait menacé de le faire enfermer.

Meryl s'était contenue, à l'église, trop occupée à essuyer ses larmes. Mais lorsque le cortège se mit en branle, elle commença de gesticuler et d'apostropher le juge qui marchait à l'avant. Ses éclats jetèrent un certain trouble dans les rangs, des têtes se tournèrent et ce mouvement remonta vers la source. Oli l'entraîna à l'écart, tâcha d'étouffer les imprécations de Meryl contre sa poitrine.

Pendant la descente du corps, le juge leva les yeux sur Edith et moi et nous fixa un instant. Nous le connaissions à peine, c'était juste bonjour bonsoir lorsque nous le croisions sur le chemin ou que nous traversions sa propriété aux côtés d'Irving. Mais son regard était terrible et je ne savais pas ce qu'il pensait en nous dévisageant. Rien de très charitable, à mon avis. A présent qu'il n'avait plus son fils, il cherchait peut-être de nouveaux terrains pour y exercer sa bile.

De retour à la maison, nous égrenâmes un long, triste et silencieux après-midi. Oli et Meryl se tenaient l'un contre l'autre. J'avais du mal à les regarder. D'abord parce qu'il y avait une telle douceur dans leur relation que ça m'incommodait. Et ensuite parce que le visage d'Oli était si tuméfié que j'en avais des sueurs froides.

Cela dit, ma colère était passée et je me collais à la vaisselle depuis deux jours. J'avais accepté sans broncher tous les qualificatifs dont on m'avait assorti après mon numéro. J'en avais même retiré un certain apaisement. Tout au long de la journée d'hier, ils m'avaient ignoré. Mon doigt me faisait horriblement souffrir mais je me voyais mal en parler. Oli était jauni à la teinture d'arnica et je n'avais pas envie de la ramener. Jusqu'à ce matin, personne ne m'avait demandé pourquoi je gardais un foulard autour de la main. Peut-être s'imaginaient-ils que je cherchais à me faire plaindre, que je me donnais une raison de grimacer en me coltinant la vaisselle.

« Si Meryl le lâchait un moment, j'irais bien m'asseoir près de lui cinq minutes... », songeai-je en égouttant des pâtes. Ils étaient dehors. Dans le soleil couchant, la tête d'Oli ressemblait à un jouet de Celluloïd éclairé de l'intérieur, du genre bariolé.

Personne n'avait faim. Je rembarquai le plat et les assiettes à l'intérieur. Je me sentais vraiment vidé. Edith s'était intéressée à mon doigt, après le petit déjeuner, et m'avait conduit à l'hôpital. Elle avait nagé avec moi dans l'après-midi. Nous restâmes seuls tous les deux lorsque Meryl et Oli descendirent vers la plage. Mais je ne lui prêtai guère d'attention. Les événements de ces derniers jours m'avaient un peu ébranlé et je tournais en rond autour de moi, la plus banale de mes pensées finissant par dégénérer en poison, en cour sombre, en potion de vague à l'âme.

Je n'y voyais plus clair du tout. J'avais l'impression d'être malade ou de couver quelque chose. Je fouillais mon esprit pour essayer de comprendre ce qui n'allait pas mais ça ne servait à rien, il y avait toujours un moment où tout s'éteignait.

L'idée me vint que c'était moi qui coupais la lumière. Ce fut la seule étincelle qui daigna m'illuminer une seconde. Puis, regagnant mes ténèbres, j'admis que ça ne m'avançait pas beaucoup, réflexion faite.

Je me dirigeai vers le bord de la falaise pour fumer une cigarette. Il y avait du vent, mais je n'avais pas envie de pisser. J'aperçus Meryl et Oli, assis tout en bas, sur la dernière marche de l'escalier. J'imaginais que ça valait le coup de se prendre une volée si l'on obtenait pareille récompense. Quant à moi, mon petit doigt ne m'avait rien décroché du ciel.

Je me raidis légèrement pendant qu'ils s'embrassaient. Je les observai, et au bout d'une minute il me sembla que je ne saisissais pas très bien ce qu'ils fabriquaient. Je savais ce que c'était que d'embrasser une fille. Et ça y ressemblait, sauf que ce n'était pas ça. Ou alors, j'en avais encore à apprendre. Et sur ce, je crachai par terre.

Puis j'enfonçai mes poings dans mes poches. Et en bas, ils se tenaient les mains, ils se serraient l'un contre l'autre. Je n'avais pas envie de vomir mais c'était comme si tout me remontait à la gorge. Et je n'avais pas envie de pleurer mais tout semblait se liquéfier à l'intérieur de moi, je n'y sentais plus rien de solide. Pire encore : je fuyais comme une passoire, le froid me descendait du crâne, envahissait ma poitrine et glissait le long de mes hanches à mesure que le niveau baissait. C'était le vide qui s'installait, ou plutôt se révélait à cet instant d'une manière assez comique. Je respirais et le vent s'engouffrait dans mes narines, ronflait à travers tout mon corps comme s'il visitait une baraque sans meubles, sans portes, sans fenêtres, sans âme qui vive du grenier à la cave.

C'est alors que j'entendis la voix d'Edith dans mon dos.

Je me retournai, aussi mal en point que je l'étais.

— Excuse-moi, murmurai-je, mais je n'ai pas compris ce que tu m'as dit...

— Alors je vais te le répéter...

Je hochai la tête. Si elle désirait me la couper, c'était le moment, je n'aurais pas lutté. Comme elle tardait, je levai les yeux sur elle.

Et elle me déclara :

— Tu ne trouveras pas mieux que moi, Henri-John... Tu ferais mieux de me croire pour une fois...

Et ma main chercha la rampe de l'escalier.

*

— Eh bien... j'aimerais que tu me le rendes...

Elle savait, bien entendu, que je l'avais embarqué. De mon côté, je ne savais pas comment elle le prendrait lorsque nous aborderions ce sujet, cela pouvait me créer des ennuis. Mais je l'avais saisie à froid, dans la cuisine, après cette soirée chez Heissenbüttel, et il était tard, et je n'avais provoqué aucun scandale, je n'avais pas cherché querelle à son imprésario, j'avais été parfait. Aurais-je mérité que la moindre colère s'abatte sur ma tête... ?

— Ecoute... pourrais-je le garder encore un peu... ?

— Et en quel honneur... ?

— Disons que tu es la première fille à qui j'ai adressé la parole, et je m'y suis habitué... Si je me réveille et que je prends ton journal, j'arrive à me rendormir au bout d'un moment...

— Eh bien, je te remercie... !

Mais elle souriait.

— Tu sais, ai-je ajouté, puisque nous en parlons... Ce qui m'a frappé, c'est que tu aies pu attendre si longtemps... j'étais vraiment dur à la détente...

— Mais j'étais jeune...

— Je crois que pour les hommes, c'est différent... Ce n'est qu'en vieillissant que la patience leur vient en aide...

*

8 août 1966

Il ne sait pas ce qu'il veut. Ce n'est pas d'aujourd'hui et peut-être qu'il ne changera jamais. Pourquoi est-ce que moi, tout me paraît si clair... ?

J'ai échangé ma place avec Ramona. Je ne tiens pas à me disputer avec lui la veille de notre mariage. Ne lui demandez pas pourquoi il ne veut pas d'enfant, il n'en sait rien, toutes ses raisons ne tiennent pas le coup une seconde.

Mais mon Dieu, j'ai du mal à lui résister lorsqu'il se tourne vers moi, j'ai l'impression de l'aimer chaque jour davantage. Demain, il y aura tout juste un an que nous sommes ensemble. J'ai peur qu'il finisse par m'arracher un sourire avec ses soupirs et ses grimaces.

Elisabeth me dit : « Ils sont plus forts qu'ils ne se l'imaginent... Mais c'est à nous de le leur faire découvrir... »

Oli nous a appelés ce matin. Pour savoir si nous étions toujours décidés (ha ! ha... !). Il paraît que le prêtre est nerveux car nous n'étions pas là pour les répétitions et il n'a encore jamais célébré deux mariages à la fois. Je compte sur Oli et Henri-John pour déclencher la confusion générale.

J'ai décidé d'arrêter ce journal. Aujourd'hui, ou demain. J'écrirai autre part, autre chose, je ne sais pas au juste... Il correspondait à une période de ma vie qui prend fin. Peut-être devrais-je m'arrêter sur ces mots. Griffonnés en plein ciel, plutôt que de basculer dans une merde lyrique.

*

Ce fut pour une histoire vraiment très bête que nous retournâmes à la maison : Oli avait oublié son certificat de mariage.

Nous fîmes demi-tour, au petit matin, sur le pont de Sagamore. Partout dans le monde, il y a des gens qui sont tellement cons. Nous risquions d'avoir des problèmes pour louer des chambres d'hôtel et le Grand Canyon n'était pas la porte à côté. Nous avions fait les idiots avec ces papiers, Oli et moi, et il avait fini par clouer le sien à la porte de sa chambre. Le mien, je l'avais transformé en chapeau, puis en entonnoir à bière, mais Edith était intervenue et me l'avait confisqué avant que je ne le baptise à la Budweiser. Ça avait été une fameuse nuit.

Georges nous avait loué une décapotable. Blanche, avec des sièges en cuir rouge. C'était Oli qui conduisait, un bras autour des épaules de Meryl. On écoutait *Mother's Little Helper*. On s'amenait par Bay Village Road, au nord de Truro. Il y eut un envol de hérons, juste au moment où l'on tournait dans le chemin qui descendait vers la maison. On leva tous les yeux en l'air.

La voiture dérapa aussitôt, en quittant le bitume. On avait l'habitude, on avait pris ce virage au moins cent fois comme des forcenés. Mais ce matin-là, il y avait Rebecca qui arrivait en vélo.

444

On la projeta dans les buissons. Elle fut tuée sur le coup car une machine avait taillé les arbustes. Une branche coupée en biseau lui transperça la poitrine.

Dans le même temps, Oli donna un grand coup de volant et on bascula sur le côté. Edith et moi fûmes éjectés au premier tonneau. La Buick continua de dégringoler.

Meryl mourut dans la nuit, à l'hôpital. Oli sortit du coma deux jours plus tard. On avait évité l'amputation de justesse. Voilà.

*

— Et qu'est-ce qu'il t'a répondu ?

— Rien... Il m'a dit qu'il ne comprenait pas... Il m'a pris dans ses bras parce que je rebaisais avec sa fille.

— Je crois que c'est la vérité, tu sais... Je ne crois pas qu'il ait tramé quelque chose avec Collins. Et Heissenbüttel est un crétin sans estomac...

— Oui... enfin ce n'est pas très clair... Je trouve qu'il y a beaucoup de croisades, en ce moment, et les troupes ne sont pas très lumineuses... Il y a trop de gens qui se mêlent de vouloir vous faire traverser la rue quand on n'en a pas envie... Même s'il n'a rien tenté de précis contre Edith, ce dont je ne suis même pas sûr, il préférait la voir morte que divorcée, il me l'a dit... Ton père est un type dangereux, Oli, et tu le sais bien. N'importe quel type qui croit détenir une vérité est une menace pour les autres. Il n'a qu'à aimer son prochain, c'est tout ce qu'on lui demande...

Nous sortions d'un repas avec l'avocat de Giuletta. J'avais montré à cet homme, à l'aide d'un morceau de ficelle, que le nœud avec lequel il prétendait nous étrangler — je veux dire Oli — n'était qu'une illusion. Il en avait frotté ses lunettes. Puis réalisé que l'affaire n'était peut-être pas gagnée d'avance, qu'avec mon témoignage — j'avais une valise pleine de cravates avec laquelle cette jeune hystérique avait tenté de séduire un père de famille — la plainte pour détournement de mineure ne tiendrait pas longtemps.

Oli lui avait signé un petit chèque. Après son départ, nous avions parlé de la tournée du Ballet à Leningrad. Oli voulait que nous y retournions ensemble. J'avais souri.

Puis je lui avais dit que j'avais rencontré Georges chez ma mère. Et que je leur avais annoncé qu'Edith et moi avions repris nos relations sexuelles.

— C'est un bon début, Henri-John..., m'avait glissé Georges à l'oreille, pendant que ma mère et Ramona hochaient la tête.

*

— Bien sûr qu'ils vont compter tes adverbes, tes malgré que, et mesurer la taille de tes ellipses... c'est leur métier... Mais toi, tu n'es pas en train de te couper une robe de soirée, tu écris un livre... ! Ne t'occupe pas de ce qu'on écrit sur toi, que ce soit bon ou mauvais. Evite les endroits où l'on parle des livres. N'écoute personne. Si quelqu'un se penche sur ton épaule, bondis et frappe-le au visage. Ne tiens pas de discours sur ton travail, il n'y a rien à en dire. Ne te demande pas pour quoi ni pour qui tu écris mais pense que chacune de tes phrases pourrait être la dernière. Laisse-le gratter à la porte, il va se fatiguer, ou veux-tu que j'aille lui parler cinq minutes... ?

DU MÊME AUTEUR

Aux Éditions Gallimard

SOTOS, *roman,* 1993
ASSASSINS, *roman,* 1994

Aux Éditions Bernard Barrault

50 CONTRE 1, *histoires,* 1981
BLEU COMME L'ENFER, *roman,* 1983
ZONE ÉROGÈNE, *roman,* 1984
37 ⁰ 2 LE MATIN, *roman,* 1985
MAUDIT MANÈGE, *roman,* 1986
ÉCHINE, *roman,* 1988
CROCODILES, *histoires,* 1989
LENT DEHORS, *roman,* 1991

Chez d'autres éditeurs

LORSQUE LOU, *ill. par M. Hyman,* Futuropolis, 1992

BRAM VAN VELDE, *Editions Flohic,* 1993

Impression Maury-Eurolivres S.A.
45300 Manchecourt
le 6 mars 1996.
Dépôt légal : mars 1996.
1ᵉʳ dépôt légal dans la collection : janvier 1993.
Numéro d'imprimeur : 96/03/52652.
ISBN 2-07-038579-5./Imprimé en France

76513